Trompeuses fiançailles

Le bébé de l'ambassadeur

MERLINE LOVELACE

Trompeuses fiançailles

Traduction française de
AGNÈS JAUBERT

PASSIONS

HARLEQUIN

Collection : PASSIONS

Titre original :
A BUSINESS ENGAGEMENT

Ce roman a déjà été publié en 2015

HARPERCOLLINS FRANCE
83-85, boulevard Vincent-Auriol, 75646 PARIS CEDEX 13
Service Lectrices — Tél. : 01 45 82 47 47 - www.harlequin.fr
ISBN 978-2-2804-7700-0 — ISSN 1950-2761

Composé et édité par HarperCollins France.
Imprimé en août 2022 par CPI Black Print (Barcelone)
en utilisant 100% d'électricité renouvelable.
Dépôt légal : septembre 2022.

FSC www.fsc.org MIXTE Papier issu de sources responsables FSC® C159065

Pour limiter l'empreinte environnementale de ses livres, HarperCollins France s'engage à n'utiliser que du papier fabriqué à partir de bois provenant de forêts gérées durablement et de manière responsable.

Prologue

Ah, les joies que m'apportent mes deux petites-filles, si belles, si affectueuses. Et les soucis ! Eugenia, ma joyeuse Eugenia, me fait penser à un chaton espiègle. Elle a beau imaginer les pires bêtises, elle semble toujours retomber sur ses pieds. C'est Sarah qui me préoccupe. Si réservée, si élégante, si déterminée à décharger notre petite famille de tout tourment. Elle n'a que deux ans de plus que sa sœur, mais depuis le jour où ces petites chéries sont venues habiter avec moi, elle a toujours mis un point d'honneur à défendre et à protéger Eugenia.

Or, maintenant, Sarah s'inquiète pour moi. Je reconnais souffrir d'une légère arthrite, et ma récente angine m'a fatiguée. Mais elle insiste pour me dorloter comme une mère. J'ai eu beau lui répéter à maintes reprises que je refusais de la voir renoncer à vivre sa vie pour s'occuper de moi, elle ne veut rien entendre. Je pense qu'il est grand temps de prendre des mesures plus radicales. Je n'ai pas encore d'idée précise sur la question, mais je vais trouver. Il le faut.

Extrait du journal de Charlotte,
Grande-duchesse de Karlenburgh.

- 1 -

Sarah n'accorda aucune attention au brouhaha sourd qui montait des bureaux. Elle n'avait que jusqu'à midi pour tenir son délai et finir la mise en page de l'article de *Beguile* sur les dernières stations de ski en vogue auprès de la jeunesse huppée. La maquette devait être prête pour le déjeuner — réunion de travail hebdomadaire des cadres du magazine. Si elle ne l'était pas, Alexis Danvers, la directrice de la rédaction, la transpercerait de ses yeux de cobra légendaires dans tout le milieu de la presse féminine.

Pourtant, les regards pétrifiants d'Alexis avaient beau donner des sueurs froides à l'ensemble de son personnel, ils ne troublaient pas particulièrement Sarah. Sa sœur cadette et elle avaient été élevées par une grand-mère qui, d'un simple haussement de sourcils, pouvait réduire les officiels les plus pompeux, les maîtres d'hôtel les plus hautains, à l'état de paquets de nerfs tremblants. Plongée dans ses pensées, Sarah changea la police du gros titre. Charlotte St. Sebastian évoluait autrefois dans les mêmes cercles que la princesse Grace et Jackie Kennedy. Une époque certes révolue, mais sa grand-mère restait convaincue qu'armée d'une bonne éducation alliée à une élégance discrète, une femme pouvait surmonter tous les écueils de la vie.

Un point de vue que sa petite-fille partageait entièrement. Après trois ans au poste de directrice artistique d'un magazine destiné aux trentenaires folles de mode, elle avait cultivé la sobriété de son style : elle empruntait ses tenues vintage à la garde-robe de sa grand-mère et agrémentait les robes Dior de bijoux fantaisies, portait des vestes de tailleur Chanel sur un pantalon ou un jean, avec des bottes. Son élégance rétro lui conférait une allure qui trouvait grâce même aux yeux d'Alexis.

Pourtant, sa fidélité à son style unique s'expliquait avant tout par le fait qu'il lui était impossible de s'offrir les chaussures ou les sacs de créateurs présentés dans *Beguile*. Comment l'aurait-elle pu, avec les factures médicales de sa grand-mère à régler ? Et quelques-uns de ses vêtements de seconde main commençaient à montrer des signes d'usure…

Le bourdonnement qui s'amplifiait interrompit le fil de ses pensées. Elle était habituée aux « Oh ! » et aux « Ah ! » enthousiastes de ses collègues. Alexis faisait souvent défiler des mannequins dans le service artistique et production pour tester les coiffures, le maquillage ou les tenues sur le personnel majoritairement féminin de *Beguile*. A entendre les cris d'admiration, la création d'aujourd'hui devait être particulièrement spectaculaire. Il y avait de l'électricité dans l'air. Curieuse de savoir quelles nouvelles bottines ornées de perles Jimmy Choo ou robe Versace provoquaient un tel émoi, elle fit pivoter sa chaise et, ébahie, se trouva nez à nez avec l'homme arrivé troisième au classement annuel du Top 10 des célibataires les plus sexy du monde du magazine.

— Mademoiselle St. Sebastian ?

La voix était glaciale, mais les yeux d'un bleu étincelant, les cheveux d'un noir de jais et le visage aux traits burinés, infiniment séduisants. Une pensée folle la traversa : Alexis était à côté de la plaque. Cet homme ne méritait pas la troisième place. Il aurait dû arriver en tête de liste. Elle avait devant elle le célibataire le plus sexy du monde.

Son œil artistique fut tout de suite sensible au spectacle de ce corps athlétique, de plus d'un mètre quatre-vingts, qui, malgré son costume d'homme d'affaires civilisé coupé sur mesure agrémenté d'une cravate de soie italienne, dégageait une virilité absolue.

De sa voix la plus professionnelle, elle répondit à son salut distant avec une courtoisie non moins glaciale.

— Oui ?

— Je veux vous parler.

Ses yeux d'un bleu ravageur balayèrent les lieux.

— Seule, ajouta-t-il.

Sarah suivit son regard : les visages de tout le personnel féminin du service production dépassaient des séparations des bureaux en open space. Et rares étaient ceux n'exprimant que de la curiosité : la plupart étaient extatiques.

Elle se retourna vers le célibataire sexy numéro trois. Quel dommage que ses manières ne soient pas aussi agréables que son physique ! L'agressivité dans sa voix et dans son regard était tout aussi déplaisante qu'injustifiée.

— De quoi voulez-vous me parler, monsieur Hunter ? s'enquit-elle.

Qu'elle connaisse son nom ne parut pas le surprendre. Après tout, elle travaillait pour le magazine qui avait fait du sublime Devon Hunter un objet de désir pour une bonne portion de la population féminine, tant aux Etats-Unis qu'à l'étranger.

— De votre sœur, mademoiselle.

Oh non ! Le cœur soudain serré, elle fut saisie d'appréhension. Qu'avait fait Eugenia, cette fois ?

Une photo dans un cadre argenté ornait la console à côté de son poste de travail. Brune, les yeux verts, l'air grave, protecteur, elle posait avec la blonde Gina, aussi pétillante qu'affectueuse, et totalement irresponsable.

De deux ans sa cadette, Gina avait tendance à changer de métier avec la même fréquence étourdissante que d'amoureux. Quelques jours auparavant, elle lui avait envoyé un texto dithyrambique au sujet du sublime magnat des affaires qu'elle venait de rencontrer. Omettant, fidèle à son habitude, de mentionner des détails aussi anodins que son nom ou la manière dont ils s'étaient connus.

Désormais, Sarah n'avait plus aucun mal à combler les blancs. Devon Hunter était le fondateur et le P-DG du groupe aérospatial Fortune 500 dont le siège se trouvait à Los Angeles. Or, Gina était partie à Los Angeles, pour embrasser une nouvelle carrière d'organisatrice d'événements pour les gens riches et célèbres.

— Je pense qu'il serait préférable d'avoir cette conversation en privé, mademoiselle.

Se résignant à l'inévitable, elle acquiesça. Gina avaient tendance à vivre des aventures courtes et intenses. La plupart se terminaient à l'amiable, mais, à plusieurs occasions, elle s'était vue contrainte d'amadouer les egos meurtris de certaines conquêtes de sa cadette. Ce qui, de toute évidence, allait être le cas aujourd'hui.

— Si vous voulez bien me suivre, monsieur, l'invita-t-elle.

Elle le précéda dans une salle de réunion aux parois de verre dont les fenêtres ouvraient sur Time Square. Bien en vue, s'élevait le Condé Nast Building, le centre mondial de la presse de mode. Le gratte-ciel abritait les bureaux de *Vogue*, de *Vanity Fair*, de *Glamour* et d'*Allure*. Soucieuse de les impressionner, Alexis avait pour habitude de convoquer les publicitaires dans la salle de conférences afin de ne rien leur laisser ignorer de la proximité de *Beguile* avec les icônes des magazines féminins.

Le traiteur n'avait pas encore commencé ses préparatifs pour le déjeuner de travail, mais la salle de conférences avait toujours de quoi accueillir les visiteurs. Le réfrigérateur discrètement caché derrière des lambris de chêne contenait un assortiment d'eaux minérales, plates et gazeuses, des jus de fruit et des boissons énergétiques. Les Thermos de café en argent scintillant étaient remplies plusieurs fois par jour.

D'un geste, Sarah désigna l'une des Thermos sur le comptoir de marbre.

— Puis-je vous offrir un café ? Ou une eau gazeuse, peut-être ?

— Non. Merci.

La réponse abrupte la dissuada de l'inviter à s'asseoir. Bras croisés, elle prit appui contre la table de conférence et se composa une expression de curiosité polie.

— Vous vouliez me parler de Gina ?

Il prit son temps pour répondre. Ses yeux la détaillèrent de la tête aux pieds, s'attardant sur son tailleur Chanel pied-de-poule noir et blanc, le célèbre logo, ses bottes noires, pour enfin remonter jusqu'à son visage. Toujours impassible, elle refusa de se laisser troubler par l'azur éclatant de son regard pénétrant.

— Vous ne ressemblez pas beaucoup à votre sœur, déclara-t-il.

— Non, en effet.

Si elle se sentait bien dans sa silhouette svelte, satisfaite de ses traits que sa grand-mère insistait pour qualifier de classiques, elle savait que son physique, bien qu'agréable, était loin d'égaler celui, éblouissant, de Gina.

— Ma sœur est la seule beauté de la famille, renchérit-elle.

La politesse aurait voulu qu'il feigne tout au moins de protester contre cette affirmation placide. Au lieu de cela, il lâcha, à brûle-pourpoint :

— Est-elle aussi la seule voleuse ?

Les bras soudain ballants, elle le dévisagea, bouche bée.

— Pardon ?

— Me demander pardon ne sera pas suffisant, mademoiselle. Vous pouvez prendre contact avec votre sœur et la prier de me rendre l'objet d'art antique qu'elle m'a dérobé.

L'accusation la laissa sans voix. Lorsque, enfin, elle retrouva son souffle, elle fulmina :

— Comment osez-vous émettre une accusation aussi ridicule, aussi calomnieuse ?

Elle se sentait soudain un instinct de tigresse. Des années passées à voler au secours de sa cadette réveillaient toute la fureur et la passion tapies en elle.

— Gina peut se montrer un peu frivole, irréfléchie parfois, je vous l'accorde, poursuivit-elle, mais jamais elle ne prendrait quelque chose qui ne lui appartient pas.

Du moins, pas délibérément, ajouta-t-elle intérieurement. Quand elle avait huit ou neuf ans, sa sœur avait bien recueilli un loulou de Poméranie teigneux trouvé attaché devant un restaurant sous une chaleur implacable. Et il était vrai que, adolescente, Gina et ses amies avaient pour habitude de s'emprunter régulièrement leurs vêtements sans jamais se rappeler ce qui appartenait à qui. Et, oui, le compte de sa benjamine était un peu trop souvent à découvert.

Mais jamais Gina ne commettrait un larcin, comme ce… goujat le suggérait. Sarah était sur le point d'appeler la sécurité pour le faire escorter hors du bâtiment quand il sortit un iPhone de sa poche.

— Cet extrait d'enregistrement de mon système de vidéo surveillance vous fera peut-être changer d'avis.

Il tapota l'écran, puis l'inclina pour l'offrir à sa vue. L'arrêt sur image semblait montrer une bibliothèque ou un bureau. La caméra était braquée sur des étagères de verre aux éclairages sophistiqués, sur lesquelles étaient exposés des objets d'art. Le mélange semblait éclectique. Elle remarqua un masque de buffle africain, un petit disque cloisonné sur un socle laqué noir et ce qui ressemblait à une statue de déesse de la fertilité précolombienne.

De nouveau, Hunter frappa légèrement l'écran, et l'image sur pause passa en mode vidéo. Un tourbillon de cheveux blonds platine apparut. Avant même de voir leur propriétaire approcher de l'étagère, Sarah sentit son cœur cogner douloureusement dans sa poitrine. Les battements redoublant, elle reconnut le profil de la jeune femme blonde. Inutile d'essayer de nier : il s'agissait bien de sa sœur.

L'incarnation même de la nonchalance décontractée, de l'innocence souriante, Gina jeta un coup d'œil en arrière. Quand elle ressortit du champ de vision, le disque cloisonné avait disparu de son socle. Hunter mit de nouveau l'image sur pause, et Sarah fixa le socle vide comme s'il s'agissait d'un mauvais rêve.

— C'est une antiquité byzantine, déclara-t-il d'un ton sec. Début du XIIe siècle, au cas où vous seriez intéressée. Un objet très similaire s'est vendu chez Sotheby's, à Londres, pour plus de cent mille.

La gorge sèche, elle s'enquit :

— Dollars ?

— Livres sterling.

— Oh ! mon Dieu !

Elle avait tiré Gina d'un nombre d'ennuis incalculable. Mais cela... Effondrée, elle était sur le point de s'écrouler sur une chaise. Mais la volonté de fer héritée de sa grand-mère la poussa à redresser encore les épaules. Droite comme un I, elle toisa Devon Hunter.

— Il doit y avoir une explication logique, monsieur.

— Je l'espère vivement, mademoiselle, concéda-t-il avec un sourire narquois.

Une envie dévorante de le gifler la démangeait. Calme, raffinée, toujours polie, elle dut serrer les poings pour la refréner.

Il avait dû deviner son besoin refoulé. Elle vit sa mâchoire se crisper et une lueur de provocation s'allumer dans ses pupilles azur. Voyant qu'elle restait de marbre, il reprit là où ils s'étaient interrompus.

— Je suis très intéressé d'entendre cette explication avant de mettre l'affaire entre les mains de la police.

La police ? Un frisson glacé la traversa. Quel que soit le pétrin dans lequel Gina s'était fourrée, les événements prenaient soudain une tournure bien menaçante. Essayant de ne rien laisser paraître de sa surprise ni de son inquiétude, elle dit d'une voix aussi posée que possible :

— Laissez-moi prendre contact avec ma sœur, monsieur.

Cela… cela pourrait prendre du temps. Elle traîne parfois un peu à répondre aux messages téléphoniques et aux e-mails.

— Oui, je m'en suis aperçu. Voilà plusieurs jours que j'essaie de la joindre. J'ai des réunions qui vont m'occuper tout l'après-midi et une bonne partie de la soirée, ajouta-t-il en repoussant sa manchette pour jeter un coup d'œil à sa montre. Je vais réserver pour nous dans un restaurant demain soir. 19 heures. Chez Avery, Upper West Side.

Son regard inflexible se posa de nouveau sur elle.

— Je suppose que vous connaissez l'adresse. Ce n'est qu'à quelques rues du Dakota.

Encore abasourdie par la vidéo, Sarah faillit ne pas entendre sa dernière phrase. Quand elle la comprit, ses yeux s'écarquillèrent.

— Vous savez où j'habite ? s'étonna-t-elle.

— Oui, lady Sarah. Je le sais. A demain, ajouta-t-il en lui adressant un petit salut militaire moqueur.

Lady Sarah ?

Couronnant le tout, l'utilisation de son titre dérisoire aurait dû la laisser indifférente. Alexis ne manquait-elle jamais une occasion de l'étaler lors de cocktails ou de rendez-vous d'affaires ? Voilà longtemps qu'entendre son titre qui ne voulait plus rien dire avait cessé de l'embarrasser.

Hélas, sa directrice éditoriale comptait bien capitaliser sur le prestige associé à l'héritage du nom St. Sebastian. Sarah avait menacé de démissionner deux fois déjà si elle persistait dans son projet de publier un article sur lady Sarah Elizabeth Marie-Adèle St. Sebastian, journaliste chez *Beguile* et petite-fille de Charlotte, la grande-duchesse déchue.

De nouveau, elle tressaillit. La pensée du traitement qu'Alexis voulait donner au récit lui faisait froid dans le dos. Aussi juste que soit le terme, sa grand-mère ne se remettrait pas de se voir qualifier de déchue : la grande-duchesse avait sa fierté.

Voir la cadette de ses petites-filles se faire arrêter pour vol qualifié ne lui ferait pas grand bien non plus.

Soudain ramenée à la sombre réalité, Sarah sortit en trombe de la salle de conférences. Il fallait retrouver Gina. Elle voulait en avoir le cœur net : sa sœur avait-elle vraiment dérobé cette antiquité byzantine ? Elle se ruait vers son poste de travail quand elle aperçut Alexis venir à sa rencontre d'un pas décidé.

— Qu'est-ce que je viens d'apprendre ?

La première fois, cette voix profonde et gutturale faisait toujours un choc : la directrice éditoriale de *Beguile* préférait courir le risque d'avoir un cancer plutôt que d'arrêter de fumer. Ainsi, toujours d'une élégance extrême, elle restait d'une minceur stupéfiante, sa terreur étant de se voir un jour obligée de s'habiller en taille 36.

— C'est vrai ? Devon Hunter était ici ? demanda-t-elle d'un ton indigné.

— Oui, il…

— Pourquoi ne m'as-tu pas prévenue ?

— Je n'ai pas eu le temps.

— Que voulait-il ? Il ne va pas nous faire un procès, j'espère ? Je t'avais pourtant bien dit de recadrer cette photo des vestiaires au-dessus de la taille.

— Non, Alexis. Tu m'as dit de faire en sorte que l'on aperçoive la fente de ses fesses. Et, moi, je t'ai répliqué que payer un employé véreux de la salle de sport pour voler des photos de cet homme à son insu n'était sans doute pas une bonne idée.

D'un geste de dédain, sa directrice lui signifia que cette divergence d'opinion était anecdotique.

— Alors, que voulait-il ?

— Il est venu, euh, en tant qu'ami de Gina.

Ex-ami, plus exactement, songea-t-elle, amère, depuis que ce léger problème d'objet byzantin du XIIe siècle avait surgi entre eux. Elle devait trouver un téléphone. Il fallait qu'elle joigne Gina.

— Encore l'une des conquêtes de ta sœur ? s'enquit Alexis, sarcastique.

— Je n'ai pas tous les détails. Je sais juste qu'il est à New York pour des rendez-vous d'affaires et qu'il veut dîner avec moi demain soir.

Penchant la tête, Alexis la dévisagea. Devant la flamme de cupidité, si familière, qui dansait dans son regard, Sarah réprima un gémissement. Quand la directrice éditoriale de *Beguile* voulait un article, elle faisait preuve d'un acharnement digne d'un pitt-bull.

— Nous pourrions écrire une suite, suggéra-t-elle. En quoi le fait de figurer dans le Top 10 des célibataires les plus sexy de *Beguile* a changé la vie de notre célibataire sexy numéro trois. Hunter est un bourreau de travail, je crois ?

Piaffant d'impatience, Sarah acquiesça d'un hochement de tête distrait.

— C'est ainsi que nous l'avons décrit.

— Je suppose qu'il ne peut plus faire un pas sans tomber sur des dizaines de femmes haletantes. On dirait que Gina n'a pas perdu de temps. Je veux des détails, Sarah. Des détails !

Sarah se composa un visage impassible.

— Laisse-moi d'abord parler à ma sœur, répondit-elle en faisant son possible pour dissimuler son agitation. Et voir ce qui se passe.

— C'est ça ! Je compte sur toi pour lui extirper des détails, la somma Alexis avant de s'éloigner à la hâte.

Quand, enfin, elle arriva à son bureau, sentant ses jambes se dérober sous elle, Sarah s'effondra sur sa chaise. Attrapant son iPhone, elle pressa la touche correspondant au numéro préenregistré de sa sœur. Et, bien entendu, tomba sur sa boîte vocale.

— Gina ! Il faut que je te parle. Rappelle-moi.

Elle tapa un texto et lui rédigea un rapide e-mail. Tout

cela ne serait pas bien utile si, encore une fois, sa cadette avait oublié d'allumer son téléphone. Elle pouvait toujours essayer de la joindre à son nouveau travail. Même si elle avait cinquante chances sur cent de ne pas l'y trouver. Très énervée, la directrice l'informa que Gina manquait une fois de plus à l'appel.

— Elle a téléphoné hier matin pour dire qu'elle était fatiguée et qu'elle prenait sa journée. La veille, nous avions organisé un dîner d'affaires chez l'un de nos plus gros clients. Je n'ai aucune nouvelle depuis.

Sarah sentit son malaise croître. Elle devait poser la question qui lui brûlait les lèvres.

— S'agissait-il de Devon Hunter, par hasard ?

— Oui. Ecoutez, mademoiselle St. Sebastian, votre sœur a un véritable don de décoratrice, mais on ne peut absolument pas compter sur elle. Si vous lui parlez avant moi, dites-lui qu'elle n'a pas besoin de se fatiguer à revenir.

Sarah réprima un soupir affligé. En dépit de l'autre problème bien plus pressant qu'il lui fallait résoudre, apprendre que Gina venait encore de se faire remercier la désola. Ce travail avait pourtant semblé beaucoup plaire à sa sœur.

— Je le lui dirai, promit-elle à la directrice exaspérée. Et si elle vous appelle la première, je vous en prie, demandez-lui de me téléphoner.

Elle parvint sans trop comprendre comment à survivre au déjeuner de travail. Bien entendu, Alexis exigea une liste interminable de modifications à la mise en page de l'article sur les stations de ski : ne pas ombrer les lettres du gros titre, ne pas laisser autant d'espace entre les photos, jambage supérieur et non inférieur pour les premières lettres de chaque paragraphe d'introduction.

Après avoir imprimé la nouvelle mise en page pour la lui faire approuver, Sarah se lança dans celle d'un nouvel article sur les dernières techniques pour obtenir un corps tonique. Ce qui ne l'empêcha pas d'essayer à plusieurs reprises de joindre Gina. En vain. Tout comme ses e-mails et ses textos, ses appels restèrent sans réponse.

Incapable de se concentrer, elle partit plus tôt que d'habitude et sortit dans la soirée d'avril. A deux rues du bureau, Times Square scintillait en un arc-en-ciel blanc, bleu, rouge, de lumières éclatantes. La place grouillait de touristes, qui, agglutinés sur les trottoirs, prenaient des photos. Mue par un sentiment d'urgence, elle décida, pour une fois, de ne pas rentrer en métro. Par un heureux hasard, un taxi s'arrêta à sa hauteur, et elle s'empressa de prendre la place du passager qui en descendait.

— Au Dakota, s'il vous plaît.

Coiffé d'un turban, le conducteur la regarda dans le rétroviseur et acquiesça d'un signe de tête. Quelle que soit leur nationalité, les chauffeurs de taxi new-yorkais étaient tout aussi calés en matière d'élégance que la plus fashionista des chroniqueuses de mode de *Beguile*. Celui-ci ne connaissait peut-être pas le logo Chanel sur sa veste de tailleur, mais il savait repérer la belle qualité. Il savait aussi qu'une course vers l'un des monuments les plus célèbres de New York était, en général, synonyme de gros pourboire. Se rappelant soudain ses finances, elle essaya de ne pas penser au peu d'argent qui resterait une fois les factures et les charges réglées pour l'appartement de sept pièces qu'elle partageait avec sa grand-mère.

Lorsque la voiture s'arrêta devant l'immeuble à tourelles coiffées de dômes, construit aux alentours de 1880, elle prit sur elle pour ne pas se laisser impressionner par l'air renfrogné du chauffeur devant le pourboire qu'elle lui laissa. Grommelant quelque chose dans sa langue maternelle, il passa la première et redémarra.

Une fois dans le hall d'entrée, elle adressa un signe de tête au concierge qui sortit de sa loge pour la saluer.

— Bonsoir, Jerome.

— Bonsoir, lady Sarah.

Elle avait depuis longtemps renoncé à lui faire abandonner le titre dérisoire. Jerome avait l'impression qu'en faire usage ajoutait au panache de son immeuble.

Non que le Dakota soit en mal de prestige. Classé monument historique, sa façade de style néo-renaissance avait servi de décor à des dizaines de films. De vraies célébrités comme Judy Garland, Lauren Bacall et Leonard Bernstein y avaient vécu. Tout comme, hélas, John Lennon qui avait été assassiné non loin. Sa veuve, Yoko Ono, était toujours propriétaire de plusieurs des appartements.

— La duchesse est rentrée de sa promenade de l'après-midi il y a une heure environ. Elle s'appuyait lourdement sur sa canne, ajouta Jerome d'un air soucieux.

Son désarroi soudain chassa ses inquiétudes liées à Gina.

— Elle n'a pas abusé de ses forces, j'espère ?

— Elle m'a affirmé que non. D'un autre côté, vous savez bien que, même si c'était le cas, jamais elle ne l'admettrait.

— En effet, c'est vrai, acquiesça Sarah.

Témoin de l'exécution brutale de son mari, Charlotte St. Sebastian avait enduré la famine avant de s'échapper de son pays ravagé par la guerre. Son bébé dans les bras, elle avait dissimulé un butin royal en bijoux dans l'ours en peluche de sa fille. Après s'être réfugiée à Vienne, elle avait gagné New York où elle s'était aisément fondue dans l'élite intellectuelle et sociale de la ville. La vente discrète et bien synchronisée de ses bijoux lui avait permis de faire l'acquisition d'un appartement au Dakota et de maintenir un train de vie élégant.

La tragédie avait de nouveau frappé quand elle avait perdu sa fille et son gendre dans un accident de bateau. A l'époque, Sarah venait d'avoir quatre ans, et Gina était encore bébé. Peu de temps après, un banquier peu scrupuleux de Wall Street à qui la duchesse avait confié toutes les économies qu'elle était parvenue à accumuler avait fait faillite et ruiné tous ses clients,

Ces événements dramatiques auraient pu en anéantir plus d'un. Mais pas une femme de la trempe de Charlotte St. Sebastian. Avec deux fillettes à élever, la duchesse ne s'était pas apitoyée longtemps sur son sort. Une fois de plus, elle s'était vue contrainte de vendre son héritage. Le reste de ses bijoux écoulé au fil des années lui avait permis de donner à ses petites-filles l'éducation et le style de vie qui, elle insistait, était leur droit de naissance : écoles privées, professeurs de musique, bals des débutantes au Waldorf Astoria, Smith College. Puis, Sarah avait passé une année à la Sorbonne et Gina, à Barnard.

Néanmoins, jamais les deux sœurs n'avaient soupçonné la précarité de leur situation financière. Jusqu'au jour où leur grand-mère avait eu une crise cardiaque sans gravité. Une fois remise, la duchesse à la volonté de fer avait traité l'incident comme une angine insignifiante. A ceci près que les frais hospitaliers étaient loin d'être insignifiants. Sans parler de la pile impressionnante de factures découverte par Sarah dans le bureau de sa grand-mère quand elle avait entrepris de payer ce qu'elle croyait être les dépenses mensuelles récurrentes. Devant le total des sommes dues, elle aussi avait failli faire un infarctus !

Elle avait alors vidé son propre compte de ses économies et s'était acquittée de presque toutes les traites en attente. Restait toutefois à régler les frais du dernier électrocardiogramme de la duchesse. En attendant, le plus important était d'épargner tout tourment à celle qu'elle aimait de tout son cœur : c'était son unique but dans la vie.

Elle entra dans l'appartement du cinquième étage, aussi perturbée par la nouvelle de Jerome que par son entretien avec Devon Hunter. La domestique, dame de compagnie de Charlotte, une Equatorienne aux rondeurs généreuses avec qui Sarah et Gina entretenaient une amitié vieille de dix ans, la salua :

— *Holà*, Sarah.

— *Holà*, Maria. Comment s'est passée la journée ?

— Bien. Nous avons fait une promenade, la *duquesa* et moi, et quelques courses. Je vais prendre mon bus maintenant, ajouta-t-elle en passant son lourd sac fourre-tout en bandoulière. A demain.

— Bonsoir.

Une fois la porte refermée sur Maria, une voix chaude de soprano, à peine un peu atténuée par l'âge, appela :

— Sarah ? C'est toi ?

— Oui, grand-mère.

Elle posa son sac sur la console rococo à dorures et traversa le vestibule dallé d'un marbre de Carrare rose pâle. La duchesse n'avait pas été réduite à vendre les meubles et les objets acquis lors de son arrivée à New York. Même si, comme le savait Sarah maintenant, elle en avait été à deux doigts.

— Tu rentres tôt.

Assise dans son fauteuil préféré, Charlotte avait à la main un verre du seul apéritif qu'elle s'autorisait en dépit des mises en garde du médecin. La vue de ses yeux d'un bleu lavande pâli et de son nez aristocratique fit monter en Sarah une vague d'émotion si intense qu'elle sentit sa gorge se nouer. Au bout de quelques secondes, elle répondit d'une voix étranglée :

— Oui, je sais.

— Tu as l'air contrarié, remarqua la duchesse avec un froncement de sourcils. S'est-il passé quelque chose au bureau ?

Sans répondre tout de suite, elle se servit un verre de vin blanc. Elle aurait dû se douter que sa grand-mère percevrait le trouble dans sa voix.

— Pas plus que d'habitude, répondit-elle en se forçant à esquisser un sourire narquois. Alexis s'est déchaînée sur la mise en page de l'article sur les stations de ski. Hormis le nombre de pages, j'ai été obligée de tout reprendre.

— Je ne comprends pas pourquoi tu travailles pour cette femme, lâcha sa grand-mère avec un reniflement de dédain.

— Notamment parce qu'elle est la seule qui a voulu me recruter.

— Elle ne t'a pas recrutée, elle a recruté ton titre.

Sachant que c'était la vérité, Sarah tressaillit. Charlotte en profita pour poursuivre son offensive.

— Alexis a bien de la chance que le titre soit associé à un œil artistique infaillible ! s'irrita-t-elle.

— C'est moi qui ai de la chance, répliqua Sarah en riant. Tout le monde ne peut pas faire fructifier un diplôme en histoire de l'art de la Renaissance en tant que directrice artistique dans l'un des premiers magazines de mode du pays.

— Ou monter d'assistante junior à directrice artistique en trois ans, rétorqua Charlotte.

Le cher et vieux visage s'adoucit, prenant une expression d'une tendresse qui émut Sarah aux larmes.

— T'ai-je dit à quel point j'étais fière de toi ?

— Environ dix mille fois, grand-mère.

Au bout d'une demi-heure en sa compagnie, Charlotte se retira pour se reposer avant le dîner. Même si elle en mourait d'envie, Sarah s'interdit de proposer à sa grand-mère son aide pour se lever de son fauteuil. Elle savait d'avance que c'était peine perdue. La duchesse s'éloigna dans le couloir. Quand le bruit sourd de sa canne s'arrêta, indiquant qu'elle avait rejoint sa chambre, Sarah prépara une salade d'épinards et ajouta un peu d'eau au poulet que Maria avait mis à rôtir au four. Puis, après s'être lavé les mains, elle entra dans le vaste salon qui faisait office de bureau et alluma son ordinateur portable.

Elle se rappelait les grandes lignes de l'article consacré à Devon Hunter par *Beguile*. Mais elle voulait fouiller dans son passé, découvrir le moindre détail sur lui, avant de l'affronter de nouveau le lendemain soir.

- 2 -

Installé à une table recouverte d'une nappe en lin, contre la vitre, Dev regardait Sarah St. Sebastian approcher de l'entrée du restaurant. Grande et svelte, elle avançait avec une aisance mesurée, sans onduler des hanches, sans fouler le sol à grands pas décidés. Une démarche qui offrait un équilibre parfait entre grâce et dignité.

Ce soir, elle portait ses cheveux lâchés. Il aimait la manière dont les boucles brunes soyeuses encadraient son visage et caressaient ses épaules. Elle était vêtue d'une jupe noire qui frôlait le haut de ses bottes et d'une veste droite d'une nuance mauve pâle. Une couleur que ses sœurs auraient sans doute qualifiée de lilas ou héliotrope, ou autre terme tout aussi féminin.

Bien qu'il ait grandi avec quatre sœurs, le sens de la mode de Dev pouvait se résumer à un seul mot : jolie. Soit une femme l'était, soit elle ne l'était pas. Et celle-ci était jolie. Très jolie, même.

Il n'était pas le seul à le penser. Quand elle entra dans le restaurant pour être accueillie par une hôtesse qui l'escorta jusqu'à sa table, toutes les têtes se tournèrent sur son passage. Les hommes sans compagnie féminine l'admiraient ouvertement. Les autres se montraient plus discrets mais non moins appréciateurs. Les femmes n'étaient pas en reste. Plusieurs d'entre elles lui lancèrent l'un de ces regards à la dérobée, en apparence désinvolte, mais auquel aucun détail n'échappait : coupe de cheveux, robe, bijoux, chaussures.

Comment faisaient-elles ? Certes, il pouvait entrer dans le

ventre d'un avion et voir d'un seul coup d'œil si les jambes étaient tordues ou si les rivets commençaient à rouiller. Mais comme il l'avait découvert depuis que ce fichu magazine était sorti, comparés à ceux de la gent féminine, ses pouvoirs d'observation laissaient vraiment à désirer.

Au début, il avait traité le Top 10 des célibataires les plus sexy comme une blague. Avec ses sœurs, beaux-frères, neveux et nièces le taquinant sans relâche au sujet de cette « promotion », il lui aurait été difficile de faire autrement. Et puis, pour être honnête, avoir été désigné parmi les dix hommes les plus beaux du monde flattait quelque peu son ego.

C'est alors que les femmes avaient commencé à l'arrêter dans la rue pour lui faire savoir qu'elles étaient libres. Que les serveuses s'étaient bousculées pour prendre sa commande. Que les cocktails auxquels il était obligé d'assister pour ses affaires étaient devenus de véritables sources d'embarras.

Il avait réussi à passer outre la plupart de ces désagréments. Restait, hélas, le problème épineux de la femme du P-DG français avec lequel il essayait de conclure un contrat de plusieurs milliards de dollars. Lors de son dernier séjour à Paris, Elise Girault l'avait poursuivi de ses assiduités. Il avait alors compris qu'il devait mettre un terme à ce qui devenait plus qu'une simple contrariété.

Quand il avait rencontré lady Eugenia Amalia Thérèse St. Sebastian, il avait pensé avoir trouvé l'arme de dissuasion idéale. Débordante de vivacité, la sublime blonde était si photogénique que, lorsqu'il était en sa compagnie, ces vautours de paparazzis ne lui accordaient même plus un regard.

Mais une demi-heure avec Gina St. Sebastian lui avait suffi pour renoncer à cette idée. En dépit de son pedigree, la jeune femme était tout aussi écervelée qu'elle était ravissante. Puis elle lui avait dérobé l'antiquité byzantine. Or, contre toute attente, ce larcin s'avérait très utile, lui permettant de revoir entièrement sa stratégie. Pour le meilleur, décida-t-il en se levant pour accueillir la liane brune qui s'avançait vers lui.

Bien droite, les épaules dégagées, le port de tête altier de Sarah St. Sebastian ne laissait aucun doute sur son rang. Ou, du moins, sur ce qu'il aurait dû être si le petit pays de l'Est sur lequel avait régné la famille St. Sebastian des siècles durant n'avait pas aboli le titre de grand-duc lors de l'invasion soviétique. Quand, quarante ans plus tard, les chars étaient repartis, les frontières d'Europe de l'Est ayant été redessinées maintes fois, le duché de sa grand-mère était totalement rayé des cartes.

Mais, aujourd'hui, il ne pouvait que se féliciter du destin de Charlotte St. Sebastian et de ses petites-filles. Leur malheur n'allait-il pas, en quelque sorte, faire son bonheur ? En effet, lady Sarah ignorait encore qu'elle était sa planche de salut. Et qu'elle allait l'extraire du pétrin dans lequel *Beguile* l'avait plongé.

— Bonsoir, monsieur.

La voix était détendue, le regard émeraude glacial.

— Bonsoir, mademoiselle.

Patiemment, il resta debout tandis que l'hôtesse la faisait asseoir. Un serveur surgit promptement.

— Puis-je vous apporter quelque chose à boire avant de dîner, madame ? Un cocktail, un verre de vin ?

D'un geste, elle repoussa le menu au liseré doré qu'il lui tendait.

— Rien, merci. Et je ne dîne pas, ajouta-t-elle en fixant Dev de ses yeux dont la couleur évoquait le feuillage des forêts. Je ne compte pas rester plus de quelques minutes. Puis je laisserai M. Hunter savourer son repas.

Le serveur prit congé.

— Vous êtes sûre de ne pas vouloir dîner ? s'enquit Dev en se rasseyant.

— Certaine.

Ses mains nonchalamment croisées sur la table, elle ouvrit le feu.

— Nous ne sommes pas ici pour échanger des amabilités, monsieur.

Ses longues jambes allongées devant lui sous la nappe amidonnée, Dev l'observa sans répondre. Auréolé de soyeuses boucles brunes, son visage le fascinait. La ligne de ses cheveux en forme de V, ses pommettes hautes, son nez aquilin : ses traits aristocratiques très fins formaient un contraste saisissant avec la sensualité de ses lèvres ourlées. Elle aurait pu poser pour un célèbre sculpteur du XVe ou du XVIe siècle. Mais il n'avait pas la moindre idée duquel.

— Non, en effet, acquiesça-t-il, toujours intrigué par son visage. Avez-vous parlé à votre sœur ?

Les mains jointes se crispèrent de manière imperceptible, trahissant son malaise.

— Je ne suis pas parvenue à la joindre.

— Moi non plus. Alors que proposez-vous maintenant ?

— Je propose que vous attendiez.

Elle prit une inspiration et esquissa un sourire affable.

— Donnez-moi plus de temps pour trouver Gina avant que vous ne signaliez la disparition de votre antiquité… ou…

— Ou son vol ?

Son sourire s'évanouit.

— Gina ne vous a pas volé cet objet, monsieur, affirma-t-elle. J'admets qu'elle semble vous l'avoir emprunté pour une raison que j'ignore, mais je suis sûre … je sais qu'elle va vous le rendre. Un jour.

Il ne protesta pas. Affichant un air dégagé, il fit faire un cercle complet à son verre de whisky, avant de mettre en œuvre son stratagème.

— Plus j'attends pour faire une déclaration à la police, plus j'aurai à fournir d'explications à ma compagnie d'assurance, mademoiselle. Un retard dans le signalement de la perte pourrait annuler le dédommagement.

— Laissez-moi encore vingt-quatre heures, monsieur. Je vous en prie.

Elle détestait supplier. Il l'entendait à sa voix, le voyait aux jointures blanchies de ses doigts maintenant serrés.

— Entendu, mademoiselle. Vingt-quatre heures. Si votre sœur ne m'a pas rendu mon bien d'ici là, toutefois, je…

— Elle le fera. Je suis sûre qu'elle le fera.

— Et sinon ?

Elle poussa un nouveau soupir. Plus long, plus tremblant.

— Je vous rembourserai la valeur estimée.

— Comment ?

Sa mâchoire se crispant, elle le provoqua du regard.

— Cela prendra plus de temps, admit-elle. Nous devrons réfléchir à un étalement des paiements.

A cet instant, il ne se sentit pas très fier de lui. S'il n'avait pas eu un contrat de plusieurs milliards de dollars à la clé, il aurait mis un terme immédiat à cette farce. Hélas, il n'avait pas le choix. Repoussant le verre en cristal, il se pencha vers elle.

— Et si nous allions droit au but, mademoiselle. J'ai demandé à mes collaborateurs d'effectuer des recherches poussées sur le passé de votre girouette de sœur. Sur vous aussi, par la même occasion. Je sais que vous avez tiré Gina du pétrin un nombre incalculable de fois. Que vous êtes seule à pourvoir aux besoins de votre grand-mère. Je sais aussi que vous gagnez à peine assez pour couvrir les frais médicaux de la duchesse. Aussi, je ne vois pas très bien comment vous pouvez envisager de me rembourser une pièce antique d'une valeur quasiment inestimable.

Soudain d'une pâleur spectrale, elle le fixa de son regard émeraude fascinant, étincelant de fierté. Sans lui laisser le temps de le rembarrer, il tendit son piège.

— J'ai une proposition de rechange, mademoiselle.

L'air stupéfait, elle haussa les sourcils.

— Quel genre de proposition ?

— J'ai besoin d'une fiancée.

Pour la seconde fois en deux jours, il la vit perdre son

masque impassible. Bouche bée, elle lui lança un regard incrédule.

— Pardon ?

Détachant bien ses mots, il répéta :

— J'ai besoin d'une fiancée. J'avais envisagé de proposer le rôle à Gina. Mais au bout d'une demi-heure en sa compagnie, j'ai renoncé à cette idée. Il ne faut pas être cardiaque pour se fiancer avec votre sœur, poursuivit-il d'une voix sarcastique.

Malgré le choc évident dans lequel sa proposition l'avait mise, elle prit aussitôt la défense de sa cadette. Il devinait que ce réflexe lui était aussi naturel que respirer.

— Ma sœur, monsieur, est chaleureuse, généreuse, sincère et…

— Et elle est planquée, lui asséna-t-il avec la même réactivité foudroyante qu'il mettait à ses négociations d'affaires. Vous, en revanche, êtes disponible. Et vous avez une dette envers moi.

— J'ai une dette envers vous ? s'insurgea-t-elle.

— Vous, et ce magazine pour lequel vous travaillez. Avez-vous la moindre idée du nombre de femmes qui m'ont accosté depuis la parution de ce fichu article ? Je ne peux même plus acheter un sandwich chez mon traiteur préféré sans me voir assailli par toutes ces femmes qui cherchent à fourrer dans mes poches de pantalon des serviettes en papier avec leurs numéros de téléphone, ajouta-t-il d'un ton qu'il voulait détaché.

Mais, malgré ses efforts, le timbre de sa voix trahissait son exaspération.

Elle le regarda, un petit sourire moqueur aux lèvres. S'adossant à sa chaise, elle feignit une moue de compassion.

— Oh ! Pauvre objet de fantasmes féminins ! Comme je vous plains, ironisa-t-elle.

— Je suis content de voir que cela vous amuse, grommela-t-il. Pas moi. Pas avec un contrat de milliards de dollars en jeu.

— Vous classer dans le Top 10 des célibataires les plus sexy de la planète a eu un impact sur vos affaires ? s'étonna-t-elle, son sourire narquois évanoui. Comment est-ce possible ?

Comme frappée par un éclair de lucidité, elle s'exclama, de nouveau railleuse :

— Mais si. Je comprends. Avec toutes ces femmes qui se jettent à votre cou, vous ne pouvez plus vous concentrer.

— Vous avez en partie raison. Mais ce n'est pas une question de concentration. Simplement, je ne veux pas risquer de voir ce contrat me passer sous le nez parce que j'aurai intimé à l'épouse de celui avec qui je négocie de cesser de me faire des avances.

— Ainsi, vous voulez vous cacher derrière une fiancée pour éviter d'affronter cette femme, dit-elle, imperturbable.

Malgré la courtoisie de son ton, il perçut son intonation dédaigneuse. Piqué au vif, il discerna vaguement une silhouette dans son champ de vision. Une seconde plus tard, la silhouette se matérialisa en grande rousse mince qui suivait l'hôtesse vers une table libre non loin de la leur. Surprenant le coup d'œil de Dev, la rousse s'arrêta devant lui.

— Je vous connais, déclara-t-elle, la tête penchée de côté d'un air intrigué. Rappelez-moi. Où nous sommes-nous rencontrés ?

— Nous ne nous connaissons pas, rétorqua-t-il, se faisant violence pour rester civilisé.

— Vous êtes sûr ? Je n'oublie jamais un visage. Ni des fesses vraiment magnifiques, ajouta-t-elle en esquissant un lent sourire félin.

Devant la grimace qui déforma le visage de Hunter, Sarah ressentit un cruel sentiment de satisfaction. Qu'il soit mal à l'aise ! se félicita-t-elle intérieurement. Qu'il se débatte comme un spécimen sous un microscope. C'était bien fait pour lui. S'il étouffait d'embarras, il le méritait bien.

A ceci près que…

Non, il ne le méritait pas vraiment. *Beguile* l'avait examiné au microscope. Avait publié une photo de lui dans son vestiaire, cachant juste assez son visage pour leur éviter un procès. Et même si l'admettre lui était odieux, il avait fait preuve d'une décence exceptionnelle en ne se précipitant pas au commissariat de police pour signaler la disparition de son bibelot antique.

Pourtant, elle n'avait pas la moindre envie de lui venir en aide. Elle ne le voulait pas ! Aussi, ce fut vraiment à contrecœur que son sens inné de la loyauté la poussa à imiter l'expression la plus digne sa grand-mère.

— Je vous demande pardon, déclara-t-elle avec une hauteur glaciale. Je crois que mon fiancé vous a déjà dit qu'il ne vous connaissait pas. Maintenant, si vous le permettez, nous aimerions reprendre notre conversation.

Les joues de la femme s'empourprèrent, devenant presque aussi rouges que ses cheveux.

— Oui, bien sûr. Désolée pour l'interruption.

La congédiant d'un signe de tête, Sarah, impassible, but une gorgée d'eau.

Après avoir suivi un instant des yeux l'intruse qui repartait vers sa table, Hunter se tourna vers elle.

— Voilà ! C'est exactement ce que j'attends de vous, jubila-t-il d'un air amusé.

Sa main se crispant sur son verre, elle essaya d'atténuer l'impact du sourire éblouissant qu'il venait de lui attribuer. Elle pouvait gérer Devon Hunter froid et intimidant. Mais Devon Hunter les coins de ses yeux azur plissés par un sourire canaille, c'était une autre histoire.

Ce sourire, ajouté à sa tenue plus décontractée que la veille lui donnaient une allure différente. Il portait certes encore un costume, mais sa chemise bleu ciel, sans cravate, était ouverte sur son cou. A cette heure tardive, la barbe naissante qui ombrait ses joues et son menton lui donnait ce look élégant de *bad boy* si recherché par les mannequins masculins de *Beguile*.

En outre, en faisant sa recherche sur lui, elle l'avait découvert sous un tout autre jour. Même si dénicher des informations à son sujet n'avait pas été une mince affaire. Dev Hunter avait la réputation de vouloir protéger sa vie privée à tout prix. Avec une pointe de culpabilité, elle repensa à l'article de *Beguile*, fortement enjolivé pour compenser l'interview jamais décrochée requise par Alexis. La colère de Dev était donc bien légitime.

Ce qu'elle avait appris sur lui la veille l'avait fascinée. Elle savait déjà que, à peine sorti du lycée, il s'était enrôlé dans l'aviation et qu'il avait reçu une formation d'arrimeur sur des avions-cargos. Il avait passé le plus clair de ses huit années dans l'armée en mission dans des zones de combat ou dans des pays sinistrés, ce qui ne l'avait pas empêché d'obtenir une licence, puis une maîtrise.

Lors de l'une de ces missions de combat, son avion avait été mitraillé. Tombé en territoire ennemi, Hunter avait bricolé la passerelle, et sa réparation de fortune lui avait permis d'embarquer des centaines de réfugiés somaliens qui tentaient d'échapper à une mort certaine. Quelque temps plus tard, il avait quitté l'armée de l'air et avait déposé le brevet du joint qu'il avait conçu, désormais utilisé dans l'aviation civile et militaire du monde entier.

Cette initiative lui avait permis de gagner son premier million de dollars. Et tout le monde connaissait la suite. Elle n'avait pas trouvé d'estimation précise de la fortune nette du millionnaire, mais elle semblait suffire amplement à lui permettre de collectionner des pièces de musées inestimables. Ce qui la ramenait au problème en cours.

— Ecoutez, monsieur, ce…

— Dev, l'interrompit-il sans se départir de son sourire. Maintenant que nous sommes fiancés, nous devrions nous dispenser des formalités. Je sais que vous avez une bonne demi-douzaine de prénoms. Vous appelle-t-on Sarah, Elizabeth ou Marie-Adèle ?

— Sarah, concéda-t-elle. Mais nous ne sommes pas fiancés.

D'un geste du menton, il désigna la femme qui, à quelques tables de la leur, avait le nez plongé dans un menu.

— La rousse, là-bas, le croit.

— Son attitude m'a déplu, voilà tout.

— A moi aussi, renchérit-il, toute trace d'amusement disparue de son regard. C'est pourquoi je vous ai proposé un marché. Laissez-moi vous en exposer les termes de base afin d'éviter tout malentendu. Vous êtes d'accord pour jouer le rôle de ma fiancée. Pendant six mois maximum. Moins si je conclus le contrat en jeu. En échange, je détruis la vidéo de surveillance et je ne signale pas la perte de l'objet.

— Mais le disque cloisonné ! Vous avez dit qu'il valait plus de cent mille livres, ou plus.

— Je suis prêt à accepter votre promesse que Gina me le renverra. Un jour. En attendant… à nous, Sarah ! dit-il, son verre levé, feignant de porter un toast.

Se sentant acculée, elle eut recours à sa dernière munition.

— Vous m'avez promis encore vingt-quatre heures. Le contrat ne sera effectif qu'à ce moment-là. D'accord ?

Il hésita un instant.

— D'accord, répondit-il enfin avec un haussement d'épaules.

Elle ne doutait pas un instant que Gina l'aurait rappelée d'ici là, réglant une fois pour toutes cette situation ridicule. S'accrochant à cet espoir, elle se leva.

— A demain, monsieur.

— Dev, rectifia-t-il en se levant à son tour.

— Inutile de me raccompagner. Je vous en prie, restez et savourez votre dîner.

— En fait, comme j'avais faim, j'ai acheté un taco coréen à un vendeur de rue. C'est curieux, ajouta-t-il en lâchant quelques billets sur la table, je suis allé en Corée plusieurs fois et ne me souviens pas avoir jamais mangé un taco dans ce pays.

Avec une courtoisie que sa grand-mère aurait approuvée, il la prit par le bras : un geste très correct, poli, pas vraiment possessif. Pourtant, il la frôlait d'un peu trop près à son gré.

Marcher à côté de lui ne faisait que renforcer l'impression qu'elle avait eue la veille de sa stature et de sa vigueur.

Pour gagner la sortie, ils passèrent devant la rousse qui leva la tête. Sous le regard dédaigneux de Sarah, elle se replongea aussitôt dans la lecture de son menu.

— Je vais vous appeler un taxi, déclara Hunter alors qu'ils sortaient du restaurant.

— Je n'habite qu'à quelques rues d'ici.

— Mais la nuit tombe. Je sais que New York est votre ville, mais je me sentirais plus tranquille si je vous renvoyais chez vous en taxi.

Elle renonça à protester. D'autant que, le crépuscule venant, la fraîcheur était tombée. De l'autre côté de la rue, les réverbères éclairaient Central Park de leur halo doré. Elle balaya les arbres du regard, émerveillée par la vision du feuillage pourpre du parc parsemé de taches dorées.

Se tournant de nouveau vers le restaurant, elle aperçut la rousse qui, le portable plaqué contre son oreille, les scrutait. Qui que soit son interlocuteur, elle semblait avoir quantité de potins à colporter.

Soudain prise de nausée, Sarah devina sans peine qu'elle répandait la nouvelle des fiançailles du célibataire le plus sexy numéro trois. New York vivait pour les célébrités, qui faisaient les choux gras de *Good Morning America*, étaient courtisées par Tyra Banks et par les animatrices de *The View,* étaient régulièrement invitées dans le *Late Show with David Letterman.* Les tabloïds, les magazines et même les prétendues publications littéraires étaient prêts à payer des sommes astronomiques pour décrocher le moindre scoop.

Et elle venait tout juste de leur en offrir un. Pourquoi avait-elle cédé à son impulsion ? Avec un sentiment de dégoût, elle réprima un juron qui lui aurait valu une réprimande sévère de sa grand-mère.

Suivant son regard, Hunter aperçut la femme qui les fixait à travers la vitre du restaurant, le téléphone toujours à l'oreille.

L'injure qui résonna dans l'air nocturne prouva à Sarah qu'il partageait son agacement... sans chercher à le réprimer.

— Ça va paraître dans une autre feuille de chou comme *Beguile*, c'est ça ? s'emporta-t-il.

Elle se raidit. A dire la vérité, certains des articles qu'Alexis avait insisté pour publier l'avaient fait secrètement ciller. Pour autant, elle n'était pas prête à laisser un étranger critiquer son magazine.

— *Beguile* n'a rien d'une feuille de chou. Nous sommes l'une des premières publications lues par les femmes entre vingt et trente-cinq ans, ici et à l'étranger.

— Si vous le dites.

— Je le dis, insista-t-elle.

La compassion qu'il lui avait inspirée quelques instants auparavant s'était totalement dissipée. Comment avait-elle pu s'égarer de la sorte ? Quand il se tourna vers elle, elle n'en ressentait plus rien. Le Devon Hunter au sourire canaille avait disparu, remplacé par son sinistre alter ego.

— Je suppose que si notre photo doit paraître dans quelque presse à sensation, autant rendre l'article un peu plus juteux.

Devant l'intensité de son expression, elle leva une main.

— Ne hâtons pas les choses, monsieur.

— Dev, rectifia-t-il avec un regard perçant. Dites-le, Sarah. Dev.

— D'accord ! Dev. Vous êtes satisfait ?

— Pas tout à fait.

D'un bras, il la prit par la taille. Une poussée les plaqua hanche contre hanche. Malgré sa poigne de fer, il lui laissa une seconde, peut-être deux, pour se débattre.

Bien plus tard, Sarah dressa une liste de toutes les raisons pour lesquelles elle aurait dû le repousser. Cet homme lui était antipathique. Il la faisait carrément chanter en se servant de l'acte irréfléchi de Gina. Il était trop arrogant et carrément trop sexy pour son bien. Mais, à cet instant précis, à cet endroit précis, son regard se noya dans les profondeurs de ces pupilles d'un bleu turquoise et, poussée par un mélange de culpabilité et d'inquiétude, elle s'abandonna à la virilité brute de Devon Hunter.

- 3 -

Sarah avait déjà été embrassée. Plutôt souvent, même. Bien sûr, elle n'avait pas collectionné les conquêtes comme Gina, mais elle avait eu son lot d'admirateurs, tant au lycée qu'à l'université. Sans parler des deux fois où elle avait failli tomber amoureuse. La première fois, d'un très bel Italien rencontré dans la célèbre Galerie des Offices et en compagnie duquel elle avait passé une semaine enivrante à explorer Florence. Plus récemment, d'un jeune avocat charismatique qui briguait une carrière politique. Une relation qui avait connu une fin plutôt douloureuse le jour où elle s'était aperçue qu'il était plus amoureux de son titre dérisoire et de son rang que d'elle.

Mais même avec l'Italien, elle ne s'était jamais autorisé la moindre effusion en public. Outre la conduite exemplaire que prônait sa grand-mère en toute occasion, la réserve innée de Sarah lui faisait fuir cette joie de vivre exubérante qui caractérisait sa sœur. Pourtant, elle était là, au creux des bras d'un quasi-inconnu, sur le trottoir de l'une des avenues les plus animées de New York, malgré le conflit intérieur qui la déchirait. Elle, la bienséance incarnée, était en train de s'offrir en spectacle aux clients du restaurant et aux passants. D'un autre côté, en s'abandonnant à cette fougue qu'elle ne libérait qu'en de très rares occasions, elle avait l'impression de renaître à la vie.

Une pensée insensée lui traversa l'esprit : si *Beguile* devait dresser un jour une liste des dix hommes au monde qui embrassaient le mieux, elle attribuerait personnellement la première place à Devon Hunter. Sa bouche épousait la sienne comme si elle était faite pour lui. Ses lèvres, exigeantes, sollicitaient sa réponse.

Sarah ne se fit pas prier. Penchant la tête, elle plaqua ses deux mains sur son torse. Le contact de ses muscles durs sous sa veste et sa chemise lui procurait une myriade de sensations exquises que venait renforcer la caresse piquante de sa barbe naissante. Elle sentait le soupçon de whisky fumé dans son haleine, la chaleur qui irradiait de sa peau.

Le baiser de Hunter ne contenait aucune intention cachée. Il n'essayait ni de l'impressionner ni de gagner une victoire dans la bataille des sexes. Sa bouche se mouvait naturellement sur la sienne, avec assurance, voracité, le ballet de leurs deux langues gagnant en volupté.

Quand il releva la tête, ils avaient tous les deux le souffle court. Devant son expression aussi surprise et déconcertée que la sienne, elle ressentit une satisfaction intense. Le voyant soudain se rembrunir, elle se prépara à une remarque tranchante. Avec un froncement de sourcils, il se contenta de lui adresser un brève excuse :

— Je suis désolé, dit-il en lâchant sa taille pour reculer d'un pas. C'était tout à fait déplacé.

Elle était sur le point de lui faire remarquer qu'elle n'avait pas vraiment résisté. Alors qu'elle luttait pour apaiser ses sens embrasés, elle aperçut la rousse qui, derrière la vitre du restaurant, les fixait toujours avec la même avidité, brandissant maintenant son téléphone dans leur direction.

— Déplacé ou pas, dit-elle avec un sourire de frustration, attendez-vous à voir ce baiser dans les journaux. Je suppose que le téléphone de votre amie est équipé d'un appareil photo.

Il jeta un coup d'œil derrière lui et eut un grognement de dégoût.

— J'en suis sûr.

— Quel fiasco ! chuchota-t-elle. Ma directrice va être furieuse.

Comprenant les implications de sa phrase, il s'enquit :

— Si une autre feuille de chou, pardon, un autre magazine, publiait le scoop de nos fiançailles, pourriez-vous avoir des problèmes au bureau ?

— Pour commencer, nous ne sommes pas fiancés. Du moins, pas encore. Ensuite, vous n'avez pas besoin de vous inquiéter de mon travail.

Principalement parce qu'il ne serait pas là quand l'orage éclaterait. Si la directrice éditoriale de *Beguile* apprenait d'une autre source que Sarah avait embrassé « Numéro trois » au milieu de la foule de Central Park West, elle entrerait dans l'une de ses rages légendaires.

Et il ne fallait pas oublier la duchesse.

— Je me soucie plus de ma grand-mère, avoua Sarah avec réticence. Si elle découvre quoi que ce soit avant que je puisse trouver une solution…

Préoccupée, elle se mordilla la lèvre. Elle avait l'impression d'être prise au piège. Comment allait-elle s'extraire de cette situation ? A sa grande stupéfaction, elle entendit Hunter suggérer :

— Et si je vous ramenais chez vous ce soir ? Vous pourriez me présenter à votre grand-mère. Ainsi, quoi qu'il arrive ensuite, l'effet de surprise sera atténué.

Elle réfléchit un instant. Le fait même d'envisager cette idée lui faisait mesurer la profondeur de son désespoir.

— Je ne crois pas, répondit-elle au bout de quelques minutes. A ce stade, je ne tiens pas à compliquer encore la situation.

— Comme vous voudrez. Je suis descendu au Waldorf Astoria. Appelez-moi quand vous aurez eu le temps de réfléchir à ma proposition. Si je n'ai pas de vos nouvelles dans les vingt-quatre heures, j'en conclurai que j'ai votre accord tacite.

Sur cette phrase d'adieu, il s'avança sur le trottoir et lui héla un taxi. Une fois à l'intérieur, Sarah se cala sur le siège et passa le court trajet qui la séparait du Dakota à essayer d'apaiser le tourbillon de ses émotions : le souvenir de leur baiser, son inquiétude teintée de ressentiment pour sa sœur. Combien elle lui en voulait de l'avoir entraînée dans une telle pagaille !

Quand elle entra dans l'appartement, elle trouva Maria qui s'apprêtait à partir, affairée à vider le lave-vaisselle.

— *Holà*, Sarah.

— *Holà*, Maria. Comment s'est passée la journée ?

— Bien. Nous avons fait une promenade au parc cet après-midi, dit-elle en rangeant la dernière assiette dans le placard.

Après rapide un coup de chiffon sur le plan de travail en marbre, elle prit son manteau posé sur une chaise et ajouta :

— Nous t'attendions plus tard. La *duquesa* a dîné tôt et s'est retirée dans sa chambre. Quand je suis allée voir si tout allait bien il y a quelques minutes, elle était assoupie.

— Très bien, Maria. Merci.

— Je t'en prie, *chica*.

L'Equatorienne enfila son manteau et souleva son sac de la taille d'une valise. Arrivée au milieu du vestibule, elle se retourna.

— J'allais oublier, Gina a téléphoné.

— Quand ?

— Il y a une demi-heure environ. Il paraît que tu lui avais envoyé deux textos.

— Deux ? Une bonne vingtaine, plutôt ! s'indigna-t-elle.

— Tu connais Gina ! répliqua la gouvernante, un sourire affectueux éclairant son visage joufflu.

— Ça, pour la connaître ! acquiesça Sarah, maussade. A-t-elle fait référence à l'endroit où elle se trouvait ?

— A l'aéroport de Los Angeles. Elle a dit qu'elle voulait juste s'assurer que tout allait bien avant de prendre son avion.

— Quel avion ? Où allait-elle ? la pressa-t-elle, prise de panique.

Le front plissé par la concentration, Maria répondit :

— En Suisse. Ou peut-être… au Sénégal ?

Connaissant Gina, les deux destinations étaient possibles.

Quoique, songea Sarah avec une nouvelle bouffée d'angoisse, l'Europe offrait sans doute de meilleurs marchés pour écouler des bibelots byzantins du XIIe siècle.

Après un rapide bonsoir à Maria, elle fouilla frénétiquement dans son sac pour trouver son téléphone. Elle devait joindre sa sœur avant que son avion décolle.

La petite icone verte qui s'affichait sur l'écran du portable indiquait qu'elle avait un texto. Elle n'avait pas entendu le signal ! Sans doute parce qu'elle était trop occupée à se laisser embrasser à perdre haleine par Devon Hunter.

Le bref message était typique de Gina :

Ai rencontré le plus câlin des moniteurs de ski. Je pars pour la Suisse. A toute !

Berçant le fol espoir qu'il n'était pas trop tard, Sarah appuya sur la touche de son numéro préenregistré et tomba sur la messagerie. Debout devant le plan de travail massif, elle rédigea un message et, sourcils froncés, attendit la petite icone indiquant la réponse. Sans succès. Manifestement, Gina avait éteint son téléphone.

Connaissant sa cadette, après avoir atterri en Suisse, elle allait oublier d'allumer le fichu engin pendant des heures, des jours peut-être.

Elle se dirigea vers la chambre de sa grand-mère, avec l'impression d'entendre le tic-tac sonore d'une horloge dans sa tête. Hunter lui avait accordé vingt-quatre heures de plus. Lancé, le compte à rebours ne lui en laissait plus que vingt-trois.

Elle frappa un coup léger à la porte qu'elle ouvrit aussi silencieusement qu'elle le put. Paupières closes, un livre ouvert sur les genoux, la duchesse était confortablement assise contre un mur d'oreillers.

La vague d'amour brûlante qui la submergea atténua l'anxiété qui lui nouait l'estomac. Elle ne voyait ni les joues maigres et ridées de sa grand-mère ni les taches de vieillesse mouchetant le dos de sa main. Juste la femme qui avait ouvert son cœur et ses bras à deux fillettes apeurées. Charlotte St. Sebastian les avait nourries, éduquées, avait fait son possible pour les préserver de la laideur du monde. Aujourd'hui, il incombait à Sarah de reprendre le flambeau et de prendre soin de son aïeule.

Elle essaya de retirer le livre des doigts de la duchesse sans la réveiller. En vain. Après avoir cligné des paupières plusieurs fois, Charlotte la regarda et sourit.

— Comment s'est passé ton dîner ?

Sans répondre par un mensonge, Sarah décida d'éluder la question.

— Le restaurant correspondait tout à fait à vos standards. Nous devons y aller pour votre anniversaire.

— Oublions mon anniversaire. Viens t'asseoir et parle-moi de cet ami d'Eugenia, l'invita sa grand-mère en tapotant son lit d'une main. Penses-tu que ce soit sérieux entre eux ?

Sarah réprima un sourire sarcastique. Pour être sérieux, Hunter était sérieux ! Seulement, jamais Charlotte n'aurait approuvé ses véritables intentions.

— Ils ne sont que de simples connaissances. En fait, Gina m'a envoyée un texto dans la soirée. Elle est en route pour la Suisse avec le plus câlin des moniteurs de ski. Ce sont ses mots, pas les miens.

— Cette fille ! s'offusqua Charlotte. Elle finira par avoir ma mort sur la conscience.

Sarah frissonna. Elle ferait tout pour l'empêcher. Néanmoins, l'horloge continuait à faire tic tac dans sa tête. En désespoir de cause, elle suivit le conseil de Hunter. Elle ignorait encore de quoi demain serait fait, mais elle allait préparer le terrain.

— En fait, je le connais mieux que Gina, grand-mère.

— Le moniteur de ski ?

— L'homme que j'ai retrouvé au restaurant ce soir. Devon Hunter. Vous le connaissez aussi. Il est arrivé troisième dans notre liste des célibataires les plus sexy.

Malgré son désarroi, cette pensée la fit sourire malgré elle.

— Pour l'amour du ciel, Sarah ! Tu sais que je n'achète *Beguile* que pour avoir une idée de ton travail. Je n'accorde aucune attention au contenu de ce magazine.

— Alors, c'est sans doute Maria qui a corné les pages de l'article, railla-t-elle.

Charlotte leva son nez aristocratique, un geste aussi machinal qu'inné qui précédait habituellement une réplique cinglante. Au grand soulagement de Sarah, sa grand-mère baissa la tête et demanda, le regard pétillant de malice :

— Est-il aussi sexy en réalité que sur les photos ?

— Plus encore.

Etouffant un soupir résigné, elle se jeta à l'eau et poursuivit :

— Ce qui explique pourquoi je l'ai embrassé devant le restaurant.

— Tu l'as embrassé ? En public ?

Sans grande conviction, Charlotte exprima sa désapprobation d'un petit grognement. Son visage s'était éclairé, une lueur de curiosité dansait dans le regard.

— Cela manque tellement de classe, ma chérie.

— Oui, je sais. En plus, nous sommes tombés sur une femme absolument détestable au restaurant. Elle a reconnu Devon et lui a fait une remarque très grossière. Je la soupçonne d'avoir pris une ou deux photos. Notre baiser va peut-être paraître dans un tabloïd.

— J'espère bien que non !

Les lèvres pincées, la duchesse réfléchit un moment à cette effroyable perspective avant d'émettre une observation pleine de sagacité :

— Alexis va piquer une colère mémorable si ce genre de cliché paraît dans un autre magazine que le sien. Tu ferais bien de l'avertir.

— J'en ai bien l'intention. Avez-vous pris vos médicaments ? ajouta Sarah avec un coup d'œil à la table de nuit.

Une boîte de pilules et une carafe d'eau en cristal étaient posées sur le plateau de marbre.

— Oui.

— Vous êtes sûre ? Parfois, vous vous endormez en ayant oublié.

— Je les ai pris, Sarah, cesse de te tracasser pour moi.

Se penchant pour embrasser la joue au léger parfum de lis, elle murmura :

— C'est mon rôle de me tracasser pour vous. Bonne nuit, grand-mère.

— Bonne nuit, mon ange.

Elle se dirigea vers la porte de la chambre et, la main sur la poignée, était sur le point d'en sortir, quand la duchesse lui lança un ordre impérieux :

— Invite ce M. Hunter demain soir pour l'apéritif, Sarah. Je voudrais le rencontrer.

— Je ne suis pas certaine de ses projets.

— Quels qu'ils soient, je suis sûre qu'il trouvera le temps de nous rendre une petite visite, rétorqua Charlotte, hautaine.

Sarah alla se coucher en essayant de décider quelle serait la pire option : s'embarquer dans de fausses fiançailles en informant Alexis qu'un tabloïd pourrait voler à *Beguile* le scoop sur l'une de ses salariées ? Ou continuer à donner à sa grand-mère une version édulcorée de la vérité ?

Au réveil, son premier réflexe fut d'allumer son portable : Gina n'avait laissé ni texto, ni e-mail, ni message.

— Toi, tu ne perds rien pour attendre ! fulmina-t-elle à l'intention sa sœur évanouie dans la nature. Tu peux me croire !

Repoussant les couvertures, elle gagna la salle de bains d'un pas rageur. Tout comme le reste de l'appartement, la pièce était haute de plafond et ornée de moulures élaborées. Si la plupart de ces aménagements intérieurs avaient été modernisés au fil des années, la spacieuse baignoire montée sur pieds de griffon était d'origine. Chaque fois qu'elle le pouvait, Sarah s'offrait le luxe de se prélasser dans un long bain moussant. Mais, ce matin, trop énervée et trop pressée, elle se contenta d'une douche rapide.

Lavée, les cheveux secs, elle choisit l'une des tenues qu'avait préférées sa grand-mère : une minirobe grise Pierre Balmain, de coupe trapèze, classique. Selon Charlotte, certaines femmes portaient ces robes très courtes avec des cuissardes. Un style commun qu'elle n'avait, bien sûr, jamais adopté, lui préférant le raffinement des bas blancs et des ballerines Ferragamo. Sarah opta pour des collants noirs, des ballerines Giuseppe Zanotti dénichées dans un magasin de chaussures de seconde main, et plusieurs rangs de fausses perles.

Heureusement, la duchesse affectionnait un petit déjeuner tardif, qu'elle prenait sans se presser en compagnie de Maria. Aussi, après avoir avalé son bagel et son café noir habituels, Sarah passa embrasser sa grand-mère et partit au bureau.

Une fois arrivée au magazine, un autre répit l'attendait. Alexis avait téléphoné tôt ce matin pour prévenir qu'elle sautait dans un avion pour se rendre à une réunion de dernière minute avec le directeur de leur groupe éditorial, à Chicago. Et, à son immense soulagement, sa recherche sur internet lui révéla qu'aucun article du jour ne mentionnait son nom, ne publiait la photo à sensation de Hunter et elle lovés dans les bras l'un de l'autre. Elle passa le reste de la journée à essayer de rationnaliser sa réaction inattendue à leur baiser et à tenter de joindre Gina. En vain. Dans l'intervalle, l'horloge avançait inexorablement vers l'heure butoir.

Dev jeta un coup d'œil à la rangée de pendules alignées sur l'un des murs de la salle de conférence : 16 h 15. Un peu moins de quatre heures avant l'expiration de l'ultimatum.

Il cessa d'écouter le cadre bronzé et athlétique qui, au bout de la table de conférence en acajou brillant, parlait d'un ton monocorde depuis presque quarante minutes maintenant. Ses associés tout aussi élégants hochaient la tête, intervenant de leurs commentaires sur le juteux contrat militaire qu'ils ne doutaient pas de voir leur société remporter.

Dev était plus réservé. Ils avaient exposé leurs coûts de mise en route de manière si catégorique qu'il savait déjà que les responsables des achats du Pentagone leur riraient au nez avant de les évincer de la compétition. Si ce voyage à New York ne lui avait pas donné l'occasion de rencontrer Sarah St. Sebastian, Dev aurait pu le considérer comme une perte de temps totale.

Sarah attisait sa curiosité. Le profil qu'il avait dressé d'elle lui avait fait deviner qu'elle serait pondérée, bien dans sa peau, la tête sur les épaules, et d'une loyauté sans faille envers la grand-mère qui l'avait élevée et la sœur qui lui avait causé tant de problèmes. Mais il restait abasourdi par son élégance innée. Par le souvenir de son coup au cœur en la voyant entrer dans le restaurant la veille au soir et des heures passées ensuite à se remémorer son parfum, la sensation de son corps contre le sien.

La réaction que suscitait chez lui cette femme aurait pu nuire au bon déroulement de son plan. Il avait besoin de leurrer le public. D'une fiancée temporaire pour limiter les dégâts de cet article ridicule. De quelqu'un qui ferait office de tampon entre lui et les parfaites inconnues qui l'abordaient où qu'il aille. Et qui le protégerait de la femme du P-DG français qui lui avait chuchoté des obscénités à l'oreille.

Sarah St. Sebastian était la solution idéale à ces pénibles désagréments. D'ailleurs, ne l'avait-elle pas prouvé la veille quand elle avait anéanti la rousse ? Hélas, le goût de ses lèvres, la sensation de ses courbes affolantes contre son corps avaient produit quasiment le même effet sur lui. L'exquise Sarah pourrait se révéler une distraction sacrément plus dangereuse que toutes ses admiratrices réunies.

Et maintenant qu'allait-il décider ? De lui téléphoner pour lui annoncer que son offre ne tenait plus ? De faire une croix sur la perte du médaillon ? De retrouver Gina et de récupérer son bien en personne ?

Naturellement, l'objet en soi n'était pas le problème. Il lui était arrivé de perdre plus à la bourse en une seule journée que la valeur de ce morceau d'or et d'émail. La seule raison pour laquelle il était allé aussi loin était que, pas plus qu'un autre, il n'aimait se voir victime d'un larcin. Sans parler du fichu article sur les dix célibataires les plus sexy du monde. De là lui était venue l'idée de compenser le vol du médaillon par une fiancée temporaire.

Ce qui le ramenait au point de départ. Que devait-il faire concernant Sarah ? Si sa conscience l'avait aiguillonné la veille au soir, aujourd'hui, elle ne lui laissait aucun répit.

Dans le monde de l'industrie aéronautique où se brassaient des milliards de dollars, Dev avait acquis la réputation d'être coriace, mais d'une honnêteté sans faille. Il n'avait jamais menti à un concurrent, n'avait jamais grossièrement méprisé un appel d'offres comme ces guignols étaient en train de le faire. Tout comme il n'avait jamais eu recours au chantage. Mal à l'aise, il remua dans son fauteuil, aussi irrité par le marché à sens unique qu'il avait proposé à Sarah que par les fausses estimations que M. Suave persistait à faire apparaître sur l'écran.

N'y tenant plus, il toussota ! Il pouvait régler au moins l'un de ses problèmes sur-le-champ.

— Excusez-moi, Jim.

Le beau gosse bronzé s'interrompit en pleine tirade et, imité par ses associés, tourna un visage avide vers Dev.

— Nous devons interrompre notre réunion, déclara-t-il sans ambages. J'ai une question urgente à régler. Je pensais pouvoir attendre, mais c'est impossible.

Jim et compagnie dissimulèrent leur déception derrière des sourires carnassiers. La courtoisie professionnelle voulait que Dev suggère un arrangement.

— Et si vous m'envoyiez le reste de votre présentation par e-mail ? Je la regarderai en rentrant chez moi.

Le beau gosse composa un numéro interne et murmura un ordre à ses collègues. Lorsqu'il raccrocha, son sourire était un peu crispé.

— C'est fait, Dev.

— Merci, Jim. Je vous rappelle dès que j'ai eu une chance d'examiner vos chiffres de façon détaillée.

L'air de plus en plus déconfit, Jim parvint à faire bonne figure pour contourner la table et venir lui serrer la main.

— J'ai hâte d'avoir de vos nouvelles. Bientôt, j'espère.

— A la fin de la semaine, promit Dev, sachant déjà que M. Suave n'allait pas aimer sa réponse.

Décidant d'attendre d'être dans sa limousine en route vers son hôtel pour appeler Sarah, il profita de la descente en ascenseur des cinquante étages pour réfléchir à la façon de tourner ce qu'il avait à lui dire.

Vingt étages plus bas, la sonnerie de son téléphone portable vint interrompre le fil de ses réflexions. Sans se douter une seconde qu'une brune aux yeux de jade était sur le point de faire basculer son univers, il répondit avec son laconisme habituel.

— Hunter.

— Monsieur Hunter… Dev…, c'est Sarah St. Sebastian.

— Bonjour, Sarah. Avez-vous eu des nouvelles de Gina ?

— Eh bien oui, en quelque sorte.

Il réprima un juron. Dire qu'il s'était rongé de culpabilité pour avoir fait du chantage à cette femme. Et voilà que maintenant, à l'idée qu'elle ne serait jamais sa fausse fiancée, il ressentait une déception cuisante. Un sentiment si violent, si étrangement douloureux, qu'il faillit ne pas entendre la phrase suivante :

— Gina est en route pour la Suisse. Ou elle l'était lorsqu'elle m'a envoyé un texto hier soir.

— Qu'est-ce que c'est que… ?

Il s'interrompit, connaissant la réponse avant d'avoir posé la question. Un banquier suisse préférait se suicider plutôt que de violer la confidentialité de marchés conclus sous ses auspices. On ne pouvait rêver meilleur endroit pour vendre une pièce d'antiquité quasiment inestimable et pour en déposer le bénéfice.

— Alors, que décidons-nous ?

Son ton était plus dur qu'il l'aurait souhaité. Elle répondit sur le même ton :

— J'essaie toujours de joindre Gina. Si je n'y arrive pas…

L'ascenseur arriva dans le hall. Dev en sortit, le téléphone plaqué contre son oreille, l'adrénaline coulant dans ses veines avec la même force que quand ses ingénieurs étaient sur le point de conclure un nouveau concept innovant ou une avancée majeure pour l'industrie du transport aérien.

— Si vous n'y arrivez pas ? répéta-t-il.

— Je ne vois pas d'autre choix que d'accepter votre proposition grotesque. Je serai votre fiancée pendant six mois. Moins si vous bouclez les négociations sur lesquelles vous travaillez avant. En échange, vous ne lancez pas de poursuites contre ma sœur. Nous sommes bien d'accord ?

Elle articula chacune de ses paroles avec lenteur et fermeté. Comme s'il avait oublié les conditions qu'il avait posées la veille au soir.

— Nous sommes bien d'accord.

Saisissant la balle au bond, il balaya ses derniers doutes et poursuivit :

— Donc, nous avons un marché ?

— A une condition.

Une douzaine de clauses imprévues lui traversèrent l'esprit.

— Laquelle ? demanda-t-il, méfiant.

— Vous devez venir boire l'apéritif à la maison ce soir. Ma grand-mère veut vous rencontrer.

- 4 -

Sourcils froncés, Dev examina le reflet que lui renvoyait le miroir de l'ascenseur et ajusta sa cravate. Il aurait été curieux de savoir pourquoi cette rencontre avec Charlotte St. Sebastian le mettait dans un tel état de nervosité. N'avait-il pas survolé des zones de conflit un nombre incalculable de fois ? N'avait-il pas pris part à des missions humanitaires dans des pays dévastés par des incendies, des tsunamis, des tremblements de terre, d'épouvantables sécheresses et de sanglantes guerres civiles ? Sans parler de toutes les fois où son avion était tombé sous les tirs ennemis.

Ces expériences avaient certes forgé son caractère. Construire un empire aéronautique en partant de zéro avait affermi sa confiance en lui. Il fréquentait maintenant les plus grands patrons et les décideurs du monde entier. Charlotte St. Sebastian ne serait pas la première personne de sang royal, ni même celle du plus haut rang, qu'il avait rencontrer.

Néanmoins, les informations qu'il avait glanées sur la famille St. Sebastian lui donnaient une image particulièrement intimidante de sa matriarche. Cette femme avait un jour été l'héritière d'un duché vieux de sept siècles. Elle avait été contrainte d'assister à la mise à mort de son mari par un peloton d'exécution. Elle avait perdu presque tous les autres membres de sa famille dans les tristement célèbres goulags. Puis, après s'être cachée avec sa fille bébé, elle avait enduré d'innombrables épreuves avant de s'enfuir pour passer à l'Ouest.

Des drames en série qui auraient suffi à briser plus d'un

cœur. Pourtant, comme si la vie ne lui avait pas infligé assez d'épreuves, elle avait subi la mort tragique de sa fille et de son gendre ; la duchesse avait élevé ses deux petites-filles seules. Presque tous ses amis et relations ignoraient que son train de vie luxueux n'était qu'une simple façade. Il le savait, car, après le vol du médaillon byzantin par la belle et pétillante lady Eugenia, il avait souhaité rassembler toutes les informations possibles sur les St. Sebastian.

Il aurait pu retrouver Gina. De nos jours, n'importe qui avec un minimum de connaissances informatiques pouvait pister un téléphone portable équipé d'un GPS. Ce qu'il avait envisagé jusqu'à ce qu'il se rendre compte que la sœur aînée de Gina correspondait mieux à ses besoins. En outre, l'endroit où Sarah St. Sebastian travaillait constituait un intérêt supplémentaire. Après tout, une petite vengeance sur les ennuis que lui avaient apportés l'article n'était que justice.

Si ce n'était, pensa-t-il en sortant de l'ascenseur, que la vengeance se retournait souvent contre son instigateur. Il avait maintenant de sérieux doutes quant au plan qui lui avait paru quasi infaillible quand il l'avait conçu. Allait-il pouvoir s'empêcher de séduire la sœur aînée si racée et s'en tenir strictement aux termes de leur accord ? Le voulait-il vraiment ?

Les doutes persistèrent à le harceler jusqu'au moment où il pressa le bouton de la sonnette. Un carillon mélodieux s'éleva, et celle qui serait bientôt sa fiancée lui ouvrit la porte.

— Bonjour, monsieur… Dev.

Ce soir, elle portait une robe grise moulante avec des collants noirs. De grosses perles ornaient son cou. Si le collier et la robe lui donnaient une touche d'élégance très personnelle, les collants mettaient en valeur des jambes devant lesquelles il se sentit déglutir. Il parvint néanmoins à répondre à sa salutation.

— Bonsoir, Sarah.

— Entrez, je vous en prie, l'invita-t-elle en s'effaçant devant lui.

Il s'avança dans un vestibule plus long et presque aussi vaste que le ventre d'un C-17. Le sol était dallé de marbre, des appliques rococo ornaient les murs, et une coupe en cristal remplie de fleurs orange trônait sur une magnifique console. Il remarqua soudain la lueur d'inquiétude dans les prunelles de jade de Sarah.

— J'ai dit à ma grand-mère que Gina et vous étiez de simples connaissances, lui confia-t-elle à voix basse.

— C'est la vérité.

— Eh bien… oui.

Prenant une inspiration, elle se redressa bien droite, ses épaules moulées dans la soie grise.

— Allons-y.

Le précédant, elle s'engagea dans le couloir. Dev lui emboîta le pas, fasciné. La vision qu'elle offrait de dos était tout aussi magnifique que celle de face. L'ourlet de sa robe ondulait juste assez pour l'aguicher et le faire saliver. Les collants épousaient fidèlement le ravissant galbe de ses mollets.

Il continuait d'apprécier la vue quand elle le fit entrer dans une pièce haute de plafond, meublée de meubles anciens et de quelques pièces de design modern. Le magnifique parquet aurait eu grand besoin de la douceur d'un tapis tissé main pour étouffer quelque peu son écho. Occupant presque deux murs entiers, des fenêtres encadrées de rideaux de velours bleu ouvraient sur ce qu'il devina être une vue extraordinaire sur Central Park. Des flammes dansaient dans la massive cheminée en marbre noir qui occupait un troisième mur, baignant de leur douce lueur une énorme table basse entre un canapé et deux fauteuils à hauts dossiers. Dans l'un d'entre eux, une femme droite comme un I, les mains posées sur le pommeau d'une canne en ébène, attendait. Ses cheveux gris étaient tirés en arrière en une couronne tressée retenue par des peignes d'ivoire. Un camée en broche était piqué dans la dentelle protégeant son cou. Dev s'avança vers elle, sentant ses yeux de faucon le détailler.

Avec un sourire affable, Sarah déclara :

— Grand-mère, je vous présente Devon Hunter.

— Enchantée de faire votre connaissance, monsieur.

La duchesse tendit une main marbrée de veines bleues. Dev devina qu'autrefois les courtisans mettaient un genou à terre pour l'embrasser avec révérence. Il décida de la serrer avec délicatesse.

— C'est un plaisir de vous rencontrer, madame. Gina m'a dit avoir hérité sa beauté éblouissante de sa grand-mère. Manifestement, c'était la vérité.

— Vraiment ? demanda la duchesse en relevant le menton, son nez se haussant de quelques millimètres. Ainsi, vous connaissez bien Eugenia ?

— Elle a organisé une soirée pour moi. Nous avons eu plusieurs occasions de parler ensemble.

— Asseyez-vous, je vous en prie, monsieur, l'invita-t-elle en désignant d'un geste le fauteuil en face d'elle. Sarah, ma chérie, voudrais-tu proposer un verre à M. Hunter ?

— Certainement. Que puis-je vous offrir, Dev ?

— Je prendrai la même chose que votre grand-mère et vous.

Elle s'avança vers une desserte sur laquelle étaient disposés un assortiment de carafes et une bouteille de vin ouverte dans un seau à glace en cristal.

— Je bois du vin blanc. Grand-mère néanmoins ignore les consignes de son médecin et boit une abominable mixture déjà concoctée par nos ancêtres au XVIe siècle, ajouta-t-elle avec un sourire plein de tendresse.

— Le *žuta osa* n'est pas une abominable mixture, Sarah, protesta la duchesse en levant son verre à liqueur pour faire tourner le liquide de couleur ambre. C'est juste une boisson qui demande une constitution solide.

Elle ponctua sa phrase d'un regard plein de candeur pour

son invité. Cependant, Dev savait reconnaître un défi quand on le lui lançait.

— Je vais y goûter.

Derrière la desserte, Sarah lui jeta un coup d'œil de mise en garde.

— Vous en êtes sûr ? s'étonna-t-elle. La traduction littérale du nom est « guêpe jaune ». Ce qui vous donne peut-être une idée de son goût.

— Sarah, franchement ! Tu dois laisser M. Hunter forger sa propre opinion sur ce qui était autrefois notre boisson nationale.

Regrettant déjà son choix, Dev dissimula sa déception derrière une requête polie.

— Je vous en prie, appelez-moi Dev, madame.

Il ignorait tout de l'étiquette. Devait-il s'adresser à la duchesse par son prénom ou par son titre ? Et, surtout, dans quel ordre devait-il les utiliser ? Pour la plupart des Américains, les arcanes des titres de l'aristocratie européenne étaient indéchiffrables. Et ceux des souverains déchus encore plus difficiles à comprendre.

La duchesse résolut son dilemme en répondant à sa requête d'un gracieux signe de la tête.

— Très bien. Et vous pouvez m'appeler Charlotte.

Un bouchon de carafe à la main, Sarah se figea. A voir la surprise qu'affichait son visage, Dev comprit qu'il venait de se voir accorder une concession d'importance. Elle ne tarda pas à se ressaisir et remplit l'un des minuscules verres à liqueur qu'elle apporta à Dev. Puis, après s'être servi un verre de vin, elle revint s'asseoir à côté de sa grand-mère.

Dev leva son verre en salut à son hôtesse. Quinze millilitres de venin de guêpe ne devaient pas être bien dangereux. Une seule gorgée suffit à lui montrer à quel point il se trompait. Le liquide à base de prune, d'une violence extrême, lui explosa dans la bouche, manquant lui trouer l'œsophage.

— Nom d'un… !

Il se réprima à temps. Les yeux humides de larmes, il examina la liqueur à bout de bras avec le respect qu'elle méritait. Quand il eut repris son souffle, il croisa le regard amusé de la duchesse.

— Les breuvages que nous avions l'habitude de mélanger dans nos casques en Irak étaient insignifiants en comparaison, déclara-t-il.

— Vous étiez en Irak ? Oui, bien sûr, vous étiez en Irak, enchaîna Charlotte avec un hochement de tête impatient. En Afghanistan aussi, si mes souvenirs de l'article dans *Beguile* sont exacts.

Il se sentait très mal à l'aise tout à coup. Imaginer la duchesse aux cheveux gris lire toutes ces inepties et voir la photo de ses fesses lui semblait encore plus dur à avaler que la liqueur.

Dissimulant son embarras, il but une nouvelle gorgée. Elle passa un peu mieux que la première, mais le brûla néanmoins jusqu'à l'estomac.

— Alors dites-moi, reprit Charlotte d'un ton affable. Pour combien de temps êtes-vous à New York ?

— Cela dépend, parvint-il à répondre.

— Vraiment.

De nouveau, la duchesse leva le menton. Cette attitude altière lui convenait parfaitement, se dit Dev en laissant s'apaiser le brasier qui le dévorait de l'intérieur.

— Cela dépend de quoi, si vous m'accordez l'audace de vous poser la question ?

— De votre petite-fille et de vous-même. Accepteriez-vous de dîner avec moi ce soir ? Ou demain soir ?

Ses yeux se posèrent sur Sarah. Le souvenir de la manière dont son corps s'était moulé contre le sien, dont sa bouche s'était ouverte sous la pression de la sienne, le frappa avec une violence presque égale à celle du *žuta osa*.

— Ou n'importe quel soir, ajouta-t-il en la fixant sans ciller.

Les doigts de Sarah se crispèrent autour de son verre de

vin. Elle n'avait aucun mal à déchiffrer le message dans les yeux de Dev. Il lui lançait un défi personnel. L'enjôlait de façon un peu trop flagrante. Sa grand-mère aurait été aveugle de ne pas le remarquer.

D'un autre côté, n'avait-elle pas espéré que cette rencontre atténuerait la surprise des fiançailles soudaines ? Dev avait joué son rôle, la balle était maintenant dans son camp.

— Je ne peux pas parler pour grand-mère, mais je suis libre demain soir. Ou n'importe quel autre soir, s'entendit-elle minauder avec un sourire qui lui parut idiot.

Elle avait l'impression d'avoir trop présumé de la situation. En fut convaincue quand la duchesse l'enveloppa d'un regard perçant. Devant l'interrogation qu'elle lut dans ses yeux, sa culpabilité et son inquiétude furent à leur comble. Elle ne pouvait pas agir ainsi. Ne pouvait pas trahir celle qui avait vendu chaque trésor de son précieux héritage pour s'occuper de ses petites-filles. Les aveux lui brûlaient les lèvres. Mais, la devançant, la duchesse se retourna vers Devon.

— Je crains d'avoir d'autres engagements demain soir.

Sarah eut envie de disparaître sous terre. Elle savait, tout comme sa grand-mère, à quel point cette excuse sonnait faux. Trop empêtrée dans son propre labyrinthe de mensonges pour protester, elle fit son possible pour rester impassible lorsque, endossant son rôle d'entremetteuse royale, la duchesse poursuivit :

— Mais j'insiste pour que vous invitiez ma petite-fille à dîner demain. Ou n'importe quel soir, ajouta-t-elle, sarcastique. Dans l'immédiat, néanmoins, j'aimerais en apprendre un peu plus sur votre compte.

Sarah s'arma de courage. Si la duchesse n'attaquait pas avec la même pugnacité féroce qu'Alexis, elle pouvait se montrer tout aussi douée et tenace lorsqu'il s'agissait de soutirer des informations. Dev n'avait pas l'ombre d'une chance.

Elle dut reconnaître qu'il se soumit à l'interrogatoire de bonne grâce. Pourtant quand, quelques heures plus tard, elle alla se coucher, elle était à bout de nerfs. Au moins, elle avait limité les conséquences d'une situation potentiellement désastreuse. Si — quand — Dev et elle annonceraient leurs fiançailles, sa grand-mère ne tomberait pas complètement des nues.

Quand elle se réveilla le lendemain matin, elle sut qu'elle avait une autre situation sans doute explosive à désamorcer. Elle commença par regarder l'écran de son téléphone : il n'indiquait aucun appel ni texto de Gina. Puis elle consulta rapidement internet, la télévision et la presse matinale pour voir que le scoop sur son baiser avec « Numéro trois » n'était pas encore sorti. Son soulagement fut de courte durée. Toute l'intuition qu'elle avait développée après trois ans dans ce milieu sans pitié de la presse lui soufflait que cela ne tarderait plus.

La priorité absolue était de donner à Alexis sa propre version de son lien avec Devon Hunter. Elle passa tout le trajet en métro à réfléchir à diverses approches. Continua à cogiter dans l'ascenseur de l'immeuble abritant les locaux de *Beguile*. Mais lorsque sa directrice éditoriale la convoqua dans son bureau, elle perdit tous ses moyens. Faisant les cent pas comme une tigresse en cage, Alexis sortit ses griffes.

— Enfin, Sarah ! fulmina-t-elle de sa voix qui ressemblait à un coassement de grenouille. Est-ce que tu veux bien me dire pourquoi j'apprends par un tiers que l'une de mes salariées a embrassé le célibataire sexy numéro trois dans la rue ? Au nez et à la barbe de tous les chauffeurs de taxi équipés de portables à appareils photo et qui rêvent de vendre une histoire à sensation ?

— Allons, Alexis ! la raisonna-t-elle. Combien de chauffeurs de taxis new-yorkais lisent *Beguile* et risquent de reconnaître notre « Numéro trois » ?

— Au moins un, apparemment.

D'un geste rageur, elle jeta une feuille de papier sur la

plaque blanche qui lui servait de bureau. Le cœur battant, Sarah en parcourut le contenu. C'était un e-mail imprimé avec une photo couleur d'un couple enlacé. Elle eut à peine le temps d'adresser une excuse mentale à la rousse pour l'avoir soupçonnée d'avoir colporté le scoop. Déjà, Alexis bondissait.

— Ce farceur demande 5 000 dollars pour la photo, annonça-t-elle d'une voix lugubre.

— Tu plaisantes ?

— Tu as vu ma tête ? Ai-je l'air de plaisanter ?

— Ce n'est pas ce que tu crois, Alexis.

— Bon, dans ce cas, tu vas peut-être m'expliquer de quoi il s'agit, lady Sarah.

Ce fut peut-être son ton sarcastique et mordant. Ou l'emploi délibéré de son titre. Son inquiétude pour Gina. La culpabilité d'avoir menti à sa grand-mère. Ou bien la pression que lui infligeait Devon Hunter. Quelle que soit la raison qui fit craquer Sarah, elle fut aussi surprise que sa directrice de s'entendre, soudain, fondre en larmes.

— Seigneur ! s'exclama Alexis en agitant les mains comme une poule affolée battant des ailes. Je suis désolée, je ne voulais pas t'agresser si durement. En fait, si, peut-être. Mais ce n'est pas une raison pour en pleurer.

— Si, c'est une bonne raison, sanglota Sarah.

En vérité, même si elle l'avait voulu, elle n'aurait pu s'arrêter. Outre les problèmes qui s'étaient accumulés ces derniers jours, tout le stress, toute la tension qu'elle refoulait depuis si longtemps, semblaient déborder : les mois à se faire du souci pour la santé de sa grand-mère, les années à faire barrage entre Gina et le reste du monde. Tout lui paraissait soudain insurmontable. S'écroulant sur une chaise, elle nicha son visage au creux de ses bras croisés sur la vaste surface immaculée.

— Hé ! tout va bien, la rassura Alexis en se penchant vers elle pour lui tapoter l'épaule. Je vais oublier cet e-mail et tout faire pour étouffer l'histoire avant les fuites.

Sa voix de plus en plus rauque trahissait son désarroi croissant.

Sarah leva la tête. Elle avait conclu un marché. Elle l'honorerait.

— Ce ne sera pas nécessaire. Hunter… Lui et moi…

— Hunter et toi… ?

Replongeant la tête entre ses bras, elle laissa échapper un gémissement étouffé.

— Nous sommes fiancés.

— Quoi ? Quand ? Où ? Comment ?

Redevenue elle-même, Alexis était acharnée.

En quelques minutes, Sarah lui avait décrit chaque détail croustillant : l'accusation choquante de Dev Hunter, la vidéo en contenant la preuve irréfutable, la proposition outrageuse, l'appel de Gina lui annonçant qu'elle était en route pour la Suisse.

— Ta sœur est une petite garce égoïste ! déclara Alexis, écœurée. Quand vas-tu cesser de la protéger ?

Refoulant ses larmes, Sarah riposta avec virulence :

— Jamais ! Gina est tout ce que j'ai au monde. Gina et grand-mère. Je ferai toujours tout le nécessaire pour les protéger.

— Voilà qui est très bien, mais ta sœur…

— C'est ma sœur.

— D'accord, d'accord, répondit Alexis en levant les deux mains en signe de reddition. C'est ta sœur. Et Devon Hunter est ton fiancé pour les six mois à venir. A moins que…

Son visage affichait maintenant une expression calculatrice. Une expression que Sarah ne connaissait que trop bien. Malgré sa répugnance à lui poser la question, l'espoir ténu d'entendre sa chef lui proposer une solution pour la tirer de cet imbroglio la poussa à demander d'une voix hésitante :

— A moins que quoi ?

— Et si tu tenais un journal des prochaines semaines ? Mieux encore, un journal avec des photos ?

Plongée dans ses pensées, Alexis tapota ses lèvres d'un ongle laqué de vernis rouge. Sarah voyait presque le plan s'élaborer dans son esprit fertile.

— Hunter et toi. L'idylle éclair. La demande en mariage surprise. Les dîners romantiques à deux. Les longues promenades dans Central Park. Nos lectrices dévoreraient.

— Oublie tout de suite, Alexis ! Il n'est pas questions que je régale nos lectrices de potins croustillants en série.

— Pourquoi pas ?

Aussi rapide qu'une panthère bondissant sur sa proie, elle contre-attaqua. Maintenant obnubilée par son article, Alexis se laissa tomber sur la chaise voisine de la sienne et plaida son argument :

— Toi et moi savons toutes les deux que les potins sur les célébrités se vendent. Et celui-ci regorge de magnifiques détails en prime. Non content d'être riche, Hunter est beau comme un dieu. Tu es une professionnelle intelligente, calée, issue d'une famille régnante.

— Une famille régnante déchue, je te rappelle.

— Et alors ? Nous allons ressusciter ton duché. Nous allons l'embellir. Peut-être envoyer un photographe prendre quelques photos du pays natal de ta grand-mère. Ne m'as-tu pas dit que tu avais encore des cousins là-bas ?

— Au troisième ou quatrième degré, mais grand-mère n'a aucune nouvelle de personne depuis des décennies.

— Ce n'est pas un problème. Nous allons y arriver.

Son visage devait trahir son incrédulité, car Alexis insista avec une détermination implacable :

— Si ton histoire est aussi glamour et romantique que je le devine, nos ventes vont exploser. Et ton bonus, ma chérie, te permettra largement de rembourser Hunter de son bibelot antique disparu. Et de régler les dernières factures médicales de ta grand-mère. Et de mettre quelques économies sur ton compte en banque en prévision des mauvais jours.

Un instant aussi bref que merveilleux, cette éblouissante

perspective passa devant les yeux de Sarah. Elle pouvait tirer Gina du dernier pétrin dans lequel sa cadette s'était fourrée. Eponger ses dettes pour la première fois depuis des lustres. Dépenser une fortune en articles de luxe frivoles pour la duchesse. Acheter un tailleur neuf et abandonner les intemporels de sa grand-mère pour moderniser son style rétro.

Elle était sur le point de promettre à Alexis toutes les photos et les articles scandaleux qu'elle pourrait imprimer quand elle fut rattrapée par cette décence, si irritante, qui faisait partie d'elle. Au bout de quelques instants d'âpre conflit intérieur, elle répondit :

— Je ne peux pas. Hunter a promis de ne pas porter plainte contre Gina si je joue mon rôle de fiancée admirative. Je vais essayer de le convaincre d'accepter une séance photo axée sur nos…

Elle s'interrompit, reprit son souffle, et poursuivit :

— … sur nos fiançailles. Je suis quasiment sûre qu'il sera d'accord.

Surtout parce que cela servirait sa cause. Une fois que la nouvelle qu'il n'était plus un homme libre se répandrait, toutes les femmes qui lui jetaient leurs numéros de téléphone à la tête en seraient quittes pour ravaler leur déconvenue. Tout comme allait le faire Alexis.

— C'est tout ce que je ferai, répéta Sarah d'un ton ferme.

L'air contrarié, sa directrice fronça les sourcils. Elle était en train de recharger ses batteries pour une nouvelle offensive quand elle fut interrompue par le bourdonnement de l'Interphone sur son bureau.

— Il me semblait t'avoir demandé de prendre tous les appels, fulmina-t-elle à l'intention de son assistante.

— Oui, mais…

— Tu as besoin d'une traduction ?

— C'est…

— C'est quoi ? s'impatienta Alexis.

— « Numéro trois », chuchota la voix féminine. Il est ici.

- 5 -

Dev aurait pu s'amuser des expressions quasi identiques de surprise sur les visages de sa fiancée et de sa directrice éditoriale. Mais il était bien trop contrarié par les ricanements des salariées de *Beguile* pour avoir le cœur à plaisanter.

Cerise sur le gâteau, Alexis Danvers l'inspecta de la tête aux pieds, comme s'il était un taureau primé à vendre. Mince comme un fil, elle le jaugea, les yeux plissés, calculateurs, avant de lui tendre une main aux ongles laqués d'un vernis rouge vermillon.

— Monsieur Hunter. Enchantée. Sarah m'a fait part de vos fiançailles.

— Désolé de vous avouer que je suis beaucoup moins enchanté de vous rencontrer, madame. Et oui, en effet, nous sommes fiancés.

Il se tourna vers Sarah et, intrigué, remarqua ses yeux rougis et ses joues maculées de larmes. Il avisa alors la photo sur le bureau d'Alexis Danvers. Tout s'expliquait !

Sarah ne lui avait-elle pas laissé entendre que si un autre magazine que *Beguile* avait l'exclusivité de l'histoire, elle encourrait de sérieux ennuis ? C'était manifestement ce qui se passait. Il ne voyait qu'une solution. Il allait endosser la responsabilité des événements pour calmer Mme Danvers.

— Maintenant que ma relation avec Sarah est de notoriété publique, lui dit-il, je devine que vous êtes un peu déçue qu'elle ne vous en ait jamais parlé avant.

— Vous devinez bien, acquiesça-t-elle avec un signe de tête.

— Je devine aussi que vous comprenez pourquoi je ne

tenais pas vraiment à me voir enseveli sous une nouvelle avalanche de publicité. C'est détestable.

— Si vous faites référence à l'article sur les dix célibataires les plus sexy…

— En effet.

— Etant donné que vous avez refusé de nous laisser vous interviewer pour cet article, monsieur, tout ce que nous avons imprimé sur vous était dans le domaine public : votre carrière militaire, ce bidule sur l'avion-cargo pour lequel vous avez déposé un brevet, le dernier quart des bénéfices de votre multinationale, votre statut marital. Nous nous sommes contentés de compiler nos informations, de les enjoliver un peu, de les agrémenter de quelques photos, et de vous exposer à un public admiratif.

— Si l'admiration de ce public continue, je vais me voir obligé d'engager un garde du corps.

— Ou une fiancée ? glissa Alexis avec une précision de chirurgien.

Tout en encaissant le coup, Dev ne put s'empêcher d'admirer son habilité.

— Ou une fiancée, acquiesça-t-il. Par chance, j'ai trouvé la fiancée idéale, ici même, chez *Beguile.*

La raison de sa visite dans les bureaux du magazine lui revenant soudain à l'esprit, il s'adressa à Sarah, décidant de la tutoyer devant Alexis Danvers. Après tout, ils étaient censés être fiancés.

— Il y a du nouveau. Je voulais t'en parler en privé, mais…

Comprenant son manège, elle bredouilla :

— Tu as eu des nouvelles de Gina ?

Au soulagement qu'il perçut dans sa voix, il étouffa un juron silencieux. La petite demoiselle Gina méritait un bon coup de pied au derrière pour infliger une telle détresse à sa sœur. Et il le lui aurait bien donné en personne.

— Non, je n'ai pas de nouvelles de Gina.

L'espace d'un instant, il vit ses épaules s'affaisser. Retrouvant presque immédiatement la volonté de fer des St. Sebastian, elle se ressaisit. Vu la nouvelle qu'il avait en réserve, c'était préférable.

— En revanche, j'ai eu une conversation avec le P-DG avec lequel je négocie depuis quelques mois. Il est prêt à discuter de la finalisation du contrat et me demande de venir à Paris.

A ses yeux émeraude qui s'écarquillaient, au hochement instinctif de sa tête, il comprit qu'elle devinait la suite. Imperturbable, il poursuivit :

— Je lui ai dit que c'était d'accord. Et que je viendrais sans doute avec ma fiancée. J'ai expliqué que nous venions de nous fiancer et que j'envisageais de passer quelque temps à Paris pour fêter l'événement dans cette ville magnifique.

— Je vous demande pardon ! intervint Danvers, son expression glaciale. Sarah a un poste important à *Beguile,* des délais à respecter. Elle ne peut s'envoler pour Paris au pied levé.

— Je comprends parfaitement. Ce ne serait l'affaire que de quelques jours. D'une semaine au plus.

Se retournant vers Sarah, Dev la défia du regard, comme pour s'assurer qu'elle respecterait leur marché.

— Nous travaillons sur ce contrat depuis des mois. J'ai besoin de le conclure. M. Girault m'assure que sa femme serait ravie de s'occuper de toi pendant nos négociations, enchaîna-t-il.

A demi-mot, il venait sciemment de lui rappeler l'un de ses problèmes les plus délicats. Il avait été honnête avec elle. Il voulait qu'elle joue son rôle pour le protéger des avances d'Elise Girault. En contrepartie, il tirerait un trait sur le larcin de sa sœur chapardeuse.

A la manière dont, droite comme un I, elle le défiait du menton, il comprit que le message était passé. Savoir qu'elle allait honorer leur contrat lui procura une satisfaction si vive qu'il s'en trouva presque désorienté. Mais le moment était mal choisi pour tenter d'analyser cette réaction inattendue.

— Quand pensais-tu partir ? s'enquit-elle.

— Mon assistant nous a réservé des places sur un vol qui décolle de JFK à 19 h 10.

Saisie d'effroi, elle le dévisagea, incrédule.

— Ce soir ?

— Ce soir. Tu as un passeport valide, je présume ?

— Oui, mais je ne peux pas laisser ma grand-mère comme ça !

— Ce n'est pas un problème. J'ai aussi chargé mon assistant d'appeler les meilleures agences de service à la personne de New York. Une infirmière diplômée peut se présenter cet après-midi au Dakota et s'occuper de ta grand-mère jusqu'à ton retour.

Elle sentit un frisson d'appréhension la parcourir. Ce serait une solution catastrophique.

— Surtout pas ! Ma grand-mère détesterait cette incursion dans sa vie privée. Je vais demander à Maria, notre gouvernante, de s'occuper d'elle.

— Tu es sûre ?

— Certaine.

— Etant donné que je te donne un préavis aussi court, dis bien à ta gouvernante que je lui verserai une compensation pour son temps.

— Ce ne sera pas nécessaire, répondit-elle sèchement.

— Bien sûr que si.

Le montant exorbitant des gages journaliers qu'il suggéra coupa court à ses protestations. Alexis s'empressa d'intervenir.

— Il a raison, mon chou. C'est son idée. Laisse-le couvrir les coûts qui y sont liés.

La directrice éditoriale considérait visiblement que, pour Dev, une telle somme était anodine. Sarah finit par se laisser convaincre, non sans réticence.

— Nous pouvons partir, alors, déclara Dev.

— Je… je suppose que oui, répondit-elle soucieuse. J'ai

besoin de finir la mise en page des *Plus belles escapades d'été en bord de mer,* Alexis.

— Et celle de la pub pour le nouveau gloss, ajouta sa chef d'un ton pressant. Je la veux dans l'édition de juin.

— Je vais emporter mon ordinateur pour travailler dans l'avion. Tu comprends que je ne pourrai t'accompagner dans cette petite virée que si Maria est disponible, ajouta-t-elle à l'intention de Dev en se levant.

— Je comprends. En partant du principe qu'elle sera disponible, peux-tu être prête pour 15 heures ?

— N'est-ce pas un peu tôt pour un vol à 19 h 10 ?

— Si, mais nous devons faire un détour sur la route de l'aéroport. Ou peut-être préfères-tu aller chez Cartier tout de suite ?

— Cartier ? s'étonna-t-elle. Pourquoi devons-nous… ? Oh ! Pour la bague de fiançailles, c'est ça ?

— Exactement.

Consternée, elle secoua la tête.

— De mieux en mieux.

La réaction d'Alexis fut à l'opposé de la sienne. Avec un cri rauque, la directrice éditoriale se jeta sur le téléphone de son bureau.

— Parfait ! Nous allons envoyer une équipe de photographes chez Cartier avec vous.

Elle s'interrompit, le combiné à mi-chemin de son oreille, et considéra sa journaliste d'un œil critique.

— Arrête-toi au maquillage en partant, Sarah. Demande-leur de te donner un peu meilleure mine. Dynamiser un peu ta tenue ne serait pas du luxe non plus. C'est l'un des tailleurs Dior de ta grand-mère, c'est ça ? Il est très beau, mais il lui manque un accessoire. Une ceinture peut-être. Ou…

— Une seconde, Alexis, l'interrompit-elle, paniquée.

— Pourquoi ? N'est-ce pas exactement ce dont nous parlions avant l'arrivée de Hunter ?

Dev surprit le coup d'œil plein de culpabilité de Sarah.

Inutile d'être un génie pour comprendre. Il semblait évident qu'Alexis Danvers l'avait pressée d'exploiter ce qui était censé être une idylle soudaine entre l'une de ses salariées et « Numéro trois ». Malgré son irritation, il devait reconnaître que rien ne pouvait mieux satisfaire ses projets que de voir l'annonce de ses fiançailles avec Sarah St. Sebastian étalée à la une des magazines people. A défaut d'autre chose, la nouvelle se répandrait qu'il n'était plus un homme libre et, avec un peu d'espoir, cela calmerait les ardeurs de Mme Girault.

— Si Sarah est d'accord, je consens à quelques photos.

Elle lança un regard éloquent à sa directrice :

— Quelques photos, acquiesça-t-elle avec une réserve manifeste. Pour cette fois uniquement.

— Allons, Sarah ! Quoi de plus romantique au monde qu'avril à Paris ? La Ville lumière, la ville de l'amour. Hunter et toi, main dans la main, flânant sur le quai de Conti…

— Non, Alexis.

— Je te demande juste d'y réfléchir.

— Non, Alexis, répéta-t-elle d'un ton sans réplique.

Dev les écoutait, un peu perplexe. Quelque chose lui échappait dans ce bref échange. Le dialogue entre les deux femmes était trop emphatique, trop intense. Mais il devrait attendre pour clarifier ce point.

Mettant un terme à la conversation, il déclara à l'intention d'Alexis Danvers :

— Je vous accorde cette session de photos chez Cartier. Et si tu appelais ta gouvernante pour lui demander si elle est disponible, Sarah ? reprit-il avec un coup d'œil à sa montre. Si c'est le cas, une fois le choix de la bague réglé, je te raccompagne chez toi pour que tu puisses préparer ta valise.

Assise sur la banquette de cuir soyeux dans la limousine qui filait dans la circulation de la Cinquième Avenue, Sarah luttait contre un mal de tête lancinant. A côté d'elle, Devon, l'air très détendu, ne semblait pas perturbé le moins du monde par le fait qu'il s'apprêtait à chambouler son univers. Bouillonnant de colère, elle lui coula un regard plein de ressentiment.

Son irruption dans sa vie, deux ou trois jours plus tôt, lui laissait l'impression d'avoir été écrasée par un rouleau compresseur. Même si, pour être honnête, elle ne pouvait pas lui faire entièrement porter le blâme. Il était certain que Gina avait grandement contribué à les fourrer dans ce guêpier. Néanmoins…

Lorsque la limousine s'arrêta devant l'entrée de l'iconique boutique Cartier, elle sentit la migraine qui lui vrillait les tempes empirer. Avec son auvent rouge et ses quatre étages d'articles de luxe, le bijoutier était une institution new-yorkaise.

En outre, après l'infarctus de sa grand-mère, Sarah avait découvert que Charlotte avait vendu une bonne partie de ses joyaux à Cartier au fil des années. D'après une facture récente, le dernier bijou dont elle s'était séparée était toujours exposé dans leur salle d'articles de collection.

Dev ayant téléphoné pour s'annoncer, ils furent salués à la porte par le directeur en personne.

— Bonjour, monsieur Hunter. Charles Tipton.

Les cheveux gris, un costume impeccable, il serra la main de Dev avant de s'incliner devant elle avec une courtoisie très vieille Europe.

— C'est un plaisir de vous rencontrer, mademoiselle St. Sebastian. J'ai eu l'honneur de faire des affaires avec votre grand-mère à plusieurs reprises par le passé.

Remplie de gratitude pour sa discrétion, elle lui sourit. « Faire des affaires » lui épargnait l'humiliation cuisante de « l'aider à vendre son héritage ».

— Me permettez-vous de vous féliciter pour vos fiançailles ?

Un instant prise au dépourvu, elle réussit à se composer un masque impassible. Ce mensonge devenait rapidement une réalité.

— Merci.

— Bien entendu, je suis enchanté de voir que vous avez décidé de venir choisir votre bague chez Cartier. J'ai rassemblé une sélection de nos plus belles pierres et montures. Je suis certain que nous allons trouver la bague qui conviendra exactement à votre…

Il s'interrompit pour regarder l'équipe de *Beguile* qui émergeait d'un taxi arrêté le long du trottoir. Zach Zimmerman, alias ZZ, souleva ses étuis d'appareils photo tandis que son assistant se débattait avec les lumières et les réflecteurs.

Chaussé de baskets de marque, le photographe s'avança vers elle d'un pas décidé, son regard noir plein de désinvolture.

— Salut, Sarah ! Tu t'es vraiment fiancée avec « Numéro trois » ? Ou Alexis a-t-elle encore forcé sur la liqueur ?

Sarah réprima un soupir résigné. Hormis son travail, ZZ ne respectait rien.

— Je suis vraiment fiancée, ZZ. Je te présente mon fiancé, Devon…

— Hunter. Oui, je reconnais … euh… son visage, dit-il, un sourire narquois aux lèvres.

Un quart de seconde, elle avait craint le pire. Mais, heureusement, ZZ s'était retenu de faire référence à d'autres parties de l'anatomie de Dev.

— Si vous voulez bien me suivre, s'il vous plaît, les invita le directeur.

Escortés par M. Tipton, ils traversèrent la salle du premier étage avec ses six lustres de cristal et ses arches de marbre blanc ouvrant sur des alcôves. Des accords étouffés de musique classique flottaient dans l'air. Disposé de façon stratégique dans des coupes, un exquis pot-pourri embaumait le gardénia.

Après un court trajet en ascenseur, ils entrèrent dans un salon privé. Des chaises capitonnées de velours doré encadraient un bonheur-du-jour à dorures sur lequel des bagues de fiançailles serties de diamants scintillaient dans leurs écrins.

D'un geste, le directeur leur indiqua les deux fauteuils

face au meuble ancien. Avant de s'asseoir à son tour, il se tourna vers une desserte avec un seau en argent et plusieurs flûtes en cristal de Baccarat.

— Puis-je vous offrir du champagne ? Pour célébrer vos fiançailles, peut-être ?

Sarah jeta un coup d'œil interrogateur à Dev. Manifestement, il lui laissait le choix.

— Merci, avec grand plaisir, répondit-elle, se résignant à l'inévitable.

Le bouchon avait déjà sauté. Tipton remplit deux flûtes et les leur tendit. Elle prit le cristal délicat avec l'impression d'être la pire menteuse au monde. Pourtant, une stupide envie de se laisser aller au sentimentalisme lui fit monter les larmes aux yeux.

Comme de nombreuses lectrices de *Beguile,* Sarah s'autorisait parfois à rêver de vivre une grande histoire d'amour. On ne pouvait pas vraiment plancher sur des mises en page décrivant des fiançailles, des mariages, des lunes de miel idylliques, sans avoir quelques rêves secrets. Hélas, elle n'aurait pu rêver situation plus éloignée de ses rêves que celle qu'elle était en train de vivre : des fiançailles de pacotille, un fiancé d'opérette, une bague qu'elle devrait lui rendre dès qu'elle aurait rempli son contrat.

C'est alors que, levant les yeux des bulles dorées pétillantes, elle croisa le regard plein d'intensité de Dev. Ses yeux s'étaient assombris pour virer à un bleu presque cobalt, et la lueur qu'elle surprit dans leurs profondeurs lui coupa le souffle. Lorsqu'il leva sa flûte pour la faire tinter contre la sienne, elle eut l'impression de voir ses rêves se concrétiser.

— A ma…, commença-t-il.

— Attendez ! lança ZZ en fouillant dans son étui. Je dois faire une photo.

La magie de l'instant vola en éclats. Comme une patineuse glissant sur une couche de glace trop fine, elle la sentit se briser sous ses pieds. A la sensation étrange qu'elle venait de connaître vint se substituer un sentiment de panique. Elle dut se faire violence pour s'empêcher de poser la flûte d'un geste brusque et sortir de la pièce.

Elle réprima son impulsion. Mais lorsque ZZ braqua son objectif sur son visage, elle ne parvint qu'à lui offrir un pauvre petit sourire crispé

— On y va ! lança le photographe de derrière son interminable objectif.

— A nous ! dit Dev, le tintement cristallin de leurs flûtes résonnant dans la pièce.

Si sa voix était toujours aussi caressante, la lueur qu'elle avait surprise dans ses pupilles azur un instant auparavant avait disparu.

— A nous ! répéta-t-elle.

Elle but une gorgée, mais refusa d'autoriser ZZ à photographier la même scène sous un autre angle. Il lui fut néanmoins difficile de les ignorer, son assistant et lui, pendant qu'elle essayait un assortiment de bagues. Leur présence fit de la séance une véritable torture.

Selon Tipton, Dev avait requis un échantillonnage de bagues aussi raffinées et élégantes que sa fiancée. Hélas, elle n'était séduite par aucun de ces solitaires étincelants. Avec un signe de tête compréhensif, le directeur leur fit apporter des écrins de bagues plus élaborées.

Le tic-tac de la pendule s'était remis à résonner dans sa tête. Elle devait se décider, se précipiter chez elle pour annoncer la nouvelle stupéfiante de ses fiançailles à sa grand-mère, faire ses valises, et prendre le vol de 19 h 10 pour Paris. Pourtant, aucune de ces bagues ne l'emballait.

Et puis quelle importance, après tout ! songea-t-elle avec morosité. Autant en finir le plus vite possible.

Elle prit un diamant carré, entouré de baguettes chatoyantes et, d'un geste abrupt, le remit sur le coussinet de velours noir.

— Je crois que je préférerais une pièce unique. Quelque chose de vos ventes de succession peut-être. Une émeraude, pour le mois de ma naissance, sur une monture en or, ajouta-t-elle en regardant Dev sans ciller.

Son anniversaire était en novembre et la pierre de ce mois était la topaze. Pourvu qu'il n'ait pas enregistré ce détail. Naturellement, le bijoutier l'avait remarqué, mais se montra de nouveau la discrétion incarnée.

— Je pense que nous avons exactement la bague qu'il vous faut.

Décrochant le combiné du téléphone interne, il donna quelques brèves instructions. Quelques instants plus tard, un assistant apparut et déposa une bague au dessin alambiqué sur le coussinet de présentation.

Une émeraude russe, opaque, était enchâssée dans un large anneau, entrelacs de joncs d'or d'une finesse remarquable. La pierre d'un vert laiteux avait la taille et la forme d'une petite boule de gomme. Quand elle tourna la bague, elle distingua la rose gravée sous la pierre précieuse.

Une personne ne connaissant rien aux bijoux anciens aurait pu faire la moue devant une création aussi alambiquée. Mais, pour Sarah, seule comptait la perspective de porter le dernier et le plus précieux des bijoux de sa grand-mère, ne serait-ce que pour une semaine. Le cœur serré par l'émotion, elle se tourna vers Dev.

— Je choisis celle bague.

Dev feignit sans grand succès d'approuver sa décision. Le prix que le directeur lui annonça ne fit qu'accroître ses doutes. Une émeraude russe de quinze carats était loin d'avoir la valeur d'un diamant immaculé de trois ou quatre carats.

— Tu es sûre de ton choix ?

— Oui.

Avec un haussement d'épaules désabusé, il tira une carte American Express de son portefeuille. Lorsque Tipton disparut pour procéder au paiement, il prit la bague et s'apprêtait à la glisser au doigt de Sarah, quand ZZ l'arrêta brusquement.

— Attendez !

— Dites-nous quand vous êtes prêts, persifla Dev, le bleu de ses yeux soudain glacial.

— Oui, oui ! Donnez-moi juste une seconde.

ZZ lança un photomètre qu'il lut avec un froncement de sourcils, avant d'aboyer des ordres à son assistant. Après cinq minutes passées à ajuster les réflecteurs et les lumières, ils furent enfin prêts.

— Allez-y ! leur ordonna alors le photographe.

Dev passa la bague à l'annulaire gauche de Sarah. Elle semblait avoir été créée pour elle.

— Bien ! Très bien ! disait ZZ en prenant cliché sur cliché. Lève les yeux vers lui, Sarah. Prends un air lascif.

Sentant ses joues s'empourprer, elle obtempéra. Au bout de quelques secondes, l'air cynique de Dev laissa place à une expression amoureuse.

Les lumières chauffaient la pièce. Les réflecteurs flashaient. L'appareil photo cliquetait.

— Bien, très bien. Maintenant embrassez-vous. Mettez-y autant de passion que possible.

Dev se pinça les lèvres. L'espace d'un instant, il sembla être à deux doigts de dire à ZZ de remballer ses objectifs et de décamper. Mais il se leva avec une grâce indolente et tendit une main à Sarah.

— Il faudra essayer sans public un jour, murmura-t-il lorsqu'elle fut à sa hauteur. Mais, pour le moment…

Cette fois, mieux préparée, elle se laissa enlacer sans se raidir. Quand il prit son menton au creux de son autre main, elle lui offrit son visage. Néanmoins, à la sensation de ses lèvres sur les siennes, au goût de sa bouche, à son parfum, elle sentit des frissons aussi délicieux qu'inattendus la parcourir.

Les paroles d'une vieille chanson qui parlait de se noyer dans un baiser lui revinrent à l'esprit. C'était exactement ce qu'elle ressentait sous les assauts sensuels de la bouche de Dev.

— Bien, très bien.

Après avoir fait cliquer son appareil des dizaines de fois à la lumière éblouissante des flashs, ZZ les libéra enfin. L'air très concentré, il fit défiler ses clichés sur l'écran numérique, puis leva un pouce en signe de victoire.

— J'ai de sacrées bonnes prises. Je vais les éditer et je t'enverrai les meilleurs par e-mail, Sarah. Je compte sur toi pour mentionner mon nom si tu les utilises sur le site internet de ton mariage.

Sarah réprima un sourire narquois. Inutile de lui dire qu'il se faisait des illusions. Encore sous l'effet de sa seconde fois dans les bras de Devon Hunter, elle se contenta d'acquiescer d'un signe de tête.

Laissant ZZ et son assistant ranger leur matériel, Dev regarda sa montre.

— Que dirais-tu d'un déjeuner rapide avant que je te ramène chez toi pour faire ta valise ?

Elle réfléchit un instant. Sa priorité immédiate était de trouver la meilleure façon d'annoncer à la duchesse que l'aînée de ses petites filles s'était fiancée à un homme qu'elle venait tout juste de rencontrer. Elle avait besoin de trouver une explication plausible. Une explication qui n'éveillerait pas aussitôt les soupçons de Charlotte. Ou pire, bien pire, qui ne provoquerait pas un malaise cardiaque.

Son regard se posa sur l'émeraude. Emerveillée par la beauté laiteuse de la pierre, elle trouva le courage de répondre à la question de Dev avec une assurance qu'elle était loin de ressentir.

— Allons déjeuner avec grand-mère et Maria. Nous ferons une petite fête pour célébrer l'événement, puis je préparerai ma valise.

- 6 -

Pour sa première rencontre avec la duchesse, Dev avait adopté une approche prudente de reconnaissance du territoire. Pour la seconde, il décida d'une frappe préventive. Une fois dans la limousine qui roulait vers le nord de Manhattan, il mit son plan à exécution.

— Dois-tu appeler ta grand-mère pour la prévenir de notre arrivée ?

— Oui, il faudrait, acquiesça-t-elle en sortant son téléphone de son sac. Et je vais demander à Maria de nous préparer un déjeuner rapide.

— Inutile. Je m'en occupe. La duchesse aime-t-elle le caviar ? s'enquit-il en sortant son propre téléphone de sa poche.

— Oui, répondit-elle avec un coup d'œil interrogateur. Mais uniquement les œufs de la mer Caspienne. Elle trouve le béluga trop salé, et le sévruga sent trop le poisson.

— Et Maria ? A-t-elle un plat préféré ?

Après un instant de réflexion, elle répondit :

— Le jour de la Toussaint, elle fait toujours un *fiambre*.

— Qu'est-ce que c'est ?

— Une salade glacée composée d'une bonne cinquantaine d'ingrédients. Pourquoi ? Que vas-tu…

D'une main levée, il lui fit signe d'attendre et d'un ton pressé, déclara à la personne qu'il appelait :

— J'ai besoin d'un brunch et de champagne pour quatre, livré chez Mme St. Sebastian, dans une demi-heure. En entrée, du caviar ossetra et ce que tu pourras trouver de plus proche d'un… une seconde, ajouta-t-il en se tournant vers Sarah. Quel est le nom de cette salade, déjà ?

— *Fiambre.*

— *Fiambre.* C'est une salade… Franchement, aucune idée ! … Bien. Bien. Une demi-heure.

Quand il raccrocha, Sarah le dévisageait fixement.

— Qui était-ce ?

— Mon bras droit.

— Elle est à New York ?

— C'est un il. Patrick Donovan. Nous étions dans l'aviation ensemble. Il est à Los Angeles.

— Et il va nous faire livrer du champagne et du caviar chez ma grand-mère dans une demi-heure ?

— C'est la raison pour laquelle il est si bien payé. Tu ferais bien de prévenir la duchesse, ajouta-t-il avec un signe de tête en direction du téléphone qu'elle serrait dans sa main. Avec toute cette circulation, le déjeuner va sans doute arriver avant nous.

En dépit de ses préparatifs visant à amadouer la duchesse, ce fut dans un état de nervosité extrême que Dev entra dans l'ascenseur du Dakota en compagnie de Sarah. Lors de sa rencontre avec Charlotte St. Sebastian la veille au soir, il avait pris toute la mesure de l'intelligence de la duchesse et de sa farouche dévotion à ses deux petites-filles. Il n'avait pas la moindre idée de la façon dont elle allait réagir à ses fiançailles soudaines, mais il devinait qu'elle n'allait pas lui rendre la tâche facile.

Des soupçons que, manifestement, Sarah partageait. Sa clé à la main, elle s'arrêta devant la porte de l'appartement et lui lança un regard à la fois sévère et suppliant.

— Elle… elle est cardiaque. Nous devons faire attention à la façon dont nous allons orchestrer cette visite.

— Je suivrai ton tempo.

Prenant une profonde inspiration, elle se redressa. La clé tourna dans la serrure, et la porte s'ouvrit sur deux serveurs en veste blanche qui s'apprêtaient à sortir de l'appartement. Les bras remplis de cartons vides, ils firent un pas de côté.

— Votre grand-mère nous a demandé de dresser le couvert dans la salle à manger, déclara l'un d'entre eux. Si vous me permettez, madame, je tiens à vous dire que la duchesse a un goût exquis en matière de cristal. C'est du cristal de Bohême, je suppose.

— En effet.

— C'est bien ce que je pensais. Aucun autre cristal n'a cette finesse, cet éclat, incomparables.

Les saluant d'un rapide signe de tête, Sarah se hâta dans le couloir. Resté en arrière, Dev ajouta un pourboire généreux aux honoraires qui, il le savait, avaient déjà été versés par Patrick. Après s'être confondu en remerciements, le duo prit congé, et il gagna la salle à manger.

Il s'arrêta sur le seuil pour inspecter les lieux. La table d'acajou pouvait sans peine accueillir douze invités, peut-être même plus d'une vingtaine, avec des allonges. Mais, aujourd'hui, seuls quatre couverts étaient disposés à l'une de ses extrémités. Un assortiment impressionnant de verres rouge rubis scintillait devant des assiettes d'un blanc immaculé. Sur une desserte, une rangée de plats recouverts d'un dôme argenté et un seau à glace en argent contenant une bouteille de champagne ouverte attendaient.

Malgré sa satisfaction, il leva les yeux au ciel. Connaissant son assistant, Patrick allait insister pour obtenir une augmentation à son salaire déjà astronomique : il avait organisé ce déjeuner impromptu avec une telle diligence.

— Je suppose que vous êtes responsable de tout cela, Devon.

Son regard se posa sur la duchesse. Raide comme la justice, elle était assise au bout de la table, les mains croisées sur le pommeau en ivoire de sa canne. Maria, la gouvernante, se tenait derrière elle.

— Oui, madame.

— Je suppose aussi que vous allez m'expliquer ce qui nous vaut cette petite fête improvisée.

Ayant accepté de laisser Sarah prendre la direction des opérations, il se contenta de la rejoindre et de passer son bras autour de sa taille. Il sentit son imperceptible tension, puis elle se détendit.

— Nous avons deux événements à célébrer, grand-mère. Dev m'a demandé de l'accompagner à Paris.

— C'est ce que j'ai cru comprendre. Maria m'a dit que vous lui aviez demandé de rester avec moi pendant que tu étais partie.

Son ton glacial ne laissait aucun doute sur ses sentiments sur la question.

— Ce n'est qu'une affaire de quelques jours, et c'est plus pour moi que pour vous. Ainsi, je me sens moins coupable de partir en vous prévenant au dernier moment et de vous laisser.

Hormis ses mains arthritiques qui semblèrent se crisper un peu plus sur le pommeau de sa canne, la duchesse ne broncha pas.

— Et la seconde raison de cette célébration ? demanda-t-elle, impassible.

Au tressaillement de Sarah contre lui, Dev comprit son trouble. Elle semblait chercher les mots adéquats pour définir leur arrangement en évitant de contrarier sa grand-mère. Le moment était venu pour lui d'intervenir et de s'attirer les foudres de la duchesse.

— Mes sœurs vous diraient que je présente de sérieuses lacunes en matière de romantisme, madame. Elles vous diraient aussi que, lorsque je décide quelque chose, j'ai une fâcheuse tendance à écraser tous les obstacles comme un bulldozer. Sarah a eu beau résister, j'ai fini par la convaincre que nous devrions nous fiancer avant de nous envoler pour Paris.

Un instant, Maria regarda Sarah, bouche bée.

— *Madre de Dios* ! s'exclama-t-elle. Tu es fiancée ? A cet homme ?

Devant son signe d'assentiment, la duchesse pétrifia Dev d'un regard implacable. Son silence austère contrastait avec le joyeux remerciement à la Vierge Marie, accompagné des trois signes de croix de Maria.

— Combien j'ai prié pour cela, *chica* ! jubila la gouvernante.

Ses yeux bruns embués de larmes, elle se précipita pour serrer Sarah contre sa généreuse poitrine. Dev n'eut pas droit à la même étreinte mais, l'attrapant par les pans de sa veste, elle plaqua deux baisers sonores sur ses joues.

La duchesse ne bronchait pas. Dev aurait donné cher pour déchiffrer son expression. Sarah fit un pas en avant, et le regard de faucon de Charlotte se posa sur sa petite-fille.

— Nous nous sommes arrêtés chez Cartier en chemin, grand-mère. Dev voulait m'offrir une bague de fiançailles.

Elle leva la main gauche provoquant une réaction instantanée chez sa grand-mère qui parut avoir reçu une décharge électrique.

— Seigneur ! Est-ce… ? Est-ce la Rose Russe ?

— Oui, murmura Sarah.

De sa main marbrée de veines bleues, Charlotte caressa d'un doigt tremblant la surface bombée de l'émeraude. Mal à l'aise, Dev observa les émotions à vif qui défilaient sur le visage de la duchesse. Il avait un peu l'impression d'être un voyeur. Un long moment, elle parut comme catapultée dans un autre temps, un autre endroit, comme revivant des souvenirs qui semblaient lui procurer à la fois une grande joie et une tristesse infinie.

Avec un effort presque douloureux à voir, elle revint au présent et, un sourire empreint de nostalgie flottant sur ses lèvres, reprit à l'intention de sa petite-fille :

— Ton grand-père m'a offert la Rose pour mes dix-huit ans. J'ai toujours voulu qu'elle soit pour toi.

Elle regarda de nouveau Dev et, l'espace d'un bref instant, une connivence indéfinissable passa entre eux. Sans lui laisser le temps d'analyser ce qui se passait, la duchesse retrouva toute sa vivacité et son efficacité.

— Eh bien Sarah, puisque tu pars à Paris si vite, je pense que nous devrions déguster ce somptueux festin que ton… ton fiancé a organisé avec une telle générosité. Puis il faudra que tu fasses tes bagages. Devon, pouvez-vous servir le champagne ?

— Bien sûr, madame.

S'il crut s'être tiré à bon compte de cette situation délicate, il ne tarda pas à déchanter. Le brunch terminé, Sarah partit préparer sa valise, et il se leva pour aider Maria à débarrasser.

— Je m'en occupe, lui déclara la gouvernante en lui faisant signe de se rasseoir. Restez tenir compagnie à la *duquesa*.

A peine était-elle sortie de la pièce pour gagner la cuisine que la duchesse ouvrit le feu. Une lueur dangereuse dans ses yeux pâles, elle le frappa de sa canne, comme avec un sabre.

— Assurons-nous de bien nous comprendre, monsieur. Je n'ai peut-être pas eu d'autre choix que de vendre la Rose Russe, mais si vous en avez fait l'acquisition avec l'idée absurde que vous pouvez aussi acheter ma petite-fille, vous feriez bien d'y réfléchir à deux fois. On ne peut acheter ni la classe ni les bons gènes. Ou ils sont innés, ou ils ne le sont pas, dit-elle avec emphase en ponctuant sa phrase d'un coup de canne dans sa poitrine.

Heureusement que Charlotte St. Sebastian le menaçait d'une canne et non d'un revolver. Il ne doutait pas un instant que, si sa réponse ne l'avait pas satisfaite, elle aurait appuyé sur la gâchette.

— Pour commencer, se défendit-il, je n'avais pas la moindre idée que cette émeraude vous avait un jour appartenue. Deuxièmement, je suis tout à fait satisfait de mes gènes. Troisièmement…

Il s'interrompit pour réfléchir. Ses sentiments pour Sarah St. Sebastian étaient devenus trop troublants, trop brusquement. Sa démarche… La lueur enjouée dans ses prunelles de jade quand, l'espace de quelques minutes, elle baissait sa garde… Sa loyauté farouche pour sa grand-mère et pour son écervelée de sœur… Tout en elle semblait provoquer en lui une ferveur mêlée d'un désir irrépressible.

— Troisièmement, finit-il par admettre, jamais je ne pourrai prétendre à la classe et à l'élégance de Sarah. Je ne peux que les apprécier et je peux vous garantir que c'est le cas.

Un long moment, les yeux plissés, la duchesse parut plongée dans ses pensées. Puis, frappant le sol de sa canne, elle déclara :

— Très bien. Je vais attendre de voir comment les choses évoluent.

Quand elle se leva de table, Dev recommença à respirer normalement.

— J'imagine que vous savez que Paris est l'une des villes préférées de Sarah ? reprit-elle alors dans une tentative de conciliation.

— Nous n'en sommes pas encore à échanger toutes nos préférences, répondit-il avec franchise. Je sais qu'elle a été étudiante à la Sorbonne pendant un an.

Une information qu'il avait dans son dossier sur son passé, ainsi que le fait qu'elle était diplômée en histoire de l'art. Il avait bien l'intention de consacrer tout leur temps libre à Paris à visiter quelques musées avec elle. Il avait très envie d'explorer le musée de Cluny en compagnie de quelqu'un qui partageait son intérêt de néophyte. Certes, il n'était pas expert, mais son appréciation de l'art sous toutes ses formes s'était développée parallèlement à sa fortune. Comme en témoignait le médaillon byzantin.

Ce qui lui rappela soudain pourquoi il était ici, à recevoir des coups de canne de cette femme impérieuse, irréductible. Il avait laissé les détails annexes de ses fiançailles occulter momentanément le fait qu'il avait forcé Sarah à jouer son jeu. Il se servait d'elle, sans vergogne, avec une froide délibération, comme d'un outil pour l'aider à conclure un contrat important. Une fois que ce contrat serait signé …

Il décida qu'il leur suffirait d'attendre de voir comment les choses évolueraient. Il n'aurait pas recours à la même cruauté, ne se montrerait pas aussi calculateur pour séduire la fascinante lady Sarah qu'il l'avait été pour lui passer la bague au doigt. Mais, si l'occasion se présentait, il ne laisserait pas non plus passer la chance de la charmer pour l'attirer dans son lit.

Cette pensée fit fuser une flèche brûlante dans son ventre. Avec un effort de volonté surhumain, il ne laissa rien paraître de son trouble devant l'indomptable Charlotte St. Sebastian. Pourtant, il devait reconnaître que la perspective de ce voyage à Paris le réjouissait beaucoup plus maintenant que quand Jean-Jacques Girault lui en avait parlé pour la première fois.

- 7 -

— Je n’arrive toujours pas à croire que grand-mère l’ait si bien pris, déclara Sarah, les doigts suspendus au-dessus du clavier de son portable. Pas simplement les fiançailles. Le voyage à Paris. La prime extravagante que tu as laissée à Maria. Tout !

Dev leva les yeux du texto qu’il venait de recevoir. Leurs sièges de première classe étaient séparés par une tablette sur laquelle se trouvaient son whisky, le verre de vin de Sarah et un plateau de canapés. Mais ils étaient assis assez près l’un de l’autre pour qu’il puisse voir à la lueur incrédule dans son regard, qu’après trois heures de vol au-dessus de l’Atlantique elle n’était pas encore revenue de sa surprise.

Pourquoi aurait-elle dû mal le prendre ? répliqua-t-il. Elle m’a passé au gril hier soir au sujet de mes parents, de mes grands-parents, de mes sœurs, de mon éducation, de ma santé, des clubs dont je suis membre, et de mon compte en banque. Et, aujourd’hui, pendant le déjeuner, elle a réussi à m’extirper tout ce qu’elle voulait savoir. Ce n’était pas gagné mais, de toute évidence, j’ai passé le test.

— Je pense que la bague y est pour beaucoup, murmura Sarah, le regard fixé sur la pierre laiteuse à son doigt. Dès qu’elle l’a remarquée, elle a changé d’attitude.

Il savait bien que la bague avait gagné sa cause. Sa curiosité piquée, il remarqua que les joues de Sarah se coloraient soudain de rouge. Elle avait un air à la fois gêné et coupable.

— J’aurais sans doute dû te dire chez Cartier que la Rose Russe avait appartenu à ma grand-mère, reprit-elle.

— Cela n'a pas d'importance. Je suis content qu'elle ait été disponible, voilà tout.

Elle garda un moment le silence. Manifestement, elle songeait toujours au déjeuner.

— Sais-tu ce que je trouve le plus étrange ? Grand-mère ne nous a pas demandé une seule fois comment nous avions pu tomber amoureux aussi vite.

— Peut-être parce qu'elle vient d'une époque différente. En outre, vu la dureté des épreuves qu'elle a subies, ta sécurité compte peut-être autant pour elle que ton bonheur.

— Non, ce n'est pas ça. Malgré l'époque, elle nous a toujours dit, à Gina et à moi, avoir fait un mariage d'amour. Elle a dû tenir tête à ses parents pour pouvoir se marier.

— Oui, mais regarde ce qui s'est passé après, lui rappela Dev avec douceur. D'après ce que j'ai lu, l'invasion de son pays par les Soviétiques a été brutale. Elle a été témoin de l'exécution de ton grand-père. Elle a échappé de peu au même sort et a dû démarrer une nouvelle vie, pour elle et son bébé, dans un autre pays.

Le regard empreint de tristesse, Sarah frôla l'émeraude d'un doigt.

— Puis mes parents sont morts, et elle s'est retrouvée piégée avec Gina et moi.

— A mon avis, elle n'a jamais estimé avoir été piégée. Je devine que ta sœur et toi avez amplement comblé le vide dans son cœur.

— Gina plus que moi.

— J'en doute, répondit Dev.

Comme il s'y attendait, elle prit aussitôt la défense de sa sœur.

— Je sais que tu considères Gina comme une véritable écervelée.

— En effet.

— Mais sa joie de vivre est si contagieuse que personne,

je répète, personne, ne peut passer plus de trois minutes en sa compagnie sans sourire.

Elle le foudroyait du regard, le défiant de la contredire. Il n'en avait pas besoin. En la distrayant de ses tristes souvenirs, il avait atteint son objectif. Néanmoins, il était préférable de changer de sujet. Il ne voulait pas prendre le risque de se l'aliéner.

— Je viens de recevoir un texto de M. Girault. Il est ravi que tu aies pu te libérer pour m'accompagner.

— Vraiment ? demanda Sarah d'un ton poli mais sceptique. Et que dit sa femme ?

Au grand dam de Dev, il sentit son cou rougir d'embarras. Comment expliquer sa réaction ? Il avait survolé des dizaines de zones de conflit. D'un simple regard, il pouvait avec la même efficacité réduire au silence un président de syndicats et le pire des requins des affaires. Pourtant, quand il s'était penché pour l'embrasser sur les deux joues comme le voulait la coutume française, Elise Girault l'avait complétement déstabilisé. A mi-voix, elle lui avait fait une avance d'une audace si ahurissante qu'il avait sursauté. Elle était alors partie d'un rire rauque et sonore, comme si elle et lui étaient de connivence.

— Il n'en parle pas, mais il demande ce que tu aimerais faire pendant que nous sommes enfermés dans une salle de conférences. Il précise que sa femme est une grande experte en matière de shopping. Apparemment, elle est très connue dans la plupart des boutiques de luxe.

Au moment où il prononçait ces mots, il prit conscience de son erreur. Il avait vérifié la situation financière de Sarah St. Sebastian et savait à quel point elle était fauchée.

— A propos, reprit-il avec une nonchalance délibérée, je n'ai pas l'intention de voir notre marché te coûter quoi que ce soit. Une carte de crédit t'attendra à l'hôtel.

— De grâce, dis-moi que tu plaisantes.

Sa réaction n'aurait pas dû le surprendre. Outre son élégance royale, lady Sarah avait aussi hérité de sa grand-mère une infinie fierté.

— Sois raisonnable, Sarah ! Il est bien entendu que je compte couvrir tes dépenses. Tu me rends un service personnel.

Qui devenait de plus en plus personnel. Il commençait à s'habituer à sa compagnie si tonique, mais le désir incandescent qu'elle suscitait en lui persistait à le prendre au dépourvu. Son plan ne prévoyait pas cette complication.

— Pour l'hôtel, je suis d'accord, répondit-elle, une expression glaciale sur le visage. Pour les repas que nous prendrons avec M. et Mme Girault, je suis d'accord. Mais pour une escapade dans les boutiques du faubourg Saint-Honoré, je ne suis plus d'accord.

— Très bien. A ta guise.

Il essaya de se réconforter en examinant avec admiration sa robe rose pâle. Le tissu épais était satiné, la coupe élégante. Un manteau dans le même style était accroché dans la penderie privée de leur cabine.

— Le faubourg je-ne-sais-pas-quoi n'a rien à envier à ton élégance new-yorkaise et va pousser Elise Girault à réclamer un voyage immédiat aux Etats-Unis.

Un instant, elle le regarda d'un air incrédule, puis partit d'un grand éclat de rire.

— Je vois que tu n'es pas vraiment branché haute couture.

— Toutes mes sœurs seraient d'accord pour affirmer que je ne fais pas la différence entre une robe haute couture et un hamburger.

— Je n'irai pas aussi loin, dit-elle toujours en riant. A moins de me tromper, tes chaussures sont en cuir marocain, ton costume est coupé main, et la cravate vient d'une boutique vénitienne, non loin du Grand Canal.

— Tu es vraiment calée ! Même si Patrick me dit qu'il commande mes cravates à Milan, pas à Venise. Et cette robe, d'où vient-elle ?

— C'est une Balenciaga vintage. Ma grand-mère l'a achetée à Madrid il y a des décennies.

Sans pourtant se départir de son sourire, elle poursuivit, se rembrunissant un peu :

— Elle a vendu la plupart de ses tenues haute couture originales… quand elles sont passées de mode. Mais elle en a gardé assez pour me laisser un trésor. Dieu merci ! La mode rétro est le dernier cri. Toutes mes collègues m'envient chez *Beguile*.

Dev lisait entre les lignes. Tout comme de ses bijoux, Charlotte St. Sebastian avait été obligée de se séparer de sa garde-robe au fil des ans. Qu'elle soit parvenue à conserver l'appartement au Dakota relevait du miracle. A la pensée de ce que la duchesse et sa petite-fille avaient traversé, il sentit son admiration pour les deux femmes croître encore. Il était de plus en plus déterminé à offrir à Sarah une tenue neuve à un prix exorbitant. Mais, ne voulant prendre le risque de froisser de nouveau sa fierté, il se borna à lui dire :

— Le style rétro te va bien.

— Merci.

Le dîner fut servi, mettant fin à la conversation. Après avoir dégusté le menu prétendument gourmet de la ligne aérienne, Dev travailla à ses chiffres en vue de ses rendez-vous avec Girault et ses associés, tandis que Sarah retournait à ses articles sur son ordinateur. Elle avait promis à Alexis de finir la mise en page de l'article sur les *Plus belles escapades d'été en bord de mer*, mais elle peinait sur les différentes options. Après avoir jonglé avec Martha's Vineyard et l'île de Santa Catalina, puis avec South Padre Island et les îles de Géorgie du Sud, elle décida qu'elle allait devoir passer au bureau de *Beguile* à Paris pour retravailler sa mise en page sur un écran de 25 pouces avant de la faire vérifier par Alexis.

Lorsqu'elle rabattit l'écran de son portable, Dev était toujours plongé dans ses chiffres. Après lui avoir poliment souhaité bonne nuit, elle remonta la moelleuse couverture bleue de la compagnie aérienne et se pelotonna dans son siège.

Quelques heures plus tard, elle fut réveillée par une légère secousse. Encore somnolente, elle battit plusieurs fois des paupières. La réalité ressemblait soudain plus à un rêve que ceux qui avaient peuplé sa nuit. Sa cravate dénouée, son col de chemise ouvert, des cernes noirs sous ses yeux bleus, Dev avait retrouvé son apparence de *bad boy*.

— Nous atterrissons dans moins d'une heure, lui annonça-t-il.

Comme pour confirmer cette nouvelle, une hôtesse surgit avec une cafetière remplie de café fumant. Sarah en avala une tasse puis, munie du nécessaire de toilette destiné aux passagers de première et de classe affaires, elle gagna les toilettes. Quand elle en ressortit débarbouillée, les dents brossées, recoiffée, elle était prête à revivre la magie du printemps parisien.

Ou, plus exactement, la magie qu'aurait pu être le printemps parisien.

Cette année, dans le nord de la France, le printemps était très tardif. Lorsqu'ils sortirent du terminal pour s'engouffrer dans la limousine qui les attendait, ils furent accueillis par une pluie froide qui tombait en rideau. Sarah frissonna. Il ne devait pas faire plus de dix degrés. En dépit des timides bourgeons sur les arbres bordant la route entre l'aéroport et Paris, les champs étaient bruns et boueux.

Arrivée aux portes de la capitale française, la limousine fut happée par le flot habituel des véhicules. Pourtant, ni la circulation intense ni le mauvais temps ne parvinrent à gâcher la beauté du VIIe arrondissement. Les hôtels particuliers et les ministères, anciennes résidences de la plus riche aristocratie, exhibaient leurs toits mansardés et leurs balcons en fer forgé avec un dédain souverain pour la pluie battante. Un instant, Sarah aperçut la tour Eiffel, puis, la limousine s'arrêta dans une rue tranquille, au cœur du faubourg Saint-Germain. Elle se tourna vers Dev.

— Tu as réservé à l'hôtel Verneuil ? s'étonna-t-elle.

— Oui.

— Ma grand-mère, Gina et moi y sommes descendues il y a des années, lors de notre dernier voyage à l'étranger ensemble.

Avec un sourire entendu, il répondit :

— C'est ce que la duchesse m'a appris. Elle m'a également informé que je devais t'emmener fêter dignement nos fiançailles au café Michaud, ajouta-t-il, son sourire s'élargissant.

A cet instant, elle eut l'impression qu'elle était en train de tomber amoureuse. Non parce qu'il avait préféré ce petit joyau à une suite dans un palace beaucoup plus grand et beaucoup plus cher, comme le Crillon ou le George V. Mais pour avoir fait un tel effort avec sa grand-mère.

Aussi surprise que bouleversée par la tendresse qui lui gonflait le cœur, elle essaya de se ressaisir alors qu'ils descendaient de voiture et dit :

— Si mes souvenirs sont bons, le Verneuil n'a que vingt-cinq ou vingt-six chambres. En général, l'hôtel est plein. Je suis surprise que tu aies pu réserver si peu de temps à l'avance.

— Ce n'est pas moi. C'est Patrick. Il m'a ensuite annoncé que je venais de doubler son bonus de Noël.

— Il faut que je rencontre cet homme.

— Cela peut se faire.

Malgré son intonation désinvolte, elle devina ce qu'impliquait sa réponse. D'un ton détaché, il lui laissait entendre que leur retour aux Etats-Unis ne signifiait pas forcément la fin de leur relation.

Mais elle ne se sentait pas prête à penser au futur. Chassant son trouble, elle laissa Dev s'avancer vers la réception et balaya le hall du regard. Rien n'avait changé depuis sa dernière visite, dix ans auparavant : les poutres apparentes, les tapisseries opulentes, les meubles massifs capitonnés de velours rouge. Manifestement, la direction n'avait pas changé non plus. Sans doute prévenu par la réceptionniste, le directeur sortit de son bureau, le visage éclairé d'un large sourire.

— Bonjour, lady Sarah !

Un coup d'œil furtif au badge sur le revers de sa jaquette formelle lui rappela son nom.

— Bonjour, monsieur Lebon.

— Quel plaisir de vous revoir ici ! s'exclama-t-il en français. Comment va la duchesse ?

— Très bien, je vous remercie.

— Il paraît que ce voyage est en l'honneur d'une occasion très spéciale, reprit le directeur, rayonnant. Me permettez-vous de vous présenter mes plus sincères félicitations ?

— Merci, répéta-t-elle, ignorant son envie de rentrer sous terre à la pensée de leur supercherie.

M. Lebon entreprit alors de féliciter Dev en anglais.

— Pardonnez-moi mon audace, monsieur Hunter, mais vous avez beaucoup de chance d'avoir capturé le cœur d'une personne comme lady Sarah.

— En effet, j'ai beaucoup de chance, acquiesça Dev.

— Permettez-moi de vous montrer vos chambres.

Après avoir appelé l'ascenseur, le directeur s'effaça pour les laisser monter. Pendant leur montée vers les étages supérieurs, il se confondit en excuses pour ne pas avoir pu accéder à la requête de Dev qui avait demandé des chambres adjacentes.

— Comme nous l'a suggéré votre assistant si capable, nous avons déménagé plusieurs de nos clients, monsieur Hunter, et vous avons installés, lady Sarah et vous-même, dans deux chambres assez proches l'une de l'autre. J'espère qu'elles seront à votre satisfaction.

Celle de Sarah était plus qu'à sa satisfaction. Décorée dans un harmonieux mélange d'ancien et de moderne, avec des touches de marbre, elle était meublée d'un lit à baldaquin. Un bon feu flambait dans la cheminée du charmant coin salon. Mais ce fut surtout la vue du balcon qui enchanta son âme d'artiste. La pluie qui s'était transformée en bruine faisait luire l'ardoise des toits parisiens. Leurs rangées de cheminées à l'infini évoquaient des sentinelles gardant leur ville. Au loin, se profilaient les deux tours gothiques et les arcs-boutants de Notre-Dame.

La voix de Dev la tira de son émerveillement.

— Je n'ai rien de prévu jusqu'à cet après-midi, déclara-t-il, alors que M. Lebon attendait pour l'escorter jusqu'à sa propre chambre. Veux-tu te reposer un moment, puis nous irons déjeuner ?

Paris l'appelait et elle mourait d'envie de répondre à son appel.

— Je ne suis pas fatiguée. Je pense que j'aimerais aller me promener.

— Sous la pluie ?

— C'est sous la pluie que Paris est la plus belle. Les rues, les cafés semblent accrocher la lumière. Tout scintille.

— D'accord, répondit-il en riant. Tu m'as convaincu. Je vais me changer et je viendrai frapper à ta porte. Disons dans un quart d'heure ?

— Oh ! mais…

Elle s'interrompit juste à temps. Pour un peu, elle aurait laissé échapper qu'elle n'avait pas eu l'intention de lui lancer une invitation. Pourtant, devant le visage rayonnant de M. Lebon à la perspective de cette balade romantique, il lui était difficile de refuser la compagnie de son fiancé.

— … je vais avoir besoin d'un peu plus de temps, finit-elle. Disons une demi-heure, plutôt.

— Très bien, une demi-heure.

Tout en se changeant pour enfiler un pantalon en laine très légère et une longue veste rouge cerise, ceinturée à la taille, elle essaya d'analyser sa réticence à partager ses premières heures à Paris avec Dev. Elle résultait sûrement de l'émotion qui était montée en elle lorsqu'ils s'étaient arrêtés devant l'hôtel Verneuil. Elle pressentait qu'elle était au bord du gouffre : elle pouvait tomber amoureuse de lui, follement amoureuse. Mais de savoir qu'il n'en faudrait pas beaucoup pour la précipiter dans le vide la terrifiait.

Certes, il lui avait fait du chantage pour l'entraîner dans cette mascarade si embarrassante. En outre, il lui avait passé une bague au doigt et l'avait poussée dans un avion sans lui laisser le temps de formuler une protestation cohérente. Néanmoins, au milieu de tous ces actes tyranniques, il avait fait preuve d'une patience et d'une générosité inimaginables.

Et puis il y avait ses caresses, ses baisers, ce ridicule sentiment d'ivresse chaque fois qu'il lui souriait. Devon Hunter avait été sélectionné dans la liste de *Beguile* uniquement en raison de son sex-appeal. Elle savait maintenant qu'il possédait quelque chose de beaucoup plus puissant que ses charmes physiques… et de plus dangereux pour sa tranquillité d'esprit.

Elle ne devait pas oublier qu'il s'agissait d'une mission à court terme. Dev avait stipulé que leur accord ne durerait que jusqu'à ce qu'il ait bouclé ses négociations sur son gros contrat. Ce qui semblait désormais imminent. Ensuite, tout cela serait fini.

Elle devait se ressaisir. Même s'il lui fallait faire un gros effort pour la refouler, elle refusait de laisser cette pensée la déprimer.

Lorsqu'il frappa, elle était prête. Elle enfila une cape de pluie couleur biscuit et, rabattant l'un des revers sur une épaule, s'avança vers la porte. Les cheveux protégés par une casquette, elle était prête à affronter le vent et la pluie.

— Joli chapeau, la complimenta-t-il lorsqu'elle sortit dans le couloir. Tout est joli, en fait.

— Merci.

Elle aurait pu lui retourner le compliment. C'était la première fois qu'elle le voyait autrement qu'en costume. Il était fait pour porter un jean. Ou vice versa. La coupe moulante faisait ressortir son ventre plat et ses cuisses minces. Et, songea-t-elle, la gorge soudain sèche, lorsqu'il se tourna pour presser le bouton de l'ascenseur, la fermeté de ses fesses.

Il portait un blouson d'aviateur en cuir et une écharpe écossaise grise et bleue. Voyant qu'il n'avait pas pris de chapeau, elle s'inquiéta qu'il ait froid. Mais en sortant de l'hôtel, ils s'aperçurent que la pluie s'était transformée en crachin et que la température était montée de quelques degrés.

Dev prit son bras pour traverser la rue. Puis, le glissant sous le sien, ils descendirent le boulevard. Elle se sentait un peu mal à l'aise. Coude à coude, épaule contre épaule, ils flânaient sur le trottoir détrempé, comme le couple qu'ils n'étaient pas.

Peu à peu, elle s'habitua à la sensation de son corps contre le sien, à la cadence de leurs pas. Et, peu à peu, la magie de Paris opérant, la sensation lancinante que tout cela n'était qu'une farce se dissipa.

Même aussi tard dans la matinée, l'odeur si alléchante et tentante du pain fraîchement cuit s'échappait des boulangeries. Les baguettes émergeaient des hautes corbeilles, les rayons étaient envahis de miches tressées. Les vitrines des pâtisseries regorgeaient de douceurs confectionnées avec un exquis savoir-faire : tartes, éclairs au chocolat, religieuses, mousses au caramel, napoléons, macarons, chaque gâteau était une véritable œuvre d'art à laquelle il était totalement impossible de résister.

— Tout cela m'a l'air bien appétissant, murmura Dev, fasciné par l'étalage multicolore. Ça te dirait de boire un café et de manger un éclair ?

— Je ne dis jamais non. Mais ma pâtisserie préférée dans tout Paris n'est qu'à quelques rues d'ici. Tu peux patienter encore un peu ?

— Je vais essayer, répondit-il avec une expression de détermination héroïque.

En riant, elle pressa son bras et l'entraîna un peu plus loin. Nichée entre une librairie et une banque, la minuscule pâtisserie était agrémentée d'un auvent à rayures protégeant trois petites tables en fer forgé, en terrasse. Trois autres s'entassaient à l'intérieur. La chance jouait en leur faveur. Lorsqu'ils entrèrent, des clientes étaient sur le point de partir. Après avoir commandé un expresso et une tarte au citron pour elle, elle s'appropria la table libre, le laissant se débattre avec son choix de pâtisserie. Tout en l'observant planté devant la vitrine, elle défit sa cape et la laissa tomber sur le dossier de sa chaise. Dev étant son seul client, la jeune vendeuse derrière le comptoir l'observait avec une curiosité étonnée. Lorsque, enfin, il eut fait son choix, elle fit glisser le gâteau sur une assiette qu'elle lui tendit en lui demandant :

— Vous êtes américain ?

— Oui, répondit-il avec un sourire amical.

Avant même que le visage de la jeune femme s'éclaire d'enthousiasme, Sarah devina ce qui se préparait.

— Ah, je le savais. Vous êtes « Numéro trois », c'est ça ?

L'air soudain agacé, Dev garda néanmoins son flegme quand d'une voix pleine d'excitation, elle appela ses collègues.

— C'est lui ! C'est lui ! M. Hunter. « Numéro trois ».

En voyant la volée de jeunes femmes en tablier blanc surgissant derrière le comptoir, Sarah se mordit la lèvre avec appréhension. Dev se soumit de bonne grâce et leur signa même des autographes sur des serviettes en papier, avant de battre en retraite vers la table avec son éclair au chocolat.

Malgré son envie de lui présenter des excuses, Sarah se contenta de hocher la tête lorsqu'il lui demanda d'un ton maussade si *Beguile* était largement diffusé en France.

— C'est notre troisième marché.

— Génial ! persifla-t-il en plantant sa fourchette à gâteau dans son éclair.

Quand la serveuse leur apporta leurs cafés, il dut faire un véritable effort pour sourire.

— En fait, poursuivit Sarah après son départ, *Beguile* a des bureaux dans Paris même. Je compte y passer pendant que tu iras à ta réunion.

— Je te ferai commander une voiture, déclara-t-il.

L'offre était polie, mais manquait de conviction. L'enchantement de leur promenade à travers les rues luisantes de pluie de Paris s'était dissipé avec le brouillard.

— Ce ne sera pas nécessaire. Je prendrai le métro.

— Comme tu voudras. Je t'appelle plus tard pour te dire à quelle heure nous avons rendez-vous pour dîner avec les Girault ce soir.

- 8 -

Les bureaux français de *Beguile* se trouvaient rue Balzac, non loin de l'Arc de Triomphe. Chaque fois qu'elle y venait, Sarah ne pouvait s'empêcher de remarquer l'ironie de voir un magazine aussi frivole que celui pour lequel elle travaillait lié ainsi au nom d'un écrivain qui, mieux que personne, avait su décrire les vanités du genre humain. Elle fut accueillie par le directeur éditorial de la France, Paul Vincent.

— Sarah ! s'exclama-t-il Alexis m'a envoyé un e-mail pour m'annoncer ta visite à Paris. Elle m'a donné des instructions pour que je mette François et son équipe à ton entière disposition.

— Pour quelle raison ? s'étonna-t-elle.

— Pour prendre des photos de ton fiancé et de toi. Elle ne veut que des instantanés sur des arrière-plans romantiques, aucune photo posée, avec des profondeurs de champ variables. François parle d'utiliser un large diaphragme à la tour Eiffel, peut-être un F2,8 à…

— Non, Paul.

— Pas de F2,8 ? Dans ce cas, il faudra que tu en discutes avec François.

— Non Paul. Pas de large diaphragme, pas d'instantanés, pas de tour Eiffel, pas de François !

— Mais Alexis…

— … veut exploiter l'histoire de mes fiançailles avec « Numéro trois ». Oui, je sais, mon fiancé a donné son accord pour une séance photo à New York, mais ni lui ni moi ne voulons que cela aille plus loin. Nous l'avons bien précisé à Alexis avant notre départ.

— Dans ce cas, tu ferais bien de le lui rappeler.

— Tu peux compter sur moi ! répondit-elle en se renfrognant. En attendant, j'ai besoin des ordinateurs du service production pour jeter un dernier coup d'œil à la mise en page sur laquelle je travaille en ce moment. Quand je l'enverrai à Alexis, j'en profiterai pour lui rafraîchir la mémoire sur notre accord.

Elle s'apprêtait à sortir du bureau quand Paul lui demanda à brûle-pourpoint :

— Que peux-tu me dire de la réunion à Chicago ?

Surprise par la tonalité bizarre de sa voix, elle s'interrogea. Que lui cachait-il ? Ces derniers jours avaient été si riches en événements qu'elle avait oublié le départ précipité d'Alexis pour la réunion imprévue avec le P-DG de leur groupe éditorial. Ce jour-là, elle n'avait vu dans l'absence imprévue de sa chef que le court répit qu'elle y gagnait. Mais la question de Paul attisait sa curiosité.

— Je ne peux rien te dire, répondit-elle avec honnêteté. Je n'ai pas eu la moindre chance d'en discuter avec Alexis avant mon départ. Pourquoi, qu'as-tu entendu dire ?

Il croisa les bras et, d'une main, se tapota une joue. Devant sa nervosité flagrante, Sarah ressentit un certain malaise.

— J'ai surpris des rumeurs, admit-il. Juste des rumeurs, comprends-moi bien.

— Quel genre de rumeurs ?

— Certains disent…, commença-t-il, hésitant, le rythme de ses doigts s'accélérant. Pas moi, je t'assure ! Mais certains disent qu'Alexis est trop vieille. Trop éloignée de nos lectrices cibles. Elle aurait perdu son mordant, son sens du glamour, et cela rejaillirait sur le magazine. Avant, nous avions l'habitude de captiver, de faire saliver. Aujourd'hui, nous peinons à séduire.

A sa grande contrariété, Sarah ne put le contredire. La

photo des fesses de Dev qu'Alexis avait insisté pour publier en était la preuve. Dans les replis les plus secrets de son cœur, elle approuvait les détracteurs anonymes de sa directrice.

Néanmoins, malgré ses fréquentes divergences d'opinion avec Alexis, elle lui devait loyauté et soutien. Quand cette dernière l'avait recrutée, fraîchement diplômée de l'université, elle n'avait ni expérience ni références. Certes, comme le maintenait sa grand-mère, son titre avait peut-être influencé sa décision. Mais il avait juste servi à mettre le pied à l'étrier à la néophyte qu'elle était. Elle avait sué sang et eau pour décrocher son poste de directrice artistique. Or, manifestement, le moment était venu de lui prouver sa reconnaissance.

Ce qu'Alexis lui confirma quelques instants plus tard dans sa réponse à son e-mail :

> La mise en page des *Escapades d'été en bord de mer* se présente bien. Nous prenons. S'il te plaît, réfléchis aux séances photo de Paris. Chicago me demande de forcer sur le romantisme. Hunter et toi incarnez ce romantisme. Du moins, pour nos lectrices.

Le contenu de l'e-mail ne quitta pas les pensées de Sarah de l'après-midi. Elle consacra le reste de son temps libre à une visite au musée d'Orsay. Pourtant, même son musée préféré ne parvint à l'aider à résoudre son dilemme. L'esprit bouillonnant, elle déambula dans les salles de l'ancienne gare reconvertie qui abritait certaines des œuvres d'art les plus célèbres au monde.

Indifférente à ce qu'elle voyait, elle considéra ses options. Devait-elle aider Alexis ou accéder à la demande de Dev de respecter sa vie privée ? Et si sa chef, se sentant acculée, se mettait en tête d'exploiter aussi l'imbroglio avec Gina ? Etait-elle capable de dévoiler que Sarah St. Sebastian avait accepté de jouer la comédie de ces fiançailles en désespoir de cause, pour éviter de voir sœur cadette poursuivie pour vol ?

Sarah savait pertinemment qu'elle le ferait. Alexis était capable de tout. Cette certitude lui donnait la nausée. A qui devait aller sa loyauté en priorité ? A Gina ? A Dev ? A Alexis ? A elle-même ?

Cette dernière pensée était tellement insensée que ce fut le cœur glacé d'angoisse qu'elle se prépara pour son premier rendez-vous avec les Girault. Dev lui avait précisé que le couple les avait invités à dîner chez eux en toute simplicité.

— En toute simplicité ! bougonna-t-elle en appliquant son mascara. Je demande à voir.

Se fiant à son instinct, elle opta pour une veste de smoking qui avait été l'une des préférées de sa grand-mère. Sarah avait extrait la veste de la pile à vendre à trois occasions au moins. Vintage ou pas, une veste Louis Féraud était une œuvre d'art. Il avait ouvert sa première maison de couture à Cannes en 1950 pour devenir l'un des couturiers de prédilection de Brigitte Bardot. De là était née sa légende.

Cette veste était du pur Féraud. Moulante, avec de larges revers en satin, elle se fermait de deux boutons à la taille. Elle y assortit un chemisier gansé de dentelle et un pantalon à pinces noir. Elle plaça un mouchoir de soie couleur miel dans sa poche de poitrine. Avec son jonc d'or au poignet et ses cheveux relevés en un élégant chignon, elle était l'incarnation même de la sobriété raffinée.

Peut-être en raison des tiraillements incessants dont elle était la proie, elle n'était pas d'humeur à jouer la sobriété ce soir. Elle voulait contenter Dev. Et Alexis. Et Gina. Et elle-même. Mais elle se fichait bien d'Elise Girault.

D'un geste vif, elle dénoua ses cheveux et laissa la masse sombre cascader sur ses épaules. Elle entreprit alors de retirer sa chemise. Quand elle renfila la veste, son décolleté était dangereusement échancré. Sa grand-mère serait indignée. Mais elle songea que Dev approuverait.

En effet ! Prenant appui contre le chambranle de la porte, il laissa échapper un long sifflement enthousiaste.

— Tu es magnifique !

— Merci. Toi aussi, renchérit-elle, honnête.

Son visage ne portait aucun signe du stress d'un après-midi passé en négociations avec M. Girault. Rasé de frais, il avait le regard limpide et sentait si bon qu'elle faillit se pencher vers lui pour mieux respirer son after-shave. Ses cheveux bruns luisaient encore d'humidité. D'une douche, ou bien de la bruine qui avait persisté toute la journée ? s'interrogea-t-elle, luttant contre son désir de les ébouriffer de ses doigts,

Si son costume n'était pas vintage, il avait manifestement été coupé avec la même affectueuse compétence que la veste de sa grand-mère. Il le portait avec une chemise bleue empesée, agrémentée d'une cravate à rayures bleues et argent.

— Que disait Oscar Wilde déjà, au sujet des cravates ? murmura-t-elle

— Aucune idée.

— Il disait que savoir réussir son nœud de cravate était la première étape sérieuse dans la vie d'un homme. Bien sûr, à l'époque il leur fallait des heures pour obtenir le pli parfait.

— Je suis content que cette époque soit révolue. Et maintenant… la voiture nous attend. Allons-y, ma chérie, ajouta-t-il en français.

Il s'inclina et, d'un grand geste, balaya la pièce en direction de la porte. Devant son expression surprise, il esquissa un sourire satisfait.

— J'avais un peu de temps après ma réunion. J'en ai profité pour apprendre quelques phrases sur Google traduction. Que penses-tu de mon accent ?

— Eh bien…

— C'était si mauvais que ça ?

— J'ai entendu pire.

Pas vraiment, ajouta-t-elle intérieurement. Dissimulant un sourire, elle prit sa pochette et le précéda vers la porte.

— A propos, comment s'est passée ta réunion ?

— Nous progressons. Suffisamment pour que mon chef

de production et une équipe de nos avocats d'affaires soient en train de survoler l'Atlantique en ce moment-même. Nous devons encore négocier quelques détails, mais nous approchons du but.

— Vous devez progresser, en effet, si tu fais venir toute une équipe de Californie.

Elle eut un pincement au cœur qu'elle s'efforça de chasser. Elle n'avait pas vraiment espéré passer beaucoup de temps à Paris avec Dev. Il était ici pour affaires. Et, dans la limousine qui roulait dans les rues éclairées aux réverbères, elle n'eut de cesse de se répéter qu'elle ne l'accompagnait que pour empêcher l'épouse de son associé potentiel de faire capoter toute l'affaire.

Jean-Jacques Girault et sa femme les accueillirent sur le seuil de leur somptueuse maison. Une fois à l'intérieur du majestueux vestibule, les deux couples s'embrassèrent sur les joues. Mme Girault les félicita chaleureusement pour leurs fiançailles. Néanmoins, prudent, Dev ne lâcha pas Sarah d'une semelle.

Sarah profita de l'échange de salutations pour détailler leur hôtesse. Blonde, dotée de la souplesse et du gracieux port de tête d'une danseuse, Elise Girault paraissait cinquante-cinq ans environ. Le tableau qui trônait à la place d'honneur dans le vestibule la représentait beaucoup plus jeune, dans le tutu d'Odile, le cygne noir du *Lac des cygnes*.

— J'aimais danser ce rôle quand j'étais première danseuse à l'Opéra de Paris, expliqua-t-elle avec le même sourire cruel que sur son portrait. Il est tellement plus amusant de jouer la méchante que la gentille, ne trouvez-vous pas ?

La prenant par le bras, elle l'entraîna par une double porte qui donnait sur un salon haut de plafond, un tapis d'Aubusson du XIXe siècle d'une valeur quasi inestimable couvrant en partie le parquet.

— A moins de payer votre méchanceté d'une flèche en

plein cœur, comme Odile dans certaines versions du *Lac des cygnes*, rétorqua Sarah.

Elise éclata d'un rire rauque, aussi fort qu'un coup de canon.

— Ah ! Je crois bien que c'est un avertissement. Vous ne voulez que je touche à votre sublime Devon.

— Quand vous avez trouvé chausson à votre pied…

Le rire s'éleva de nouveau, sonore et éraillé, et follement contagieux. Sarah se surprit à sourire.

— Elle me plaît, Devon, lança alors Elise Girault, prononçant Devon avec son accent français. Pour être honnête, étant donné que je vous veux pour moi, je ne m'attendais pas à l'apprécier. Nous pourrions peut-être nous arranger ? Faire ménage à trois ?

Devon marchant derrière elle, Sarah ne vit pas sa réaction à cette suggestion. Elle était néanmoins prête à parier qu'elle était loin d'être aussi bienveillante que celle de M. Girault.

— Elise, mon ange, la rabroua gentiment son mari. Tu vas choquer nos invités avec tes blagues.

Le regard que sa femme lança à Sarah pétillait de malice. Son message était clair : Elise Girault ne plaisantait pas.

A sa grande surprise, Sarah passa une excellente soirée.

Elise Girault n'essaya pas d'être autre chose qu'elle-même. Tantôt raffinée, tantôt provocante, pas une fois elle ne franchit les limites. Après avoir pris l'apéritif dans le salon, les Girault et leurs invités gagnèrent l'exquise salle à manger lambrissée dont les fenêtres surplombaient la Seine. La conversation animée porta sur les années de leur hôtesse dans le corps de ballet de l'Opéra de Paris, sur le poste de directrice artistique de Sarah chez *Beguile* et, inévitablement, sur l'industrie aéronautique. Fascinée, Sarah écouta les deux hommes évoquer ce monde dont elle n'avait aucune expérience. Mais Elise ne toléra la conversation que jusqu'à la fin du dernier plat.

— Ça suffit maintenant, Jean-Jacques !

Elle se leva de table, imitée par son mari et ses invités.

— Nous prendrons le dessert et le café dans le petit salon. Et vous me raconterez ce qui a convaincu cette charmante femme de vous épouser, enchaîna-t-elle en prenant Dev par le bras. C'était l'article dans *Beguile*, je suppose !

Son sourire coquin revenu, elle lança un coup d'œil interrogateur à Sarah.

— La vérité maintenant. Est-ce que ses fesses sont aussi délicieuses qu'elles le paraissent dans le magazine ?

— Elise, sois sage, la chapitra de nouveau son mari en secouant la tête avec indulgence.

— Je suis sage, mon chéri. D'une sagesse exemplaire…

— Je suis sage, Devon. D'une sagesse exemplaire ! minauda Sarah en feignant un accent français et en battant des cils.

Amusé, Dev, bras croisés, s'appuyait d'une épaule contre la cage de l'ascenseur de l'hôtel Verneuil. Il savait qu'elle n'était pas ivre. Elle restreignait sa consommation d'alcool à un apéritif, un seul verre de vin et quelques gorgées de cognac. Mais jamais il ne l'avait vue aussi détendue.

Elle lui plaisait quand elle était comme ça. Ses yeux verts scintillant. Ses cheveux décoiffés caressant ses épaules. La veste de smoking lui offrant des aperçus très alléchants de ses seins crémeux.

« Lui plaisait » était bien peu dire. Il voulait la dévorer tout entière.

— Tu as été parfaite, ce soir. Tout particulièrement lorsque Elise a essayé de te soutirer des détails sur notre vie sexuelle. Je ne sais toujours pas comment tu as réussi à lui donner l'impression d'une passion torride d'un simple haussement de sourcils.

— Oh oui, le haussement de sourcils royal. C'est l'une

des meilleures armes de ma grand-mère, avec le menton levé et le petit reniflement dédaigneux.

Tandis que, souriant, il l'accompagnait jusqu'à la porte de sa chambre, elle lui fit la démonstration des trois.

— Elise sera peut-être plus difficile à décourager lorsque je déjeunerai avec elle demain, l'avertit-elle en sortant sa carte magnétique de son sac. J'aurai peut-être besoin d'improviser.

Son pouls battant à tout rompre, Dev prit la clé et la glissa dans la serrure électronique. Quand la porte s'ouvrit, il passa à l'offensive.

— Tu n'as aucune raison d'improviser.

Elle l'enveloppa d'un regard incrédule.

— Serais-tu en train de suggérer que nous couchions ensemble dans le simple but de satisfaire la curiosité d'Elise Girault ?

— Pas du tout, madame, répondit-il en se penchant pour effleurer ses lèvres des siennes. Je suggère que nous couchions ensemble pour satisfaire notre propre curiosité.

Elle le regarda un instant, bouche bée.

— Tu plaisantes, j'espère ? finit-elle par demander.

— Non, madame, répéta-t-il, moitié riant, moitié sérieux.

Son silence le troubla. Mais voyant qu'elle ne rentrait pas précipitamment en lui claquant la porte au nez, il sentit de nouveau son pouls s'accélérer.

— Peut-être, dit-elle lentement, ses yeux rivés au sien, pourrions-nous explorer un peu cette voie, juste assez pour fournir à Elise quelques détails juteux.

Il ne se le fit pas dire deux fois. La soulevant dans ses bras, il entra dans la chambre d'un pas rapide et ferma la porte derrière lui d'un coup de pied. La femme de chambre avait laissé les lampes allumées et préparé le lit. Malgré son envie d'y aller directement, il opta pour le canapé et s'installa sur les coussins moelleux, Sarah sur ses genoux.

Se faisant violence pour garder le contrôle, il glissa sa

main sous ses cheveux soyeux. Sa nuque était chaude, ses lèvres entrouvertes, son regard embrumé. En fait, il se sentait déjà bien avancé dans cette voie.

Son érection douloureuse, il inclina de nouveau la tête vers elle. Cette fois, il ne l'embrassait pas pour un objectif d'appareil photo. Son baiser n'était pas un baiser inquisiteur, mais il contenait toute la fièvre et la faim qu'elle lui inspirait. Il essaya de juguler cela, mais l'ardeur de Sarah le galvanisait. Ses mains jouaient dans ses cheveux. D'un doigt, elle traça la ligne de son menton, glissa sa main sous son col, trouva son nœud de cravate.

— Tant pis pour Oscar Wilde ! murmura-t-elle au bout d'un moment. Enlève-la.

La cravate se volatilisa, suivie par sa veste de costume. Quand elle fit sauter les deux premiers boutons de sa chemise, il fit de même avec sa veste de smoking. Le premier bouton défait, il vit qu'elle ne portait pas de soutien-gorge et, fébrile, s'attaqua au second.

— J'en rêvais depuis la minute où tu m'as ouvert la porte, ce soir, avoua-t-il d'une voix rauque.

— Moi aussi, admit-elle. C'est sans doute ce qui m'a poussée à ne pas porter le chemisier que je mets d'habitude avec cette tenue.

Son honnêteté lui alla droit au cœur. Sarah ne feignait pas. Ne l'aguichait pas, ne minaudait pas, ne jouait pas l'effarouchée. Elle ressentait le même désir et n'en avait aucune honte.

Impatient, il fit sauter le second bouton. Les revers de satin s'ouvrirent sur ses seins. Petits, ils se dressaient fièrement, leurs mamelons roses irrésistibles. Il déposa une pluie de baisers sur le bombé, puis en happa la pointe entre ses lèvres.

S'abandonnant, elle renversa la tête en arrière et se grisa des sensations exquises qui envahissaient tout son corps.

Des sensations d'une telle intensité qu'elles lui arrachèrent un long gémissement d'extase.

Il lui fallut quelques minutes pour se rendre compte qu'un autre son s'était élevé dans la pièce. Il sortait de son sac posé sur la table basse.

— C'est mon téléphone, murmura-t-elle, le souffle court. Je l'ai mis sur vibreur chez les Girault.

— Ignore-le, plaida Dev en tournant son attention vers son autre sein.

— Je ne peux pas, dit-elle dans un gémissement. Cela pourrait être grand-mère. Ou Maria, ajouta-t-elle avec une pointe de panique.

Elle se redressa péniblement et prit son sac. Un coup d'œil au visage associé au numéro qui s'affichait à l'écran de son téléphone la rasséréna aussitôt.

Son soulagement fut toutefois de courte durée. Que pouvait bien vouloir Alexis à une heure aussi tardive ? Se rappelant sa conversation avec Paul Vincent dans les bureaux de *Beguile* ce même après-midi, elle se sentit de nouveau prise au piège du conflit de ses loyautés.

— Sarah ? Tu es là ? Décroche si tu es là, disait la voix rauque d'Alexis sur sa boîte vocale.

Avec un regard d'excuse pour Dev, elle répondit.

— Oui, Alexis ?

— Je suis désolée, mon chou, j'avais oublié le décalage horaire. Tu étais couchée ?

— Presque, bougonna Dev.

De sa main libre, Sarah lui intima de se taire, mais il était trop tard. Alexis avait un flair de limier.

— C'est Hunter ? Il est avec toi ?

— Oui. Nous venons de rentrer d'un dîner qui s'est prolongé.

Si ce n'était pas vraiment un mensonge, ce n'était pas non plus l'entière vérité. Toutefois, sa directrice n'avait pas besoin de tout savoir.

— Tant mieux. Il va pouvoir regarder les photos de la séance chez Cartier que je viens de t'envoyer par e-mail. J'ai coché celles que nous allons utiliser pour illustrer le baratin sur vos fiançailles.

— Nous regardons et nous te rappelons.

— Ce soir, mon chou. Je veux cet article dans le numéro de ce mois-ci.

Avec un soupir résigné, Sarah referma les revers de sa veste et, d'une main, boutonna le bouton du haut.

— D'accord. Envoie-moi le texte aussi.

— Pas la peine. Ce ne sont que quelques lignes.

Alarmée par cette réponse trop neutre, Sarah insista :

— Envoie-le-moi, Alexis !

— D'accord, d'accord. Mais je veux que tu me le renvoies ce soir.

Alexis raccrocha, et Sarah s'effondra sur le canapé. Assis dans un coin, Dev avait un bras étendu sur le dossier. Les pans de sa chemise étaient sortis et, sans qu'elle comprenne trop pourquoi, sa ceinture était débouclée. Il avait l'air plus que désireux de reprendre les choses là où ils s'étaient arrêtés, mais elle sentait que son bon sens avait repris le dessus. Ou plus, exactement, son sens d'autoprotection.

— Sauvés par le gong ! lança-t-elle avec une désinvolture feinte. Au moins, maintenant, je n'aurai pas à improviser quand Elise essaiera de m'extorquer des détails.

La vibration de son portable lui signala l'arrivée de l'e-mail.

— C'est le texte qu'Alexis veut publier pour illustrer le reportage chez Cartier. Je vais l'imprimer avec les photos afin que tu puisses vérifier le tout.

Se levant du canapé, Dev remit de l'ordre dans ses vêtements et boucla sa ceinture.

— C'est inutile. Je te fais confiance.

— Je m'assurerai de ne laisser passer aucune partie de ton corps dénudé, lui promit-elle d'un ton solennel.

— C’est ça, et je m’assurerai que, la prochaine fois, nous ne soyons pas interrompus.

— La prochaine fois ? répéta-t-elle, perplexe.

Attrapant sa veste, il déposa un baiser rapide sur son nez.

— Oui, ma chérie, répondit-il dans son français vraiment exécrable. La prochaine fois.

- 9 -

Dev devant rejoindre ses collègues arrivés en avion la veille au soir pour un petit déjeuner de travail, Sarah avait toute la matinée pour elle. Elle regrettait qu'il ne soit pas libre, car la journée s'annonçait magnifique, ensoleillée, avec des températures quasi estivales : le temps idéal pour flâner rive gauche avec son amoureux.

Ce que la plupart des Parisiens semblaient être en train de faire, constata-t-elle après avoir bu un café et mangé un croissant dans sa pâtisserie préférée. La vue d'un si grand nombre de couples, tous âges confondus, raviva ses émotions de la veille avec Dev.

A la lumière du jour, Sarah n'arrivait pas à croire qu'elle l'avait invité à lui faire l'amour. Pour être honnête, elle l'avait même pratiquement supplié. Et, encore maintenant, alors qu'elle déambulait dans Paris, au souvenir de ses mains et de sa bouche sur ses seins, elle sentait d'étranges picotements parcourir tout son corps.

Elle s'arrêta au milieu du pont de l'Archevêché, qui devait son nom à l'ancien archevêché situé jadis entre Notre-Dame et la Seine. A sa droite se dressaient les tours du square de la cathédrale. A sa gauche, l'avenue longeant les quais était jalonnée de bouquinistes et de cafés. Un instant, elle s'attarda à regarder le fleuve qui, noir et lisse, coulait sous le pont. Mais ce qui l'intriguait c'étaient la multitude de cadenas accrochés au parapet en fer tressé à rinceaux. Certains avec des étiquettes, d'autres des rubans colorés ou des porte-bonheur.

Elle aperçut alors un marchand de cadenas. Assis sur un

cageot de bois retourné, une cigarette pendant à ses lèvres, un béret d'un noir fané coiffait ses cheveux blanc hirsutes.

— Je ne suis pas venue à Paris depuis un bon moment, déclara-t-elle dans son français courant. A quand remonte cette coutume des cadenas ?

— Les cadenas de l'amour ? Trois ans ? Cinq ? Personne ne sait au juste, répondit-il avec ce haussement d'épaules si typiquement français. Au début, les cadenas ne fleurissaient que la nuit et étaient coupés tous les jours. Maintenant, ils sont partout.

— Manifestement.

La prenant pour une Parisienne, il lui fit un clin d'œil, avant de lui exposer de son opinion personnelle sur cette entreprise.

— Les touristes, on peut leur faire gober n'importe quoi. Comme si on pouvait enfermer ses sentiments à jamais et balancer la clé dans la Seine. Nous, Français, sommes loin d'être aussi naïfs, non ?

Sa cigarette s'agitant, il lui exposa sa philosophie à grand renfort de gestes théâtraux.

— Aimer, c'est prendre des risques. Etre libre, ne pas être emprisonné. S'en aller si ce que vous ressentez vous fait souffrir ou fait souffrir l'être aimé. A quoi bon rester quand on souffre ?

Comprenant qu'il s'agissait d'une question rhétorique, elle se contenta de répondre d'un haussement d'épaules.

L'esprit toujours occupé par cette rencontre, elle retrouva Elise Girault plus tard dans la matinée pour déjeuner. Quand elle lui raconta la philosophie du vendeur de cadenas, cette dernière partit de son rire rauque et sonore. Aujourd'hui, avec ses cheveux blonds tirés en un chignon serré qui faisait ressortir ses pommettes saillantes et son menton anguleux, elle ressemblait au cygne noir de son portrait. Son sourire narquois accentuant cette ressemblance, elle déclara :

— Ma chère Sarah, si vous me permettez, je ne partage pas cet avis. Se sentir prisonnier de quelqu'un qui, pourquoi pas, vous fait un peu souffrir, peut ajouter une touche délicieuse à une liaison, renchérit-elle, le regard pétillant de malice. D'ailleurs, à ce propos…

Son sourire se transformant en moue, elle regarda un homme brun qui devait avoir vingt-cinq ou trente ans de moins qu'elle se lever de sa table et s'approcher.

— Ah ! Elise, une seule femme dans tout Paris a ce rire. Comment allez-vous, mon amour ?

— Très bien. Et vous Henri ? Etes-vous toujours le chevalier servant de cette riche veuve en compagnie de laquelle je vous ai aperçu au théâtre ?

— Hélas, elle est rentrée en Argentine sans me dédommager pour la totalité de mes services. Mais assez de ces mondanités, poursuivit-il, posant ses yeux noirs sur Sarah. Vous devez me présenter à votre ravissante compagne.

— Non, je n'ai aucune obligation. Elle est à Paris avec son fiancé et n'a nul besoin de vos compétences si particulières. Et maintenant, soyez gentil, laissez-nous, poursuivit Elise en le congédiant d'une tape sur la main.

— Si vous insistez…

Après une courbette moqueuse, il regagna sa table, paya son addition et quitta le restaurant. Une ombre de regret passa, furtive, sur le visage d'Elise qui le suivit des yeux jusqu'à la porte. Avec un soupir, elle effleura le bord son verre.

— C'était un amant si compétent. Si imaginatif ! Mais il avait toujours besoin d'argent. Quand je me suis lassée de vider mon porte-monnaie pour lui, il m'a menacée de vendre des photos de moi dans certaines positions, comment puis-je dire… exotiques.

Sarah esquissa une grimace, mais ne put rien répondre. La presse à scandale la touchait de bien trop près.

— Des hommes dépêchés par Jean-Jacques sont parvenus à le convaincre que ce serait une très mauvaise idée, lui confia alors Elise. A la suite de quoi, le pauvre garçon a passé des semaines dans le plâtre, finit-elle avec la plus grande désinvolture.

Sarah était dubitative. Soudain, la compagnie d'Elise commençait à lui peser. Le concept qu'avait Mme Girault de l'amour lui semblait plus sordide qu'amusant. Sciemment, elle changea de sujet.

— Je me demande comment se déroulent les négociations. Dev m'a dit penser être très près de conclure le marché.

Peu intéressée, Elise haussa les épaules d'un air détaché, et, d'un claquement de doigts, appela leur serveur.

A l'autre bout de Paris, Dev devait se forcer pour se concentrer sur les colonnes de chiffres dans le contrat modifié. A la table de conférence, sa place lui offrant une vue panoramique de l'esplanade piétonnière et de la Grande Arche qui dominait le quartier financier de Paris compliquait encore les choses. Leurs visages offerts au soleil, des centaines de salariés installés sur les marches profitaient de leur pause déjeuner.

Un couple attirait particulièrement son attention. Après les avoir regardés s'enlacer, rire, s'embrasser, il se leva brusquement. Une douzaine de visages stupéfaits se tournèrent vers lui.

— Excusez-moi, déclara-t-il. Je dois passer un coup de fil.

A son tour, Jean-Jacques Girault repoussa sa chaise.

— Nous allons tous faire une pause et, si vous êtes d'accord, nous nous retrouverons dans une demi-heure. Lorsque nous reviendrons, un déjeuner de traiteur nous attendra.

Sans même attendre que Girault ait fini son petit discours, Dev se précipita à travers le labyrinthe des bureaux, jusqu'à l'ascenseur. Le besoin de parler à Sarah, d'entendre sa voix, lui donnait des ailes. Quelques instants plus tard, il avait rejoint la foule sur les marches de la Grande Arche.

Il lui fallut un instant pour admettre la sensation étrange qui l'envahit alors qu'il composait son numéro. Ce n'était pas juste le désir qui, la veille, l'avait quasiment suffoqué. Mais c'était bien ce sentiment indéfinissable qui avait été immortalisé par tant de chansons à l'eau de rose. Avec une grimace, il dut admettre l'inéluctable vérité : il était amoureux. Ou si près de l'être que cela ne faisait pas grande différence.

Sarah répondit à la deuxième sonnerie.

— Bonjour, Dev. Cela doit être de la télépathie. Je parlais justement de toi…

— Vraiment ?

— Comment se passent les négociations ?

— Elles progressent.

En entendant le son de sa voix, il sentit son ventre se nouer, et un trouble étrange monter en lui, embrumant ses pensées. Décidément, il devenait de plus en plus idiot. N'avait-il pas, sans la moindre hésitation, abandonné Girault et les autres à l'équipe de requins qu'il avait fait venir des Etats-Unis hier soir ?

— Nous avons mouliné des chiffres toute la matinée. J'envisage de laisser mes collègues gérer la session de l'après-midi. Quels sont tes projets ?

— Rien en particulier.

— Et si je te retrouvais à l'hôtel et que nous faisions rien de particulier ensemble ?

Il marqua une courte pause et, s'enhardissant, s'entendit soudain poursuivre d'une voix rauque :

— Ou peut-être, pourrions-nous passer à cette prochaine fois.

Il n'avait pas eu l'intention de dire cela. Mais il n'avait plus le contrôle de ses paroles.

Un long silence suivit sa suggestion. Voyant qu'il s'éternisait, Dev se maudit pour son manque de subtilité. Mais au son de sa voix basse, un peu essoufflée, son cœur faillit s'arrêter de battre.

— Je prends un taxi et je te retrouve à l'hôtel.

Sarah referma son téléphone d'un geste vif et lança un vague regard d'excuse à Mme Girault.

— C'était Dev. Je suis désolée, mais je dois y aller.

L'espace d'un très bref instant, Elise parut étonnée. Puis une expression d'envie s'afficha sur son visage.

— Allez-y, lui ordonna-t-elle avec un geste de la main. Paris est la ville de l'amour, après tout. Et je pense que le vôtre, ma petite, est un amour qui mérite un cadenas sur le pont de l'Archevêché.

Son cœur battant la chamade, Sarah se précipita hors du restaurant en essayant de se convaincre que c'était la vérité. Malgré les considérations philosophiques du vendeur de cadenas, malgré les détails de la sordide petite aventure d'Elise, elle s'accrochait désespérément à l'espoir que ce qu'elle ressentait pour Dev résisterait à l'épreuve du temps.

A sa grande contrariété, elle se retrouva nez à nez avec le brun aux yeux noirs, sur le trottoir, devant le restaurant. Il venait de héler un taxi, mais le lui proposa généreusement.

Sa générosité avait toutefois des limites. Quand il suggéra de l'escorter jusqu'à son hôtel et de passer l'après-midi à lui faire connaître des plaisirs inégalables, elle se sentit mortifiée.

Machinalement, elle imita le ton altier de sa grand-mère.

— Je ne pense pas, monsieur.

La réponse hautaine prit le goujat au dépourvu. Profitant de sa stupéfaction, Sarah monta dans le taxi et donna l'adresse de l'hôtel au chauffeur. La portière claqua, et elle oublia Henri, Elise… oublia tout, hormis le désir fulgurant que l'appel Dev avait fait surgir en elle.

Durant tout le trajet jusqu'à l'hôtel, elle essaya de calmer sa fébrilité. Son caractère calme, rationnel, pragmatique, la poussait à se répéter que son accord avec Dev Hunter n'était qu'un simple arrangement. Un contrat négocié qui n'allait pas tarder à se conclure. Si elle faisait l'amour avec lui, comme elle le voulait aussi ardemment, elle ne ferait que satisfaire un besoin physique immédiat, et le regretterait sans doute longtemps.

Mais une autre facette de sa personnalité, qu'elle réprimait habituellement avec tant de sévérité, lui rappelait Gina dans ses décisions les plus irréfléchies. Pourquoi ne pas saisir la chance de prendre un peu de plaisir ? De s'abandonner aux délices charnels, ici et maintenant, sans penser au lendemain ?

Comme cela arrivait vraiment trop fréquemment avec Dev, le désir l'emporta. Quand elle surgit de l'ascenseur et se précipita le long du couloir qui menait à sa chambre, incapable de garder la tête froide, oubliant tout pragmatisme, elle se sentit submergée par une vague de chaleur brûlante, impérieuse. En voyant Dev qui l'attendait, adossé au mur, un brasier s'alluma en elle.

— Qu'est-ce qui t'a pris si longtemps ? demanda-t-il, sa voix altérée.

Lui arrachant la clé électronique de la main, il l'enfonça dans la serrure et, à peine la porte ouverte, la plaqua contre le mur de l'entrée.

— J'espère que tu as apprécié ton déjeuner. Nous n'allons plus boire ni manger avant un moment, lui murmura-t-il, son haleine tiède contre ses lèvres.

Son baiser enfiévré embrasa tous les sens de Sarah. Elle le savoura, s'enivra de son parfum, sentit ses hanches plaquer les siennes contre le mur.

La porte claqua derrière eux. Elle ne savait pas très bien lequel d'entre eux l'avait refermée d'un coup de pied et elle s'en fichait bien. Secouée de frissons, elle sentait les mains fébriles de Dev courir sur tout son corps. Après avoir déboutonné son chemisier, il releva sa jupe et fit glisser son slip le long de ses jambes.

Elle avait l'impression d'être en feu, qu'une lave incandescente roulait dans ses veines. Haletante, ivre de désir, elle se débattit avec son chemisier puis, après s'être débarrassée de ses chaussures, enleva son slip tombé sur ses chevilles et noua une jambe autour de ses cuisses.

— Sarah, gémit-il, allons dans la chambre.

En quelques secondes à peine, elle était nue. Allongée sur le grand lit, elle le dévorait d'un regard avide tandis qu'il se déshabillait.

La veille, elle avait entraperçu des parties de son corps. Suffisamment pour lui confirmer que, sur sa liste personnelle, il arrivait largement en tête des dix célibataires les plus sexy. Mais le spectacle qu'il lui offrait maintenant comblait de loin tous ses fantasmes. La lumière de l'après-midi allumait des reflets dans ses cheveux bruns, ses yeux bleus étaient embrasés de désir, chaque muscle de son long corps mince était tendu, prêt. Son érection spectaculaire témoignait de l'intensité du désir qu'elle lui inspirait. Quand il se détourna, elle réprima un cri de frustration.

Soulagée, elle le vit prendre son portefeuille dans son pantalon et en tirer un préservatif. Elle avait arrêté la pilule depuis plusieurs mois déjà. Plusieurs années peut-être. Une décision sans doute liée au fait qu'il était plus important pour elle de s'occuper de sa grand-mère et de payer le loyer que d'avoir des aventures sans lendemain.

Comme quoi, tout le monde pouvait se tromper. Même si elle savait que ce que Dev lui inspirait allait bien au-delà de l'aventure sans lendemain. Le feu qui la consumait en était la preuve.

Non ! hurlait une petite voix dans sa tête alors qu'elle lui ouvrait les bras. Ce n'était pas une simple aventure sexuelle. Il ne s'agissait pas là de satisfaire un besoin primaire. Ce qui se passait entre eux était si fondamental. Et c'était si français de faire l'amour l'après-midi. Avec un homme qui la comblait à tous points de vue, tant physiques qu'émotionnels.

Il déroula le préservatif sur son sexe en érection, la prit par les hanches et, en un mouvement souple, s'enfonça en elle, lui procurant un plaisir inouï. Une décharge de sensations explosa en elle, électrifiant tous ses sens.

Venant à sa rencontre, elle enroula ses jambes autour de ses hanches, l'incitant à la pénétrer plus profondément.

Il se mit à aller et venir en elle avec une frénésie qui la combla de volupté.

Elle essaya de contrôler la lame de sensations divines qui la submergeait, la secouant de spasmes. Mais son corps refusait d'écouter son esprit. Sentant la pulsation s'intensifier dans son ventre, annonçant l'explosion finale, elle se cambra. L'orgasme la submergea, la secouant de tremblements, et Dev la rejoignit dans l'extase. Puis, dans un râle, il se laissa retomber sur elle, leurs deux corps soudés, secoués par les derniers frissons de l'extase.

Sarah voguait toujours dans un océan de volupté quand il lui murmura une phrase en français à l'oreille. Ouvrant vivement les yeux, elle demanda :

— Qu'as-tu dit ?

Il prit appui sur un coude. Malgré son visage enfiévré, son regard embrumé, il parvint à faire une réponse à moitié cohérente.

— J'essayais de te dire que je t'adore.

Malgré les quatre-vingt-dix kilos de force virile du corps qui la plaquait contre les draps, elle partit d'un fou rire irrépressible. Dev esquissa un sourire contrit.

— D'accord, qu'ai-je dit ?

— Ça ressemblait à, à…, dit-elle, riant toujours, que tu voulais me décorer comme un arbre de Noël.

— Eh bien, oui, ça aussi, dit-il.

Son sourire s'élargissant, il déposa un baiser sur son sein gauche.

— Là, et là…

Il picora son sein droit, puis sa bouche s'aventura plus bas, déposant une pluie de baisers le long de son corps, jusqu'à ce qu'elle effleure ses cuisses. Alors, tout doucement, il écarta ses jambes et l'embrassa là où son désir le réclamait.

Ivre de volupté, elle se cambra sous l'assaut de sa langue experte.

— Dev !

Jamais elle n'aurait cru pouvoir être excitée si vite. Surtout après un orgasme aussi spectaculaire. Dev, en revanche, ne montrait aucun signe d'érection.

— Tu as besoin d'un peu de temps pour récupérer ?

— Oui, répondit-il d'une voix étouffée, son souffle tiède contre sa peau. Et toi ?

Il leva la tête et dut lire sa réponse dans son regard enflammé. D'un air entendu, il reprit sa divine caresse, et elle étouffa un cri.

Le sang battait à ses tempes, un tourbillon de sensations divines l'emportait. Elle ferma les yeux et vit des étoiles danser sous ses paupières closes. Cette fois, l'orgasme la submergea sans prévenir et, chavirant dans l'extase, de petits gémissements accompagnèrent l'ultime onde de plaisir qui la souleva.

Lorsqu'elle rouvrit les yeux, Dev avait l'air très satisfait de lui. Et pour cause, songea-t-elle, baignant dans un voile de sensualité. Pourvu que, tout comme elle, il ait besoin d'un peu de temps pour récupérer.

A son grand soulagement, il s'allongea à côté d'elle, languide. Elle posa sa tête sur son bras et repensa à son mauvais français. N'avait-il pas essayé de lui déclarer qu'il l'adorait. Que voulait-il dire exactement ?

Elle était en train de chercher comment remettre le sujet sur le tapis quand la vibration d'un téléphone vint interrompre le fil de ses réflexions. Cette fois, c'était celui de Dev. Avec un grognement étouffé, il l'attrapa et regarda l'écran.

— Désolé, dit-il avec une grimace, je leur ai dit de ne pas m'appeler à moins de gros problème. Je ferais mieux de répondre.

— Je t'en prie. Je vais dans la salle de bains.

Elle saisit le premier vêtement qui lui tomba sous la main, à savoir la chemise de Dev, et se leva. La fraîcheur des dalles de la salle de bains sous ses pieds nus lui fit un effet délicieux. Mais le reflet que lui renvoyèrent les miroirs dorés lui arracha un cri.

— Oh non !

Elle avait les cheveux en bataille. Toute trace du maquillage de ce matin avait disparu depuis longtemps. Son menton et son cou portaient les marques de la barbe naissante de Dev. Frissonnant à la pensée de ce qu'Elise Girault lui dirait en les remarquant, Sarah fit couler le robinet et s'aspergea le visage et la gorge d'eau froide.

Puis, après s'être rafraîchie, elle regagna la chambre au moment où Dev enfilait son pantalon.

— J'ai l'impression que tes négociateurs ont rencontré ce gros problème, fit-elle remarquer.

— Tu peux le dire ! D'après mon directeur de production, ils étaient sur le point de conclure ce fichu accord, et maintenant tout part à vau-l'eau.

— Cela ne semble pas de très bon augure.

Elle s'arrêta devant sa penderie et troqua la chemise de Dev contre la minirobe de soie imprimée de pivoines offertes par Gina pour son anniversaire, l'année dernière.

— Cela fait partie du jeu, répondit-il alors qu'elle lui rendait sa chemise. Simplement, je ne m'attendais pas à trouver un adversaire aussi retors en Girault.

Sa réflexion lui rappela les confidences d'Elise pendant leur déjeuner. Songeuse, elle hésita un instant : devait-elle les partager avec Dev ? Oui, il devait connaître le genre d'homme avec lequel il traitait des affaires.

— Elise m'a dit quelque chose sur son mari qui m'a surprise, tout à l'heure.

— Quoi ? demanda-t-il en boutonnant sa chemise.

— Apparemment, Jean-Jacques a envoyé des voyous pour casser la figure à l'un de ses anciens amants. Le type avait menacé de vendre des photos d'elle aux tabloïds.

Il prit sa veste et sa cravate et s'avança vers elle.

— Intéressant. J'aurais pensé que Girault était assez courageux pour régler ses affaires lui-même. En tout cas, c'est ce que j'aurais fait. Je t'appelle dès que j'ai une idée de l'heure à laquelle nous nous arrêterons pour dîner, ajouta-t-il en effleurant ses lèvres d'un baiser.

Elle acquiesça d'un signe de tête. Mais sa réaction désinvolte par rapport à la réaction de Girault vis-à-vis d'un amant d'Elise l'interpellait. Ainsi, Dev aurait corrigé le paparazzi en personne ? Cela ne faisait que confirmer le mépris qu'il portait à certains membres de sa profession. Mal à l'aise, elle s'interrogea : à partir de quelle limite la mettrait-il dans le même panier que les plus sordides d'entre eux ?

- 10 -

Troublée par la phrase d'adieu de Dev, Sarah noua la ceinture de son peignoir et sortit sur le petit balcon. Si elle s'était déjà perdue dans la contemplation des cheminées et des toits d'ardoise grise qui semblaient s'étendre à l'infini, cette fois, ce qui l'intéressait surtout était ce qui se passait quatre étages en dessous.

La limousine que Dev avait appelée s'arrêta à quelques mètres de l'entrée de l'hôtel. Quand elle le vit sortir, vêtu de son costume d'affaires, elle sentit de nouveau les battements de son cœur s'affoler. Elle ne pouvait s'empêcher de faire la comparaison avec l'image de son corps nu et élancé, toujours présente à son esprit.

Le chauffeur en livrée surgit de la voiture pour ouvrir la portière du passager à l'arrière. Avec un sourire affable, Dev lui adressa quelques mots qu'elle ne put entendre. Il était sur le point de monter en voiture quand il s'arrêta et leva les yeux. Quand il l'aperçut, son regard exprima une telle connivence, une telle passion, qu'instinctivement elle lui répondit.

Frôlant ses lèvres de ses doigts, elle lui envoya un baiser, un geste qui l'embarrassa aussitôt. Cette mièvrerie lui ressemblait si peu. C'était plutôt le style de Gina. Pourtant, longtemps après avoir vu la limousine disparaître au coin de la rue, elle s'attarda sur le balcon, comme Juliette se languissant d'amour.

Pis encore, toute envie de s'habiller pour aller déambuler dans les rues semblait l'avoir abandonnée. Faire du lèche-vitrines, regarder les gens attablés aux terrasses des cafés : sans

Dev, plus rien n'avait le même attrait. Elle préférait attendre la fin de sa réunion pour aller flâner dans Paris avec lui.

Puisqu'elle n'était pas d'humeur à sortir, elle allait prendre un long bain moussant. Mais, avant, elle voulait lire ses e-mails, appeler sa grand-mère et essayer de nouveau de joindre Gina. Peut-être que, cette fois, sa sœur décrocherait enfin son fichu téléphone.

Gina ne répondit pas. En revanche, elle parvint à joindre la duchesse au moment où cette dernière s'apprêtait à sortir pour sa promenade matinale. Essayant de tempérer son inquiétude familière, elle plaisanta :

— Vous n'allez pas vous fatiguer, j'espère ?

— Sarah, ma chérie, rétorqua Charlotte, si j'ai pu parcourir presque soixante kilomètres à travers un pays déchiré par la guerre avec un bébé dans les bras, je peux sûrement arpenter quelques rues du quartier.

Judicieusement, Sarah se retint de faire remarquer à sa grand-mère que cette fameuse randonnée remontait à près d'un demi-siècle. Changeant de sujet, elle s'enquit :

— Avez-vous eu des nouvelles de Gina ?

— Non. Et toi ?

— Pas depuis qu'elle m'a envoyé ce texto m'annonçant qu'elle partait pour la Suisse, répondit-elle de son ton le plus désinvolte.

Hélas, la duchesse la connaissait trop bien.

— Ecoute-moi bien, Sarah. S'il arrive à ta sœur d'agir sur un coup de tête à l'occasion, elle reste une St. Sebastian. Quoi que tu penses qu'elle soit en train de mijoter, elle ne fera honte ni à la famille ni à son nom.

Prise d'un besoin irrépressible de parler à sa grand-mère du médaillon disparu, elle dut se mordre la lèvre pour s'en empêcher. Cela l'obligerait à dévoiler son marché avec Dev, ce qu'elle n'était pas prête à raconter non plus. Heureusement, sa grand-mère semblait disposée à changer de sujet.

— Et si tu me parlais un peu de Paris ? Devon t'a-t-il déjà emmenée au café Michaud ?

— Pas encore, mais il m'a dit que vous lui aviez donné des consignes strictes à ce sujet. Oh ! et son assistant qui est un véritable magicien a pu nous réserver des chambres à l'hôtel Verneuil au dernier moment.

— Vraiment ? Comme c'est intéressant !

Sa bienveillance éveilla aussitôt les soupçons de Sarah. Tout comme la satisfaction qu'elle avait surpris dans sa voix. Sa grand-mère semblait aussi contente qu'une chatte qui vient de laper un bol de lait.

— Quelles autres instructions lui aviez-vous données ?

— Aucune.

— Allons ! Avouez. Quelles autres surprises a-t-il en réserve ?

Avec un soupir patient, la duchesse riposta :

— Tu es à Paris en compagnie d'un homme aussi beau que viril. Un homme qui, je suppose, est plus que capable de te concocter des surprises seul.

Sarah murmura une fervente prière de remerciement. Dieu merci, la duchesse ne maîtrisait pas encore l'application vidéo sur son téléphone. Si cela avait été le cas, elle aurait vu les joues de sa petite-fille s'empourprer en songeant combien la beauté et la virilité de son fiancé la comblaient déjà.

— Je vous rappelle demain, grand-mère. Embrassez Maria.

Elle raccrocha, un peu perplexe. La rapidité avec laquelle tout le monde semblait avoir accepté l'apparition soudaine de Dev Hunter dans leur vie ne cessait de l'étonner. Sa grand-mère, Maria, Alexis, elle-même. Accepteraient-elles aussi volontiers son départ abrupt ?

Le faudrait-il ?

Elle n'était pas plus idiote qu'aveugle. Elle voyait bien que, sur le plan émotionnel, Dev était tout aussi désorienté qu'elle. Outre leur désir torride l'un pour l'autre, ils partageaient leurs rires, l'enchantement de ce voyage, le ravissement croissant qu'ils prenaient à leur compagnie mutuelle. Et même si elle n'osait encore y croire, peut-être s'agissait-il aussi d'amour.

Elle refusait de spéculer plus avant. Leur relation venait d'éclore. Elle était trop récente, trop fragile, pour se projeter dans l'avenir. Pourtant, alors qu'elle gagnait la salle de bains pour se faire couler un long bain chaud, elle se surprit à fredonner *La vie en rose*.

La sonnerie du téléphone l'arrêta dans son élan. Faisant un crochet par le bureau, elle répondit. C'était M. Lebon, le directeur de l'hôtel, qui la pria de l'excuser de la déranger.

— Vous ne me dérangez pas, monsieur.

— Bien, bien.

Après une hésitation, il poursuivit, semblant choisir ses mots avec soin.

— J'ai vu M. Hunter partir il y a quelques instants, et j'ai pensé pouvoir peut-être m'entretenir avec vous, seule.

— A quel sujet ? s'étonna-t-elle. Y a-t-il un problème ?

— Je ne suis pas sûr. Connaissez-vous par hasard un certain Henri Lefèvre ?

— Je ne reconnais pas ce nom.

— C'est bien ce que je pensais, lança Lebon avec un reniflement de dédain. Il y avait quelque chose dans ses manières…

— Ah si, attendez, dit-elle, se rappelant soudain l'individu du restaurant.

L'appel de Lebon gâcha un peu le plaisir de son long bain moussant. Le directeur lui avait raconté que le gigolo d'Elise l'avait pistée jusqu'à son hôtel : une idée qui ne l'emballait pas outre mesure. Cet homme était si louche !

Dev lui téléphona au moment précis où elle sortait de la salle de bains. D'un ton dépité, il lui annonça qu'il avait l'intention d'enfermer tout le monde dans la salle de conférences jusqu'à ce qu'ils aient trouvé un accord final.

— A voir la vitesse à laquelle nous progressons, nous

risquons d'y être encore à minuit, peut-être même plus tard. Je suis désolé Sarah, je vais devoir annuler notre dîner.

— Ce n'est pas grave, le rassura-t-elle, malgré sa déception.

— C'est quand même dommage. Je préférerais mille fois être avec toi qu'avec ses guignols. Je suis à deux doigts d'envoyer balader Girault et toute sa clique.

Sarah ne réagit pas. Etant donné les sommes hallucinantes qui étaient en jeu dans ces négociations, elle ne voulait pas l'influencer. Pourtant, elle était incapable de faire taire ses doutes : Dev ne prenait-il pas un risque en faisant des affaires avec un homme qui engageait des voyous pour aller casser la figure à l'amant de sa femme ?

Un instant, elle envisagea de lui raconter que ce même amant s'était présenté à l'hôtel cet après-midi. Puis se ravisa. Il avait assez de soucis en ce moment. De toute façon, M. Lebon semblait avoir réglé le problème.

Elle passa le reste de l'après-midi et presque toute la soirée sur son ordinateur, ne faisant qu'une courte pause pour dîner d'une soupe et d'une salade commandées au service d'étage. Elle avait largement de quoi s'occuper et quand, enfin, elle s'arrêta, elle était satisfaite de ses deux maquettes de mises en pages. Demain, elle irait les vérifier sur un écran de vingt-cinq pouces dans les bureaux de la rue Balzac.

A moins que Dev finisse ses négociations ce soir comme il l'avait juré. Alors, peut-être, passeraient-ils la journée ensemble. Et la nuit. Et…

A cette possibilité, elle sentit une boule d'un désir brûlant lui nouer le ventre et, se pelotonnant dans son lit, essaya de distraire ses pensées avec un livre numérique. Au bout de quelques pages à peine, elle s'assoupit.

Elle fut réveillée en sursaut par la sonnerie de son portable. Après avoir farfouillé dans ses couvertures, elle finit par le trouver. Le numéro de Dev s'affichait à l'écran.

— Tu les as tous expulsés de la salle de conférences ? demanda-t-elle, tout à fait réveillée soudain.

— Exactement. A l'instant où nous parlons, ils sont en train d'imprimer les contrats amendés. Ils seront prêts à être signés demain matin.

— Félicitations !

Même si la signature des contrats signifiait la fin de leur marché, elle était sincèrement heureuse pour lui.

— Je suis en route pour l'hôtel. Est-il trop tard pour fêter ma victoire ?

— Je ne sais pas. Quelle heure est-il ?

— Presque 1 heure.

— Ça va très bien, répondit-elle, sentant son cœur faire un bond dans sa poitrine. Donne-moi juste quelques minutes pour m'habiller. Tu pensais à un endroit en particulier ? Sinon, je connais plusieurs cafés très sympas ouverts jusqu'à 2 heures du matin.

— En fait, j'espérais une petite célébration en privé. Il n'est pas nécessaire de s'habiller, ajouta-t-il, une note taquine dans la voix.

Mais, derrière sa désinvolture feinte, elle perçut son intensité. Elle pensa soudain à Gina. Sa sœur avait toujours affirmé que, chaque fois qu'elle tombait amoureuse, elle avait l'impression d'être happée dans un tourbillon temporel et spatial. Sans pour autant la taquiner, elle avait pensé que, fidèle à elle-même, Gina exagérait.

Comme elle se trompait ! Et combien Gina avait raison ! N'était-ce pas exactement ce qu'elle ressentait à cet instant ? Avec Dev, elle se sentait comme entraînée dans une glissade effrénée, incontrôlable, dévalant un immense toboggan.

— Une célébration en privé me paraît idéale, répondit-elle, le souffle un peu court.

Elle eut à peine le temps d'enfiler sa robe imprimée de pivoines et de se précipiter dans la salle de bains que, déjà, Dev frappait à la porte.

A l'impatience qu'elle avait perçue dans sa voix, elle s'attendait à le voir ouvrir la porte d'un coup de pied et à la plaquer de nouveau contre le mur. Pour être honnête, c'était même ce qu'elle espérait. A tort. Pourtant, elle fut loin d'être déçue. Son énorme contrat enfin signé, il exultait. Pourtant, les mains qui prirent son visage en coupe étaient d'une douceur infinie. Il frôla ses lèvres d'un baiser d'une telle tendresse que, bouleversée, elle se sentit fondre de l'intérieur.

— Jean-Jacques m'a demandé de te remercier, murmura-t-il, son haleine tiède contre sa bouche.

— Pourquoi ?

— Il pense que j'ai fini par accepter le projet de fabrication de turbine pneumatique de sa société uniquement parce que je brûlais d'impatience de partir te retrouver.

— Oh non ! s'exclama-t-elle consternée, en le repoussant. J'espère que tu n'as fait aucune concession importante.

Elle n'avait pas la moindre idée de ce en quoi consistait la fabrication d'une turbine pneumatique, mais cela semblait sérieux.

— Non. J'ai toujours eu l'intention d'accepter. J'ai juste gardé mon adhésion à leur projet comme carte maîtresse pour boucler le contrat. Et pour pouvoir te rejoindre.

Il se pencha et frôla de nouveau sa bouche. Lorsqu'il leva la tête, le brasier qui brûlait au fond de ses prunelles azur raviva en elle cette sensation de tourbillon temporel et spatial.

— Je n'ose plus me risquer au français, dit-il avec un sourire langoureux. Alors, cette fois, je vais m'en tenir à l'anglais : je t'aime, Sarah St. Sebastian.

Abasourdie, elle bredouilla :

— Depuis… ? Depuis quand ?

Il parut réfléchir à sa question.

— C'est difficile à dire. Pour être tout à fait franc, il s'agissait au début d'une violente attirance physique.

Elle aussi avait été subjuguée par sa beauté virile. Mais elle allait devoir attendre pour l'admettre. Tremblante, elle le vit prendre sa main et faire chatoyer l'émeraude à la lumière.

— Au moment où je glissais cette bague à ton doigt, j'échafaudais déjà des stratégies pour que tu ne la quittes plus. Je sais que je t'ai fait du chantage pour t'entraîner dans ces fausses fiançailles, Sarah, mais si je te le demande très poliment et que je promets d'être gentil avec ta girouette de sœur, envisagerais-tu de les concrétiser ?

Pour une fois dans sa vie, elle ne vola pas au secours de Gina, mais se contenta de répondre, le front plissé par la concentration.

— J'ai besoin d'une minute pour réfléchir.

D'une voix à la fois surprise et amusée, il acquiesça avec une pointe d'incertitude :

— Prends tout le temps nécessaire.

Elle esquissa une moue, puis, au bout de trois ou quatre secondes de réflexion intense, répondit :

— D'accord.

— D'accord tu vas l'envisager, ou d'accord pour les concrétiser ?

Avec un rire joyeux, elle noua ses bras autour de son cou.

— J'opte pour l'option B.

Contrairement à beaucoup d'hommes d'affaires avec qui il avait voyagé, Dev n'avait pas pour habitude de séduire les femmes pendant ses déplacements. Mais il avait pris sa part de bon temps avec des femmes de divers pays. Pourtant, jamais avant de connaître Sarah, il n'avait vraiment compris la différence entre le sexe et l'amour. Ce n'était ni ses courbes douces et sensuelles, ni sa peau satinée, ni sa respiration saccadée. C'était l'ensemble de tout son être, l'élégance qu'elle incarnait.

Et le fait qu'elle était sienne.

Il avait eu l'intention de lui faire l'amour longuement, voluptueusement, comme pour lui donner un avant-goût tacite des nuits et des années qui les attendaient. Mais à l'instant même où il se positionna sur elle, il oublia toutes ses résolutions. A peine s'était-il enfoncé en elle qu'un brasier le dévora. Son besoin primitif de la posséder totalement, aussi vite que possible, le poussa à immobiliser ses poignets sur les draps, Elle l'accueillit encore et encore, ses mouvements s'accélérant toujours davantage. Il la sentait vibrer à chacun de ses assauts. Des perles de sueur lui piquaient les yeux. Sa vision se brouilla, son souffle se précipita. A force de plaisirs et de volupté, il se laissa finalement aller à la jouissance qui le submergeait avec une violence inouïe. Et dans un ultime sursaut, il offrit à Sarah un orgasme fulgurant, avant d'être lui-même emporté par la lame de sensations divines.

Elle somnolait encore quand, le lendemain matin, il se pencha sur elle.

— Je dois prendre une douche, m'habiller et retrouver Girault pour la signature des contrats. Que dirais-tu de nous donner rendez-vous pour déjeuner dans le café préféré de ta grand-mère ?

— Mmm…

— Peux-tu m'en rappeler le nom ?

— Café Michaud, marmonna-t-elle d'une voix ensommeillée, rue de Monttessuy.

— D'accord. Café Michaud. Rue de Monttessuy. Midi ?

— Mmm.

Il prit son temps pour se doucher, répondit à plusieurs dizaines d'e-mails, vérifia un appel d'offres sur un nouveau contrat pour le gouvernement, et arriva néanmoins en avance à son rendez-vous de 10 heures dans les bureaux de Girault.

D'humeur joviale, l'industriel français était convaincu de lui avoir arraché une adhésion de dernière minute, accordée à contrecœur. Dev le laissa à ses illusions. Après avoir parafé seize pages et les avoir signées, les deux P-DG posèrent pour les photos rituelles, tandis que les salariés des deux sociétés poussaient des soupirs de soulagement : ces longs mois d'âpres négociations étaient enfin terminés.

— Combien de temps restez-vous à Paris ? s'enquit Girault, après lui avoir serré la main une dernière fois.

— J'avais l'intention de rentrer aux Etats-Unis dès ce marché conclu. Mais je pense maintenant que je vais m'accorder un peu de temps et rester quelques jours de plus.

— Très sage décision, approuva le Français avec un clin d'œil entendu. Explorer Paris avec la femme qu'on aime transforme radicalement votre vision de la ville. Surtout avec une femme aussi délicieuse que votre Sarah.

— Je ne vous contredirai pas. A propos de ma Sarah, je dois la retrouver pour déjeuner. Aussi, vais-je prendre congé. Au revoir Jean-Jacques.

— Mais non ! Pas au revoir. Vous devez de nouveau dîner avec Elise et moi avant votre départ. Maintenant que nous sommes associés… Je compte sur vous.

— Je vais voir quels sont les projets de Sarah et je vous rappelle.

La rue de Monttessuy, étroite et pavée, se situait au cœur du VIIe arrondissement. Ses trottoirs étaient bordés de hauts immeubles majestueux, coiffés de toit d'ardoise et, tout au bout de la rue, se profilait la tour Eiffel. Avec son auvent rouge vif et ses jardinières remplies de géraniums qui égayaient une façade d'immeuble, le café Michaud était facilement repérable. Ayant presque une demi-heure d'avance, Dev demanda à son chauffeur de le laisser en haut de la rue. Il avait besoin de se dégourdir les jambes et préférait marcher plutôt que d'attendre Sarah à l'une des tables en terrasse. Peut-être allait-il dénicher un cadeau pour elle dans l'une des boutiques de la rue. Il passa devant une épicerie devant laquelle s'empilaient de cageots débordants de fruits et de légumes primeurs, longea les vitrines d'un chocolatier, d'un marchand de vin et de plusieurs antiquaires. Attiré par l'une d'entre elles, il entra dans l'obscure boutique humide.

Il remarqua aussitôt une lithographie originale de l'atterrissage de Charles Lindbergh en 1927 sur un aérodrome parisien après son vol transatlantique historique en solo.

— Je l'achète, déclara-t-il à l'antiquaire.

Avec un haussement de sourcils un peu dédaigneux, le commerçant parut s'étonner de cet Américain naïf qui n'essayait même pas de marchander. Dev s'en fichait bien. Il aurait été prêt à payer deux fois le prix. Il ne s'était jamais considéré comme spécialement sentimental mais les deux éléments clés de cette gravure, l'aviation et Paris, étaient ce qui les avait réunis, Sarah et lui.

Comme pour récompenser son client pour sa stupidité, l'antiquaire lui fit cadeau de l'épais tube en carton dans lequel il roula la lithographie.

Le tube à la main, Dev sortit de la boutique et se dirigea vers le café. Lorsqu'il aperçut Sarah qui approchait dans la direction opposée, il pressa le pas. Elle était de l'autre côté de la rue, à quelque distance du café, mais il reconnut sa démarche gracieuse et ses cheveux bruns soyeux, coiffés d'un pimpant béret rouge.

Il accéléra, avec l'intention de traverser au croisement suivant, lorsqu'une silhouette à moitié cachée derrière l'étalage de l'épicier le fit s'arrêter net. L'homme aux longs cheveux châtains dirigeait l'énorme objectif de l'appareil photo posé sur le cageot du haut, droit sur Sarah. Ahuri, il le vit prendre une demi-douzaine de photos.

— Que faites-vous ?

Le photographe se retourna et répondit quelque chose en français. Devant son haussement d'épaules plein de désinvolture, Dev se sentit écumer de rage.

— Vampires ! Parasites ! fulmina-t-il, ses doigts se crispant sur le tube cartonné.

Il serra son autre poing. Il allait casser la figure à ce type. Tant pis pour le procès ! Comprenant son intention, le photographe recula, faisant dégringoler la pile de cageots. Le visage pâle d'inquiétude sous ses cheveux gras, il tituba en arrière.

— Non, non ! Vous ne vous comprenez pas, monsieur Hunter. Je suis François. Je travaille pour *Beguile.* Je fais des photos pour l'article.

Pour la seconde fois en quelques minutes, Dev resta pétrifié.

— L'article ? répéta-t-il, désorienté.

— Oui. Nous recevons nos instructions de New York.

Lui présentant l'écran de son appareil numérique, il fit défiler ses photos.

— Regardez ! Sur celle-ci, Sarah et vous prenez un café. Là, vous marchez le long de la Seine. Et là, elle vous envoie un baiser du balcon de la chambre d'hôtel.

La fierté l'emportant sur sa peur, il cliqua sur le bouton du zoom, et la photo s'élargit à l'écran.

— Vous voyez la perfection du cadrage ? Et l'expression de son visage après votre départ ? Comme si elle était perdue dans ses rêves, vous ne trouvez pas ? Elle est restée comme cela assez longtemps pour me permettre de la photographier sous trois angles différents.

La colère qui bouillonnait toujours en Dev laissa place à un sentiment qui lui glaça le cœur.

— Elle a posé pour vous ? murmura-t-il avec un calme qui n'augurait rien de bon.

Sa nervosité revenue, le photographe le regarda de nouveau et bégaya quelque chose au sujet de New York. Mais Dev ne l'écoutait plus. Son regard était rivé sur Sarah qui approchait du café. Elle avait posé pour ce type. Après avoir fait tout ce cinéma sur le fait de n'autoriser qu'une seule séance photo chez Cartier, elle avait cédé aux exigences de sa directrice. Cela, il aurait pu le lui pardonner.

Mais pardonner le fait qu'elle avait tout manigancé dans son dos lui était beaucoup plus difficile.

Mâchoires crispées, il laissa le photographe au milieu des cageots renversés et s'avança d'un pas rageur vers le café. De l'autre côté de la rue, Sarah était toujours à plusieurs mètres de distance. Il était sur le point de traverser lorsqu'une camionnette de livraison blanche s'arrêta, la dissimulant à sa vue. Quelques secondes plus tard, il entendit le claquement des portières arrière. Lorsque, prenant un virage serré, la camionnette s'engagea dans une ruelle étroite sur la gauche, le trottoir sur lequel Sarah marchait quelques secondes auparavant, était désert.

- 11 -

Avant même d'avoir complètement assimilé ce qui venait de se passer, Dev se mit à courir. Tout ce qui dont il était sûr, c'était que Sarah venait à sa rencontre et que, l'instant d'après, elle s'était volatilisée. Anxieux, il cherchait une explication rationnelle à cette disparition soudaine. Elle aurait pu entrer dans une boutique. S'arrêter pour regarder une vitrine. Pourtant, son intuition lui soufflait que cette mystérieuse disparition était liée à la camionnette de livraison.

Lorsque, courant à perdre haleine, il arriva au croisement, il s'engouffra dans la rue perpendiculaire. Il évita de justesse une femme avec une poussette, essuya les jurons de deux hommes qu'il faillit renverser. La fourgonnette était devant lui, ses feux arrière s'allumant alors qu'elle freinait pour s'arrêter à un stop.

Il était arrivé à vingt mètres environ quand elle redémarra. A moins de dix mètres quand elle s'engagea dans une nouvelle rue. Par la vitre avant à moitié baissée, il aperçut le conducteur. Un mince cigare noir dont s'échappaient des volutes de fumée entre ses lèvres, il avait le regard rivé sur le flot de piétons qui traversait.

Il évalua ses chances. Devait-il viser les portières arrière ou le chauffeur ? Si le véhicule était fermé à clé à l'arrière et qu'il prenait de la vitesse après avoir tourné, il avait de fortes chances de se voir semé. D'un autre côté, s'il bondissait pour lui barrer le passage au milieu de ce carrefour encombré, il pouvait provoquer un accident.

Sa décision fut vite prise. Il ne pouvait prendre le risque

de perdre la camionnette. Dans un élan désespéré, il tourna et, fonçant dans la rue, doubla un taxi. Ses freins crissant, son Klaxon hurlant, ce dernier fit une embardée. Prenant appui sur son coffre d'une main, Dev s'élança et atterrit à quelques mètres devant la camionnette. Les deux bras levés, paumes ouvertes, il hurla d'un ton belliqueux :

— Arrêtez !

L'espace d'une seconde, il entrevit le visage du conducteur derrière le pare-brise. L'air aussi surpris qu'effrayé, ce dernier appuya sur l'accélérateur. Le salopard fonçait droit sur lui !

Au dernier moment, Dev fit un bond de côté et se jeta sur la portière de gauche. Heureusement, elle n'était pas verrouillée. Il l'ouvrit et agrippa le blouson en cuir du chauffeur

— Arrêtez-vous, je vous dis !

Vociférant, hurlant des jurons, l'homme donna un coup de volant et essaya frénétiquement de se dégager. La fourgonnette zigzagua. Les klaxons se remirent à beugler.

— Dev !

Le cri venait de l'arrière du véhicule. Reconnaissant la voix de Sarah, il tira d'un coup sec sur le blouson, et le visage de l'ordure alla se fracasser contre le volant. Dans un craquement d'os, le sang gicla, et l'homme s'écroula.

Dev arracha la clé du contact. Le moteur s'arrêta, mais la fourgonnette continua à rouler en direction d'une voiture qui tenta de l'éviter sans pour autant empêcher une collision. Dans un bruit de tôle froissée, les deux véhicules s'arrêtèrent brutalement. A tâtons, Dev défit la ceinture de sécurité du conducteur inconscient, le tira sur le trottoir et l'allongea. Se précipitant sur le siège avant, il s'apprêtait à passer à l'arrière, quand les deux portières s'ouvrirent à la volée.

Il aperçut Sarah à genoux sur le plancher du véhicule, une tache rouge vif marquant une de ses joues. Un rouleau de scotch industriel argenté pendait d'une large bande enroulée autour de ses poignets.

— Ça va ? lui demanda-t-il en la rejoignant.

— Oui, répondit-elle, les yeux écarquillés d'effroi.

Le bruit d'une sirènc qui approchait apaisa quelque peu leur panique. Dev détourna la tête vers l'homme qui dévalait la rue à vive allure.

— Reste ici et attends la police. Je vais poursuivre ce salaud.

— Attends, plaida-t-elle en lui prenant le bras. Inutile de le rattraper, je connais son identité.

Il se tourna vivement vers elle.

— Tu le connais ? demanda-t-il, interdit.

Quand elle acquiesça d'un signe de tête, le soupçon le transperça, tranchant comme une lame. Comment n'avait-il pas compris plus tôt ? Titubant sous le choc, les poings crispés, il se rappela vaguement avoir perdu la lithographie pendant la poursuite.

— Cela fait partie du scénario, c'est ça ? demanda-t-il d'une voix glaciale. La grande scène de l'enlèvement ?

— La scène ? répéta-t-elle avec un air si ahuri que, pour un peu, il aurait cru en sa sincérité.

Il voulait tellement y croire !

— Ça va, tu peux arrêter la comédie ! fulmina-t-il. Je suis tombé sur le photographe de *Beguile*, tout à l'heure, rue de Monttessuy. Nous avons eu une petite conversation très intéressante.

Son visage pâlit pour devenir si blanc que le rouge de la tache sur sa joue contrastait de manière presque obscène.

— Tu… Tu as parlé à un photographe de mon magazine ?

— Oui, lady Sarah, en effet. François m'a parlé de ses photos. Il m'a même montré certaines d'entre elles. Il faudra que je lui demande de t'envoyer celle de toi, sur le balcon de ta chambre. Tu fais une sacrée Juliette.

Le bruit des sirènes s'amplifiait. Sa réponse chuchotée faillit se perdre dans leur plainte discordante.

— Et tu crois que nous… que je…, que ce photographe,

mon magazine… tu crois que nous avons mis en scène un enlèvement ?

— Je suis un peu long à la détente. Il m'a fallu quelque temps pour comprendre. Je parie que ton barracuda de chef a tout imaginé. J'imagine déjà le titre de l'article : *Grâce à sa force, le valeureux « Numéro trois » arrache sa ravissante fiancée des griffes de ses ravisseurs.*

Elle détourna le regard. Le silence dans lequel elle se murait lui était encore plus intolérable que ses soupçons. Il avait espéré la voir se vexer, nier au moins avoir joué un rôle significatif dans cette farce. Apparemment, elle en était incapable. Eh bien, Sarah et son fichu magazine allaient devoir assumer les conséquences de la bêtise de leur plan ! Etant donné l'état des véhicules impliqués, ils allaient en avoir pour des milliers de dollars de dommages et intérêts. Sans parler des frais de chirurgie esthétique pour réparer le visage du conducteur qu'il avait amoché.

En proie à un profond sentiment de dégoût, il la prit par le bras pour l'aider à descendre de la fourgonnette. Sans un mot, elle se dégagea. Une fois sortie, elle se dirigea vers la voiture de police qui s'arrêtait dans un crissement de pneus. Deux policiers en sortirent. Tandis que l'un d'entre eux s'agenouillait à côté du chauffeur qui gémissait, le second s'intéressa à Sarah en qualité de témoin principal de l'accident. Elle communiqua avec lui dans un français rapide et parfait. Tout en prenant des notes, il signifia d'un coup d'œil à Dev que son tour allait venir.

Entre-temps, une ambulance était arrivée, et deux infirmiers s'affairaient autour du blessé. Tandis qu'un troisième examinait ses yeux avec une lampe, le policier se tourna vers Dev et, passant à l'anglais, il nota son nom, son numéro de téléphone portable, son adresse à Paris, avant de lui demander de lui faire un compte rendu de l'incident.

Ayant eu le temps d'y réfléchir, Dev avait décidé de taire ses soupçons sur le fait que toute cette affaire n'était en réalité qu'une opération publicitaire. Il s'en tint donc aux faits, relatant ce qu'il avait vu. Le policier prit encore quelques notes puis revint quelques pages en arrière.

— Bien, monsieur Hunter, connaissez-vous vous aussi Henri Lefèvre ?

— Qui ?

— L'homme qui selon votre fiancée l'aurait enlevée dans la rue pour la jeter à l'arrière de cette fourgonnette.

— Non, je ne le connais pas.

— Mais vous connaissez M. Girault et sa femme ?

Intrigué, Dev se rappela Sarah lui racontant que Girault avait employé des voyous pour faire son sale travail. Lefèvre était-il l'un d'entre eux ? Et Jean-Jacques était-il d'une façon ou d'une autre mêlé à toute cette histoire ?

— Oui, je connais M. Girault et sa femme. Quel est leur lien avec cet incident ?

— Selon Mlle St. Sebastian, Lefèvre aurait été l'amant de Mme Girault. Il est venu à leur table pendant qu'elles déjeunaient ensemble hier. Votre fiancée affirme que Mme Girault l'a identifié comme un gigolo, un individu qui avait essayé de lui extorquer une grosse somme d'argent. Bien entendu, nous allons vérifier cela avec Mme Girault en personne.

Dev sentit l'angoisse monter en lui. Et s'il avait mal interprété la situation ? Tout au moins, l'épisode du kidnapping ?

— Votre fiancée a ajouté que le directeur de votre hôtel lui avait dit que Lefèvre s'était présenté à la réception pour se renseigner sur son identité. Etiez-vous au courant, monsieur Hunter ? demanda le policier en le dévisageant.

Malgré son expression de neutralité prudente, Dev comprit que le policier devait être en train de penser à la même chose que lui : quel genre d'homme fallait-il être pour ignorer qu'un vulgaire gigolo s'intéressait à votre fiancée ?

— Avez-vous des informations supplémentaires à me fournir, monsieur Hunter ?

— Non.

— Très bien. Mlle St. Sebastian insiste sur le fait qu'elle ne souffre pas de blessures graves. Si les urgentistes sont d'accord, je vais la libérer afin qu'elle rentre à votre hôtel. Néanmoins, je dois vous demander à tous les deux de ne pas quitter Paris jusqu'à ce que vous ayez eu un entretien avec les inspecteurs de la brigade criminelle qui vous contacteront.

Un silence assourdissant régnait dans le taxi qui ramena Dev et Sarah à l'hôtel. La tête tournée vers sa vitre, elle regardait ostensiblement dehors, tandis qu'il réfléchissait à la façon dont il allait pouvoir lui expliquer que sa confrontation avec le photographe de *Beguile* l'avait poussé à croire le magazine responsable de cette tentative d'enlèvement. Il opta finalement pour une simple excuse.

— Je suis désolé pour le malentendu, Sarah. Ma conclusion était trop hâtive.

Elle tourna la tête, son expression distante confirmant la politesse glaciale de sa réponse.

— Inutile de t'excuser. Je peux comprendre comment tu es arrivé à cette conclusion.

Essayant de combler le fossé entre eux, il voulut prendre sa main. Elle l'esquiva et poursuivit sur le même ton détaché :

— Que ce soit bien clair : je n'avais pas la moindre idée que le magazine nous faisait suivre par un photographe.

— Je te crois.

Devant son haussement d'épaules désabusé, il comprit que ce n'était pas suffisant, que c'était trop tard.

— Je suis consciente, néanmoins, qu'Alexis voulait exploiter cette histoire. Aussi, j'assume toute la responsabilité de cette invasion de ta vie privée.

— De notre vie privée, Sarah, la corrigea-t-il.

— De ta vie privée, rétorqua-t-elle avec calme. Il n'y a pas de nous. Ce n'était qu'une façade. Je me trompe ?

— Ce n'est pas ce que tu disais hier soir, lui rappela Dev, maintenant exaspéré.

Comment pouvait-il tout à coup être le méchant dans cette

histoire ? Soit, il avait fait du chantage à Sarah pour qu'elle endosse le rôle de sa fiancée. Oui, il avait fait son possible pour la séduire et l'attirer dans son lit. Mais, maintenant, il voulait plus. Beaucoup plus ! Et il savait qu'elle partageait ce sentiment. Ne l'avait-elle pas admis la veille ? Il n'avait nulle intention à la laisser balayer les sentiments qui avaient éclos entre eux.

— Qu'est-il arrivé à l'option B ? la pressa-t-il. A la concrétisation de nos fiançailles ?

Un long moment, elle le regarda, puis se détourna de nouveau vers la vitre.

— J'ai la migraine. Je préférerais ne plus parler si tu es d'accord.

Non, il n'était pas d'accord. Pas d'accord du tout. Mais ému par le vilain bleu qui se formait sur sa joue, il accéda à son souhait jusqu'à l'arrivée à l'hôtel.

— Nous n'avons pas déjeuné, déclara-t-il alors dans un effort pour rétablir le dialogue. Aimerais-tu essayer le restaurant de l'hôtel ou préfères-tu commander quelque chose au service d'étage ?

— Je n'ai pas faim, répondit-elle sans se départir de sa froideur. Je vais aller m'allonger.

— Tu vas avoir besoin de glace pour empêcher ta joue d'enfler. Quand j'aurai parlé avec M. Lebon, je t'en apporterai.

— J'en ai dans le réfrigérateur de ma chambre.

Sur ces mots, elle s'éloigna, le laissant planté dans le hall. Frustré, mortifié, ne sachant sur quoi passer sa colère, il s'avança d'un pas furieux vers la réception et demanda à parler au directeur.

A peine arrivée dans sa chambre, Sarah appela les bureaux de *Beguile* à Paris. Même si elle ne doutait pas un instant du compte rendu de Dev, elle ne pouvait pas s'empêcher d'espérer que le photographe avec lequel il avait discuté était un free lance qui travaillait pour une autre publication. Au fond de son cœur, elle ne voulait pas croire que son magazine avait vraiment chargé François de prendre des photos de Dev et elle. Hélas, Paul Vincent, le directeur éditorial français, le lui confirma non sans réticence.

— Alexis a insisté, Sarah.

— Je vois.

Après avoir raccroché, elle resta un long moment le regard perdu dans le vide. Comme elle avait été naïve de faire confiance à Alexis, de croire que sa chef tiendrait parole. Et comme elle était stupide de se sentir si blessée par la réaction de Dev. La gorge serrée, elle tapa un bref texto qui allait droit au but :

Je démissionne, avec effet immédiat.

Puis elle mit quelques glaçons dans une serviette, se déshabilla et se coucha. La glace plaquée contre sa joue douloureuse, elle tira ses couvertures sur sa tête.

Quelques heures plus tard, la mélodie du téléphone de sa chambre la tira de sa triste torpeur.

— Je suis désolé de vous déranger, lady Sarah.

Avec une grimace, elle repoussa l'oreiller trempé par la serviette.

— Qu'y a-t-il, monsieur Lebon ?

— Vous avez un appel de la brigade criminelle. Voulez-vous que je vous passe la personne ?

— Oui, merci.

Son interlocutrice s'identifia comme Marie-Renée Delacroix, inspectrice dans la division chargée des enquêtes sur les meurtres, les homicides, les enlèvements, les attentats à la bombe, et les incidents impliquant des personnalités. Refrénant son envie de lui demander dans quelle catégorie son cas tombait, Sarah accepta un rendez-vous au siège de la police, à 9 heures le lendemain matin.

— J'ai déjà parlé à M. Hunter, indiqua l'inspectrice. Il vous accompagnera.

— Très bien. Je vous remercie, dit-elle en raccrochant.

Au moment où elle allait se recoucher, elle entendit frapper à sa porte.

— C'est Dev, Sarah, dit la voix familière.

Elle réprima son envie de lui répondre lâchement qu'elle n'avait pas envie de compagnie. Elle ne pouvait pas le repousser indéfiniment.

— Une minute, répondit-elle sans ouvrir.

Se précipitant dans la chambre, elle ramassa ses vêtements qui jonchaient le sol et se rhabilla. Le bleu sur sa joue n'était pas facile à camoufler mais, d'une main, elle disciplina ses cheveux en bataille. Pourtant, quand enfin elle lui ouvrit, elle se sentait aussi négligée que déstabilisée.

Dev avait retiré sa veste, mais portait toujours son pantalon de costume. Le col de sa chemise jaune était ouvert, les manchettes roulées. Avec réticente, Sarah leva les yeux vers son regard bleu azur. Ils étaient rivés sur sa joue.

— Est-ce que tu as mis de la glace ?

— Oui. Entre.

Il la suivit dans le salon, mais ils ne s'assirent ni l'un ni l'autre. Les mains enfoncées dans ses poches, il resta debout à côté du canapé, tandis qu'elle se dirigeait vers la fenêtre.

— As-tu eu un coup de téléphone de l'inspectrice Delacroix ?

— Elle vient d'appeler. Je sais que nous avons un rendez-vous avec elle à 9 heures demain matin.

— T'a-t-elle dit que les deux suspects sont passés aux aveux ?

Sarah hocha la tête et força un petit sourire.

— Elle m'a également dit que je pourrais rentrer aux Etats-Unis après avoir signé la déposition officielle. J'étais sur le point de téléphoner pour réserver mon billet quand tu as frappé.

— Sans m'en parler au préalable ? s'étonna-t-il.

— Je crois que nous nous sommes dit tout ce que nous avions à nous dire.

— Je ne suis pas d'accord.

D'une main, elle frotta sa joue tuméfiée. Elle avait mal, certes. Mais la douleur qui lui déchirait le cœur était bien plus violente encore.

— Je t'en prie, Dev. Je ne veux plus ressasser tout cela.

A peine sa phrase prononcée, elle comprit qu'elle avait mal choisi ses mots. Ignorant sa réponse, il traversa la pièce et, d'un doigt sous son menton, leva son visage vers lui. Elle savait que la glace n'avait pas fait beaucoup d'effet. De rouge, le bleu était passé à un affreux mélange de pourpre et de vert.

— C'est Lefèvre qui t'a fait ça ?

L'agressivité de son ton la fit reculer vivement.

— Non ce n'est pas lui. J'ai heurté quelque chose quand il m'a poussée dans la fourgonnette.

Loin d'apaiser sa fureur, son explication parut au contraire l'attiser.

— Heureusement que ce salaud est en garde à vue ! tonna-t-il.

S'efforçant de revenir à un sujet plus neutre, elle répliqua :

— Lefèvre n'est pas important, Dev.

— Tu penses comme il n'est pas important !

— Ecoute-moi. Ce qui compte, c'est que je ne savais rien du photographe qu'Alexis avait lancé sur nos traces. Mais même si elle ne l'avait pas fait, tôt ou tard, un autre magazine ou un autre tabloïd aurait raconté l'histoire. Je crains que toi et ta future fiancée n'ayez d'autre choix que de vous résoudre à passer votre vie sous le feu des projecteurs.

— Je suis fiancé à toi, Sarah.

— Plus maintenant.

Refoulant sa tristesse, elle fit glisser l'émeraude de son doigt et la lui tendit. Il refusa de la prendre.

— Elle t'appartient, dit-il sèchement. Elle fait partie de ton héritage. Quoi qu'il arrive entre nous à partir de maintenant, tu gardes la Rose Russe.

Le cœur lourd de tristesse, elle tressaillit. Son intonation distante ne fit qu'accroître la peine infinie qui la submergeait.

— Notre arrangement devait se terminer le jour où Girault et toi auriez signé vos précieux contrats. Maintenant, c'est fait. Et notre histoire est finie.

Elle n'avait pas eu l'intention de paraître aussi amère. Dev avait tenu chacun de ses engagements. Elle était celle qui avait failli y manquer. Pas personnellement, certes, mais par procuration, par la faute d'Alexis.

Une question la pétrifia soudain d'inquiétude. Dev allait-il continuer à tenir ses propres engagements ? Se pourrait-il qu'il décide de passer sa colère sur Gina ? Elle devait en avoir le cœur net.

— J'ai rempli les conditions de notre contrat, nous sommes bien d'accord ? Tu ne vas pas lancer de poursuites contre ma sœur ?

Son regard bleu se fit glacial. Elle avait presque oublié à quel point il était impressionnant quand les traits de son visage se durcissaient ainsi.

— Non, lady Sarah, je ne le ferai pas. Et je pense qu'il serait préférable de remettre cette discussion à plus tard pour nous laisser le temps de réfléchir à tout cela.

— C'est tout réfléchi, s'acharna-t-elle. Je rentre demain, Dev.

Déconcertée, elle le vit se pencher vers elle. Sans la frôler, son visage impassible à un souffle du sien, il murmura d'une voix très calme :

— Réfléchis encore, mon cœur.

- 12 -

Restée seule avec sa tristesse, Sarah contempla l'émeraude à sa main. Qu'importait ce que disait Dev, elle ne pouvait pas la garder.

Pas plus qu'elle ne pouvait la laisser traîner. Un instant, elle pensa demander à M. Lebon de la ranger bien en sécurité dans le coffre-fort de l'hôtel, mais elle ne se sentait pas le courage d'expliquer ni le bleu sur sa joue ni l'appel téléphonique de la brigade criminelle.

Le cœur lourd de regret à la pensée de ce qui aurait pu être, elle glissa de nouveau la bague à son doigt. Elle devrait y rester jusqu'à ce qu'elle la rende à Dev.

Elle essayait de se motiver à aller faire ses valises, lorsqu'elle s'aperçut que son estomac criait famine. Quoi d'étonnant ? Elle n'avait rien avalé depuis le café et le croissant du petit déjeuner. Repoussant l'idée de se faire apporter un plateau par le service d'étage, elle décida de sortir. Elle avait besoin de se changer les idées. Et, ainsi que Dev le lui avait conseillé, elle avait besoin de réfléchir encore. Après de vifs tiraillements, elle décrocha le téléphone de l'hôtel. Les règles de savoir-vivre martelées par la duchesse depuis l'enfance l'obligeaient à le prévenir de son intention d'aller grignoter quelque chose dans un café local. Fiancée ou pas, furieuse ou pas, il méritait la courtoisie d'un appel.

A son immense soulagement, il ne répondit pas. Après lui avoir laissé un rapide message, elle descendit dans le hall et, relevant le col de son manteau, sortit discrètement par l'une des portes latérales de l'hôtel. Le crépuscule commençait tout juste à tomber et la température, déjà fraîche, s'était refroidie.

En ce début de soirée, les trottoirs et les rues grouillaient de monde. Leur journée de travail terminée, les Parisiens faisaient leurs courses de dernière minute dans les épiceries et les boulangeries. Les taxis se faufilaient entre les voitures et les bicyclettes. La pensée de sa dernière entrevue avec Dev ne la quittant pas, elle remarqua à peine la foule. Elle se sentait presque aussi bouleversée par la tension de leur confrontation que par l'épisode de son kidnapping.

Certes, sa colère concernant le photographe était parfaitement justifiée. Et elle partageait sa fureur. Ce qui lui brisait le cœur, néanmoins, était que Dev ait pu croire que *Beguile* avait mis en scène l'enlèvement. Et qu'elle avait été complice de cette trahison. Comment pouvait-il affirmer l'aimer et pourtant la croire capable d'avoir joué un rôle dans une telle combine ?

La réponse la frappa de plein fouet, limpide. Il ne l'aimait pas, c'était impossible.

Elle avait beau le vouloir, elle ne pouvait nier la cruelle vérité. Le charme de Paris opérant, elle s'était laissé convaincre que ce que Dev et elle partageaient était unique. Dire qu'elle était même allée jusqu'à croire que leurs sentiments mutuels méritaient un cadenas sur le pont de l'Archevêché ! Sentant la douleur des regrets l'envahir de nouveau, elle s'engouffra dans le premier café.

Un serveur à l'oreille gauche percée de trois anneaux, une serviette blanche pliée sur son avant-bras, l'accueillit à la porte.

— Bonsoir, madame, la salua-t-il, avec un coup d'œil au bleu sur sa joue.

— Bonsoir. Une table pour une personne s'il vous plaît.

Une fois installée dans un coin, au fond de la salle, elle commanda sans même regarder le menu. Elle voulait juste un verre de vin rouge et un croque-monsieur. Elle n'aurait rien pu avaler de plus à cet instant. Ce que les premières gorgées de vin lui confirmèrent.

Son sandwich arriva à une rapidité remarquable pour Paris, où même le plus humble des cafés visait l'excellence gastronomique. Accompagné par une petite salade et de fines frites craquantes, il aurait dû satisfaire sa faim. Hélas, elle ne put même pas le savourer. Après avoir mangé quelques feuilles de salade et grignoté une frite, elle était sur le point de mordre dans son croque-monsieur quand elle entendit son nom.

« — Lady Sarah, la petite-fille de Charlotte St. Sebastian, grande-duchesse du minuscule duché connu autrefois sous le nom de Karlenburgh. »

Stupéfaite, elle leva les yeux vers l'écran de télévision fixé au-dessus du bar et, son croque-monsieur à mi-chemin de sa bouche, regarda, pétrifiée, les deux présentateurs du journal télévisé et une photo de sa grand-mère, de Gina et d'elle qui s'affichait dans leur dos. L'une des rares photos publiques autorisées par la duchesse prise à un gala de bienfaisance, plusieurs années auparavant. Avant que Charlotte ne vende les célèbres rangs de perles qu'elle portait sur le cliché.

« — Victime apparemment d'une tentative d'enlèvement cet après-midi, annonça le journaliste, lady Sarah en est sortie indemne grâce à l'intervention spectaculaire de son fiancé, l'industriel américain Devon Hunter. »

La terreur lui nouant l'estomac, elle vit un petit film sans doute pris à l'aide d'un téléphone portable se substituer à la vidéo. Il montrait les voitures faisant des embardées spectaculaires pour éviter Dev qui fonçait au milieu de la circulation.

La fourgonnette blanche fonçait sur lui ! Le cœur battant à tout rompre, incapable de respirer, elle vit Dev sauter de côté à la dernière minute, puis bondir sur la portière gauche.

Lorsque le visage du conducteur alla se fracasser contre le volant, elle étouffa un petit cri. Elle se trouvait à l'arrière de ce véhicule. Si elle savait que Dev l'avait arrêté, elle n'avait jamais compris comment il s'y était pris.

Abasourdie par son intrépidité, elle regarda la scène de rue laisser place à une autre vidéo prise sur les marches du Palais de justice. Escorté par deux policiers l'agrippant par les bras, Henri Lefèvre, menottes aux poignets, les descendait jusqu'au véhicule de police garé en bas. Une foule de journalistes lui hurlaient des questions qu'il ignorait. Quand le reportage suivant démarra, Sarah reposa son sandwich dans son assiette. Les pensées se bousculant dans son esprit, elle essaya de faire le tri dans ses priorités. Il fallait qu'elle téléphone immédiatement à sa grand-mère. Avant que l'histoire soit relatée par les médias américains, si ce n'était pas déjà le cas. Se maudissant de ne pas avoir envisagé cette possibilité plus tôt, elle pressa la touche de son portable qui correspondait au numéro du Dakota.

A son immense soulagement, la duchesse ignorait tout de l'incident. Sarah le lui raconta, essayant de minimiser les choses en faisant passer ses ravisseurs pour des amateurs incompétents. En vain. Charlotte ne fut pas dupe.

— Te visaient-ils ou visaient-ils Devon ? demanda-t-elle vivement.

— Devon, bien sûr. Ou plutôt, ses milliards.

— Tu es bien sûre ? Peut-être notre pays compte-t-il encore quelques fanatiques. Quoiqu'ils ne doivent pas être bien nombreux après tout ce temps. Mais ton grand-père… Ces pelotons d'exécution… Ces assassins haïssaient tout ce que notre famille représentait.

Sa voix se brisa.

— Ces hommes voulaient de l'argent, répondit Sarah avec douceur. Et Dev leur a fait amèrement regretter d'avoir choisi ce moyen pour l'obtenir. L'un d'entre eux va devoir se refaire faire le visage.

— Bien fait !

Sarah était rassérénée. La duchesse avait retrouvé son mordant. Un peu trop rapidement, apparemment.

— Ramène Dev à la maison avec toi, Sarah. Je veux le remercier en personne. Et dis-lui que je ne vois pas l'intérêt de longues fiançailles, renchérit-elle. Les mariées d'aujourd'hui passent souvent des mois, des années même, à planifier leur mariage. Je remercie le ciel qu'aucune de mes petites-filles ne soit de caractère aussi indécis.

— Grand-mère…

— Gina a tendance à foncer sans réfléchir. Toi, ma chérie, tu es plus circonspecte. Plus avisée. Mais quand tu choisis, tu choisis avec sagesse. Dans le cas présent, je pense que tu as fait un excellent choix.

Pétrie de culpabilité, Sarah fut incapable d'avouer qu'elle n'avait pas vraiment choisi Dev. Pas plus qu'elle ne se sentait le courage d'expliquer que leur relation reposait sur un mensonge. La seule solution était d'essayer de modérer la duchesse.

— Je n'en suis pas au point de penser au mariage, grand-mère. Je viens tout juste de me fiancer.

Elle réprima un soupir désolé. Même si Dev semblait avoir une vue différente sur la question, ces fiançailles avaient été de courte durée.

— Tu n'auras pas à t'inquiéter des détails, mon cœur. Je vais appeler le Plaza et demander à Andrew de s'occuper de tout.

Momentanément distraite de sa mélancolie, Sarah étouffa un petit cri.

— Ne me dites pas qu'Andrew est toujours au Plaza !

Son exclamation lui valut une riposte glaciale :

— Même si les jeunes choisissent de mettre les seniors au rebut, certains d'entre nous ne sont pas tout à fait prêts à être remerciés comme de vulgaires figurants.

Sans laisser à Sarah le temps de lui demander pardon pour sa bévue involontaire, Charlotte abandonna son ton altier pour revenir à son idée.

— Que dirais-tu du premier week-end de mai ? C'est un mois tellement charmant pour un mariage.

— Grand-mère ! Nous sommes déjà mi-avril !

— N'as-tu pas entendu ce que je viens de te dire ? Les longues fiançailles sont bien trop monotones.

— Mais… mais, bredouilla Sarah avant de se rabattre sur l'excuse la plus plausible, je suis sûre que le Plaza est réservé tous les week-ends de mai pour les trois prochaines années.

A l'autre bout du fil, elle perçut le soupir patient de sa grand-mère.

— Sarah, ma chérie, t'ai-je jamais parlé de la réception que j'ai donnée pour le sultan d'Oman ?

— Non, grand-mère, je ne crois pas.

— C'était en juillet… non en août 1962. Tout à fait splendide, je peux te le garantir. Le président Kennedy et sa femme étaient là, bien sûr, ainsi que les Rockefeller. A l'époque, Andrew était un tout nouveau jeune serveur. La lettre que j'ai envoyée à son supérieur complimentant la manière dont il avait géré l'ivresse très embarrassante d'un secrétaire du président Kennedy lui a valu sa promotion à son poste actuel.

La main de Sarah se crispa sur son téléphone. Que répondre à cela ? Avec l'impression d'être emportée par un raz-de-marée, elle écouta, impuissante, les dernières instructions de la duchesse.

— Parle à Dev, ma chérie. Assure-toi que le premier week-end de mai lui convient. Et dis-lui que je m'occupe de tout.

Se sentant presque aussi hébétée que lorsque le très obséquieux Lefèvre l'avait poussée dans la fourgonnette, Sarah prit congé de sa grand-mère. Son repas oublié, elle resta assise un long moment, son téléphone à la main. Cette conversation n'avait fait qu'accroître sa confusion. Désemparée, déchirée, elle ne savait plus à quel saint se vouer.

En dépit de son altercation avec le photographe de *Beguile,* Dev n'avait pas hésité un instant à risquer sa vie pour elle. Sa fureur envers le magazine qui le pistait ne l'avait pas empêché de se lancer à sa rescousse. Pour ensuite l'accuser d'être complice de cette mise en scène. En dépit de tous ses efforts, elle était incapable d'effacer de sa mémoire le dégoût qu'elle avait lu sur son visage.

Pourtant, durant le peu de temps qu'ils avaient passé ensemble, il avait fait preuve d'une tendresse indicible à son égard. Au-delà de tous les rires qu'ils avaient partagés, il lui avait montré une sollicitude constante, lui avait fait connaître une passion incandescente. Comment pourrait-elle l'oublier ?

Comment oublier la ferveur, l'allégresse, avec lesquelles elle avait répondu à ses ardeurs ? Quelle que soit la façon dont ils s'étaient rencontrés, quelles que soient les circonstances étranges qui les avaient réunis, Dev Hunter réveillait en elle une faim profonde, presque primaire, dont elle n'avait jamais fait l'expérience auparavant. Et la comblait.

Songeuse, elle régla l'addition et sortit dans l'obscurité qui s'épaississait. Tout était arrivé si vite. La visite surprise de Dev à son bureau. Son offre audacieuse de marché. Leurs fausses fiançailles. Ce voyage à Paris. Depuis le jour où il s'était présenté chez *Beguile* et avait fait basculer son univers, elle était comme emportée dans un tourbillon de folie. Ses émotions exaltées ne lui laissaient pas la moindre chance de prendre du recul.

Ils avaient besoin de prendre un peu de distance l'un par rapport à l'autre. De s'accorder une période pour décompresser, après quoi ils pourraient donner une nouvelle chance à leur relation. A supposer qu'ils le veuillent, bien sûr. Se préparant à ce qu'elle prévoyait être une conversation embarrassante, elle prit le téléphone et appela sa chambre.

Il répondit à la seconde sonnerie.

— Hunter.

— C'est Sarah.

— J'ai lu ton message. Ton dîner était bon ?

La froideur sous sa question trop polie ne lui échappa pas. Il lui en voulait d'être sortie dîner sans lui.

— Oui, merci. Peux-tu venir dans ma chambre ? Ou je viens dans la tienne si cela te convient mieux.

— Me convient mieux pour quoi ? demanda-t-il d'un ton distant.

Sans se laisser intimider, elle s'exhorta au calme. Certes, elle comprenait qu'il soit toujours en colère. Mais comme le disait sa grand-mère, la muflerie était inexcusable.

— Nous devons finir la conversation que nous avons commencée tout à l'heure, répondit-elle d'une voix égale.

Après un court silence, il acquiesça d'un ton abrupt :

— Je viens dans ta chambre.

Dev se félicitait d'avoir tempéré sa colère provoquée par le photographe. Oui, il s'était laissé emporter lorsqu'il avait accusé *Beguile* d'avoir mis en scène l'enlèvement de Sarah. Et c'était vrai, il avait un peu exagéré plus tôt dans la soirée lorsqu'elle lui avait demandé s'il était toujours prêt à honorer ses engagements concernant Gina.

Il avait eu tout le loisir de ruminer ces deux erreurs. En s'éclipsant de l'hôtel sans lui, Sarah s'était assurée de les lui faire regretter. Pourtant, le message rapide qu'elle lui avait laissé pendant qu'il était sous la douche avait ravivé son irritation.

Et maintenant, elle le convoquait de son ton altier de châtelaine. Si elle croyait pouvoir encore essayer de lui rendre l'émeraude, ou recommencer à l'agacer en lui parlant de leur accord, elle allait en être pour ses frais. Ne savait-elle pas pertinemment qu'ils avaient dépassé le stade du simple accord depuis longtemps ? Simplement, elle était bien trop entêtée pour l'admettre.

Elle n'allait avoir d'autre choix que d'accepter qu'il n'était pas parfait. En lui lançant cette accusation, il avait fichu l'après-midi en l'air. Il lui demanderait une nouvelle fois de l'excuser. Si nécessaire, il était prêt à s'aplatir comme une carpette. Quel qu'en soit le prix, il avait bien l'intention de lui faire comprendre qu'elle n'était pas débarrassée de lui. Loin de là !

Mais, à l'instant même où elle lui ouvrit la porte, il oublia toutes ses résolutions. Devant l'hématome pourpre sur sa joue, son cœur volant en éclats, il sentit toute sa colère s'évaporer. D'un geste empreint de tendresse, il frôla son menton.

— Est-ce que c'est aussi douloureux que cela le paraît ?

— Absolument pas.

Elle n'esquiva pas sa caresse, ce qu'il s'autorisa à interpréter comme un signe d'espoir. En outre, elle semblait plus détendue quand elle le précéda dans le salon. Il avisa les lourdes tentures tirées, cachant la vue sur les toits de Paris qui l'enchantait tant auparavant. Ainsi, elle souhaitait les protéger de tout regard indiscret ?

— Tu veux boire quelque chose ? demanda-t-elle poliment, avec un geste en direction du minibar.

— Non, merci, ça va.

La télévision attira soudain son regard. Le son était coupé, mais il reconnut immédiatement la vidéo amateur qui passait à l'écran. Il l'avait déjà vue plusieurs fois.

— Tu as entendu les nouvelles ? demanda Sarah en prenant la télécommande.

— Oui.

Elle éteignit la télévision, s'installa dans un fauteuil et ramena ses genoux contre sa poitrine. Le regardant sans ciller, elle croisa les bras et déclara :

— J'ai suivi ton conseil et j'ai réfléchi au sujet de notre… de notre situation.

— C'est une façon de le dire, admit-il. Es-tu arrivée à de nouvelles conclusions ?

— En fait, oui.

Impatient d'entendre ce qu'elle avait à dire, il attendit.

— J'ai l'impression d'avoir sauté dans un train lancé à

pleine vitesse. Tout est arrivé si vite. Toi, Paris, et maintenant ma grand-mère qui insiste pour…

Ses joues s'empourprant, elle s'interrompit comme pour rassembler ses esprits, avant de poursuivre.

— De crainte qu'elle ait vent du kidnapping par les médias américains, je lui ai téléphoné. J'ai essayé de faire passer l'incident pour un travail d'amateurs incompétents.

— Elle t'a crue ?

— Non.

— Ta grand-mère est une femme intelligente.

— Tu changeras peut-être d'avis lorsque je t'annoncerai qu'elle a enchaîné sur le fait qu'elle voulait que nous nous marions en mai.

Abasourdi, il la dévisagea. Certes, il savait qu'il avait passé le test avec la duchesse. Mais il se félicitait de voir son impression confirmée ! D'autant qu'il avait apparemment plusieurs obstacles à surmonter avant de retrouver la confiance de sa petite-fille.

— Je le répète, ta grand-mère est une femme intelligente.

— Je te l'accorde. Mais n'oublie pas qu'elle ne sait rien de nos fiançailles d'opérette.

— Et tu penses qu'il est nécessaire de l'en informer ?

— Ce que je pense, c'est que nous avons besoin de freiner ce train lancé à pleine vitesse, répondit-elle lentement.

Il sentit sa tension se dissiper de manière imperceptible. Tout à l'heure, elle voulait qu'ils annulent tout. Maintenant, elle parlait juste de freiner le train. Peut-être n'aurait-il pas autant d'obstacles à surmonter qu'il le prévoyait, après tout ?

— Et comment suggères-tu que nous nous y prenions ?

— Nous prenons un peu de distance. Nous nous accordons un peu de temps pour analyser cette attirance que nous semblons tous les deux…

— Attirance ? répéta-t-il incrédule en secouant la tête. Je suis désolée, chérie, je ne peux pas laisser passer ça. Toi et moi savons que nous avons depuis longtemps dépassé le stade de l'attirance.

— C'est vrai.

Cherchant le mot juste, elle posa son menton sur ses genoux. Malgré l'impatience qui bouillonnait en lui, il se contint. A défaut d'autre chose, aujourd'hui, il avait au moins appris à ne pas pousser Sarah à bout.

— Je ne mentirai pas, finit-elle par déclarer. Jamais je n'ai ressenti les sentiments que tu m'inspires. Je pense que c'est de l'amour. J'en suis même sûre.

Il n'avait pas besoin d'en entendre plus. Il fit un pas vers elle mais, d'une main levée, elle l'arrêta.

— Ce dont je ne suis pas sûre, Dev, c'est si l'amour suffit à surmonter le fait que nous nous connaissons à peine.

— Je sais tout ce que j'ai besoin de savoir sur toi.

— Ah, c'est vrai. J'allais oublier que tu avais enquêté sur mon passé, persifla-t-elle.

Ayant fait preuve de la franchise la plus totale sur cette affaire, il n'était pas question de lui présenter de nouveau ses excuses. Néanmoins, il allait essayer de remettre les choses en perspective.

— L'enquête m'a éclairé sur les grandes lignes, Sarah. Le temps que nous avons passé ensemble, même bref, m'a apporté l'essentiel de ce que je veux savoir sur ton compte.

— Vraiment ? demanda-t-elle d'un air inquisiteur. Dans ce cas, quelle est ma couleur préférée ? Est-ce que je préfère les chiens ou les chats ? Quel genre de musique est-ce que j'aime ?

— C'est cela que tu considères essentiel ? demanda-t-il, sincèrement surpris.

— Ce sont des détails qui constituent l'ensemble. Ne penses-tu pas que nous devrions voir comment ces détails s'emboîtent avant d'aller plus loin ?

— Non, je ne le pense pas. Toi, si, apparemment.

S'il s'était agi d'une décision d'affaires, il aurait sans la moindre hésitation balayé ce qu'il considérait secrètement comme des objections insignifiantes. Sa décision était prise. Il savait ce qu'il voulait.

Elle aussi, manifestement. Frappé par un éclair d'une lucidité bien tardive, il comprit qu'elle voulait qu'il lui fasse la cour. Plus exactement, elle méritait qu'il lui fasse la cour.

Lady Sarah St. Sebastian travaillait peut-être pour un magazine qui faisait la promotion du glamour, du moderne, de l'ultra-chic, mais ses valeurs appartenaient au passé. Comme, par exemple, sa loyauté sans faille envers sa sœur, son amour inconditionnel pour la duchesse. Ou son refus d'accepter quoi que ce soit de lui hormis l'émeraude de sa grand-mère et, ce, uniquement de manière temporaire. Il avait appris à apprécier ce trait de sa personnalité tout autant que son élégance innée et sa prodigieuse sensualité. Existait-il femme plus racée ?

Qu'à cela ne tienne ! Il pouvait être vieux jeu. Il pouvait prendre son temps, lui faire sa cour. Ou, tout au moins, il pouvait essayer. Certes, il n'avait pas beaucoup d'expérience en la matière. Foncer, prendre l'initiative lui venait aussi naturellement que respirer. Mais si elle souhaitait qu'il contrôle ses instincts de battant, il accéderait à son désir.

— Très bien, nous ferons à ta façon, acquiesça-t-il en s'avançant de nouveau vers elle.

Plus méfiante que surprise de sa capitulation relativement facile, elle se leva. Il s'arrêta à moins d'un mètre d'elle. Assez près pour l'embrasser. Ce qui, devait-elle admettre, ne lui aurait pas déplu à cet instant. Au lieu de cela, il opta pour une caresse légère, un simple frôlement de doigts sous son menton.

— Nous allons passer à la phase deux, promit-il d'une voix chaude et caressante. Pas de contrat négocié, cette fois, pas de délais à respecter. Juste toi et moi, apprenant à connaître nos petites manies personnelles. Si c'est ce que tu veux vraiment ?

Malgré le contact électrisant de ses doigts sur son menton et la proximité de sa bouche qui rendait toute concentration difficile, elle hocha la tête.

— C'est ce que je veux vraiment.

— D'accord, je vais téléphoner à Patrick.

— Patrick ? Ah oui. Ton assistant. Pardon de te poser la question, mais quel est le rapport ?

— Il va annuler tous mes rendez-vous jusqu'à nouvel ordre. Il va encore avoir une attaque, mais il le fera.

Sa main la caressait de nouveau. Son esprit embrumé par les petits éclairs de plaisir provoqués par ses doigts sur sa peau, elle se cristallisa sur son « jusqu'à nouvel ordre ».

— Et ton emploi du temps ? s'enquit-il alors. Combien de temps peux-tu consacrer à cette phase deux ?

— Mon agenda est totalement vide aussi. J'ai démissionné.

— Tu n'y étais pas obligée. J'ai déjà oublié l'affaire du photographe.

— Toi peut-être, rétorqua-t-elle. Pas moi.

Après un instant de réflexion, il reprit :

— Bien, alors voilà ce que je te propose. Demain matin, à 9 heures, nous irons faire nos dépositions à la brigade criminelle puis, tout de suite après, nous passerons à la phase deux. Tu es d'accord ?

— Je suis d'accord.

— Très bien. Une voiture nous attendra à 8 h 30 pour nous emmener à la préfecture de police. Rendez-vous dans le hall. Bonne nuit, Sarah, poursuivit-il en effleurant ses lèvres des siennes.

— Bonne nuit, répondit-elle.

Avec un soupir de regret, elle le regarda traverser la pièce et sortir. Pour la première fois de sa vie, elle prenait toute la mesure du proverbe « tel est pris qui croyait prendre ».

- 13 -

Sarah passa des heures à se tourner et à se retourner dans son lit, se maudissant pour le célibat qu'elle s'était imposée. Pour finir, elle ne s'endormit pas avant presque 1 heure du matin et se réveilla en retard le lendemain.

Son premier réflexe fut de rouler dans son lit et d'attraper son téléphone portable sur sa table de chevet pour vérifier ses messages. Toujours aucune nouvelle de Gina. Mais Alexis lui avait laissé des messages pour s'excuser de ce qu'elle qualifiait d'infortuné malentendu. Elle refusait catégoriquement d'accepter la démission de sa directrice artistique.

Sarah étouffa un grognement dédaigneux : malentendu, mais voyons !

Dans un geste d'humeur, elle les effaça tous et repoussa ses couvertures. Elle allait devoir se dépêcher si elle voulait être prête pour la voiture à 8 h 30. Après une douche rapide qui l'aida à chasser les derniers signes de fatigue de sa nuit agitée, elle avala à la hâte une tasse de café qui attendait dans la petite cafetière électrique de sa chambre.

Avant de s'habiller, elle entrouvrit la porte-fenêtre du balcon pour vérifier le temps. Ni brouillard ni bruine, mais le temps frisquet la décida à enfiler un pantalon gris en laine et sa veste rouge cerise. Elle agrémenta le tout d'une écharpe qu'elle enroula deux fois autour de son cou, à la mode européenne, et d'un béret noir de guingois qui lui donnait une allure de vraie Française. Quand elle arriva dans le hall avec deux minutes d'avance, elle vit que Dev aussi s'était équipé pour le froid. Ce matin, il avait troqué son habituel costume d'affaires contre un jean, un col roulé noir, et une veste couleur poil de chameau. Avec un sourire, il la salua d'un baiser rapide.

— Bonjour ma chérie, dit-il en français. Tu as bien dormi ?

Elle parvint à dissimuler la grimace que provoqua son accent.

— Pas trop mal.

— Tu as eu le temps de prendre ton petit déjeuner ?

— Non.

— J'étais un peu en retard aussi, alors j'ai demandé au chauffeur de nous acheter des pains au chocolat et des cafés. Parée ?

Il lui offrit son bras en un geste qui, commençait-elle à comprendre, était aussi instinctif que courtois. Lorsqu'elle glissa sa main dans le creux de son coude, elle sentit sa chaleur irradier à travers la laine soyeuse, ses muscles se durcissant sous sa paume quand il poussa la porte de l'hôtel. Le café et les pains au chocolat les aidèrent à prendre leur mal en patience pour supporter les habituels bouchons des matins parisiens. La voiture s'arrêta devant le long bâtiment surplombant la Seine qui abritait le siège de la brigade criminelle. Ils étaient pile à l'heure.

L'inspectrice Delacroix les attendait. Une fois leurs dépositions signées, elle leur confirma que Lefèvre et ses complices allaient être inculpés, puis leur confirma que s'ils pouvaient être contactés, ils pouvaient quitter Paris quand bon leur semblerait.

Etrangement, en apprenant qu'elle était libre de rentrer aux Etats-Unis, elle ressentit l'envie de rester à Paris pour démarrer la phase deux. Un désir renforcé par la façon dont, une nouvelle fois, Dev glissa son bras sous le sien pour descendre le majestueux escalier qui menait à l'entrée principale. Cette ville, sa ville, avait tellement à offrir. Et elle aurait voulu continuer à partager tous ses trésors avec lui. Quand ils sortirent sous un timide soleil, un barrage de flashs aveuglants les fit tituber. Consternée, elle regarda la meute de rapaces sur le perron, leurs camionnettes télévisées garées le long du trottoir derrière eux. Alors que les ingénieurs du son brandissaient leurs perches au-dessus des têtes des reporters, ils furent assaillis de questions. Elle entendit son nom, celui de Dev, celui de Lefèvre, et celui d'Elise Girault, associés dans les mêmes phrases.

Dissimulant son visage dans son écharpe, elle pivota sur ses talons pour se précipiter à l'intérieur du siège de la police et chercher une sortie latérale. Mais Dev tint bon et elle n'eut d'autre choix que de l'imiter.

— Nous ferions aussi bien de leur donner ce qu'ils veulent maintenant, lui conseilla-t-il. Cela les calmera peut-être et les enverra traquer leur prochaine victime.

La plupart des journalistes parlant français, Sarah se vit contrainte de servir d'interprète et laisser Dev répondre. Il était évident qu'il avait déjà fait l'expérience de ce genre de feu roulant de questions. Se contentant de confirmer que Sarah et lui étaient satisfaits de la manière dont la police gérait l'enquête, il évita avec adresse toutes celles qui pouvaient avoir des répercussions sur l'inculpation des ravisseurs.

D'officielles, les questions ne tardèrent pas à devenir personnelles. A la grande surprise de Sarah, mettant en sourdine son antipathie instinctive pour les reporters, Dev ne les rembarra pas. Ses réponses concises allaient droit au but.

Oui, lady Sarah et lui s'étaient récemment fiancés. Mais ils ne se connaissaient que depuis peu. Non, ils n'avaient pas encore décidé d'une date pour le mariage.

— Même si sa grand-mère a exprimé quelques idées à ce sujet, ajouta-t-il avec un coup d'œil en coin à Sarah.

— A propos de la duchesse, demanda une journaliste au visage animé en agitant son micro presque sous le visage de Sarah, Charlotte St. Sebastian était à une époque la coqueluche du Tout-Paris et du Tout-New York. Il est de notoriété publique qu'elle serait aujourd'hui ruinée. Avez-vous demandé qu'une clause de votre contrat de mariage avec M. Hunter prévoie une pension pour votre grand-mère ?

Sarah esquissa une moue de dégoût. Néanmoins, refusant de laisser cette hyène deviner la moindre de ses émotions, elle esquiva la question avec un sourire méprisant :

— Comme mon fiancé vient de vous le préciser, nos fiançailles sont très récentes. Et où peut-on célébrer un tel événement mieux qu'à Paris, la Ville lumière, la ville de l'amour ? Aussi, maintenant, vous devez nous excuser car c'est exactement ce que nous avons l'intention de faire.

Quand elle tira Dev par le bras, il comprit l'allusion. Ils s'éloignèrent de la foule pour se diriger vers la limousine qui, à quelques mètres de là, les attendait.

— Que voulait savoir cette femme ? lui demanda-t-il avec un regard curieux.

Elle n'avait pas traduit la dernière question et aurait préféré attendre pour le faire. Leurs fiançailles étaient déjà bien assez tumultueuses. En dépit de l'insistance de sa grand-mère pour réserver le Plaza, elle n'avait pas vu aussi loin que le mariage. Quant au contrat prénuptial, il n'avait même pas effleuré son esprit.

Ils s'arrêtèrent devant la limousine. Le chauffeur avait ouvert la portière et attendait. Mais Dev lui fit signe de remonter en voiture.

— Donnez-nous une minute, s'il vous plaît, André.

— Bien, monsieur.

Lorsque le chauffeur se fut remis au volant, Dev la fit pivoter vers lui. Elle s'adossa à la portière arrière et, avec réticence, leva les yeux vers son regard perçant.

— Tu ferais aussi bien de me parler, lui conseilla-t-il. Quoi qu'il arrive, je préférerais ne pas être pris de court en l'entendant aux nouvelles de 17 heures.

Mal à l'aise, elle répondit, les épaules voûtées :

— La journaliste voulait des détails sur notre contrat de mariage. Je l'ai envoyé balader.

Il sourit.

— Avec ton élégance habituelle, naturellement.

— Naturellement !

Toujours souriant, il étudia son visage. Il devait refléter son profond embarras, car, se courbant légèrement, il s'adressa au chauffeur :

— Nous avons décidé de marcher, André. Nous n'aurons plus besoin de vos services aujourd'hui.

La limousine démarra. Reprenant le bras de Sarah, Dev l'entraîna dans le flot de piétons.

— Je sais à quel point l'argent est un sujet sensible pour toi, aussi nous n'en parlerons pas avant d'avoir réglé des questions plus importantes. Comme, par exemple, si tu préfères les chiens ou les chats. A propos que préfères-tu ?

— Les chiens, répondit-elle, se détendant pour la première fois ce matin. Plus ils sont gros plus je les aime, même si nous n'en avons jamais eu, hormis le loulou de Poméranie que Gina a rapporté à la maison un jour. Elle avait huit ou neuf ans et était indignée parce que quelqu'un l'avait attaché devant un café par une chaleur de trente-cinq degrés à l'ombre.

A peine sa phrase finie, elle tressaillit d'effroi. Ne venait-elle de fournir à Dev le parfait prétexte pour accuser Gina d'avoir développé des tendances kleptomanes très jeune ? Rassurée par le détachement qu'elle lut dans son regard azur, elle poursuivit son histoire.

— Nous y sommes retournés et avons essayé de trouver le propriétaire, mais personne n'en voulait. Nous n'avons pas tardé à savoir pourquoi. Parfaitement ingrate, la sale petite bête grognait et mordait. Seule grand-mère pouvait la caresser.

— Je ne suis pas surpris. La duchesse a un don. Il est certain qu'elle m'a apprivoisé.

— C'est exact, répondit Sarah en riant. Je t'ai carrément vu trembler de peur devant elle.

— Je tremble encore. Termine ton histoire. Qu'est-il arrivé à l'animal ?

— Grand-mère a fini par le donner à l'une de ses relations. Et toi ? Tu préfères les chiens ou les chats ?

— Le grand bleu de Gascogne, répondit-il sans l'ombre d'une hésitation. Le meilleur chien de chasse du monde. Mais, au ranch, nous avions quantité de chats dans la grange. Aussi mes sœurs essayaient toujours de refiler leurs portées à des amis.

Intriguée, Sarah décida de lui soutirer plus de détails sur sa famille.

— Je sais que tu as grandi dans un ranch. Dans le Nebraska, c'est ça ?

— Au Nouveau-Mexique. L'endroit ressemblait plus à une ferme misérable qu'à un ranch.

— Est-ce que tes parents exploitent toujours leurs terres ?

— Oui. Ils aiment l'endroit et n'ont aucun désir de le quitter. Heureusement, ils m'ont permis de faire faire quelques travaux de modernisation.

Sûrement plus que quelques travaux, devina Sarah. Il était d'une telle générosité.

— Maintenant, parle-moi de tes sœurs.

Elle savait qu'elles étaient quatre et qu'aucune d'entre elles n'avait accepté d'être interviewée pour l'article de *Beguile*. Le sentiment que leurs affaires ne regardaient qu'eux était bien ancré dans le clan Hunter.

— Toutes mariées, toutes menant une vie aisée, toutes heureuses. Tu as faim ?

Un instant déconcertée par l'abrupt changement de sujet, elle aperçut ce qui avait attiré son attention. Ils étaient arrivés au pont de l'Alma duquel on apercevait les péniches à toits de verre amarrées au quai nord de la Seine. L'argenterie et le cristal scintillant sur ses tables recouvertes de nappes de lin, l'une d'entre elles était apparemment prête à appareiller pour un déjeuner croisière.

— As-tu déjà fait l'une de ces croisières sur la Seine ? lui demanda Dev.

— Non.

— Pourquoi ?

— Je les trouve, disons, un peu touristiques.

— Mais nous sommes à Paris. Tout le monde est un touriste ici, même les Parisiens.

— Oh ! là, là ! s'exclama-t-elle, feignant l'effroi. Surtout, ne laisse jamais un Parisien t'entendre dire ça.

— Je me souviendrai du conseil. Qu'en penses-tu ? Aimerais-tu te mélanger à la foule des touristes pour quelques heures ?

Elle jeta un coup d'œil à un bus de voyage organisé dont descendait une foule de passagers et repoussa ses doutes.

— Je suis partante si tu l'es.

Avec un sourire triomphant, il l'entraîna vers l'escalier qui descendait jusqu'à la berge.

Tout en admirant les plus célèbres monuments de Paris qui défilaient derrières la baie vitrée — le Louvre, la Conciergerie, Notre-Dame, la tour Eiffel —, ils se régalèrent d'un succulent déjeuner.

Toujours engagés dans leur conversation à bâtons rompus, ils savouraient leur café quand le bateau fit demi-tour. Buvant ses paroles, Sarah écoutait Dev lui raconter sa carrière dans l'aviation. Elle le connaissait maintenant assez pour savoir qu'il vantait le courage de son équipage sans insister sur les dangers qu'il avait lui-même encourus. Néanmoins, le compte rendu de ses missions de sauvetage dans les pays déchirés par les guerres ou dévastés par de terribles catastrophes naturelles, lui faisait paraître son propre monde extrêmement frivole en comparaison.

Quand il insista pour que, à son tour, elle lui parle de son passé, elle s'exécuta de bonne grâce.

— Chaque année, grand-mère nous emmenait à l'étranger. Elle était déterminée à ce que nous faisions l'expérience d'autant de cultures différentes que possible.

— Vous a-t-elle jamais emmenées à Karlenburgh ?

— Jamais. Cela lui aurait été trop douloureux. Néanmoins, j'aimerais y aller un jour. Nous y avons toujours des cousins éloignés.

Elle s'interrompit un instant et, perdue dans ses pensées, suivit d'un doigt le contour de sa tasse à café. Malgré sa fierté, elle se força à avouer :

— Gina et moi n'avons jamais su les sacrifices que notre grand-mère devait faire pour payer ces voyages. Et mon année à la Sorbonne.

— Je devine que ta sœur ne le sait toujours pas.

Elle leva vivement la tête, prête une fois de plus à défendre Gina. Mais loin de sembler la juger, Dev l'enveloppait d'un regard empreint de compréhension.

— Elle en avait une vague idée. Je ne lui ai jamais donné les détails sordides, mais ma sœur n'est pas stupide.

Il réprima la réplique qui lui brûlait les lèvres. Eugenia Amalia Thérèse St. Sebastian ne l'avait pas spécialement impressionné par son intelligence ou son bon sens. D'un autre côté, les rares fois où ils s'étaient vus, ce n'était pas par intérêt pour ses prouesses intellectuelles.

Pour sa défense, qui était l'homme viril, en pleine santé, qui pouvait résister à la beauté époustouflante de Gina ? Du moins, jusqu'à ce qu'il ait passé plus d'une heure ou deux en compagnie de la tête de linotte blonde. Prudence étant mère de sûreté, il décida de garder cette remarque pour lui.

Pourtant, malgré lui, il ne pouvait s'empêcher de comparer les deux sœurs. Aucun homme sain d'esprit n'aurait pu nier qu'il avait tiré le gros lot : charme, élégance, intelligence, sensualité et…

Mieux valait arrêter tout de suite ! Depuis quand la simple pensée du corps souple et élancé de Sarah allongé sous le sien suffisait-elle à lui donner une érection ? Au souvenir de la façon dont elle l'avait accueilli dans ce corps chaud, la température semblait grimper en flèche, son pouls battait plus vite, et sa peau était parcourue de picotements !

Il brûlait soudain d'impatience de voir le bateau passer sous le dernier pont. Lorsque, enfin, ils eurent accosté et qu'il entraîna Sarah le long de la passerelle, il sentit son col roulé l'étrangler. Le coup d'œil perplexe qu'elle lui jeta sur les marches de l'escalier qui montait à la rue, n'arrangea rien.

— Tu te sens bien ? s'inquiéta-t-elle.

Il réfléchit un quart de seconde avant de se décider à lui avouer la vérité.

— Pas vraiment.

— Oh non ! C'est le foie gras ? Il faut faire attention avec le foie d'oie.

L'air consterné, elle se précipita sur le trottoir pour héler un taxi.

— Sarah…

— J'aurais dû demander s'il avait été cuit à l'étouffée dans des feuilles de vigne. C'est la méthode la plus sûre.

— Sarah…

Un taxi s'arrêta le long du trottoir. Le front plissé par l'inquiétude, elle ouvrit vivement la portière. Il dut attendre de rouler en direction de l'hôtel, pour expliquer sa faiblesse soudaine.

— Ce n'était pas le foie gras.

Ses prunelles se voilèrent d'inquiétude, leur vert jade se faisant plus profond.

— C'était le veau, alors ? Il n'était pas bon ?

— Non, chérie. C'est toi.

— Pardon ? s'exclama-t-elle avec surprise.

Elle se cala dans son siège. Maudissant sa maladresse, il la serra dans ses bras.

— Aussi délicieux qu'ait été le déjeuner, j'étais incapable de penser à autre chose qu'à la saveur de tes lèvres, chuchota-t-il avec douceur en s'emparant de sa bouche. A la manière dont nos deux corps s'emboîtent, comme s'ils sont faits l'un pour l'autre. A ta façon de te cambrer, à ton petit bruit de gorge quand tu es sur le point d'avoir un orgasme.

Elle s'abandonna dans ses bras. Il vit au brasier qui brûlait au fond de ses prunelles, à son souffle soudain haletant, qu'elle partageait son désir indicible. Une violente satisfaction monta en lui. Elle était en train de reconsidérer la phase deux, exulta-t-il intérieurement. Elle devait s'être rendue à l'évidence, avoir compris à quel point elle était inutile.

Hélas, devant son sourire contrit, il sentit ses espoirs s'effondrer. Mais son respect pour elle monta d'un cran encore quand, avec un soupir tremblant, elle répondit :

— Eh bien, je suis contente que cela ne soit pas le foie gras d'oie.

- 14 -

Dans le taxi qui roulait le long du quai, Sarah se morfondait : comment avait-elle pu se montrer aussi idiote ? Un mot de sa part, juste un petit mot, et elle aurait pu passer le reste de l'après-midi et de la soirée blottie avec Dev dans son lit. Ou sur le canapé. Ou sur des coussins jetés à même le parquet devant la cheminée, ou dans la douche, savonnant son dos et son ventre, ou…

La vue des éventaires des bouquinistes qui jalonnaient le boulevard côté Seine la distrayant soudain de ses sombres pensées, elle se pencha et aperçut la célèbre librairie Shakespeare and Company, ancien repaire de tous les grands écrivains américains qui, tel Scott Fitzgerald, avaient élu domicile dans le Paris des Années folles. Pendant son année à la Sorbonne, elle avait adoré explorer les rayonnages envahis de livres qui tapissaient les murs des petites pièces encombrées de la librairie. Pourtant, ce n'était pas Shakespeare and Company qui retenait son attention c'était le pont qui, en face de la librairie, enjambait la Seine.

— Arrêtez-vous ! Nous descendons ici !

Aussi surpris que Dev par son injonction, le chauffeur de taxi se gara docilement. Après l'avoir payé, ils descendirent.

— C'est le pont de l'Archevêché, déclara-t-elle avec un sourire un peu gêné.

Elle s'était toujours considérée comme la grande sœur pragmatique, trop raisonnable pour céder aux lubies extravagantes de Gina. Pourtant, elle venait de passer un moment délicieux et follement romantique en croisière touristique sur la Seine. Pourquoi ne pas sceller cette expérience d'un geste tout aussi romantique ?

Ils traversèrent le boulevard et s'engagèrent sur le pont.

— Tu as vu ces cadenas ? demanda-t-elle.

— Il est difficile de faire autrement, ironisa-t-il, en regardant le mur de laiton qui cachait les rambardes en fer forgé. Tu peux m'expliquer ?

— Il paraît que, suite à un engouement récent, ils fleurissent sur tous les ponts de Paris. Les gens attachent leurs vœux aux cadenas, les posent sur les ponts, puis jettent la clé dans la Seine. Mais, par mesure de sécurité, cette coutume va bientôt être interdite.

Se penchant, il examina les rubans colorés, les porte-bonheurs et les messages qui pendaient de divers cadenas.

— Celui-là n'est pas mal. Ce couple de Dallas souhaite beaucoup de joie à ses enfants mais n'a pas l'intention d'en avoir d'autres. Manifestement sept leur suffisent.

— Seigneur ! A moi aussi, cela me suffirait.

— Vraiment ?

Il se redressa, une hanche appuyée contre la rambarde et l'enveloppa d'un regard tendre. Une brise légère jouait dans ses mèches brunes et agitait le col de sa veste en tweed poil de chameau.

— Je suppose que c'est l'une des caractéristiques que nous sommes censés découvrir l'un sur l'autre. D'une importance presque égale à notre préférence pour les chiens ou les chats. Combien d'enfants aimerais-tu avoir, Sarah ?

— Je ne sais pas, répondit-elle en frôlant d'un doigt le contour rectangulaire d'un antivol de vélo. Deux, au moins, même si je serais prête à en avoir trois ou quatre.

Aussi impulsive et inconsidérée que puisse être Gina, Sarah ne pouvait s'imaginer avoir grandi sans la gaieté de son rire contagieux et de sa personnalité chaleureuse et généreuse.

— Et toi ? Combien d'enfants aimerais-tu avoir ? demanda-t-elle alors à Dev.

— D'après mes sœurs, le nombre d'enfants que leurs maris veulent diminue suivant le nombre de couches sales qu'ils ont eues à changer. Je suppose que je peux gérer quelques bébés à changer. Trois ou quatre, si je m'y habitue.

D'un geste, il montra le vendeur à la sauvette juché sur sa caisse retournée à l'extrémité du pont. L'étal de cadenas luisait doucement dans le soleil de l'après-midi.

— Qu'en penses-tu ? Devrions-nous ajouter notre vœu de survivre aux couches sales à tous ces autres souhaits ?

Toujours un peu embarrassée par son accès de sentimentalisme, elle acquiesça d'un signe de tête et attendit Dev qui alla faire l'acquisition d'un gros cadenas. Ils cherchèrent alors un espace libre. Quand elle en eut trouvé un, il marqua un temps d'hésitation. Sourcils froncés, il observa les autres cadenas et tapota les poches sa veste.

— Nous devons le personnaliser. Je vais utiliser ce bout de papier, annonça-t-il en sortant l'addition de leur déjeuner croisière.

— Pourquoi pas ? La croisière m'a offert une toute nouvelle vision de Paris. Je suis heureuse d'avoir pu la partager avec toi, Dev.

Affairé à griffonner au dos de la note, il se contenta de hocher la tête. Sarah s'étonna. Comment pouvait-il accueillir son aveu avec une telle désinvolture ? La lecture de son message ne tarda pas à dissiper sa surprise.

« A chacun de nos deux, trois, quatre enfants, ou plus, nous promettons une croisière sur la Seine. »

— Et moi qui pensais que j'étais celle qui se montrait trop sentimentale, dit-elle en riant.

— Le sentimentalisme est l'essence même de la phase deux, déclara-t-il, impassible.

En voyant le cadenas se refermer sur l'addition, Sarah sut que jamais elle n'oublierait cet instant. Se hissant sur la pointe des pieds, elle noua ses bras autour du cou de Dev.

Jamais elle n'oublierait leurs baisers non plus. Tout particulièrement quand, ce même soir, Dev respecta héroïquement les termes de la phase deux.

Etant donné leur déjeuner gargantuesque, ils décidèrent d'aller dîner dans une pizzeria non loin de l'hôtel Verneuil. Après avoir dégustée une pizza aux champignons arrosée d'un verre de vin rouge, ils regagnèrent l'hôtel. Un épais brouillard gris donnait à la ville une atmosphère spectrale, rehaussant encore le romantisme de leur journée. M. Lebon avait fini son service, mais le réceptionniste leur fit part du choc qu'il avait ressenti en apprenant les nouvelles sur l'attaque dont lady Sarah avait été victime et de son profond regret de savoir qu'elle avait subi un tel affront à Paris.

Sarah le remercia d'un sourire. Dès demain matin, elle irait rassurer personnellement le charmant directeur. Arrivée à son étage, elle fit glisser sa clé électronique dans la serrure de sa chambre et lança un coup d'œil interrogateur à Dev.

— Tu veux entrer boire un verre ?

— Il y a des limites à ce qu'un homme peut endurer, répondit-il, une pointe de regret dans la voix, en frôlant d'un doigt le bleu qu'elle avait déjà oublié. A moins que tu sois prête à initier la phase trois, nous ferions mieux de nous dire bonne nuit.

Elle se sentait prête. Tout à fait prête. Mais les précieux instants de complicité qu'elle venait de partager avec Dev après avoir quitté le bureau de l'inspecteur Delacroix, l'avait tout autant exaltée que les heures passées avec lui enchevêtrés dans leurs draps de lit. Une exaltation plus émotionnelle que physique, certes, mais tout aussi puissante.

Même si elle savait qu'à l'instant précis où elle fermerait la porte elle allait le regretter, elle hocha la tête.

— Prolongeons encore un peu la phase deux.

Elle ne s'était pas trompée. Elle le regretta. Mais elle décida que le reste de sa soirée passée, pelotonnée sur le canapé, devant des émissions télévisées d'un ennui mortel, était la juste punition pour sa stupidité. Elle aimait Dev. Manifestement, il l'aimait aussi. Pourquoi ne pouvait-il pas tout simplement faire confiance à leur désir et…

La vibration de son téléphone portable interrompit le fil de sa réflexion mélancolique. Espérant à moitié que c'était Alexis qui cherchait de nouveau à la joindre, elle attrapa son téléphone. Elle se sentait vraiment d'humeur à dire ses quatre vérités à sa directrice. Quand elle vit le visage de sa sœur s'afficher à l'écran, elle faillit lâcher son téléphone de soulagement.

— Gina ! jubila-t-elle. Où es-tu ?

— A Lucerne. J'ai… J'ai attendu jusqu'au matin à New York pour te téléphoner, mais…

— Je ne suis pas à New York. Je suis à Paris comme tu l'aurais su si tu avais pris la peine de répondre à l'un de mes appels.

— Dieu merci !

Sa surprise fut à son comble quand elle entendit sa sœur éclater en sanglots. Oubliant immédiatement le sermon qu'elle s'apprêtait à lui administrer, elle frissonna d'appréhension. Elle imaginait déjà toutes sortes de scénarios catastrophe : Gina avait fait une chute à ski et s'était cassée la jambe, le bras. Ou rompu le cou. Elle pouvait être paralysée. Respirer par une machine.

— Que se passe-t-il ? Gina ! Que s'est-il passé ? demanda-t-elle, glacée de terreur. Tu as mal ? Gina, tu es à l'hôpital ?

— Non.

Elle laissa échapper un long gémissement de soulagement. Mais la panique la saisit de nouveau, lui contractant la poitrine. A quoi étaient dus ces sanglots ? Elle aurait pu compter sur les doigts de la main le nombre de fois où elle avait vu pleurer sa sœur, l'incarnation de l'optimisme et de la gaieté.

— Mon cœur, parle-moi. Dis-moi ce qui ne va pas.

— Je ne peux pas. Pas au téléphone. Je t'en prie, viens Sarah. Je t'en prie ! S'il te plaît ! J'ai besoin de toi.

L'idée de refuser ne l'effleura pas une seconde.

— Je vais prendre le prochain vol pour Lucerne. Dis-moi où tu es descendue.

— Au Rebstock.

— L'hôtel dans lequel grand-mère nous a emmenées l'été de tes quatorze ans ?

Sa question provoqua immédiatement un nouvel accès de sanglots bruyants, entrecoupés de hoquets.

— Ne… Surtout pas un mot de tout cela à grand-mère.

Que voulait-elle dire ? Sarah parvint à refouler la question qui lui brûlait les lèvres et l'apaisa d'une promesse :

— Tu peux compter sur moi. Je te demande juste de ne pas couper ton téléphone, Gina. Dès que je sais quand j'arrive, je te rappelle.

Après avoir raccroché, elle consulta internet sur son téléphone. Le cœur battant, elle dénicha un vol pour Zurich qui décollait de Roissy à 23 h 50. De là, il lui faudrait louer une voiture et parcourir les soixante-cinq kilomètres qui la sépareraient du lac de Lucerne.

Elle devait prendre cet avion. Elle le pouvait. Le cœur toujours battant à se rompre, elle réserva sa place. Avant de gagner sa chambre pour mettre quelques vêtements dans un sac de voyage, elle décrocha le téléphone de l'hôtel

— Allez, Dev ! Réponds, supplia-t-elle à mi-voix.

Ses nerfs à fleur de peau se tendirent encore lorsque, après six sonneries, l'appel fut transféré à la réception de l'hôtel.

— En quoi puis-je vous aider, lady Sarah ?

— J'essaie de joindre M. Hunter mais il ne répond pas.

— Puis-je prendre un message ?

— Oui, s'il vous plaît. Demandez-lui de m'appeler dès que possible.

Où était-il donc passé ?

Elle raccrocha d'un geste vif et se précipita dans la chambre. Elle n'avait pas le temps de préparer un sac de voyage. Juste de mettre son ordinateur portable dans son fourre-tout, d'enfiler son manteau, de s'assurer qu'elle avait bien son passeport et ses cartes de crédit dans son sac à main, et de filer à l'aéroport.

Une fois dans l'ascenseur, elle essaya de nouveau de joindre Dev sur son téléphone portable. Elle venait tout juste de de s'engouffrer dans le hall, lorsqu'il répondit, une pointe taquine dans sa voix rauque.

— Je t'en prie, dis-moi que tu as décidé de mettre un terme à mon supplice.

— Où es-tu ? lui demanda-t-elle le téléphone plaqué contre son oreille tout en se précipitant vers la sortie. J'ai appelé ta chambre, il n'y avait personne.

— Je ne pouvais pas dormir. Je suis sorti prendre l'air. Pourquoi ? Que se passe-t-il ? poursuivit-il, son intonation se faisant grave.

Il avait dû percevoir sa tension à sa voix.

— Gina vient de m'appeler, annonça-t-elle en poussant la porte d'entrée.

— Il est grand temps.

Heureusement, le brouillard s'était dissipé et plusieurs taxis descendaient la rue. Une main toujours crispée sur son téléphone, elle agita frénétiquement l'autre pour en arrêter un.

— Elle a des ennuis, Dev.

— Quoi de nouveau ? persifla-t-il.

D'inquiétude, son sarcasme la fit sortir de ses gonds.

— Epargne-moi tes commentaires ! fulmina-t-elle. Ma sœur a besoin de moi. Je suis en route pour la Suisse.

— Oh, là ! Une minute…

Un taxi s'arrêta le long du trottoir. Elle sauta à l'intérieur et, d'un ton abrupt, intima au chauffeur :

— A l'aéroport Charles de Gaulle. Faites vite, s'il vous plaît.

— Enfin, Sarah ! Je ne suis qu'à une dizaine de minutes de l'hôtel. Attends-moi et nous trouverons une solution ensemble.

Trop pressée et trop irritée par son ironie pour mesurer ses paroles, elle lança :

— Il s'agit de ma sœur. Je trouverai une solution toute seule. Je t'appelle dès que je saurai ce qui se passe.

— C'est ça, tu m'appelles ! rétorqua-t-il, maintenant aussi exaspéré qu'elle.

Ne se sentant pas du tout d'humeur à flatter son amour-propre blessé, elle raccrocha, et se pencha vers le chauffeur.

— J'ai un vol à 23 h 50, lui dit-elle. Je vous donnerai cent euros de plus si nous arrivons à temps.

Le vol Swiss Air n'était qu'à moitié plein. La plupart des passagers semblaient être des hommes d'affaires en route pour Zurich pour l'ouverture des nombreuses banques le lendemain matin. Parmi eux, quelques touristes et des étudiants aux sacs à dos bourrés à craquer qui partaient passer leurs vacances de printemps dans les Alpes.

Durant les quatre-vingt-dix minutes que durèrent le vol, Sarah, le regard perdu dans la nuit d'encre que perçaient les faisceaux des phares accrochés aux ailes de l'avion, ne trouva aucune des réponses aux questions qui se bousculaient dans son esprit.

Etait-ce le moniteur de ski ? Avait-il abandonné Gina à Lucerne ? Ou bien était-ce le médaillon byzantin de Dev ? Avait-elle essayé de le vendre, se heurtant à une loi interdisant d'écouler des antiquités sur le marché noir ?

A peine descendue de l'avion, l'estomac toujours noué par l'angoisse, elle se précipita au bureau Europcar de l'aéroport de Zurich. Un quart d'heure plus tard, elle sortait de l'aéroport au volant d'une Peugeot de location. Une fois sur l'autoroute, elle fouilla dans son sac pour en sortir son téléphone et appela sa sœur.

— Je viens de me poser à Zurich, je suis dans une voiture de location et devrais arriver d'ici une heure.

— D'accord. Merci d'être venue, Sarah. Je vais prévenir la réception de ton arrivée.

— A tout de suite.

Elle constata avec un profond soulagement que Gina semblait beaucoup plus calme. Sans doute parce qu'elle savait qu'elle arrivait à la rescousse. Quel que soit le pétrin dans lequel sa sœur s'était fourrée, elle n'espérait qu'une chose : qu'il n'affecte pas la santé de leur grand-mère. Soudain rattrapée par la brutale réalité de ses soucis familiers qui, depuis que Dev avait commencé à tant compter dans sa vie, lui laissait du répit, elle tressaillit d'appréhension.

Laissant les lumières de Zurich derrière elle, elle fila vers le sud sur l'autoroute à six voies, atteignant les rives du lac de Lucerne en une quarantaine de minutes.

La ville de Lucerne était située sur la rive ouest du lac. Ville moderne, au centre historique, sa proximité avec les Alpes en avait fait une destination privilégiée pour les touristes depuis des siècles.

Il était presque 3 heures du matin quand elle se gara devant l'entrée de l'hôtel zum Rebstock. Des lumières tamisées éclairaient la façade à colombage rouge et blanche. Avec ses trois étages, une tourelle flanquant un côté du bâtiment, l'hôtel datait du XIVe siècle.

Même s'il était encore tôt dans la saison, les fenêtres étaient agrémentées de jardinières remplies de géraniums et une treille couverte de vigne vierge abritait la minuscule terrasse du restaurant extérieur et *biergarten*.

Epuisée, Sarah prit son sac fourre-tout et laissa la voiture garée dans la rue. Elle demanderait à un voiturier de la conduire au garage public voisin le lendemain. Pour le moment, seul importait de retrouver sa sœur.

Comme promis, Gina avait averti la réception de son

arrivée tardive. Un réceptionniste somnolent vint lui ouvrir et lui souhaita la bienvenue.

— Lady Gina m'a demandé de vous donner une clé. Elle est dans la chambre 212. Vous trouverez l'ascenseur au bout du couloir. Sinon, vous pouvez prendre l'escalier.

— Merci.

Elle se décida pour l'escalier. Ce serait plus rapide et ferait du bien à son dos ankylosé par le vol et par la route. Les marches de bois anciennes couvertes d'un tapis et le plancher du couloir du second étage craquèrent sous ses pas. Elle compta les numéros des chambres et s'arrêta enfin devant la dernière. A en juger par sa porte bombée, elle devina qu'il s'agissait de la chambre de la tourelle. Après avoir glissé la clé électronique dans la serrure, elle se retrouva dans une entrée obscure et exigüe.

— Gina ? lança-t-elle.

La porte se refermant derrière, elle s'avança dans la chambre charmante avec son coin salon en alcôve. La vue du lit double la fit s'arrêter net. Pelotonnée sous le moelleux duvet, sa sœur dormait à poings fermés.

Soudain réconfortée, Sarah esquissa un sourire. Elle avait traversé la moitié de l'Europe comme une flèche pour répondre à un appel désespéré. Néanmoins, quels que soient les soucis de Gina, ils ne semblaient pas lui causer d'insomnies. Elle était couchée en chien de fusil, sa joue posée sur une main, et sa chevelure dorée s'étalait en éventail sur l'oreiller.

Secouant la tête avec un amusement plein d'affection, elle posa ses deux sacs sur le canapé du coin salon et alla s'asseoir sur le côté du lit.

— Hé ! murmura-t-elle avec un petit coup dans l'épaule de sa sœur. Réveille-toi !

— Pardon ?

Clignant les paupières sur ses yeux ensommeillés, Gina leva la tête.

— Ah ! Tu es là, marmonna-t-elle, d'une voix pâteuse.

— Finalement !

— Tu dois être épuisée. Repose-toi, l'invita-t-elle en s'écartant de quelques centimètres et en tirant un coin du duvet.

— Enfin, Gina ! je…

Sarah ravala la suite de son exclamation exaspérée. La tête de sa sœur était déjà retombée sur l'oreiller. Ses paupières battirent avant de se refermer totalement, et son bras levé retomba comme une masse. Partagée entre un immense soulagement et son amour infini pour sa cadette, elle resta un instant à la regarder. Puis, se levant de nouveau, elle retira ses bottes et son manteau rouge et se glissa sous l'édredon.

Malgré la fatigue de sa course frénétique à travers l'Europe, elle s'étonna de voir qu'elle semblait incapable de trouver le sommeil. Un long moment, elle resta allongée dans la semi pénombre, à écouter la respiration régulière de Gina, se creusant l'esprit pour essayer de deviner la raison de sa panique. Peu à peu, ses pensées dérivèrent vers Dev et vers leur dernière conversation.

Elle savait maintenant qu'elle avait réagi de façon excessive à sa critique de sa cadette. Mais à cet instant précis, son unique préoccupation était d'arriver à l'aéroport à temps pour le vol de Zurich. Elle lui présenterait des excuses dès le lendemain. Lui aussi avait des sœurs. Il comprendrait sûrement.

- 15 -

Sarah se réveilla sous un soleil aveuglant, l'esprit un peu embrumé après sa nuit trop courte. Roulant de côté, elle fit une grimace en sentant le pantalon et le col roulé dans lesquels elle avait dormi la gratter. D'un coup d'œil, elle s'aperçut que Gina s'était volatilisée.

Elle se leva pour aller inspecter le coin salon ensoleillé. Peine perdue. Gina ne lui avait laissé aucun message. Agacée, elle fit une toilette rapide et mit un peu d'ordre dans ses cheveux.

Si Gina et elle avaient deux styles très différents, elles faisaient heureusement la même taille. Elle put donc lui emprunter quelques vêtements. Puis, avisant une veste en jean au portemanteau, elle l'enfila, prit son sac en bandoulière et partit à la recherche de sa sœur.

Elle la trouva sous la treille du *biergarten*, en grande conversation avec un couple d'Allemands plus âgés, à la table voisine. Ses boucles blondes attachées en queue-de-cheval de côté, vêtue d'un jean étroit, d'un haut en lamé chatoyant et d'une veste Michael Kors doublée de fourrure, elle était d'un chic incomparable. En voyant sa sœur papoter comme si de rien n'était, elle sentit une grande confusion l'envahir : la panique qu'elle avait perçue dans sa voix hier soir n'était-elle que le fruit de son imagination ? Avait-elle rêvé ses sanglots ? Son sentiment d'irréalité persista jusqu'au moment où Gina l'aperçut. Se levant d'un bond, elle se précipita vers elle, les bras grands ouverts.

— Tu es enfin réveillée ! Tu es arrivée si tard hier soir que… Oh ! mon Dieu ! Que t'est-il arrivé au visage ?

— Je me suis cognée à une barre de fer, fit-elle, évasive.

Elle était plus qu'impatiente d'entendre l'histoire de sa sœur plutôt que la sienne.

— Je suis désolée ! Ça fait mal ?

— Non, plus maintenant.

— Tant mieux ! Nous cacherons ce vilain bleu sous du fond de teint quand nous remonterons. Tu veux du café ?

— Oh oui !

— J'ai demandé à la femme de chambre d'attendre que tu sois levée pour faire la chambre. Elle doit y être en ce moment. Si nous allions faire un tour et… et parler ?

A son hésitation et à la pointe de nervosité dans sa voix, Sarah comprit qu'elle n'avait pas rêvé leur dialogue téléphonique de la veille. Prenant congé du couple d'Allemands avec un sourire, Gina repoussa sa chaise, et elle l'imita.

— Descendons jusqu'au pont de Lucerne, suggéra-t-elle. Là-bas, nous pourrons parler.

Bras dessus bras dessous, elles descendirent jusqu'à la berge du fleuve par une charmante rue pavée. Traversant la rivière sur plus de cent quatre-vingts mètres, le parcours abrité du plus ancien pont de bois d'Europe était jalonné de peintures racontant l'histoire de Lucerne et de bancs de bois offrant une vue imprenable sur les Alpes aux sommets enneigés. Gina s'assit sur l'un d'entre eux, à quelques mètres de la tour. Sarah fit de même. L'air préoccupé, plongée dans un mutisme ne lui ressemblant guère, sa cadette contemplait les montagnes qui se découpaient sur l'azur du ciel.

— Tu ferais aussi bien de tout me raconter, lui enjoignit-elle d'une voix douce, après de longues minutes de silence. Quel que soit le problème, nous trouverons une solution.

Avec un soupir tremblant, Gina se tourna vers elle et prit ses mains dans les siennes.

— C'est bien le problème. Je suis venue ici car j'avais une solution. Mais au dernier moment, je n'ai pas pu.

— Tu n'as pas pu quoi ?

— Mettre un terme à ma grossesse.

Sarah dut faire un effort de volonté surhumain pour contenir son cri de surprise et ne pas écraser les doigts mêlés aux siens.

— Tu es enceinte ?

— De quelques semaines à peine. Je pensais… j'étais sûre qu'avec les préservatifs, nous ne risquerions rien. En fait, nous avons utilisé une boîte entière de préservatif pendant le week-end, finit-elle dans un petit rire ironique.

— De grâce ! Epargne-moi les détails. Si ce n'est peut-être son nom. Je suppose que l'heureux papa est ton moniteur de ski.

— Qui ?

— Le moniteur de ski dont tu m'as parlé dans un texto.

— Oh ! Il n'y a pas de moniteur de ski. J'avais juste besoin d'une excuse pour mon départ soudain en Suisse.

Une flèche douloureuse transperça le cœur de Sarah. Jamais, jamais elle n'aurait imaginé que sa sœur pourrait lui cacher un tel secret.

— Oh ! Gina, pourquoi avais-tu besoin d'une excuse ? Pourquoi ne m'as-tu pas tout simplement parlé du bébé ?

— Je ne pouvais pas. Tu t'inquiétais tellement pour grand-mère et ses factures médicales. Je ne pouvais pas t'infliger ce problème en plus. Mais hier soir…, poursuivit-elle, les yeux brillant de larmes, en pressant ses mains dans les siennes, après avoir annulé mon rendez-vous à la clinique… je me suis effondrée. Il fallait que je t'appelle, que je te parle. Puis, quand j'ai entendu ta voix, j'ai perdu contrôle.

Elle fondit en larmes. Consternée, Sarah dégagea sa main et de sa poigne de fer enlaça les frêles épaules secouées de sanglots de ses bras.

— Je suis si contente que tu aies perdu contrôle, affirma-t-elle avec conviction. Si heureuse d'avoir été assez près pour venir quand tu avais besoin de moi.

Enlacées, Sarah laissa Gina pleurer toutes les larmes de son corps. Au bout d'un long moment, sa cadette finit par lever son visage baigné de larmes vers elle. Elle tira un mouchoir de son sac.

— Ça va mieux ? lui demanda-t-elle avec sollicitude.

— Non, mais ça ira.

Soulagée, elle retrouva la Gina qu'elle connaissait à son reniflement plein de défiance. Elle lui tendit le mouchoir et dissimula son sourire en entendant sa cadette se moucher aussi bruyamment qu'une corne de brume.

— Je voulais te poser une question, Sarah, dit-elle alors.

— Sur quoi ?

— Comment as-tu pu arriver ici si vite ? Que faisais-tu à Paris ?

— Je te le dirai plus tard. Pour l'instant, parlons de toi. Et du père. Qui est-il, Gina ? Et sait-il qu'il l'est ?

— Pour répondre à ta deuxième question, oui, il le sait. J'étais tellement perturbée hier soir que je lui ai téléphoné avant de te téléphoner. Il ne l'a pas bien pris, renchérit-elle en plissant le nez.

— Le salaud !

— Tu peux le dire !

Ses yeux maintenant complètement secs, Sarah renifla avec indignation.

— Tu ne croirais jamais à quel point il est insupportable et oppressant. Et je n'arrive pas à croire que je sois tombée amoureuse de lui, même pour un week-end. Même si, pour sa défense, c'est un amant exceptionnel.

— Qui est ce type ?

— Tu ne le connais pas. Je l'ai rencontré à Los Angeles. Ma société a organisé une soirée pour lui.

Un poids oppressant soudain sa poitrine, Sarah fixa les sommets au loin sans les voir. Les images de la vidéo surveillance défilaient devant ses yeux. Elle revoyait Gina, chez Dev, à Los Angeles, organisant une soirée privée.

— Qui…

Incapable de continuer, elle humecta ses lèvres soudain

desséchées de sa langue. Sa voix sonnait creux, comme si elle sortait du plus profond d'un puits.

— Comment s'appelle-t-il ? finit-elle par demander.

— Jack Mason. Pardon, John Harris Mason, troisième du nom, enchaîna Gina avec un sourire sarcastique.

L'espace d'un instant, Sarah, incapable de reprendre sa respiration, n'entendit qu'à moitié l'explication dans laquelle sa sœur se lança au sujet de sa dernière conquête. Elle saisit toutefois qu'il travaillait pour le Département d'Etat en tant qu'ambassadeur.

— Comment as-tu fait ton compte pour te retrouver avec quelqu'un du Département d'Etat ?

— Il était à Los Angeles pour une soirée caritative. Un ami nous a présentés.

Sarah réprima son soupir résigné. Voyant que Gina semblait enfin caler, elle lui demanda si elle avait pris son petit déjeuner.

— Non, juste un café. J'attendais que tu te réveilles.

— Le bébé..., dit-elle en montrant le ventre toujours plat de Gina d'un geste. Tu as besoin de manger, et je meurs de faim. Si nous rentrions à l'hôtel pour nous commander un petit déjeuner gargantuesque ? J'ai quelques coups de fil à passer, et je te rejoins.

— Tu ne vas rien dire à grand-mère ? demanda Gina d'une voix alarmée. Nous ne pouvons pas lui annoncer cela d'Europe.

— Surtout pas ! Il faut que j'appelle Paris. Je suis partie tellement vite hier soir que je n'ai pas fait mes bagages ni réglé ma note d'hôtel.

Pas plus qu'elle n'avait attendu Dev qui courait en direction de l'hôtel Verneuil.

Elle ne regrettait en rien sa décision hâtive. Si elle l'avait attendu, elle aurait raté le vol Swiss Air. Mais elle déplorait leur accès de colère. En attendant, il était inutile de parler de lui à Gina pour le moment. Toutes deux étaient bien assez secouées par ce dernier rebondissement. Elle lui fournirait des explications plus tard, une fois les choses un peu apaisées. Elle attendit donc que sa sœur ait presque atteint l'extrémité du tunnel de bois pour sortir son portable de son sac. A sa grande frustration, Dev ne répondit pas.

Elle lui laissa un bref message d'excuses pour son accès d'humeur de la veille et pour lui demander de la rappeler dès que possible. Au moment où elle rangeait le téléphone dans son sac, elle se ravisa. Elle allait essayer sa chambre d'hôtel. Comme la veille au soir, au bout de six sonneries, son appel fut transféré à la réception.

— En quoi puis-je vous aider ?

— C'est Sarah St. Sebastian. J'essaie de joindre M. Hunter.

— Je suis désolée, lady Sarah. M. Hunter est parti.

— Pardon ? Quand ?

— Tôt ce matin. Il a expliqué à M. Lebon qu'une affaire urgente l'appelait aux Etats-Unis. Il a également demandé que nous gardions votre chambre jusqu'à votre retour.

Pour la seconde fois en moins de cinq minutes, Sarah, consternée, sentit son cœur se serrer.

— A-t-il … A-t-il laissé un message pour moi ?

— Non, madame.

— Vous êtes sûr ?

— Tout à fait certain, madame.

— Je vois. Merci.

La main qui tenait le téléphone retomba sur ses genoux. Une fois de plus, elle regarda sans les voir les sommets enneigés scintillants. Au bout d'un long moment, secouant la tête, elle se leva du banc.

Gina avait besoin d'elle. Elles devaient commencer par régler le problème de sa cadette. Ensuite, peut-être, elle réglerait ses propres affaires. Quand elle aurait recouvré son calme et qu'elle pourrait prendre le recul suffisant par rapport à Dev.

Pourtant, la scène qui l'accueillit lorsqu'elle entra dans

le hall du Rebstock fut loin de l'apaiser, bien au contraire. Outragée, elle vit à un inconnu aux cheveux blond qui agrippait brutalement Gina par un poignet. De sa main libre, cette dernière le frappait. Derrière son comptoir, le réceptionniste, désemparé, se contentait de les regarder.

— Que faites-vous ? s'exclama-t-elle en s'élançant vers eux, les poings crispés.

Tandis que Gina continuait l'attaque de front, elle frappa l'homme sur le côté. L'inconnu voûta le dos et se protégea le visage des griffures des ongles vernis.

— Hé ! Reculez, madame.

— Lâchez-la ! lui intima-t-elle en lui assénant un coup vicieux qui le fit saigner.

L'homme qu'elle soupçonnait maintenant d'être le détestable ambassadeur, lâcha un juron.

— Reculez, je vous dis !

— Pas avant que vous ayez libéré Gina.

— Pas question ! Elle me doit des explications, et je ne la relâcherai pas avant de…

Il s'interrompit, aussi stupéfait que Sarah, quand elle se vit poussée de côté par une furieuse masse de quatre-vingt-dix kilos. Abasourdie, elle reconnut Dev.

— Qu'est-ce qui… ?

Un coup de poing au visage fit taire Mason. Titubant, il recula de quelques pas, entraînant Gina avec lui. Un second coup pris en plein ventre le fit s'écrouler à genoux.

Pourtant, il n'avait toujours pas lâché le poignet de Gina. Au lieu de se débattre et de le bourrer de coups de poing, agenouillée à côté de lui, cette dernière agitait maintenant sa main libre avec frénésie.

— Dev ! Arrête ! s'écria Sarah, terrifiée à l'idée que sa sœur puisse être blessée dans la mêlée.

Se rappelant soudain le bébé, elle fit un bond en avant et s'agrippa comme un singe au bras de Dev.

— Pour l'amour du ciel, fais attention ! Elle est enceinte !

Son cri de panique fit reculer Dev, mais provoqua la réaction opposée chez Mason. Ses yeux bruns lançant des éclairs, il fit pivoter Gina vers lui.

— Enceinte. Qu'est-ce que c'est que cette histoire ? Quand tu m'as téléphoné hier soir, en larmes, hystérique, tu m'as dit que rentrais tout juste de la clinique.

— C'était la vérité.

— Alors que… ?

Il s'interrompit, son regard se baissant sur son ventre pour revenir à son visage.

— Tu ne l'as pas fait ?

— Je… Je n'ai pas pu, balbutia-t-elle d'une voix étranglée.

— Mais tu n'aurais pas pris la peine de mentionner ce détail avant que je quitte une session de votes extrêmement importante, saute dans un avion, et passe la nuit à survoler l'Atlantique pour t'aider à traverser une crise dont tu n'avais pas pris la peine de m'aviser non plus avant hier soir.

— Eh bien, je n'ai pas su choisir mes mots, répliqua Gina. J'étais perturbée.

— Perturbée ? Tu étais pratiquement incohérente.

— Et tu étais aussi arrogant que d'habitude. Lâche-moi, enfin !

Libérant son poignet, elle se leva péniblement. Mason la suivit, son regard furieux allant de son visage à leur public peu nombreux mais fasciné.

— Vous devez être sa sœur, déclara-t-il en examinant Sarah avec intérêt.

— Oui… Je.

Faisant jouer sa mâchoire visiblement douloureuse, il se tourna vers Dev.

— Et vous, qui êtes-vous ?

— Le fiancé de sa sœur.

— Quoi ? s'exclama Gina, l'air interloqué, son cri résonnant contre les murs. Depuis quand ?

— C'est une longue histoire, murmura Sarah. Que dirais-tu de trouver un endroit tranquille pour que je t'explique ?

— Viens avec moi ! acquiesça sa cadette en la prenant par le bras.

Se retournant vers les deux hommes, elle les foudroya du regard.

— Pas vous. Ni l'un ni l'autre. C'est entre ma sœur et moi.

Dev obtempéra. Mason n'eut d'autre choix que de le suivre, mais pas avant d'avoir vidé son cœur.

— Eugenia Amalia Thérèse St. Sebastian, jamais je n'ai rencontré une femme aussi irresponsable, exaspérante, entêtée !

Les narines frémissantes, Gina le toisa d'un regard altier qui aurait rempli la duchesse de fierté.

— Dans ce cas, Votre Excellence peut s'estimer heureux de m'avoir entendu refuser sa demande en mariage.

Arrivée sur la première marche de l'escalier, Gina abandonna toutc hautcur royalc ct, s'agrippant au bras dc Sarah, l'entraîna d'un pas vif jusqu'à leur chambre. Une fois à l'intérieur, elle fit claquer la porte et la poussa vers le canapé niché dans l'alcôve de la tourelle.

— Assieds-toi. Et maintenant, raconte, ajouta-t-elle en pointant un doigt sur elle.

Docile, Sarah obéit, peinant à trouver ses mots.

— C'cst un pcu difficilc à cxpliqucr.

— Non, c'est très simple. Commence au début. Où et quand as-tu rencontré Dev.

— A New York. Dans mon bureau. Lorsqu'il est venu m'apportcr la vidéo qui tc montrait cn train dc dérobcr lc médaillon byzantin.

Gina la regarda, bouche bée.

— Quel médaillon byzantin ? Oh ! attends. Tu veux dire ce truc or et bleu ?

— Ce truc, comme tu dis, a une valeur de plus d'une centaine de milliers de livres sterling.

— Tu plaisantes ?

— J'aimerais bien. Qu'en as-tu fait, Gina ?

— Rien du tout.

— Dans la vidéo du système de surveillance de Dev, tu te diriges vers les étagères où est exposé le médaillon. Lorsque tu repars, il n'est plus là.

— Seigneur, Sarah ! Tu ne me penses pas capable de l'avoir volé, j'espère ?

— Non, et c'est ce que je lui ai dit dès le départ.

— Il croit que je l'ai volé ? fulmina-t-elle.

Son regard embrasé de colère n'augurait rien de bon pour Devon Hunter.

— Ce qu'il croit n'a pas d'importance, répondit Sarah. Ce qui compte c'est que le médaillon a disparu. Réfléchis, mon ange, réfléchis bien. L'as-tu soulevé de son socle ? Ou l'as-tu fait tomber derrière les étagères par accident, peut-être ?

— Oui, je l'ai pris. Mais je voulais juste caresser de mon pouce cet émail d'un bleu si profond. Puis j'ai entendu quelqu'un arriver, et..., poursuivit-elle, le front plissé par la concentration. Oh non ! J'ai dû le glisser dans ma poche. Il est probablement toujours là.

— Gina ! glapit Sarah. Comment peux-tu avoir oublié avoir glissé à médaillon byzantin du XIIe siècle dans ta poche ?

— Attends ! D'abord, je n'avais pas la moindre idée qu'il s'agissait d'une antiquité du XIIe siècle. Et puis, ce matin-là, je venais tout juste de faire le test de grossesse. J'étais un peu secouée. Je suis même surprise d'avoir pu, ce même soir, orchestrer le fichu dîner de Hunter et, mieux encore, avec le sourire.

Sur ces mots, elle pivota sur ses talons et se dirigea vers la porte. Sarah se leva d'un bond pour lui emboîter le pas.

— Je vais aller régler son compte à ce malotru, fulmina-t-elle. Comment ose-t-il m'accuser d'être...

Elle ouvrit la porte à la volée et se trouva nez à nez avec l'objet de sa rage. Continuant sur sa lancée, elle l'invectiva :

— Comment oses-tu m'accuser d'être une voleuse ?

Les deux hommes dans le couloir réagirent de manière totalement différente. Jack Mason avait l'air totalement ahuri. Dev semblait plutôt perplexe.

— Tu ne l'as pas volé ?

— Non, monsieur Hunter l'arrogant, je ne l'ai pas volé !

— Volé quoi ? demanda Mason.

— Dans ce cas, où est-il ?

— Dans la poche de la veste que je portais ce soir-là, sans doute.

— Donc, tu l'as bien volé ?

— Volé quoi ? répéta Mason.

S'interposant, Sarah expliqua :

— Gina était juste en train de l'admirer lorsqu'elle a entendu des bruits de pas. Ne voulant pas être surprise elle l'a glissé dans sa poche.

— Mais enfin ! allez-vous me dire de quoi vous parlez, tous les trois ! explosa l'ambassadeur.

— De rien qui te concerne, rétorqua Gina d'une voix glaciale. Que fais-tu dans ma chambre, de toute façon ? Je n'ai plus rien à te dire.

— Dommage. Parce que moi, j'ai encore des tas de choses à te dire.

Sarah se sentait craquer. Sa nuit d'une inquiétude déchirante, le manque de sommeil, le petit déjeuner manqué, et maintenant ces hurlements : une atroce migraine lui vrillait le crâne. Sans lui laisser le temps d'intimer l'ordre à tout le monde de se taire, Dev la prit par le bras et l'attira dans le couloir. De sa main libre, il poussa Mason à l'intérieur de la chambre.

— Occupez-vous de votre femme, je m'occupe de la mienne, lança-t-il avec fermeté.

Gina tapa rageusement du pied.

— Attendez un peu ! s'exclama Gina, l'air totalement frustré. Je ne sais toujours pas comment et quand vous vous êtes fiancés, vous deux. Vous ne pouvez pas juste…

Ignorant ses vociférations, Dev lui ferma la porte au nez.

— Oh mon Dieu ! s'exclama Sarah dans un soupir accablé. Elle va te le faire payer cher.

La poussant contre le mur, il l'encadra de ses deux mains.

— Tu crois qu'elle me fait peur ?

Le visage pas rasé, les yeux injectés de sang, il avait l'air furieux.

— Que fais-tu ici ? lui demanda-t-elle, le souffle un peu court. Quand j'ai téléphoné à l'hôtel Verneuil tout à l'heure, ils m'ont dit que tu devais rentrer aux Etats-Unis pour régler une affaire urgente.

— Certes, j'avais une affaire urgente à régler. Mais ici, à Lucerne. Il faut que nous nous mettions bien d'accord sur quelque chose, lady Sarah. A partir de maintenant, il ne s'agit plus de ta sœur, de tes affaires. Nous sommes dans le même bateau. Pour la vie. Ou, tout au moins, jusqu'à ce que nous tenions notre promesse d'emmener notre quatrième enfant en croisière sur la Seine.

- 16 -

Le dîner de veille de mariage eut lieu le soir du 3 mai chez Avery, où Dev avait demandé à Sarah d'endosser le rôle de sa fiancée. Pour l'événement, il avait réservé tout le restaurant. La cérémonie et la réception se tinrent au Plaza, le lendemain soir.

Gina, qui était sortie d'un entretien privé avec la duchesse livide et tremblante, avait retrouvé son assurance et un peu de sa vivacité. Elle parvint même à surprendre et sa sœur et sa grand-mère en prenant la direction des opérations pour tout organiser.

Au Plaza, elle avait enrôlé Andrew, devenu un maître d'hôtel âgé et plein dignité. Gina avait également formé une alliance solide avec Patrick Donovan, l'assistant de Dev, si compétent et dont l'efficacité faisait toujours merveille.

Tout ce que Sarah eut à faire fut de dresser la liste de ses invités et de choisir sa robe. Sa liste n'était pas longue. Elle voulait profiter de son mariage, ne pas en faire un événement médiatique. De plus, hormis sa grand-mère, Gina et Maria, elle n'avait pas de famille.

Elle invita un certain nombre d'amis proches et de collègues de travail, y compris Alexis. La directrice éditoriale de *Beguile* avait admis que l'épisode parisien était une terrible erreur de jugement de sa part et avait juré qu'elle n'avait jamais eu l'intention de publier une seule photo sans la permission de Sarah. Pour se faire pardonner, elle leur offrit un magnifique album des plus belles photos de leur séjour parisien.

La liste d'invités de Dev était nettement plus importante.

Ses parents, ses sœurs, leurs maris, et ses neveux, étaient arrivés à New York quatre jours avant le mariage. Si elle avait déjà rencontré presque tous les membres de sa future belle-famille lors d'un voyage de quatre jours au Nouveau-Mexique, elle apprit à mieux les connaître en jouant le guide dans New York. Puis, l'arrivée des vieux amis aviateurs de Dev lui permit de découvrir de nouvelles facettes de son fiancé, si beau, si complexe, si fascinant.

Elise et Jean-Jacques Girault étaient eux aussi arrivés de Paris juste à temps pour le dîner chez Avery. Sarah ne fut pas surprise de voir Elise et Alexis s'entendre immédiatement, mais voir Mme Girault blottie contre l'un des amis de Dev au cours du cocktail avant le dîner la rendit un peu nerveuse. Décidément, Elise était vraiment incorrigible. Dev choisit d'en rire de bon cœur.

Une session dans un spa, concoctée par Gina le matin du mariage, permit aux deux sœurs de partager un tête-à-tête privilégié.

— Merci pour toute ton aide, déclara Sarah alors qu'allongée côte à côte sur deux tables elles se faisaient masser.

— Je t'en prie, répondit Gina avec l'un de ses irrésistibles sourires. Il n'est pas difficile d'organiser des superbes fêtes quand tu dépenses l'argent d'un autre.

— Tu es douée pour cela.

— Oui, acquiesça-t-elle d'un air satisfait. C'est l'une des rares choses pour lesquelles je suis douée. J'ai même l'intention d'en faire mon métier avant la naissance du bébé, ajouta-t-elle, soudain grave. Ainsi, je pourrai subvenir à nos besoins.

— Et Jack Mason ? Quel est son rôle dans ces projets ?

— Il n'en a pas.

— C'est son enfant aussi, Gina.

— Il sera aussi impliqué dans la vie du bébé qu'il le

souhaitera, mais pas dans la mienne. Il est temps, grand temps, que je prenne mes responsabilités.

Sarah ne pouvait pas discuter. Elle se contenta de presser sa main en un geste plein de tendresse.

— Tu sais que Dev et moi feront notre possible pour t'aider.

— Je sais, mais je dois y arriver seule. Et tu vas être très occupée par ta nouvelle vie de femme mariée. As-tu décidé où vous allez habiter ?

— A Los Angeles, si nous parvenons à convaincre grand-mère de déménager avec nous. Et Maria aussi.

— Elles vont détester l'idée de quitter New York, fit remarquer Gina.

— Je sais, acquiesça-t-elle, songeuse.

Au matin de cette journée si exceptionnelle, cette pensée était la seule ombre au tableau. Malgré leurs nombreuses conversations, la duchesse refusait obstinément de quitter la côte Est. Dev avait proposé comme alternative de déménager temporairement à New York et de faire la navette avec son bureau de Los Angeles.

— Je ne peux pas supporter l'idée de grand-mère seule dans ce grand appartement, reprit-elle au bout de quelques instants.

— Eh bien…, commença Gina, hésitante, je sais que je viens de faire un grand discours sur le fait de me débrouiller toute seule, mais moi non plus je n'aime pas imaginer grand-mère seule. Je pourrais… Je pourrais emménager avec elle jusqu'à ce que je trouve un travail. Ou peut-être jusqu'à la naissance du bébé. A condition qu'elle veuille bien de moi, ce qui n'est pas sûr après le cours de morale tonitruant qu'elle m'a fait lorsque je suis rentrée de Suisse.

— Mais bien sûr, Gina, elle voudra de toi ! Tu sais très bien qu'elle voudra de toi. Elle t'aime. Presque autant que je t'aime, ajouta-t-elle, les yeux embués par l'émotion.

— Arrête ! plaida Gina. Tu ne peux pas te marier avec les yeux rouges et gonflés. Dev m'étranglerait.

Alors que Dev prenait sa place sous l'arche de tulle scintillant d'une multitude de lumières, étrangler sa future belle-sœur était bien la dernière chose à laquelle il pensait.

Il était aussi surpris que Sarah et que la duchesse du brio avec lequel Gina avait coordonné l'événement.

Aussi, quand le cortège des demoiselles d'honneur, adultes et enfants, s'avança vers lui, il adressa un sourire plein de chaleur à celle qui, dans quelques instants serait sa belle-sœur.

Malgré le sourire qu'elle lui fit en retour, il comprit qu'elle était perturbée par la présence d'un invité inattendu assis près de la porte. Bras croisés, Mason arborait une expression laissant entendre qu'il n'avait nulle intention de rentrer à Washington avant d'avoir réglé certains détails avec la mère de son enfant.

Puis la musique s'éleva et, oubliant tout le reste, il posa les yeux sur les deux femmes qui s'avançaient maintenant. Sarah donnait le bras à la duchesse qui avait refusé de prendre sa canne pour conduire sa petite-fille à l'autel. Droite comme I, le menton levé, ses yeux brillant de fierté, Charlotte St. Sebastian lui murmura en arrivant à sa hauteur :

— J'espère que vous avez conscience de la valeur inestimable du cadeau que je vous fais, Devon.

— Certes, madame, absolument.

Après avoir embrassé sa petite-fille sur la joue, la duchesse alla rejoindre sa place. Quand Sarah se tourna vers Devon, son sourire rayonnant le submergea de bonheur. Elle était si lumineuse, si racée. D'une telle beauté dans sa robe Dior achetée par sa grand-mère à Paris dans les années 1960, le visage ombré par la voilette de son petit chapeau à aigrette.

Il prit la main qu'elle lui tendait, la serra contre son cœur battant la chamade, et lui demanda, radieux :

— Prête pour la phase trois, lady Sarah ?

— Oh que oui ! répondit-elle en riant. Prête, plus que prête !

Épilogue

Je dois reconnaître que j'approuve le choix de Sarah. Heureusement, étant donné que j'ai décidé que Devon Hunter était celui qu'il lui fallait avant même qu'il lui ait fait du chantage pour jouer sa fiancée. Quelle absurdité de croire que j'ignore toujours tout de leur canular.

Tout aussi absurde que le refus obstiné de Gina d'épouser le père de son enfant. J'aurais respecté sa décision, étant donné que, pour emprunter les paroles immortelles de Bard, je déteste la sordide marmite du monde politique d'aujourd'hui. Néanmoins, il va falloir que j'en apprenne un peu plus sur ce Jack Mason. En attendant, je vais avoir la joie considérable de voir Gina faire enfin preuve de maturité, maintenant qu'elle va être mère. Du moins, je l'espère !

Extrait du journal de Charlotte,
GRANDE-DUCHESSE DE KARLENBURGH.

MERLINE LOVELACE

Le bébé de l'ambassadeur

Traduction française de
ROSA BACHIR

PASSIONS

HARLEQUIN

Titre original :
THE DIPLOMAT'S PREGNANT BRIDE

Ce roman a déjà été publié en 2015.

Prologue

Je n'aurais pas pu rêver de petites-filles plus belles ou plus aimantes. Dès le jour où elles sont venues vivre avec moi, l'une si jeune et si effrayée, l'autre encore bébé, elles ont empli de lumière et de joie les espaces vides de mon cœur. A présent, ma petite Sarah, devenue une jeune femme posée et élégante, va épouser Dev, son beau fiancé. Le mariage aura lieu dans quelques heures, et je suis infiniment heureuse pour elle.

Et infiniment inquiète pour sa sœur. Ma chère Eugenia, qui traverse la vie comme un tourbillon, charme même les caractères les plus amers par son sourire éblouissant, sa joie de vivre et son insouciance. A présent, de manière tout à fait soudaine, cette insouciance l'a rattrapée. Elle a dû faire face à la réalité, et je peux juste prier pour que la force et l'esprit que je lui connais l'aident dans les moments difficiles qui l'attendent. Assez pour aujourd'hui. Je dois me préparer en vue du mariage. Ensuite, direction le Plaza, décor de tant d'événements capitaux de ma vie. Toutefois, aucun ne peut rivaliser avec celui-ci !

Extrait du journal de Charlotte,
GRANDE-DUCHESSE DE KARLENBURGH

- 1 -

Gina St. Sebastian afficha un sourire forcé.

— Bonté divine, Jack, ce que tu peux être têtu !

— C'est moi qui suis têtu ? rétorqua-t-il, l'air furieux.

L'ambassadeur John Harris Mason III, un mètre quatre-vingt-cinq, était doté d'un corps d'athlète et de cheveux blond sable rehaussés par son hâle doré. Il avait l'habitude de tout diriger. Qu'il ne puisse pas contrôler Gina ou la situation qui se présentait maintenant à eux l'irritait au plus haut point.

— Tu portes mon enfant, bon sang. Et pourtant tu refuses de parler mariage.

— Vas-y, crie-le sur les toits, tant que tu y es !

Agacée, elle tendit le cou pour regarder par-delà le massif de gardénias qui les cachait, Jack et elle, des autres invités, rassemblés dans la salle en rez-de-jardin du vénérable hôtel Plaza de New York. Avec son plafond de style Renaissance italienne magnifiquement restauré et ses lustres de cristal inspirés du château de Versailles, c'était un lieu splendide pour un mariage.

Un mariage organisé en un temps record ! Ils avaient eu moins de deux semaines pour tout préparer. La fortune du marié leur avait considérablement facilité la tâche, ainsi que le directeur exécutif de génie que Dev Hunter employait. Cependant, c'était Gina qui avait supervisé toute l'organisation, et elle ne laisserait pas l'homme avec qui elle avait passé un week-end enfiévré perturber le mariage de sa sœur.

Heureusement, personne ne semblait avoir entendu ses paroles acerbes. L'orchestre jouait les dernières mesures d'un *merengue* enlevé. Sarah et Dev étaient sur la piste de danse, ainsi que Maria, l'employée de maison qui officiait depuis très longtemps auprès des St. Sebastian, et la plupart des invités de cette élégante soirée.

Gina reporta son regard sur la femme habillée de dentelle assise très droite sur sa chaise, les mains croisées sur sa canne d'ébène. La duchesse était hors de portée de voix, Dieu merci ! Pareille proclamation de la grossesse de sa plus jeune petite-fille lui aurait paru très inconvenante.

Soulagée, Gina se retourna vers Jack.

— Je ne te laisserai pas gâcher le mariage de ma sœur par une autre dispute. S'il te plaît, baisse la voix.

Le volume de sa voix baissa, certes, mais pas sa colère.

— Nous n'avons pas eu dix minutes à nous depuis ton retour de Suisse, souligna-t-il.

Comme si elle avait besoin qu'il le lui rappelle ! Elle avait sauté dans un avion pour la Suisse, peu après avoir fait un test de grossesse. Sentant son monde s'écrouler, elle avait éprouvé le besoin de quitter Los Angeles pour respirer l'air frais et vif des Alpes enneigées qui entouraient le lac des Quatre-Cantons, et réfléchir à son avenir. Après une journée et une nuit de réflexions douloureuses, elle s'était rendue dans l'une des cliniques ultramodernes de Lucerne. Dix minutes plus tard, elle avait tourné les talons. Mais pas avant d'avoir passé deux coups de fil presque hystériques. D'abord, elle avait appelé Sarah, sa sœur, sa protectrice, sa plus chère amie. Ensuite, et elle le regrettait, elle avait contacté le diplomate assis en face d'elle, séduisant, charismatique et tout à fait contrariant.

Sarah étant à Paris, elle avait rejoint sa sœur sans délai, mais elle avait réussi à reprendre ses esprits. Néanmoins, son calme durement retrouvé avait volé en éclats quand Jack Mason avait surgi. Jamais elle n'aurait cru qu'il sauterait dans un avion, encore moins qu'il exprimerait une satisfaction aussi ardente en apprenant qu'elle avait décidé de garder leur enfant.

A vrai dire, la décision l'avait surprise autant que Jack. Elle était la sœur inconstante et irresponsable. La fille toujours partante pour un week-end de ski à Gstaad ou une croisière dans les eaux turquoise des Caraïbes. Elevées par leur grand-mère, Sarah et elle avaient reçu une excellente éducation, et vécu très confortablement, la duchesse estimant qu'elles y avaient droit. Depuis peu, néanmoins, elles avaient appris que leur grand-mère s'était endettée pour leur offrir ce train de vie. Depuis, Gina avait redoublé d'efforts pour subvenir à ses propres besoins. Malheureusement, aucune des activités auxquelles elle s'était essayée n'avait retenu son intérêt très longtemps.

Le mannequinat s'était avéré d'un ennui sans limites. Tous ces projecteurs, ces photographes caractériels aboyant des ordres comme de petits chefs ! Accompagner des groupes de touristes dans les magnifiques capitales d'Europe avait été encore plus lassant. Comment avait-elle pu s'imaginer vouloir exercer un métier consistant à courir après des bagages perdus ou à faire changer la chambre de clients mécontents de leur vue ?

Elle avait même essayé, après un court stage à l'académie Barilla, en Italie, de se mettre aux fourneaux. Cette tentative malavisée avait à peine duré une semaine. Mais, quand son chef exaspéré l'avait chassée de la cuisine pour la placer à l'accueil, elle avait découvert ce qui était apparemment son principal talent. Elle était bien meilleure en organisation qu'en cuisine. Surtout quand les clients arrivaient en agitant un chéquier et donnaient pour consigne de sortir le grand jeu.

En fait, elle était si douée qu'elle comptait subvenir à ses besoins et à ceux de son enfant en organisant des soirées pour les gens riches et célèbres. Mais elle devait d'abord convaincre le père de son bébé qu'elle n'avait pas besoin du mariage sans amour qu'il lui offrait.

— J'apprécie ton intérêt, Jack, mais…

— Intérêt ?

Il parlait toujours à voix basse comme elle le lui avait demandé, mais il semblait sur le point d'exploser. Ses épaules étaient tendues sous son smoking taillé sur mesure, et ses yeux noisette la transperçaient.

Elle se souvint que ces yeux l'avaient captivée dans la salle de conférences bondée, suscitant une attirance instantanée et électrique. Que sa bouche si talentueuse avait assailli sa gorge, ses seins, son ventre. Que…

A quoi bon se rappeler le feu qui s'était embrasé si vite entre eux ? Cette combustion spontanée ne se reproduirait pas. Pas avec tout ce qui se passait dans leurs vies respectives.

— Jack, continua-t-elle avec un sourire de façade, tu dois convenir que ce n'est ni le lieu ni le moment pour une discussion comme celle-ci.

— Dis-moi où, et quand, la défia-t-il.

— Soit ! Demain. Midi.

Acculée, elle nomma le premier endroit qui lui vint à l'esprit.

— Le Boathouse de Central Park.

— J'y serai.

— Bien. Nous prendrons une table dans un coin tranquille et nous discuterons de tout cela comme les adultes matures que nous sommes.

Comme l'adulte mature qu'au moins l'un de nous deux est.

Elle se retint de grimacer. Le sarcasme cinglant n'était pas loin de la vérité, elle devait l'admettre. Elle avait tracé son chemin avec insouciance, amusée par les absurdités de la vie, comptant toujours sur Sarah ou sa grand-mère pour régler les problèmes qu'elle s'attirait régulièrement. Tout cela avait changé environ dix minutes après ce maudit test de grossesse. Ses jours insouciants étaient derrière elle. Il était temps de prendre ses responsabilités, pour elle et pour le bébé.

Et elle le ferait !

— Je te vois demain.

Le menton levé, elle contourna le massif de gardénias.

Jack la laissa partir. Gina n'avait pas tort, ce n'était ni le lieu ni le moment pour lui faire entendre raison. D'ailleurs, il doutait que ses arguments calmes et rationnels pénètrent l'épaisse crinière de boucles blond cendré, ou qu'ils provoquent une réaction dans ses yeux d'un bleu ardent.

Il avait passé en tout cinq jours en compagnie de Gina St. Sebastian. Un long week-end de passion, et deux jours frustrants en Suisse. Assez pour savoir que cette femme était une boule de contradictions ambulante. Elle était d'une beauté renversante, et sensuelle à se damner, mais aussi chaleureuse et espiègle. Très instruite, et pourtant, de bien des façons, incroyablement naïve. Et presque totalement indifférente au monde autour d'elle, à moins qu'il n'affecte directement sa personne, sa sœur ou son dragon de grand-mère.

Elle était presque son exact opposé, songea-t-il sombrement quand il la regarda se frayer un chemin dans la salle bondée. Il venait d'une longue lignée de Virginiens calmes et raisonnables, qui estimaient que leur vaste richesse leur conférait aussi une grande responsabilité. Le père et le grand-père de Jack avaient été conseillers du président durant les grandes crises nationales. Lui-même avait occupé différents postes diplomatiques avant d'être nommé au Département d'Etat comme ambassadeur spécialisé dans le contre-terrorisme, à trente-deux ans à peine. Dans le cadre de ses fonctions, il s'était rendu dans certains des endroits les plus instables et les plus violents du monde. Récemment, il avait été rappelé au siège du Département d'Etat, à Washington, afin de traduire ses connaissances chèrement acquises sur le terrain en procédures destinées à améliorer la sécurité du corps diplomatique américain à travers le monde.

Ses journées de travail, et parfois ses nuits, étaient longues. La pression qui pesait sur ses épaules était immense. Pourtant, aucun problème, aucun bureaucrate ou expert politique récalcitrant ne l'avait exaspéré autant que Gina St. Sebastian.

Elle portait son enfant, bon sang ! Un bébé auquel il était bien décidé à donner son nom.

Comme il aurait donné son nom à l'enfant que Catherine et lui avaient tant voulu avoir.

La douleur familière vrilla en lui. Elle n'était pas aussi violente qu'autrefois, mais encore assez vive pour lui nouer les entrailles. Les conversations autour de lui s'évanouirent. La salle parée de fleurs se brouilla. Il pouvait presque la voir, presque entendre son accent bostonien. Catherine, si brillante, si douée pour la politique, aurait tout de suite saisi l'ironie de sa situation. Elle aurait…

— Tu sembles avoir besoin d'un verre, Mason.

Au prix d'un immense effort, il chassa le souvenir de sa défunte épouse et se tourna vers le jeune marié. Dev Hunter, un verre en cristal dans une main, lui en offrit un autre.

— Scotch, sec, l'informa-t-il placidement. Je t'ai vu parler à Gina, alors je me suis dit que cela pourrait te faire du bien.

— Tu as vu juste.

Il leva son verre en l'honneur de l'homme qui pourrait bientôt devenir son beau-frère. Pas pourrait, allait rectifia-t-il *in petto* quand ils firent tinter leurs verres.

— Aux sœurs St. Sebastian, lança Hunter, en observant les deux jeunes femmes qui discutaient de l'autre côté de la salle. Ça n'a pas été facile, mais j'ai convaincu la mienne de m'épouser. Je te souhaite bonne chance avec Gina.

Jack savoura la brûlure mordante de l'alcool dans sa gorge tandis qu'il observait les deux jeunes femmes. Elles étaient tout en contrastes. Sarah, brune et élancée, était d'une rare élégance dans une robe ivoire fluide et cintrée, dont les bretelles étaient ornées de plumes, et elle arborait la beauté rayonnante et incandescente d'une jeune mariée. Gina, blonde et pétillante, était enceinte de six semaines, mais son ventre était toujours plat. Sa robe bustier à dos nu, de couleur fauve, soulignait ses courbes séductrices à la perfection.

Il serra son verre. Cela faisait maintenant six semaines,

et il se souvenait encore de la façon dont il avait plaqué ses hanches sur les siennes. Dont il avait enfoui les mains dans ses cheveux soyeux et s'était perdu dans ce corps voluptueux et ces yeux bleus rieurs.

Ils avaient utilisé des préservatifs ce week-end-là. Toute une boîte, en fait. Apparemment, la prudence n'avait pas suffi.

— Je la convaincrai de m'épouser, assura-t-il. D'une manière ou d'une autre.

Hunter haussa un sourcil, mais se garda de tout commentaire. Sa femme lui sourit et lui fit signe de la rejoindre.

— Le devoir m'appelle. Je te verrai au retour de notre lune de miel.

Il tendit son verre vide à un serveur.

— Sache, Mason, que je mise sur Gina. Elle est plus duchesse qu'elle n'en a conscience. Et en parlant de la duchesse…

Jack suivit son regard et vit la matriarche aux cheveux argentés avancer dans leur direction, en martelant le sol de sa canne. Une robe de dentelle écru aux manches longues et au col montant drapait sa fine silhouette. Un trio de bagues ornait ses doigts noueux. S'appuyant lourdement sur sa canne, Charlotte renvoya son nouveau petit-fils par alliance d'un geste impérieux de sa main libre.

— Gina dit que Sarah et vous devez changer de tenue. Vous n'avez qu'une heure avant de vous rendre à l'aéroport.

— C'est mon avion, Charlotte. Je doute qu'il parte sans nous.

— J'ose l'espérer.

Elle agita de nouveau la main.

— Allez-y, Devon. Je veux discuter avec l'ambassadeur Mason.

Jack ne se raidit pas volontairement, mais il sentit ses épaules se redresser quand il fit face à la petite et néanmoins impressionnante grand-mère de Gina.

Il savait tout à son sujet. Il avait lu le dossier que le

Département d'Etat avait compilé sur Charlotte St. Sebastian, autrefois grande-duchesse du petit duché de Karlenburgh, qui avait dû quitter son pays après l'invasion communiste, plus de cinquante ans plus tôt. Après avoir été forcée d'assister à l'exécution brutale de son mari, elle s'était enfuie, sa fille dans les bras, avec pour seuls bagages les vêtements qu'elle portait, et une fortune en bijoux cachée dans l'ourson en peluche de son enfant.

Elle avait fini par s'installer à New York, pour y devenir une icône de la haute société. Seuls quelques-uns des amis riches et érudits de la duchesse savaient que cette fière aristocrate avait mis petit à petit ses bijoux au mont-de-piété pour subvenir à ses besoins et à ceux de ses deux petites-filles, venues vivre avec elle après la mort tragique de leurs parents. Jack le savait car Dev Hunter l'avait prévenu de prendre des pincettes s'il devait aborder la situation financière de Charlotte et de ses petites-filles.

Beaucoup de précautions, même. La précédente entrevue de Jack avec la duchesse lui avait montré que ses finances réduites n'avaient entamé ni son air hautain ni l'instinct protecteur féroce dont elle faisait preuve envers Gina et Sarah. Cet instinct se reflétait sur son visage à cet instant précis.

— Je viens de parler à Gina. Elle dit que vous essayez encore de la convaincre de vous épouser.

— C'est exact.

— Pourquoi ?

Il fut tenté de recourir lâchement à l'excuse de Gina, et de suggérer qu'une réception était loin d'être l'endroit idéal pour une telle discussion. Mais le regard d'acier de la duchesse l'en dissuada.

— La raison me semble évidente, madame. Votre petite-fille porte mon enfant. Je veux leur offrir à elle et au bébé la protection de mon nom.

— Le nom de St. Sebastian offre un cachet plus que suffisant pour ma petite-fille et son enfant, rétorqua-t-elle, glaciale.

Et il se disait diplomate ! Il se réprimandait mentalement quand la duchesse pointa sa canne sur sa chemise.

— Dites-moi une chose, monsieur l'Ambassadeur. Pensez-vous honnêtement que ce bébé soit de vous ?

Il n'hésita pas.

— Oui, madame, je le pense.

La canne appuya sur son sternum.

— Pourquoi ?

Pour deux raisons. Mais il ne dévoilerait pas la première. Il était encore furieux que son père ait engagé un détective privé après avoir appris qu'il allait être grand-père. Avec une efficacité impitoyable, l'enquêteur avait étudié les moindres recoins de la vie de Gina St. Sebastian ces trois derniers mois. Le rapport qu'il avait rendu dressait le portrait d'une femme qui papillonnait sur le plan professionnel et sentimental, avec une apparente insouciance. Pourtant, malgré tous ses efforts, le détective n'avait pas pu dénicher un seul amant dans le passé récent de Gina, hormis John Harris Mason III.

Fou de rage, Jack avait informé son père qu'il n'avait besoin d'aucun rapport. Il avait su que le bébé était de lui dès l'instant où Gina lui avait téléphoné de Suisse, en sanglots. Il lui fallait maintenant convaincre la femme qui semblait vouloir l'embrocher avec sa canne.

— Comme je l'ai découvert durant notre brève aventure, duchesse, votre petite-fille a sa part de défauts. Moi aussi. Aucun de nous n'a essayé de tromper l'autre, cependant.

— Ce que vous voulez dire, rétorqua-t-elle avec un regard cinglant, c'est qu'aucun de vous n'a fait de promesses d'amour éternel ou de dévotion juste avant de se jeter dans un lit.

Il refusa de détourner les yeux, mais il sentit une chaleur inconfortable envahir sa nuque. Sagement, il esquiva la remarque.

— J'avoue que j'ai encore beaucoup à apprendre sur votre petite-fille, mais j'ai le sentiment qu'elle ne ment pas.

Du moins, pas sur un sujet aussi important, ajouta-t-il avec plus de franchise que de tact.

A son grand soulagement, la duchesse abaissa sa canne et s'appuya dessus des deux mains.

— Vous avez raison sur ce point. Gina ne ment pas.

Elle hésita, et une expression où se mêlaient la fierté et l'exaspération se peignit sur ses traits aristocratiques.

— En fait, ma petite-fille est trop honnête. Elle a tendance à faire étalage de ses sentiments, en même temps que de tout ce qui lui passe par la tête

— Je l'ai remarqué.

En fait, l'exubérance de Gina et son absence de prétention l'avaient ravi presque autant que son corps pulpeux, durant leur week-end de passion. Avec le recul, il admettait avoir mis de côté sa raison et son sens des responsabilités pendant ce bref interlude. Cela n'avait pas duré, bien sûr. Une fois de retour à Washington, il avait dû gérer crise sur crise. Jusqu'à cet appel de Suisse.

La duchesse réclama son attention avec un signe de tête royal.

— Je ne dirai ceci qu'une seule fois, jeune homme, et je suggère que vous écoutiez attentivement. Le bonheur de ma petite-fille est ma première, et ma seule préoccupation. Quoique Eugenia décide en ce qui vous concerne, vous et le bébé, elle a mon soutien total.

— Je n'attendais pas autre chose, madame.

Elle l'étudia avec une moue sceptique, avant de changer brusquement de sujet.

— Je connaissais votre grand-père.

— Vraiment ?

— Il était membre du cabinet du président Kennedy à l'époque. Plutôt guindé et prétentieux, si ma mémoire est bonne.

Il ne put s'empêcher de sourire.

— Ça lui ressemble.

— Je l'ai invité ainsi que votre grand-mère à une réception que j'ai donnée en l'honneur du sultan d'Oman, ici même. Les Kennedy étaient là. Ainsi que les Rockefeller.

Elle esquissa un sourire et sembla perdue dans ses souvenirs.

— Je portais mes perles, murmura-t-elle, autant pour elle-même que pour son interlocuteur. Elles faisaient trois fois le tour de mon cou et m'arrivaient presque à la taille. Jackie était très envieuse.

Il n'en doutait pas. Tandis qu'il écoutait son discours élégant, énoncé avec un très léger accent, Jack nourrit l'espoir qu'un mariage avec sa plus jeune petite-fille ne serait peut-être pas un désastre, finalement.

Avec le temps, et quelques conseils de sa part, Gina pourrait apprendre à tempérer un peu de son impulsivité. Peut-être même apprendrait-elle à réfléchir avant d'ouvrir la bouche. Non pas qu'il veuille étouffer sa personnalité pétillante, mais juste la contenir un peu, afin qu'elle se sente à l'aise dans les cercles diplomatiques où son mariage la ferait entrer.

Et puis, bien sûr, il y avait le sexe.

Jack parvint à garder un air poliment attentif. Sa formation de diplomate et ses années d'expérience sur le terrain le lui permettaient. Néanmoins, chaque muscle de son corps se tendit tandis que des images trop vives de son week-end avec Gina l'assaillaient une fois de plus.

Il n'avait pas été un saint depuis la mort de sa femme, mais il n'avait pas non plus enchaîné les aventures. Cinq femmes en six ans, ce n'était pas ce qu'il appelait un record. Pourtant, durant les heures passées dans cet appartement de Beverly Hills avec Gina St. Sebastian, il s'était senti plus vivant qu'il ne l'avait été depuis…

Depuis Catherine.

Chassant la pointe de culpabilité que cette pensée provoqua, il reprit la parole.

— Veuillez me croire, duchesse, je veux vraiment le bien de votre petite-fille et de notre enfant.

La duchesse l'observa de son regard pâle et perspicace, durant d'interminables secondes. Jack avait affronté des dictateurs impitoyables, mais ils lui semblaient bien moins impressionnants que cette femme aux cheveux blancs et à l'apparence frêle.

— Vous pouvez m'appeler Charlotte, déclara-t-elle enfin. J'ai le sentiment que nous allons nous voir très souvent dans les semaines à venir.

— Je suis de votre avis.

— Maintenant, si vous voulez bien m'excuser, je dois aider Sarah à se préparer pour son voyage de noces.

- 2 -

Après le départ de Sarah et de Dev, Gina accompagna sa grand-mère et Maria vers la limousine qu'elle leur avait commandée.

— J'en aurai pour un moment, avertit-elle tandis que l'ascenseur s'ouvrait sur le hall élégant du Plaza. Je veux m'assurer que la famille de Dev a tout ce qu'il faut pour le voyage de retour, demain.

— Je suppose que l'assistant de Dev s'en est déjà chargé.

— C'est le cas. Il va également faire expédier les cadeaux de mariage à Los Angeles. Mais je dois vérifier l'effectif final et veiller à ce qu'il ait toutes les factures.

La duchesse se raidit, et Gina se réprimanda en son for intérieur. Pourquoi avait-il fallu qu'elle mentionne ces factures ? Comme Sarah et elle ne le savaient que trop bien, le coût du mariage avait failli devenir un sujet de discorde majeur entre Dev et la duchesse. Charlotte avait insisté pour prendre en charge les dépenses traditionnellement payées par la famille de la mariée. Le fait qu'ils soient parvenus à un accord qui ne ruine pas totalement la fierté de la duchesse témoignait des talents de négociateur de Dev.

Et voilà que Gina avait remis ce sujet sensible sur le tapis ! C'était la faute de Jack, songea-t-elle, agacée. Leur confrontation l'avait perturbée, et la perturbait encore. Pourquoi avait-elle accepté de déjeuner avec lui, demain ?

Elle essayait toujours de trouver une réponse quand la limousine s'arrêta devant l'entrée imposante du Plaza. Le chauffeur vint ouvrir la portière, mais avant de sortir, la duchesse se tourna vers Gina.

— Ne te surmène pas, Eugenia, avertit-elle. Une grossesse est épuisante, surtout pendant les premiers mois. Tu le constateras bientôt.

— La fatigue n'est pas encore un problème. Ni les nausées matinales, je touche du…

Elle regarda autour d'elle, en quête d'une surface de bois. Elle se contenta d'agiter la branche de l'un des arbustes taillés qui ornaient l'entrée.

— Cela dit, mes seins sont gonflés comme des ballons. Et mes tétons me font horriblement mal, constata-t-elle en roulant des épaules.

— Pour l'amour du ciel, Eugenia ! s'exclama la duchesse, lançant un regard vers le chauffeur au visage impassible. Nous poursuivrons cette discussion demain, veux-tu ?

Gina acquiesça et embrassa sa grand-mère sur la joue, respirant le parfum léger et si familier de la lavande et de la dentelle.

— N'oubliez pas de prendre vos médicaments avant de vous coucher.

— Je ne suis pas sénile, jeune fille. Je peux tout de même me souvenir de prendre deux petites pilules.

— Oui, grand-mère.

Prenant un air contrit, elle aida la duchesse à monter dans la limousine et se tourna vers l'Equatorienne qui était devenue une seconde mère pour sa sœur et elle.

— Vous resterez avec elle, Maria ? Je ne devrais pas en avoir pour plus d'une heure ou deux. Je vous enverrai une voiture pour vous ramener chez vous.

— Prends tout ton temps. La *duquesa* et moi, nous allons nous détendre et parler du beau mariage que tu as préparé.

— Je me suis plutôt bien débrouillée, non ?

Maria afficha un large sourire.

— *Sí, chica,* en effet.

Stimulée par le compliment, Gina retourna dans la salle de réception. La plupart des invités étaient partis. Y compris, constata-t-elle après un rapide regard circulaire, un certain ambassadeur arrogant qui s'était pointé à l'improviste. Elle aurait dû le faire raccompagner dès son arrivée. Etre flanqué à la porte aurait mis à mal son ego. Ou non. Il semblait aussi imperméable à ses piques qu'à son refus catégorique de l'épouser.

Jack ne comprenait pas pourquoi elle ne voulait même pas envisager ce mariage pour le bien de leur bébé. La duchesse non plus, d'ailleurs. Même si sa grand-mère et Sarah soutenaient sa décision, elle savait qu'elles s'interrogeaient devant son obstination. Car, John Harris Mason III avait l'étoffe d'un mari et d'un père. Il était riche, beau et charmant comme le diable qu'il voulait être.

C'était ce qui couvait sous la surface qui retenait Gina. Tout ce qu'elle avait lu sur le séduisant diplomate mentionnait que Jack avait enterré son cœur avec la jeune épouse qu'il avait fréquentée depuis le lycée et épousée le jour de leur remise de diplôme à Harvard. Catherine avait été aussi intelligente, sportive et politiquement engagée que son mari.

Au fond d'elle-même, elle savait bien qu'elle ne devrait pas se mettre en compétition avec le fantôme de son amour perdu. Et non parce qu'elle manquait de références. Certes, le duché de Karlenburgh n'était peut-être désormais qu'une obscure note de bas de page dans les livres d'histoire, mais sa grand-mère pouvait encore tenir son rang parmi les grands de ce monde. De plus, elle avait mis un point d'honneur à ce que ses petites-filles reçoivent une éducation digne de leur héritage. Toutefois, Gina avait obtenu son diplôme à Barnard avec tout juste la moyenne. Elle avait surtout excellé dans le domaine de la fête et, à ce jour, ne portait aucun intérêt à la politique.

En revanche, elle avait cultivé un intérêt pour Jack. Elle avait même envisagé une relation sérieuse pendant ce week-end fou. Elle qui abordait la vie et l'amour avec désinvolture, elle n'avait jamais rencontré quelqu'un d'aussi fascinant, distrayant et torride que Jack Mason.

Mais tout espoir de se fondre dans le moule d'une épouse de diplomate était parti en fumée quand elle avait découvert sa grossesse. Il était impossible de plonger dans la politique, le mariage et la maternité en même temps. Sur le plan émotionnel, elle avait déjà l'impression d'être embarquée sur des montagnes russes. Pour l'heure, son seul objectif était de prouver qu'elle était capable de prendre soin d'elle-même et du bébé.

— Vous avez organisé une fête superbe, jeune fille, observa une voix rocailleuse.

Un sourire aux lèvres, elle se tourna vers Patrick Donovan. L'assistant exécutif de Dev dirigeait son vaste empire d'une main de fer.

— Merci, Pat.

Grand, dégingandé et l'air tout à fait décontracté dans son smoking Armani, Donovan lui adressa un clin d'œil.

— Si vous décidez de revenir à Los Angeles, faites-le-moi savoir. Nous aurions bien besoin de quelqu'un qui ait vos talents d'organisatrice dans notre service du protocole. Régulièrement, nous accueillons des gros bonnets de l'industrie venant de Chine, d'Allemagne ou d'Australie.

— J'apprécie votre offre, mais je vais tenter de percer à New York. Et puis, je songe à retourner vivre chez grand-mère pendant les huit prochains mois.

Du moins, si la duchesse acceptait de l'accueillir. Le mariage de Sarah les avait tant occupées qu'elle n'avait pas encore eu l'occasion d'aborder la question. Sa sœur approuvait chaleureusement son projet, en tout cas. Elles détestaient l'une et l'autre l'idée que la duchesse vive seule maintenant que Sarah quittait la maison.

Et Gina pouvait bien l'avouer, elle avait besoin d'un endroit où vivre jusqu'à ce qu'elle trouve un emploi et s'assure une indépendance financière. Malgré sa détermination, elle devait avoir une base sur laquelle s'appuyer. Sa grand-mère ne s'opposerait pas à son retour. Du moins, elle l'espérait.

— J'ai de très bons contacts à New York, l'informa Patrick. Voulez-vous que je passe quelques coups de fil ? Que j'huile un peu les rouages ?

— J'ai besoin de réussir toute seule, Pat. Mais merci pour votre offre.

— Elle reste valable, répliqua-t-il en enroulant un bras autour de ses épaules. Appelez-moi si vous changez d'avis. Ou mieux, dites-le à votre nouveau beau-frère. Dev est une vraie pâte en ce moment. Il vous ouvrirait votre propre agence si vous y faisiez ne serait-ce qu'une allusion devant lui. Et avertissez-moi si vous voulez que j'expédie vos affaires.

— J'y penserai. Merci encore.

Gina sortit d'un taxi deux heures plus tard. Les tours en grès rouge du Dakota s'élevaient contre le ciel sombre. La résidence aux allures de château était l'une des adresses les plus prestigieuses de la ville. La duchesse y avait acquis un appartement peu après son arrivée à New York. L'achat avait sérieusement entamé sa réserve de bijoux, mais des investissements avisés durant les premières années, ainsi que la vente discrète d'un bracelet en diamants par-ci, d'un collier de rubis par-là avaient permis à Charlotte de garder l'appartement et de continuer à assurer un train de vie élevé à ses petites-filles.

Maintenir les apparences s'était avéré de plus en plus ardu, ces derniers temps. Les bijoux étaient partis. Ainsi que la plupart des robes haute couture et les tailleurs sur mesure qui avaient autrefois empli le placard de sa grand-mère. Passionnée par le style classique rétro, Sarah avait sauvé quelques tenues et économisé de l'argent en ne dépensant pas des fortunes dans de nouveaux vêtements, mais elle avait peiné à payer les factures sur son propre salaire.

Dev voulait faciliter les choses pour la grand-mère de sa femme. Cependant, comme pour le financement du mariage, reprendre la trésorerie de la duchesse impliquait de délicates négociations qui n'avaient pas encore abouti. Alors, elle devait prendre ses responsabilités. Elle ne pouvait pas simplement s'installer et s'attendre à ce que sa grand-mère subvienne à ses besoins. Elle devait participer, à sa manière.

Revigorée par ce regain de détermination, elle remercia Maria d'être restée et lui demanda de venir plus tard le lendemain.

— Je préparerai le petit déjeuner de grand-mère.

Maria sembla sceptique.

— En es-tu sûre, *chica ?* La *duquesa* aime ses œufs pochés d'une certaine manière.

— Je sais. Quatre minutes hors du feu après cuisson.

— Et pour son thé, il faut…

— Du thé noir Twinings. La voiture vous attend. Rentrez chez vous, et reposez-vous.

Maria n'avait toujours pas l'air convaincu, mais elle empoigna tout de même son grand sac à main.

— A demain.

A 8 h 30 le lendemain matin, Gina accueillit sa grand-mère dans la cuisine. La duchesse, élégante comme toujours, portait une longue jupe noire et une liquette de soie lavande. Ses cheveux étaient relevés en une couronne neigeuse impeccable. Gina remarqua avec une pointe d'inquiétude que sa grand-mère s'appuyait plus lourdement sur sa canne qu'à l'accoutumée.

— Bonjour, lança-t-elle, masquant sa préoccupation derrière un sourire joyeux. J'ai eu un message de Sarah, elle dit qu'il fait un temps splendide à Majorque.

— Je n'en doute pas. Es-tu en train de préparer le petit déjeuner ?

— Oui. Asseyez-vous, je vous apporte votre thé.

L'air surpris et un tantinet méfiant, la duchesse s'assit dans la salle ensoleillée du petit déjeuner, juste à côté de la cuisine. Le papier peint orné de feuilles de lierre, les coussins verts et les fenêtres surplombant Central Park semblaient introduire le printemps dans la pièce.

Elle versa de l'eau frémissante sur les feuilles, dans la théière Wedgwood préférée de sa grand-mère, et la posa sur la table. Pendant que le thé infusait, elle prépara des toasts et remit une casserole d'eau à bouillir avant d'y plonger deux œufs crus. La vue des jaunes lui donna un petit haut-le-cœur qui passa rapidement. Toujours aucun signe de nausées matinales, Dieu merci ! Avec un peu de chance, elle échapperait à ce désagrément.

— Voilà.

Elle n'avait pas pu empêcher les jaunes de se casser mais la duchesse la remercia avec un sourire et beurra sa tartine grillée. Devinant que Gina mijotait quelque chose, elle mâcha un coin de son toast et attendit patiemment.

Gina prit une grande inspiration, puis se lança.

— Je me demandais, grand-mère…

Mince ! Admettre qu'elle avait besoin de revenir vivre avec sa grand-mère jusqu'à ce qu'elle ait mis de l'ordre dans sa vie s'avérait plus difficile qu'elle ne l'avait cru.

— Je me suis dit que, peut-être, je pourrais vivre avec vous jusqu'à ce que je trouve un travail. Si ça ne vous ennuie pas, bien sûr.

— Eugenia, voyons !

La réaction de Charlotte fut prompte et sincère.

— Ça ne m'ennuie pas, ma chérie ! Tu es chez toi. Tu peux rester aussi longtemps que tu le souhaites. Toi et le bébé.

Gina ne pleurait pas. Non. Les larmes coulaient toutes seules à travers son sourire.

— Merci, grand-mère.

Les lèvres un peu tremblantes, la duchesse prit la main de sa petite-fille.

— Je dois dire que je n'étais pas pressée de tourner en rond dans cet appartement, maintenant que Sarah est partie. Je suis ravie que tu veuilles vivre ici. Auras-tu besoin de retourner à Los Angeles pour rassembler ses affaires ?

— Patrick, l'assistant de Dev, m'a proposé de s'en charger.

— Bien !

Charlotte serra sa main et prit sa fourchette.

— Sarah m'a dit que tu voulais te lancer dans la restauration, c'est ça ?

— Pas la restauration, l'organisation d'événements. J'en ai fait un peu à Los Angeles. Juste assez pour savoir que je suis meilleure pour organiser des fêtes que pour…

Elle parvint à rire malgré ses larmes.

— Que pour tout ce que j'ai essayé d'autre.

— Tu as accompli un excellent travail avec le mariage de Sarah, c'est indéniable.

Le compliment lui remonta le moral.

— Je trouve aussi.

Elle prit le temps de se réjouir, oubliant ses larmes un instant.

— Et le photographe du magazine de Sarah a réalisé des clichés et des vidéos magnifiques qui m'ont permis de me constituer un book numérique. Je viens de l'envoyer par e-mail à la femme qui me reçoit en entretien cet après-midi.

Sa grand-mère marqua une pause, sa fourchette en suspens.

— Tu as un entretien cet après-midi ?

— Oui. Avec Nicole Tremayne, directrice du groupe Tremayne. TTG a une douzaine de salles, dont trois ici en ville.

— J'ai connu un Nicholas Tremayne, il y a des années. Je l'ai très bien connu, en fait.

Elle sembla se perdre dans ses pensées pendant un instant. Puis elle posa sa fourchette.

— Cette Nicole doit être sa fille. Si c'est le cas, je téléphonerai à Nicholas et…

— Non, grand-mère, s'il vous plaît, supplia Gina.

— Mais pourquoi donc ? s'étonna la duchesse.

— Je veux réussir par moi-même.

— C'est tout à ton honneur, Eugenia, mais…

— Vous n'avez pas besoin de vous expliquer. Je sais que mon palmarès ne plaide pas en ma faveur. Quand on y ajoute ma grossesse, ce sera un miracle si je trouve le moindre emploi. Mais je veux essayer quand même, grand-mère. Vraiment.

— Très bien. Je n'interférerai pas.

— Merci. Dev et Patrick m'ont fait la même promesse. Et j'en demanderai autant à Jack quand je le verrai au déjeuner tout à l'heure.

La duchesse inclina la tête. Un soudain intérêt brillait dans son regard bleu pâle.

— Tu déjeunes avec Jack ? Pourquoi ? Je croyais que tu lui avais dit tout ce que tu jugeais nécessaire.

— C'est le cas. Plusieurs fois ! Mais il ne veut rien entendre.

— Alors, je te repose la question : pourquoi déjeunes-tu avec lui ?

— Il m'a harcelée pour que j'accepte, avoua Gina, dépitée. Ce qui explique pourquoi je ne veux pas l'épouser.

La duchesse prit son temps pour répondre, semblant choisir ses mots avec soin.

— En es-tu sûre, Eugenia ? Je chéris chaque seconde que j'ai passée avec ta mère, avec toi et avec Sarah, mais je parle en connaissance de cause quand je dis qu'élever un enfant seul peut être terrifiant parfois.

— Grand-mère !

Ses yeux s'embuèrent de nouveau. Clignant les yeux, elle mit son âme à nu.

— Je suis morte de peur, je l'avoue ! La seule chose qui me fasse espérer réussir, c'est vous, et l'amour dont vous nous avez abreuvées, Sarah et moi. Vous avez empli nos vies avec une telle joie, vous nous avez fait vivre tant de grandes aventures et vous le faites encore. Je peux offrir cela à mon enfant. Je sais que je le peux.

Le sourire de sa grand-mère lui réchauffa le cœur.

— Moi aussi, je sais que tu le peux.

Gina avait prévu de passer le reste de la matinée à se préparer pour son entretien avec Nicole Tremayne. Malheureusement, ses pensées n'avaient cessé de dériver vers Jack Mason, à son grand agacement.

Son irritation s'accrut quand elle se surprit à froncer les sourcils devant les quelques tenues qu'elle avait emportées avec elle. Elles étaient toutes colorées et gaies. Des minijupes aux imprimés audacieux. Des caleçons aux couleurs acidulées. Des T-shirts pailletés qui dévoilaient son nombril. En somme, des vêtements qui reflétaient sa personnalité, mais pas l'image qu'elle voulait donner à Mme Tremayne. Ou à un certain ambassadeur itinérant.

Désappointée, elle se rendit dans la chambre de Sarah, voisine de la sienne, et passa en revue les tenues classiques que sa sœur avait sauvées du placard de leur grand-mère. Après avoir écarté nombre de pièces, elle se décida pour un large pantalon noir. Elle l'associa à une veste de soie Valentino gris perle, rehaussée d'une fleur de la même étoffe sur l'un des revers. La veste la serrait un peu au niveau de la poitrine, mais lui donnait l'air mûr et responsable qu'elle recherchait. Une paire de ballerines noires et sages compléta sa tenue. Elle appliqua un maquillage léger et coiffa sa cascade de boucles blondes en chignon banane. Quand elle étudia le résultat final dans le miroir, elle en resta bouche bée.

Oh ! mon Dieu, je ressemble à grand-mère !

Si la duchesse se reconnut, elle se retint de le dire, heureusement. Mais Gina aperçut le regard un peu surpris qu'elle échangea avec Maria en constatant sa nouvelle apparence.

Si Gina avait eu besoin d'autres preuves de sa transformation, elle les aurait obtenues après son arrivée au Boathouse. Prisé par les touristes et les New Yorkais, le restaurant aux larges baies vitrées offrait une vue splendide sur le réservoir de Central Park. Les arbres qui l'entouraient contrastaient avec les gratte-ciel de Manhattan en arrière-plan.

Le bar et le restaurant étaient pleins. Tous les styles vestimentaires se mêlaient, depuis les costumes des cadres jusqu'aux tenues confortables en passant par le style chic décontracté. Malgré la foule, elle remarqua Jack aussitôt. Comme prévu, il avait pris une table dans un coin tranquille, avec une vue imprenable sur le réservoir. Elle resta un instant au sommet du petit escalier menant à la salle de restaurant, et posa la main sur la rampe pour garder l'équilibre.

Bonté divine. Ses hormones devaient sans doute lui jouer des tours, une fois de plus. Sinon, pourquoi se sentirait-elle chanceler en voyant la façon dont la lumière du soleil striait ses cheveux couleur fauve ? Et pourquoi aurait-elle le souffle coupé en admirant ses mains puissantes et bronzées qui tenaient le menu ? Vêtu de son smoking, hier, Jack avait déjà mis ses émotions sens dessus dessous. Dans sa chemise bleu pâle, dont les manches retroussées dévoilaient ses avant-bras musclés, il était encore plus dévastateur.

Elle se tenait encore à la rampe quand il leva les yeux. Il balaya l'entrée du regard, puis passa sur elle sans la voir. Enfin, il eut un petit sursaut. Il était un diplomate trop raffiné pour révéler davantage qu'un éclair de surprise, mais cet aperçu lui donna la dose d'adrénaline dont elle avait besoin. Adoptant un port altier de duchesse, elle sourit au chef de rang, qui se hâta de venir l'assister.

— Puis-je vous conduire à votre table ?

— Merci, mais j'ai vu la personne que j'attendais.

Elle adressa un signe de tête à Jack, qui se leva. Le serveur suivit son regard et lui tendit la main.

— Oui, bien sûr. Faites attention à la marche.

Jack s'était remis de sa surprise momentanée. Elle n'était pas sûre d'apprécier l'air amusé qui le remplaçait.

— J'ai failli ne pas te reconnaître, avoua-t-il. Tu adoptes un nouveau look ?

— A vrai dire, oui.

Elle s'assit à côté de lui, hésitant à lui parler de ses projets. Après un rapide débat interne, elle décida qu'il serait peut-être bon de lui faire savoir qu'elle avait, en effet, des projets.

— Je commence aussi une nouvelle activité. J'ai un entretien cet après-midi avec la directrice du groupe Tremayne. TTG est une grande société d'événementiel, avec des agences à New York, Washington et Chicago.

Le changement en Jack était si subtil qu'elle faillit ne pas le remarquer. Juste un léger raidissement des épaules. Elle se hérissa, pensant qu'il allait s'opposer à ce qu'elle fasse une incursion professionnelle dans le monde de la fête tout en portant son enfant. Mais il répondit calmement :

— TTG a aussi une agence à Boston. Ma femme avait fait appel à eux pour l'organisation de notre mariage.

- 3 -

— Jack !

Gina sentit son cœur se serrer instantanément. Elle ne voulait pas épouser Jack, mais elle ne voulait pas non plus lui faire de peine. Ignorant l'inconsistance évidente de cette pensée, elle sortit son téléphone portable de son sac.

— Je suis désolée. Je ne savais pas que tu avais ce lien avec TTG. Je vais annuler mon entretien.

— Attends, dit-il en posant la main sur son bras. J'admets que je préférerais ne pas te voir commencer une activité à New York. Ou dans une autre ville, d'ailleurs, mais…

— Mais ?

Il scruta son visage, l'air sombre.

— Es-tu vraiment déterminée à ne pas m'épouser, Gina ?

Elle posa le regard sur sa main puissante. La tension et la confusion des semaines passées l'empêchèrent d'offrir une réponse claire.

— En quelque sorte.

— Qu'est-ce que cela veut dire ?

Elle soutint son regard sérieux.

— Je t'aime bien, Jack. Quand tu n'es pas susceptible et autoritaire, je veux dire. Et puis, le sexe était fantastique entre nous.

Si fantastique qu'elle dut bloquer les images que ces mots avaient fait resurgir.

— Mais je crois… je sais que nous attendons tous les deux davantage d'un mariage.

Il garda le silence, et elle rassembla son courage.

— Parle-moi de ton épouse. Comment était-elle ?

Il recula sur sa chaise, retirant sa main. Elle eut l'impression qu'il se retirait lui aussi. Son regard se porta sur les barques et les gondoles qui glissaient sur le lac. Les ondes formées par les rames déformaient les reflets des tours qui s'élevaient au-delà des arbres feuillus du parc. Le bâtiment semblait flotter à la surface de l'eau.

— Catherine était drôle, intelligente et avait un service de tueuse, marmonna-t-il enfin. Sur un court de tennis, elle me battait à plates coutures. Elle aurait pu devenir joueuse professionnelle si elle n'avait pas été si passionnée par la politique.

Le serveur apparut à cet instant. Elle commanda un thé déthéiné à la mangue, et Jack un autre café. Ils écoutèrent le serveur leur présenter le plat du jour, et posèrent les menus sur la table quand celui-ci repartit. Elle craignait que l'interruption ait brisé le fil d'une conversation qu'elle devinait douloureuse, mais Jack reprit :

— Catherine et l'un de ses collègues faisaient du porte-à-porte afin de repérer les votants non-inscrits pour la campagne présidentielle. Elle a fait une rupture d'anévrisme et s'est évanouie. Selon les médecins, elle était morte avant d'avoir heurté le trottoir.

— Jack, je suis navrée.

— Nous avons appris après l'autopsie qu'elle avait un syndrome d'Ehlers-Danlos. C'est une maladie rare et héréditaire qui peut conduire les parois des vaisseaux sanguins à se rompre. Voilà pourquoi j'ai préparé ceci, ajouta-t-il en lui tendant un porte-documents de cuir.

A l'intérieur, elle découvrit une série de feuilles agrafés. Pendant un fol instant, elle crut qu'il s'agissait d'un contrat prénuptial. Ou d'un testament, désignant le bébé comme son héritier s'il devait mourir de manière aussi inattendue que Catherine. Ou…

— Ton obstétricien voudra un historique médical complet

des deux parents, expliqua-t-il calmement. Pour autant que je sache, je n'ai hérité d'aucune maladie rare, mais mon père et mon grand-père souffrent tous deux d'hypertension chronique, et ma mère a survécu à un cancer du sein. Qui est ton médecin, au fait ?

— Je n'en ai pas encore.

Il se rembrunit.

— Pourquoi attendre ? Tu aurais déjà dû passer ta première visite prénatale à l'heure qu'il est.

— C'est sur ma liste, juste après ma réinstallation à New York et le fait de trouver un travail.

— Mets l'obstétricien au sommet de ta liste, lui enjoignit-il, retrouvant sa tendance à vouloir tout diriger. Je paierai tes frais médicaux jusqu'à ce que tu aies un emploi.

— Non, monsieur l'Ambassadeur, c'est hors de question.

— Oh ! pour…

Il ferma les yeux un instant et adopta un ton calme et apaisant qui l'irrita plus encore.

— Ecoute, tu es actuellement sans emploi. Je suppose que tu n'as pas d'assurance maladie. Peu d'obstétriciens accepteront de te recevoir si tu ne peux pas garantir que tu es en mesure de payer leurs services.

— Je. Vais. Trouver. Un. Travail.

— D'accord, d'accord, concéda-t-il, levant une main dans un geste d'apaisement. Malgré tout, même si tu déniches un emploi dans les prochains jours ou les prochaines semaines, tes droits ne seront pas ouverts avant six mois au moins. Et puis, ils pourraient ne pas s'appliquer à un état antérieur.

Mince ! Elle n'avait pas songé à cela. Sa gorge se serra tandis que son château de cartes semblait s'effondrer devant ses yeux.

Non ! Hormones ou pas, elle n'allait pas fondre en larmes devant Jack.

Il avait dû sentir qu'elle tentait farouchement de garder le contrôle sur ses émotions, car il s'adoucit et abandonna ce ton raisonnable et si agaçant.

— C'est mon bébé aussi, Gina. Laisse-moi t'aider.

Elle pouvait composer avec le Jack autoritaire et arrogant. Le Jack aimable était plus difficile à gérer. Reculant sa chaise, elle se leva.

— Je dois aller aux toilettes.

Après avoir bien réfléchi, Gina revint à table et constata que le serveur avait apporté leurs boissons. Elle mit un édulcorant dans son thé et but une gorgée fortifiante avant d'admettre la vérité qui la dérangeait.

— Je n'avais pas songé à toutes ces questions d'assurance maladie. S'il s'avère que je ne peux pas avoir de droits à temps pour mes rendez-vous chez l'obstétricien, j'apprécierai ton aide.

— Tu l'as.

Il hésita un moment, puis reprit :

— Trouver un bon docteur n'est pas facile, surtout avec tout ce que tu as à gérer en ce moment. Je pourrais demander à mon directeur de cabinet de t'envoyer une liste des meilleurs médecins de la ville, qu'en dis-tu ? Il pourra aussi s'assurer qu'ils acceptent de nouveaux patients.

Et mettre en place un système de paiement, supposa Gina. Ravalant sa fierté, elle acquiesça.

— Volontiers.

— Tu n'auras qu'à m'appeler quand tu auras choisi un médecin. Ou appelle Dale Vickers, mon directeur de cabinet. Il s'assurera que ton rendez-vous s'adapte à mon emploi du temps.

— Ton emploi du temps ?

— Je viendrai de Washington pour t'accompagner, bien sûr. En supposant que je me trouve dans le pays.

— Oui, bien sûr.

L'idée qu'elle puisse tout faire toute seule était rapidement en train de se désintégrer. Essayant désespérément de garder contenance, elle prit son menu.

— Nous devrions commander. Mon rendez-vous chez Tremayne est à 14 h 30.

Jack laissa sa main planer au-dessus du menu.

— Ça pourrait te paraître un peu cynique, mais entre la famille de Catherine et la mienne, nous avons dépensé une somme indécente pour notre mariage. Je pourrais passer un coup de fil et…

— Non !

Elle serra les dents. Etait-elle la seule personne dans tout l'univers qui n'ait pas un contact chez TTG ? Et la seule idiote qui refuse d'exploiter les liens d'autrui ? Par pure obstination, elle secoua la tête.

— Tu n'appelleras pas. Tu ne tireras aucune ficelle. Et tu ne feras pas ton petit numéro d'ambassadeur. J'ai besoin de réussir par moi-même.

Il haussa un sourcil, mais n'insista pas. Après avoir fait signe au serveur de prendre leurs commandes, ils firent dévier la conversation sur des sujets plus neutres.

Elle retrouva bien vite sa bonne humeur. Jack la fit rire en lui racontant l'un de ses exploits sur le terrain et l'aida à prendre conscience, une fois de plus, du charme qu'il pouvait avoir quand il le voulait bien.

Et qu'il était sexy ! Si fichtrement sexy. Tout en savourant son gâteau au crabe, elle ne put s'empêcher d'admirer la façon dont les coins de ses yeux se plissaient quand il souriait. Et comment la lumière, se reflétant sur le lac, rehaussait l'or de ses cheveux. Quand il se pencha, elle vit ses muscles ondoyer sous sa chemise et se revit en train de passer ses paumes sur toute cette musculature puissante. Ce postérieur ferme. Ces cuisses d'acier. Ces biceps saillants et…

— Gina ?

Elle faillit s'étouffer.

— Désolée. Qu'est-ce que tu disais ?

— Je te demandais si tu voulais venir à Washington pour une courte visite. J'aimerais te montrer ma maison et te présenter à mes parents.

La requête était raisonnable. Il était naturel que les parents de Jack veuillent rencontrer la mère de leur petit-fils ou de leur petite-fille. D'après le peu que Jack lui avait dit sur son père très conservateur, elle avait le sentiment que John Harris Mason II ne l'accueillerait pas à bras ouverts.

— Nous en parlerons plus tard, esquiva-t-elle. Une fois que je serai installée et que j'aurai trouvé un emploi.

Ils terminèrent leur déjeuner et s'attardèrent quelques minutes autour d'un thé et d'un autre café. Elle commençait à se sentir nerveuse quand ils sortirent du restaurant. Jack l'accompagna dans le parc à présent rempli de cyclistes, de skateurs et d'amateurs de soleil étendus sur des bancs, les yeux clos et le visage offert au ciel.

Un groupe de touristes japonais s'était rassemblé autour de la fontaine Bethesda pour prendre des photos devant la statue de bronze de l'*Ange de l'eau*. A la timide demande des plus jeunes membres du groupe, Jack s'arrêta gentiment pour prendre une photo de toute la troupe. Tout le monde voulut une copie sur son propre appareil, et Gina finit par l'aider en lui passant une douzaine d'appareils. Quand ils eurent terminé, ils prirent la direction de la Cinquième Avenue. Lorsque Jack héla un taxi à son intention, elle sentit le stress peser sur ses épaules.

— Croise les doigts, murmura-t-elle sans réfléchir quand le taxi se gara le long du trottoir.

Ce fut seulement lorsqu'il lui ouvrit sa portière qu'elle se souvint qu'il préférerait ne pas la voir décrocher cet emploi, ou n'importe quel autre. Ce n'était pas un secret, il voulait lui passer la bague au doigt, et prendre soin d'elle et de leur enfant. Pourtant, il lui offrit un sourire charmant.

— Je vais faire mieux que ça. Voilà un baiser pour te porter chance.

Ce fut un baiser léger. Juste une caresse de ses lèvres sur les siennes. Du moins, au début.

Ensuite, elle ne put dire avec certitude qui avait initié le second baiser. Tout ce qu'elle savait, c'était que Jack avait posé une main sur sa nuque, qu'elle s'était mise sur la pointe des pieds, et ce qui avait commencé comme un porte-bonheur devint avide et enfiévré.

Quand Jack releva enfin la tête, elle vit son reflet dans son regard.

— Je… je dois partir !

Il la laissa s'échapper. Elle grimpa dans le taxi, et passa le court trajet jusqu'au siège du groupe Tremayne à essayer de se souvenir de toutes les raisons pour lesquelles elle avait tant besoin de cet emploi.

A 15 h 10, elle se répétait la même liste pour la cinquième ou sixième fois. Elle était assise dans l'espace d'attente ultramoderne de Nicole Tremayne depuis plus d'une demi-heure. Une réceptionniste surmenée répondait aux nombreux appels, et une succession d'employés entraient et sortaient du bureau de la directrice. En d'autres circonstances, Gina aurait quitté les lieux après un quart d'heure. Mais elle ne pouvait se permettre ce luxe désormais.

Alors elle avait utilisé son temps à relire les informations trouvées sur internet concernant le groupe Tremayne. Elle avait aussi étudié chaque page de la brochure de papier glacé destinée aux clients potentiels. Elle afficha un sourire forcé quand la réceptionniste la conduisit enfin dans le saint des saints.

Une fois à l'intérieur, elle s'arrêta net. Cette sombre caverne était donc le centre de commande d'une compagnie qui organisait plus de deux mille événements par an, dans une douzaine d'agences différentes ? Et ce minuscule tourbillon qui tempêtait derrière son grand bureau de marbre était la fameuse Nicole Tremayne ?

Elle ne devait pas dépasser un mètre cinquante-cinq, et

elle devait au moins douze centimètres à ses bottines rouge sang aux talons vertigineux. Gina songeait qu'elles juraient avec les bouclettes poivre et sel de Nicole quand celle-ci lui tendit la main.

— Pardon de vous avoir fait attendre. Eugenia, je crois ? Eugenia St. Sebastian ?

— Oui, je…

— Mon père avait un faible pour votre grand-mère. Je n'étais qu'une enfant à l'époque, mais je me souviens qu'il avait parlé de quitter ma mère pour elle.

— Oh ! eh bien…

— Il aurait dû. Ma mère était une vraie plaie.

Soulevant un épais livre d'échantillons de tissu d'une chaise, Nicole le laissa tomber sur le sol.

— Asseyez-vous, asseyez-vous.

Encore légèrement sonnée, Gina obtempéra. Nicole vida la chaise à côté de la sienne, et se percha au bord avec l'énergie nerveuse d'un colibri.

— J'ai regardé le book numérique du mariage de votre sœur. Joli travail. C'est vous qui avez tout organisé ?

— Avec de l'aide.

— De qui ?

— Andrew, au Plaza. Et Patrick Donovan. C'est le…

— Le bras droit de Dev Hunter. Je sais, nous avons organisé une grande soirée caritative pour le groupe Hunter l'an dernier. Trois mille invités à deux mille dollars la place. Alors, quand pouvez-vous commencer ?

— Je vous demande pardon ?

— L'une des assistantes de notre agence du centre-ville a été arrêtée pour possession de stupéfiants. Elle est libérée sous caution, mais je ne peux pas faire travailler une consommatrice de drogue chez TTG.

Elle plissa ses yeux brillants.

— Vous ne vous droguez pas, dites-moi ?

— Non.

— Il vaut mieux pour vous que ce soit vrai.

— C'est vrai.

Nicole hocha la tête.

— Bien. Vous avez une maigre expérience, mais un pedigree superbe. Si vous avez hérité de la moitié de la classe de votre grand-mère, et d'un quart de son intelligence, vous devriez pouvoir vous en sortir.

Gina ignorait si elle devait prendre cela comme un compliment ou une insulte. Elle essayait encore de le déterminer quand sa directrice potentielle continua d'un ton brusque :

— Vous avez également grandi ici. Vous connaissez la ville, et vous savez comment vous comporter avec notre clientèle cible. Et le book élégant que vous m'avez envoyé montre que vous avez du sens artistique et que vous savez manier les outils informatiques. Que vous puissiez gérer les fournisseurs et vous adapter au travail d'équipe reste à voir, mais je suis prête à vous donner une chance. Quand pouvez-vous commencer ?

Demain !

La réponse joyeuse avait bien failli lui échapper. Elle refréna son enthousiasme.

— Je peux commencer n'importer quand, mais il y a une chose que je dois vous dire avant que nous n'allions plus loin.

— Laquelle ?

— Je suis enceinte.

— Et je suis épiscopalienne. Et ?

Se pouvait-il vraiment que ce soit aussi facile ? Elle en doutait. Des doutes s'infiltrèrent à travers son euphorie.

— Ma grand-mère vous a-t-elle téléphoné ? demanda-t-elle. Ou Pat Donovan ?

— Non.

Elle serra la mâchoire. Alors, c'était sûrement Jack.

— Dans ce cas, je suppose que vous avez parlé à l'ambassadeur.

— Quel ambassadeur ?

— Jack Mason.

— Jack Mason.

Mlle Tremayne se tapota le menton d'un ongle au vernis laqué aussi rouge que ses bottines.

— Pourquoi ce nom me dit-il quelque chose ?

Gina se garda de mentionner que TTG avait organisé le mariage de Jack. Pour une raison qu'elle déterminerait plus tard, cette pensée était trop douloureuse.

— Qui est-ce ? demanda Mlle Tremayne. Et pourquoi m'aurait-il appelé ?

— C'est un ami.

C'était le mieux qu'elle ait pu trouver.

— Je lui ai parlé de notre entretien et… et je me suis dit qu'il avait peut-être appelé pour appuyer ma candidature.

— Eh bien, cela ne fait certainement pas de mal d'avoir un ambassadeur dans ses relations, mais non, il ne m'a pas téléphoné. Bon, vous voulez cet emploi, oui ou non ?

Elle devrait sans doute poser quelques questions avant de se lancer. Se renseigner sur le salaire, les horaires, les avantages éventuels. Mais elle était trop excitée pour formuler la moindre interrogation.

— Oui, madame, je le veux.

— Bien. Mon assistante vous dirigera vers notre responsable du personnel. Vous pouvez remplir les documents nécessaires sur place. Et appelez-moi Nikki, ajouta-t-elle tandis que sa nouvelle employée bondissait de sa chaise pour sceller leur accord par une poignée de main.

Gina quitta le groupe Tremayne trente ou quarante formulaires plus tard. Le salaire était moindre que ce qu'elle avait espéré, mais la description de ses tâches la faisait sourire. En tant qu'organisatrice assistante, elle participerait à toutes les phases d'opération pour l'agence du centre-ville. Elle préparerait des soirées, des banquets et des salons professionnels.

Elle concevrait des thèmes pour répondre aux désirs des clients. Créerait des menus. Contacterait les fournisseurs pour les repas, les boissons et les décors. Elle se chargerait des limousines, de la sécurité, des solutions de parking.

Mieux, la responsable du personnel avait affirmé que les possibilités d'avancement étaient grandes chez TTG. La perspective d'une promotion dansait devant ses yeux quand elle sortit de la tour abritant le siège de la compagnie. En plongeant dans la lumière encore vive de cette belle journée de mai, elle songea qu'elle devait annoncer la nouvelle à quelqu'un. Son premier réflexe, presque instinctif, fut d'appeler Jack. Elle avait son téléphone dans la main mais elle hésita. Pourquoi lui ?

La réponse était simple. Elle avait envie de pavoiser.

Non, à la réflexion, la réponse n'était pas si simple. Elle voulait prouver qu'elle n'était pas seulement drôle et insouciante.

Elle devrait sans doute attendre d'avoir exercé ce travail pendant plusieurs semaines ou plusieurs mois avant de prétendre une chose pareille. Alors, elle décida d'envoyer un SMS à Sarah. Le message était court et tendre.

Je suis une future maman qui travaille. Appelle-moi quand Dev et toi ferez une pause.

Elle prit un taxi pour retourner dans l'Upper West Side, et se rendit dans une épicerie à quelques rues du Dakota. Osterman's occupait le même endroit en vue que depuis la Grande Dépression. Gina et Sarah avaient développé leur passion pour le corned-beef dans l'espace repas minuscule de l'épicerie. Elles s'accordaient encore ce plaisir chaque fois qu'elles étaient en ville, mais la cible de Gina ce soir était la vitrine de cheese-cakes. Avec une précision infaillible, elle choisit son gâteau préféré, mais aussi celui de sa grand-mère et celui de Maria.

— Une part de cheese-cake chocolat blanc-framboise,

une autre citron vert, et une pomme-caramel, s'il vous plaît. Et une part à l'ananas, ajouta-t-elle après réflexion.

Les boîtes de cheese-cake dans une main, elle prit une bouteille de champagne frais au rayon des vins. Elle dut chercher un équivalent sans alcool, qu'elle trouva près des jus de fruits. Elle ajouta une tranche de brie et un pain croustillant dans son panier. En chemin vers la caisse, elle passa devant une étagère contenant une sélection de caviars.

En découvrant le prix d'un pot de cent grammes d'oscière de la mer Caspienne, elle reçut comme un coup de poing sur la tête. Prenant une grande inspiration, elle se rappela que c'était le caviar préféré de sa grand-mère. La duchesse trouvait le béluga trop salé, et le sévruga trop iodé. Elle fit un rapide calcul. Sa carte de crédit lui permettrait d'acheter un pot. Peut-être.

A son grand soulagement, elle sortit de chez Osterman's sans qu'on lui confisque sa carte de paiement. Une rue et demie plus tard, elle approchait du Dakota avec tous ses achats.

— Laissez-moi vous aider !

Le portier en poste d'aussi loin que remontent ses souvenirs accourut à sa rencontre. Elle ne le dirait jamais devant lui, mais elle soupçonnait Jerome d'avoir pris ses fonctions à peu près à l'époque où Osterman's avait ouvert ses portes.

— Vous auriez dû appeler un taxi, lady Eugenia.

Sarah et Gina avaient passé l'essentiel de leur vie d'adulte à essayer de convaincre Jerome de laisser tomber leurs titres creux. Elles avaient fini par convenir que c'était peine perdue.

— Ça ira, protesta-t-elle quand il tenta de prendre ses paquets. Prenez juste celui-ci.

Elle sortit d'un des sacs une boîte triangulaire. Jerome regarda à l'intérieur et sourit.

— Du cheese-cake à l'ananas ! Vous n'avez pas oublié que c'était mon préféré.

Ses émotions la submergèrent de nouveau, quand elle

songea à la loyauté et au dévouement dont Jerome faisait preuve depuis tant d'années.

— Comment pourrais-je oublier ! s'exclama-t-elle avec un accroc dans la voix. Vous me donniez quelques dollars supplémentaires chaque fois que j'allais chez Osterman's.

Pendant un instant, elle crut que le portier embarrassé lui tapoterait la tête comme il l'avait fait tant de fois quand elle était enfant. Mais il se contenta de faire un commentaire sur les bouteilles qu'il apercevait dans son sac.

— Vous fêtez encore le mariage de lady Sarah ?

— Non. Cette célébration est en mon honneur. Je reviens vivre à New York, Jerome.

— Lady Eugenia, c'est merveilleux ! J'avoue que j'étais un peu inquiet pour la duchesse.

— Il y a autre chose. J'ai un emploi.

— Félicitations.

— Oh ! ajouta-t-elle par-dessus son épaule quand elle fut dans le hall. Je suis aussi enceinte.

- 4 -

Gina entra dans l'agence TTG du centre-ville à 9 h 30 le lendemain. Elle n'en sortit que bien après minuit.

A son arrivée, elle avait été impressionnée. Ce qui avait autrefois été un entrepôt de briques en ruines avec vue sur l'East River était maintenant un luxueux complexe à la façade de verre, qui abritait des bureaux, des restaurants et des salles de divertissement. TTG occupait une suite de quatre étages légèrement en retrait, au centre du complexe. Le groupe disposait d'un jardin privé au rez-de-chaussée et d'une terrasse au dernier étage, qui offrait une vue panoramique sur le fleuve.

Une jeune femme aux cheveux rouge vif ornés de barrettes en forme d'ailes bleues était assise derrière un bureau d'accueil de verre et répondait aux nombreux appels. Gina attendit qu'elle ait terminé une conversation et en ait mis deux autres en attente avant de se présenter.

— Je suis Gina St. Sebastian, la nouvelle…

— Organisatrice assistante. Dieu merci, vous êtes là ! Je suis Kallie. Samuel est dans la salle de réception. Il m'a dit de vous envoyer directement le voir. Troisième étage, les ascenseurs sont sur votre droite.

Elle employa le court trajet à vérifier son allure dans les miroirs de la cabine. Elle avait laissé ses cheveux lâchés sous le foulard fuchsia parsemé de cristaux qu'elle avait noué au sommet de son crâne. Une ceinture de la même nuance ceignait la taille de sa tunique J. Crew vert pomme. Puisque c'était son premier jour de travail, elle avait choisi un pantalon noir assez sobre. Elle repassa une couche de gloss et prit une grande inspiration. Puis la porte de l'ascenseur s'ouvrit, et elle plongea dans un tourbillon de bruit et d'agitation.

Une petite armée de travailleurs en bleus de travail disposait des chaises pliantes autour de tables rondes. Les membres d'une autre équipe, en pantalon noir et chemise blanche, s'affairaient derrière les premiers. Ils drapaient les chaises de housses vertes chatoyantes, et les tables de nappes dorées. Juste après eux, une autre équipe dressait les tables. Des décorateurs concentrés érigeaient une cité d'émeraude fantastique à coups d'agrafeuses, ce qui ajoutait au vacarme assourdissant. Un parfum enivrant de magnolias émanait de dizaines de hauts arbustes posés sur des chariots, qui attendaient d'être disposés dans la salle.

Absorbant l'énergie comme une éponge, elle se faufila entre les tables pour rejoindre un grand homme maigre aux cheveux en bataille, un porte-bloc dans une main, un talkie-walkie dans l'autre, et un micro-casque Bluetooth sur la tête.

— Pas *Le Magicien d'Oz,* criait-il dans son casque. Bon sang, mais qui demande encore Judy Garland de nos jours ? C'est le nouveau film. *Le Monde… le Monde…*

Fronçant les sourcils, il claqua des doigts dans sa direction.

— *Le Monde fantastique d'Oz,* offrit-elle docilement.

— C'est ça. *Le Monde fantastique d'Oz.* C'est un film Disney avec Rachel Weisz et…

D'autres claquements de doigts.

— Mila Kunis.

— Voilà, Mila Kunis. C'est la musique que les clients ont demandée.

Il se renfrogna encore.

— Bien sûr que non. Reste en ligne.

Il tourna vivement la tête vers elle et cria :

— Vous êtes la nouvelle assistante ?

— Oui.

— Samuel Degrange.

— Ravie de vous…

Il balaya les politesses d'usage d'une main impatiente.

— Montez dire au DJ de s'activer. Les clients ne veulent pas Dorothy et Toto, bon sang ! Ensuite, assurez-vous que le barman sache comment préparer une concoction verte et pétillante censée faire penser aux enfants qu'ils dansent sur un chemin de brique jaune amélioré.

Huit heures et demie plus tard, Gina avait enfilé le costume de Glinda la bonne sorcière, et procédait frénétiquement à des changements de dernière minute dans le plan de salle. Kallie, la réceptionniste, en costume de munchkin, notait les places sur des cartons pour les vingt invités supplémentaires que la mère de l'invitée d'honneur avait oublié avoir conviés à la sortie de la synagogue après la bat mitzvah de sa fille Rachel.

Environ six heures plus tard, Gina s'effondra sur une chaise drapée de vert et observa les décombres. Des serpentins irisés vert et or, des boîtes de bonbons vides et quelques tiares en émeraude jonchaient la piste de danse. Les banquettes sur lesquelles les soixante-quinze enfants avaient démoli des méchants numériques au moyen de lasers verts étaient en train d'être démontées. Il ne restait que quelques miettes du gâteau à quatorze étages décoré de tours et de tourelles scintillantes. Les enfants l'avaient dévoré avec presque autant d'enthousiasme que les deux cents parents, grands-parents, tantes, oncles, cousins et amis avaient eu pour vider le bar à l'étage.

Gina étendit ses chaussons argentés pailletés et offrit un sourire à l'homme en fer-blanc qui s'affala sur la chaise à côté d'elle.

— C'est amusant, ce métier, commenta-t-elle.

— Vous trouvez ?

Samuel recula son chapeau de fer et lui adressa un sourire amer.

— On en reparlera quand un garçon d'honneur éméché aura vomi sur vos chaussures. Ou que vous aurez passé deux heures à chercher dans une pile d'ordures les boucles d'oreilles en diamants et saphirs d'une invitée. Boucles qu'elle retrouvera dans son sac, comme elle vous l'apprendra plus tard.

— Au moins, celle-ci vous a prévenu qu'elle les avait retrouvées, répondit Gina en riant.

— C'est l'une des rares. Car les tarifs de notre assurance explosent après chaque événement.

Il lui lança un regard en biais.

— Vous avez bien travaillé, ce soir, St. Sebastian. Mieux que je ne l'espérais quand j'ai lu votre CV.

— Merci. Enfin, je crois.

— Juste une chose, vous devez toujours surveiller le rythme de la fête. Les gens commençaient à s'impatienter quand le gâteau est arrivé.

Elle se mordilla la lèvre. Inutile de rappeler à son nouveau patron qu'il l'avait envoyée sur la terrasse pour réprimander quelques fumeurs mineurs juste au moment où elle allait envoyer le gâteau en salle.

— Je m'en souviendrai, promit-elle.

— Alors, rentrez chez vous maintenant. Je vais recompter la recette du bar et laisserai cette pagaille à l'équipe de nettoyage.

Elle n'allait pas protester.

— Je vous vois demain.

— A 9 heures tapantes, avertit-il. Nous avons un premier rendez-vous pour un mariage. Je parle, vous écoutez et vous apprenez.

Elle fit un salut militaire.

— Oui, monsieur.

— Seigneur, il vous reste assez d'énergie pour ça ?

Sans attendre sa réponse, il la chassa d'un geste du pied.

— Allez, rentrez chez vous.

La bat-mitzvah sur le thème du *Monde fantastique d'Oz* fut un entraînement efficace pour se préparer aux dizaines d'événements qui suivirent durant le mois de mai. Elle fut happée dans un tourbillon de fêtes de mariages, de fiançailles, d'anniversaires, de remises de diplômes et de communions. Elle gagna un peu plus d'expérience et de confiance à chaque événement.

A tel point que Samuel lui délégua bientôt la pleine responsabilité de l'informatique et des commandes auprès des fournisseurs. Il la chargea aussi de lui soumettre de nouvelles idées de thèmes et de décors. Sans interruption, elle l'aida à organiser un mariage tout en blanc, un bal des débutantes raffiné en rouge et noir et une fête de fiançailles pieds dans l'eau, dans une propriété privée des Hamptons. Et elle frappa un grand coup : décrocher une brève apparition de Justin Bieber au banquet des Girl Scouts à l'automne prochain. Il serait en ville pour un autre événement, et elle avait tiré sur la corde sensible de son agent jusqu'à ce que l'idole des adolescentes donne son accord.

Mais toutes les fêtes ne se passaient pas toujours aussi bien. Munie de son téléphone et de son talkie-walkie, elle apprit à gérer des crises mineures comme l'oubli d'un repas casher pour le rabbin, un marié surpris en train de batifoler avec la demoiselle d'honneur dans la suite nuptiale du quatrième étage, et un invité ivre retenu en otage par un chauffeur de limousine furieux qui exigeait réparation pour les dégâts causés aux sièges en cuir de son véhicule.

Au milieu de toute cette folie, elle déballa les cartons que l'assistant de Dev lui avait envoyés de Los Angeles, et accueillit sa sœur et son nouveau beau-frère à leur retour de lune de miel. Sarah, la duchesse et elle avaient toutes les yeux humides quand les jeunes mariés repartirent, en quête d'une maison à acheter près du siège de la société de Dev, en Californie.

Miracle suprême, Gina réussit à obtenir un rendez-vous

avec le meilleur médecin de la courte liste de trois noms que Jack lui avait envoyée. Elle le soupçonnait d'avoir usé de son influence ou de son nom de famille pour s'assurer qu'elle ait une place. Si tel était le cas, elle n'y voyait pas d'objection. La santé de son bébé passait avant sa fierté.

Comme promis, elle appela le bureau de Jack pour lui communiquer la date du rendez-vous. Une secrétaire lui passa son directeur de cabinet.

— Dale Vickers à l'appareil, mademoiselle St. Sebastian. L'ambassadeur est en conférence. Puis-je vous aider ?

— Jack m'a demandé de lui donner la date et l'heure de mon rendez-vous prénatal. Ce sera jeudi, à 15 h 15, avec le Dr Sondra Martinson.

— Je consulte son agenda… L'ambassadeur est indisponible jeudi. Je vous prie de prendre un autre rendez-vous et de me rappeler.

La réponse était aussi courte qu'elle était autoritaire. Elle regarda le téléphone d'un air surpris, avant de le coller de nouveau contre son oreille.

— Contentez-vous de dire à Jack de me rappeler, répondit-elle d'un ton doucereux. Nous nous débrouillerons seuls.

Son interlocuteur avait dû se rendre compte de son erreur, car il tenta de reprendre le terrain qu'il venait de perdre.

— Je suis désolé si je vous ai paru abrupt, mademoiselle St. Sebastian. Simplement, l'ambassadeur participe à une conférence toute la semaine prochaine avec des officiers supérieurs du Département d'Etat. Ils évalueront la sécurité des ambassades américaines à la lumière des récentes attaques terroristes. Assurer la sécurité de notre personnel consulaire à l'étranger est un objectif primordial.

Remise à sa place, elle allait céder quand il fit une suggestion.

— Si j'appelais le cabinet du Dr Martinson pour prendre un rendez-vous qui soit compatible avec l'emploi du temps de l'ambassadeur ?

— Ça n'ira pas. Il faut aussi tenir compte de mon propre emploi du temps.

— Je suis sûr que vous pourrez caler un rendez-vous entre deux fêtes pour préadolescents.

La pique à peine voilée la laissa bouche bée. Quel était le problème de cet homme ?

— Je suis sûre que oui, rétorqua-t-elle d'une voix encore plus sucrée. Après tout, la facture de notre dernière fête pour préadolescents ne s'élevait qu'à soixante-cinq mille dollars et des poussières. Dites à Jack de m'appeler. Nous trouverons une solution.

— Vraiment, mademoiselle St. Sebastian, il est inutile de déranger l'ambassadeur pour une question aussi insignifiante.

Elle sentit la colère envahir tout son corps. Etant donné sa nature joyeuse et insouciante, elle n'avait jamais cru à l'expression voir rouge. Elle y croyait désormais.

— Ecoutez, pauvre crétin, vous considérez peut-être que le bébé de l'ambassadeur est une question insignifiante. Je suis certaine qu'il ne sera pas de cet avis. Le rendez-vous a lieu jeudi prochain à 15 h 15. Point.

Comme prévu, elle arriva au cabinet du Dr Martinson avec une demi-heure d'avance. Le temps requis pour la signature des formulaires qu'elle avait téléchargés sur le site internet du cabinet. Elle n'avait pas eu de nouvelles de Jack ni de son austère directeur de cabinet. Aussi ne fut-elle pas surprise de ne pas voir son visage familier dans la salle d'attente.

Ce qui la surprit en revanche, ce fut la profondeur de sa déception. Elle avait été si occupée qu'elle n'avait pas eu le temps de s'attarder sur les sentiments confus que Jack Mason lui inspirait. Sauf le soir, quand elle se couchait, épuisée et euphorique, et qu'elle regrettait de ne pas avoir quelqu'un à qui raconter sa journée. Ou quand son corps lui rappelait qu'elle n'était plus seule à l'habiter. Ou quand elle remarquait un homme grand et bronzé de l'autre côté d'une salle, dans la rue ou dans le métro.

— Ne sois pas bête, marmonna-t-elle tandis qu'elle signait les formulaires à la chaîne. Il rend le monde plus sûr pour nos diplomates. C'est tout ce qui compte.

Elle se concentrait si furieusement sur le porte-bloc qu'elle n'entendit pas la porte de la salle d'attente s'ouvrir.

— Bien, je ne suis pas en retard.

Au son de cette voix, elle releva la tête en sursaut.

— Jack ! Je croyais… Vickers a dit que…

Quel moment mal choisi pour avoir les larmes aux yeux ! Comment pouvait-elle gérer les crises au travail avec un sourire joyeux, et se transformer en mauviette dès que Jack apparaissait ?

— Vickers m'a rapporté ce qu'il a dit.

En souriant, il s'assit sur la chaise à côté d'elle.

— Il m'a aussi raconté ce que tu as répondu.

— Ah oui ? Eh bien, il ne faut pas contrarier une femme enceinte.

— Je m'en souviendrai.

La culpabilité s'infiltra dans le plaisir simple et hédoniste de regarder son beau visage. Elle laissa tomber le porte-bloc sur ses genoux et grimaça.

— Tu n'aurais pas dû venir. Vickers a dit que tu avais une conférence très importante toute la semaine.

— Nous avons traité le dernier des points importants ce matin. Ne reste plus qu'à approuver le rapport, une fois qu'il sera rédigé. Je peux le faire par e-mail sécurisé. Ce qui signifie, ajouta-t-il tandis qu'il parcourait les formulaires du regard, que je n'ai pas à retourner à Washington tout de suite. Regarde, tu as oublié de signer celui-ci.

Elle griffonna sa signature et tenta de ne pas tirer de conclusions sur sa décision de s'attarder en ville. Ce fut difficile.

— Si tu n'as pas de projets pour ce soir, je me suis dit que je pourrais vous emmener dîner, la duchesse et toi.

Son cœur tressauta.

— Je ne peux pas ! J'ai un anniversaire de mariage, ce soir. J'ai dû me sauver pour honorer ce rendez-vous.

— Et demain ?

Son cœur battit encore plus vite.

— Tu seras encore là demain ?

— En fait, j'ai dit à Dale d'annuler tous mes rendez-vous jusqu'à lundi.

— Je parie qu'il était ravi.

— Il n'est pas aussi méchant que ça, Gina. Vous avez juste démarré du mauvais pied, tous les deux.

— Mauvais pied, mauvais genou, mauvaise hanche et mauvais coude. Depuis combien de temps travaille-t-il pour toi, en fait ?

— Cinq ans.

— Et personne ne t'a jamais dit à quel point il était autoritaire ou condescendant ?

— Non.

— C'est seulement avec moi, dans ce cas. Ou alors, il craint que les paparazzis ne s'en donnent à cœur joie quand ils apprendront que tu m'as mise enceinte.

— Ils le feront sans doute, répondit-il sans parvenir à retenir une grimace. Mais quand ça arrivera, tu pourrais peut-être utiliser une autre expression pour décrire la situation.

— Vraiment ? Quelle expression me suggérez-vous, monsieur l'Ambassadeur ?

— Pardon. Je ne voulais pas paraître pompeux.

Ses excuses l'apaisèrent suffisamment pour qu'elle reconnaisse ses torts.

— Je suis désolée, moi aussi. Je sais que la grossesse te causera quelques soucis. Je vais essayer de ne pas en rajouter.

— Le seul aspect embarrassant dans toute cette situation, c'est que je ne peux pas convaincre la mère très belle et très têtue de mon enfant de m'épouser.

Elle aimerait le croire, mais elle n'était pas naïve. Elle se mordilla la lèvre un instant, avant de formuler l'inquiétude qui la taraudait depuis la Suisse.

— Dis-moi la vérité, Jack. Est-ce que cela aura un impact sur ta carrière ?

— Non.

— Peut-être pas au Département d'Etat, mais ensuite ? J'ai lu quelque part que des comités d'action politiques puissants songent à toi pour la présidence, dans un futur pas si lointain.

— Gina, écoute-moi.

Il lui releva le menton et s'assura d'avoir toute son attention.

— Nous nous sommes rencontrés, nous avons éprouvé une attirance mutuelle, et nous avons passé du bon temps ensemble. Puisque aucun de nous n'était, ou n'est, engagé avec quelqu'un d'autre, les seuls qui soient affectés par le résultat de cette rencontre, ce sont toi, moi, et notre bébé.

— Eh bien, c'était un beau discours, monsieur l'Ambassadeur. Ces comités ont peut-être raison. Tu devrais viser le Bureau ovale. Tu aurais mon vote.

Il caressa sa joue du pouce.

— Je préférerais avoir ta signature sur un acte de mariage.

Peut-être... peut-être était-elle aveugle et butée, et avait-elle tout à fait tort sur cette idée de mariage. Il ne l'aimait pas, et après ? Il la désirait, et Dieu savait à quel point elle le désirait. Leur enfant ne pourrait-il pas être un pont menant à quelque chose de plus ?

Bon sang, quel genre de mère plaçait ses espoirs et ses rêves sur les minuscules épaules d'un bébé ?

— Nous avons déjà eu cette discussion, répliqua-t-elle.

Avec un haussement d'épaules, elle recula un peu.

— Inutile de ressasser le sujet.

Il sembla surpris, mais aussi déçu, ou irrité. Avant que Gina puisse déchiffrer son expression, une infirmière apparut dans la salle d'attente. Elle portait une blouse rose et bleue, décorée de cigognes délivrant des petits bébés.

— Mademoiselle St. Sebastian ?

— C'est moi.

— Si vous voulez bien me suivre, je vais vous mesurer et vous peser, puis vous conduire à la salle d'examen.

Gina recula sa chaise. Jack se leva en même temps qu'elle.

— S'il vous plaît, attendez ici, monsieur St. Sebastian, ordonna l'infirmière avec un sourire amical. Je viendrai vous chercher dans quelques minutes.

L'expression de Jack suffit à disperser les pensées moroses de Gina. Réprimant son envie de rire, elle suivit l'infirmière. Quand Jack la rejoignit dans la salle d'examen, quelques minutes plus tard, elle portait une blouse de papier bleu nouée sur le devant et arborait un grand sourire.

— J'ai rectifié ton nom.

— Moui.

— Allons, taquina-t-elle, avoue que c'était drôle !

Ce que Jack ne pouvait avouer en revanche, c'étaient les pensées qui lui traversaient l'esprit. Comment avait-il pu oublier les seins de Gina, pleins et généreux ? Ou était-ce la grossesse qui avait développé la poitrine laiteuse qu'il apercevait par le col de sa blouse ?

Peu importait ! Ce n'était vraiment pas le moment. Il se traitait de tous les noms quand le médecin entra.

— Bonjour, mademoiselle St. Sebastian. Je suis le Dr Martinson.

Petite femme menue aux cheveux gris, elle serra la main de sa patiente avant de se tourner vers Jack.

— Et vous êtes l'ambassadeur Mason, le père du bébé ?

— C'est ça.

— J'ai lu vos historiques médicaux et familiaux respectifs. Je suis ravie qu'aucun de vous ne fume, ne se drogue ou ne boive en excès. Cela me facilite grandement la tâche.

Elle leur offrit un sourire approbateur avant de s'adresser à Gina.

— Je vais demander des tests pour confirmer votre groupe sanguin et votre rhésus. Nous allons aussi vérifier l'anémie, la syphilis, l'hépatite B et le virus VIH, ainsi que votre immunité à la rubéole et à la varicelle. J'aurai également besoin d'un échantillon d'urine.

Le ton amical du médecin le détendit… jusqu'à ce qu'il la voie prendre une paire de gants de caoutchouc d'un distributeur mural.

— Débarrassons-nous de l'examen pelvien, ensuite nous parlerons de ce que vous devez attendre dans les prochains mois.

Le Dr Martinson avait dû remarquer l'air inquiet de Gina, car elle lança aussitôt :

— Si vous attendiez dehors, monsieur l'Ambassadeur ? Je n'en ai que pour quelques minutes.

- 5 -

Quand Jack accompagna Gina hors du complexe médical en cette fin d'après-midi, il était un peu sonné.

Initialement, la nouvelle de sa future paternité l'avait stupéfié. Une fois remis, il était rapidement passé de la confusion à l'excitation, puis avait concentré son énergie à convaincre la mère de son enfant de l'épouser. A présent qu'il avait un guide pour futur père rangé dans la poche de son imperméable et que le premier examen prénatal était derrière lui, il commençait à apprécier à la fois la réalité et l'immensité de la route qui se profilait devant lui.

Gina, à sa grande surprise, semblait vivre sa grossesse sans difficulté. Tel un magnifique papillon, elle avait opéré une métamorphose presque complète. Certes, elle n'avait guère eu le choix. Avec la maternité, elle semblait s'être départie de son personnage de noceuse désinvolte. La femme hystérique qui avait appelé Jack de Suisse avait également disparu. Ou peut-être ces personnages avaient-ils fusionné pour produire la nouvelle Gina. Une femme toujours pleine de vie, toujours d'une beauté indicible, mais étonnamment responsable.

Elle avait écouté tout ce que le médecin avait dit, posé des questions mûrement réfléchies, et consigné les réponses avec le plus grand scrupule. Elle avait aussi surfé sur le calendrier de son téléphone pour programmer une visite au laboratoire, et les rendez-vous futurs avec le Dr Martinson.

Entre-temps, elle avait géré une série de coups de fil professionnels. Oui, elle avait confirmé la livraison de la sculpture de glace ; non, leurs clients n'avaient pas demandé de permission spéciale pour leur petit-fils actuellement en prison afin qu'il assiste à leur cinquantième anniversaire de mariage ; et, oui, elle venait de sortir du cabinet du médecin et s'apprêtait à sauter dans un taxi.

Il attendit sur le trottoir pendant qu'elle terminait ce dernier appel. Le ciel gris et lourd n'assombrissait pas le lustre de sa chevelure. Avec sa masse de boucles brillantes, sa tunique jaune bouton d'or et son caleçon à motifs jaunes et turquoise, elle illuminait la journée pourtant maussade.

Il sentit le désir monter en lui quand il se souvint d'avoir exploré les courbes généreuses cachées sous cette tunique colorée. Il se remémora aussi le baiser qu'ils avaient partagé, la dernière fois qu'il l'avait mise dans un taxi. Il avait passé plus de temps à essayer d'analyser sa réaction à ce baiser qu'il ne voulait l'admettre. Il y pensait encore quand Gina raccrocha.

— Je dois filer, déclara-t-elle. Si tu veux toujours nous emmener dîner grand-mère et moi, je suis libre demain soir.

— Ça me va.

— Je vais m'assurer que cela lui convient, et je te rappelle.

Il descendit du trottoir et héla un taxi. Elle approcha de la portière et sembla hésiter.

Se souvenait-elle de la dernière fois où il l'avait mise dans un taxi, elle aussi ? A la perspective de la reprendre dans ses bras, une onde d'excitation le saisit. Il avait fait un pas en avant quand elle demanda d'un ton incertain :

— Aimerais-tu voir où je travaille ?

L'intensité de sa déception le surprit, mais il la masqua derrière un sourire décontracté.

— Oui, volontiers.

— Il faudra que ce soit bref, prévint-elle quand ils montèrent dans le taxi. Nous finalisons la préparation d'une fête de deux cents invités.

— Qui n'inclut pas le petit-fils en prison.

— Croisons les doigts pour qu'il ne fasse pas son apparition. Je n'aimerais pas voir les policiers de la NYPD débarquer juste au moment où nous faisons défiler les gâteaux.

— Vous faites défiler des gâteaux ?

— Parfois. En l'occurrence, nous allons prendre beaucoup de précaution. C'est une création de quinze étages, une réplique du phare du cap Hatteras, le lieu où nos clients se sont fiancés.

Elle consulta son téléphone et montra à Jack une image du célèbre phare aux rayures noires et blanches qui gardait les côtes de la Caroline du Nord.

— Le pâtissier et moi, nous avons eu besoin de plusieurs séances pour trouver un moyen d'enfouir la batterie dans la base du gâteau, et d'allumer la lumière stroboscopique au sommet, sans faire fondre tout le joli glaçage noir et blanc.

— Je suis impressionné.

Et pas seulement par l'ingéniosité et la créativité dont elle faisait manifestement preuve dans son nouvel emploi. Son enthousiasme brillait dans son regard bleu intense, et la vivacité qui l'avait attiré chez elle affleurait de nouveau sous la surface.

— Avec un peu de chance, nos clients seront aussi impressionnés que toi. Nous allons décorer toute la salle sur le thème des plages de la Caroline du Nord. Il y aura du sable, des coquillages et de vieux bateaux, et assez de filets de pêche et de bouées colorées pour fournir la flotte de l'Atlantique.

Spontanée et involontaire, une comparaison s'infiltra dans son esprit entre la femme à côté de lui et la femme qu'il avait aimée de toutes les fibres de son être. Les images de Catherine commençaient à s'estomper, cependant, malgré tous ses efforts pour les graver dans sa mémoire. Il devait désormais se concentrer pour se souvenir de ses rires. Elle avait toujours été très impliquée sur le plan social et politique. Elle s'était amusée, certainement, mais elle n'avait pas considéré la vie comme une aventure, contrairement à Gina.

Et elle ne se serait pas remise si vite du tourbillon d'émotions que Gina avait vécu en Suisse.

Tandis que celle-ci continuait sa description de l'événement de la soirée, les souvenirs de sa femme refluèrent dans les lointains recoins de son esprit. Et quittèrent tout à fait ses pensées quand Gina et lui arrivèrent dans la salle du groupe Tremayne.

Il aurait pu se croire sur une plage de l'Atlantique. Ebahi, il regarda les dunes de sable, la barque retournée, les vagues virtuelles qui s'écrasaient contre un mur parsemé de lumières LED.

— Ça alors ! Tu as tout fait toute seule ?

— Loin de là. C'est surtout mon patron, Samuel, et… oh oh ! Voilà Samuel. Il est avec notre grande patronne. Excuse-moi un instant, je ferais mieux d'aller voir ce qui se passe.

Jack reconnut aussitôt la petite femme aux boucles poivre et sel. Nicole Tremayne n'avait guère changé en huit ans. L'une des employées de l'agence de Boston s'était chargée du mariage de Jack et Catherine, mais Nicole était venue spécialement de New York pour superviser elle-même la somptueuse cérémonie.

Le regard distrait qu'elle lui lança s'aiguisa soudain. L'air pensif, elle échangea quelques mots avec Gina, puis se dirigea vers lui.

— John Harris Mason, lança-t-elle en lui serrant la main. J'aurais dû faire le lien quand Gina m'a demandé si Jack Mason m'avait contactée.

— J'espère que vous avez répondu non. Elle a failli m'arracher les yeux quand j'ai proposé de vous appeler pour appuyer sa candidature.

— Ah, oui ? Intéressant.

Le menton relevé, Mlle Tremayne l'étudia de son regard perçant. Elle n'osa pas lui demander de but en blanc s'il était le père du bébé de Gina, mais la question se lisait sur son visage.

— J'ai été navrée d'apprendre le décès de votre femme, déclara-t-elle après un instant.

— Merci.

Quelle réponse creuse ! Mais il l'avait dite tant de fois que le mot ne semblait plus aussi amer dans sa bouche désormais.

— Vivez-vous toujours à Boston ? demanda-t-elle.

— Non, je travaille pour le Département d'Etat maintenant. Pour l'instant, je suis en mission à Washington.

— Mmm.

Elle tapota un ongle rouge vif contre son menton.

— C'est bon à savoir.

Sur ce commentaire énigmatique, elle prit congé de lui et retourna à ses employés. Gina revint quelques instants plus tard.

— Je suis navrée, Jack, nous allons devoir reporter la visite. Je dois m'occuper d'un problème de sculpture sur glace.

— Pas de souci. Fais-moi savoir si la duchesse est d'accord pour le dîner demain soir.

— Promis.

La duchesse avait non seulement accepté le dîner, mais elle l'avait invité à passer prendre l'apéritif chez elle.

Jack passa toute la journée au Bureau du contre-terrorisme de la NYPD, créé après le 11 Septembre. Si la coordination entre les agences fédérales, d'Etat et locales avait augmenté de manière exponentielle depuis ce jour funeste, il était toujours possible d'améliorer les choses. Les officiers de la police de New York étaient particulièrement intéressés par la rencontre récente de Jack avec une cellule terroriste, farouchement anti-américaine, basée au Mali. Ils écoutèrent attentivement chaque détail sur l'armement et les tactiques des terroristes, et sur les profils de deux Américains récemment identifiés comme membres du groupe. Puisque les parents de l'un des expatriés vivaient à Brooklyn, la police craignait à juste titre que le fils essaie de revenir dans le pays.

Jack reçut de son côté un rapport complet sur le Lower Manhattan Security Initiative. Conçu pour protéger le capital financier de la nation, le LMSI mêlait une présence policière accrue et les dernières technologies en matière de surveillance, à travers un partenariat entre les secteurs public et privé. Des personnes du gouvernement et du monde des affaires se relayaient au centre des opérations du LMSI pour détecter et neutraliser les menaces potentielles. Jack partit en espérant que cette coopération unique en son genre ferait des émules.

Il retourna à son hôtel et demanda à son chauffeur de l'attendre pendant qu'il changeait de chemise et faisait disparaître sa barbe naissante. Une demi-heure plus tard, il déclina son identité au portier en uniforme posté devant le Dakota. La sécurité de la célèbre résidence s'était considérablement renforcée après que l'un de ses plus célèbres locataires, John Lennon, avait été tué à quelques mètres seulement de l'entrée. Il ne vit aucun inconvénient à fournir son nom, à être observé de près et à attendre patiemment pendant que le portier appelait l'appartement.

— La duchesse vous attend, monsieur. Vous connaissez le numéro de l'appartement ?

— Oui.

— Très bien. Les ascenseurs sont sur votre droite.

Une femme aux cheveux sombres et à la silhouette généreuse qu'il se souvenait d'avoir vue au mariage lui ouvrit la porte. Elle avait un air poli, mais il perçut une certaine désapprobation dans son expression.

— *Holà*. Je suis Maria, employée de maison de la *duquesa*, et tatie de Sarah et Gina.

Tatie ? Cela expliquait l'air désapprobateur. Elle le tenait manifestement pour unique responsable de la grossesse de Gina, au terme de leur marathon sexuel.

— Bonsoir, Maria. Je vous ai vue au mariage de Sarah, mais je n'ai pas eu l'occasion de me présenter. Je suis Jack Mason.

— *Sí,* je sais. Je vous en prie, entrez. La *duquesa* vous attend dans le salon.

Il la suivit le long d'un couloir carrelé de marbre de Carrare rose pâle. Un parfum délicat de fleurs d'oranger émanait d'une coupe de cristal Waterford posée sur une console de style rococo. A voir le mobilier élégant, on n'aurait pas deviné que la duchesse était au bord de la banqueroute. Il remarqua quelques faibles indices, cependant, quand Maria le conduisit dans le salon au haut plafond.

Le sol marqueté était une véritable œuvre d'art, mais réclamait un tapis persan fait main pour adoucir sa surface dure. Sur le papier peint de soie moiré, il distingua plusieurs rectangles à peine plus clairs, où des tableaux avaient dû être accrochés autrefois. Cependant, la décoration était un talentueux mélange d'ancien et de moderne, et les grandes fenêtres encadrées de rideaux de velours bleu pastel offraient une vue fabuleuse sur Central Park. Ces rapides impressions passèrent au second plan quand il remarqua la femme assise très droite dans un fauteuil au dossier de cuir, sa canne à portée de main. Fine et frêle comme elle l'était, Charlotte St. Sebastian dominait néanmoins le salon de son air altier.

— Bonsoir, Jack.

Elle lui tendit une main striée de veines saillantes. Il la serra doucement, et se souvint qu'au mariage de Sarah la duchesse lui avait demandé de l'appeler par son prénom.

— Bonsoir, Charlotte.

— Gina a téléphoné. Elle a été retenue à son travail, mais ne devrait pas tarder.

Elle lui fit signe de s'asseoir à côté d'elle.

— Maria, demanda-t-elle en souriant, pourriez-vous apporter le plateau d'amuse-bouches avant de partir ?

Quand l'employée de maison obtempéra, la duchesse

désigna une desserte sur laquelle trônait un seau couvert de buée et un assortiment impressionnant de carafes de cristal.

— Puis-je vous offrir un apéritif ?

— Volontiers.

— Je crains de devoir vous demander de vous servir vous-même. Le vin est un blanc français particulièrement raffiné, quoique certaines personnes trouvent l'aligoté un peu trop léger à leur goût. Ou…

Elle souleva le minuscule verre à liqueur posé sur la table à côté d'elle, et fit tourbillonner son liquide ambré.

— Vous aimeriez peut-être essayer la *žuta osa*. Elle est produite dans les montagnes qui faisaient autrefois partie du duché de Karlenburgh.

La neutralité du commentaire ne le trompa pas une seconde. Il avait bu trop de verres avec des dignitaires étrangers et avalé trop de mixtures locales puissantes pour ne pas se méfier de celle-ci. Il se versa donc un verre de vin.

Maria revint avec un plateau argenté contenant une sélection de fromages, d'olives et de tranches de melon vert entourées de jambon de Parme. Elle posa le plateau sur la table basse en marbre.

— Merci, dit Charlotte avec un sourire plein de gratitude et d'affection. Vous devriez y aller, il ne faudrait pas que vous manquiez votre bus.

— Je prendrai le suivant.

Le rapide regard qu'elle lança à Jack indiquait qu'elle n'allait pas laisser son amie et employeuse entre ses griffes. Cela n'échappa pas à la duchesse.

— Tout ira bien, assura-t-elle. Allez attraper votre bus.

Maria n'avait pas l'air de vouloir bouger, mais elle écouta tout de même la duchesse. La porte de la cuisine battit derrière elle. Quelques instants plus tard, ses pas lourds résonnèrent dans le couloir.

— En fait, déclara-t-il quand il eut repris sa place à côté

de la duchesse, je suis heureux que nous ayons un peu de temps tous les deux.

— Vraiment ?

— Comme vous le savez, Gina et moi ne nous connaissions pas beaucoup quand nos existences se sont retrouvées inextricablement liées.

— Je suis au courant.

Décidant qu'il serait sage d'ignorer l'expression douloureuse sur le visage de Charlotte, il poursuivit.

— Je commence à peine à apprécier la femme sous son apparence éblouissante. J'espère que vous m'aiderez à mieux la connaître en m'en disant un peu plus sur elle.

La duchesse haussa un sourcil d'un air aristocratique.

— Vous ne vous attendez tout de même pas à ce que je vous aide à la convaincre de vous épouser ?

— En fait, c'est exactement ce que j'espère.

— Eh bien !

Elle leva son sourcil d'un cran supplémentaire.

— Pour un diplomate de carrière, vous êtes très franc.

— J'ai découvert que la franchise fonctionnait mieux pour les questions difficiles.

— C'est ainsi que vous désignez ma petite-fille ? rétorqua-t-elle d'un ton hautain. Une question difficile ?

Il ne prit pas la peine de masquer ses sentiments.

— Difficile est un euphémisme. Pour être franc, votre petite-fille est la question la plus difficile, la plus récalcitrante, et la plus irritante que j'ai jamais eue à traiter.

L'air stupéfié de son hôtesse lui disait plus clairement que des mots qu'il avait dépassé les limites. Il allait se répandre en excuses quand, à sa grande surprise, la duchesse éclata de rire.

— Vous savez, dit-elle enfin, que Gina pense exactement la même chose de vous ?

— Oui, madame, je le sais.

L'air toujours amusé, elle termina sa liqueur.

— Je vous en sers un autre ? proposa-t-il.

— Non, merci. Mon médecin tient à ce que je me limite à un verre par jour. C'est un vieux monsieur pointilleux, mais il m'a gardée en vie jusqu'ici, alors je suppose que je ne peux pas me plaindre. Bien, que voulez-vous savoir à propos de Gina ?

Avec l'impression d'avoir traversé un champ de mines particulièrement dangereux, Jack se détendit.

— Tout ce que vous voudrez bien me raconter. Peut-être pourriez-vous commencer par son enfance. Quel genre de bêtises faisait-elle ?

— Quel genre ne faisait-elle pas, plutôt !

Une lueur de tendresse passa dans ses yeux clairs.

— Je me souviens d'un incident en particulier. Elle n'avait pas plus de sept ou huit ans à l'époque. Maria les avait emmenées au parc, avec Sarah, et Gina a disparu. Elle nous a toutes plongées dans une panique totale. La police la recherchait quand elle est revenue à la maison plusieurs heures plus tard, accompagnée d'une femme sans abri infestée de poux. Elle était tombée sur la dame endormie sous un buisson, et avait trouvé inacceptable de la laisser sur le sol froid et dur. Je crois que cette femme est restée presque une semaine chez nous, jusqu'à ce que Gina soit satisfaite des dispositions que nous avions prises pour l'aider.

Le récit placide de Charlotte ajoutait une autre pièce à la mosaïque que constituait Gina St. Sebastian. Il tentait d'assembler les différentes parties pour former un tout cohérent quand la porte d'entrée claqua.

— C'est moi, grand-mère ! Jack est-il arrivé ? demanda Gina depuis l'entrée.

— Oui, répondit la duchesse. Nous sommes dans le salon.

Avec un sursaut d'adrénaline, il se leva pour accueillir Gina. Son sourire faiblit et faillit disparaître quand elle apparut.

— Pardon pour mon retard.

— Eugenia ! s'écria la duchesse. Tes cheveux !

— C'est joli, non ?

Gina lissa ses mèches raides et mauves et adressa un sourire malicieux à sa grand-mère.

— Nous donnons une fête d'anniversaire demain sur le thème des mangas. Je suis Yuu Nomiya.

— Je n'ai pas la moindre idée de ce qu'est un manga ou Yuu, mais j'espère sincèrement que cette couleur n'est pas permanente.

— Elle disparaîtra après quelques lavages, assura-t-elle.

Elle offrit un sourire contrit à Jack.

— Je suis désolée de t'avoir fait attendre. Il n'est pas trop tard pour notre réservation, j'espère ?

— Nous avons encore beaucoup de temps.

Il s'efforça de garder les yeux sur son visage et de ne pas s'attarder sur la crinière mauve qui l'encadrait.

— Veux-tu boire quelque chose ? proposa-t-il. Je fais le service.

— Avec plaisir !

Elle se laissa tomber sur le canapé et surprit les expressions soudain désapprobatrices que sa grand-mère et lui arboraient.

— Quoi ? Oh ! je ne veux rien d'alcoolisé. Juste un soda tonique, avec beaucoup de glaçons.

Il lui apporta sa boisson et l'écouta expliquer le concept des mangas japonais à sa grand-mère. Tout en parlant, elle dévora l'essentiel des amuse-bouches.

A son crédit, la duchesse semblait sincèrement curieuse du phénomène qui déferlait sur le monde. Ou peut-être montrait-elle seulement de l'intérêt pour sa petite-fille. Quelle qu'en soit la raison, elle posa une série de questions très intelligentes, auxquelles Gina répondit avec enthousiasme… au début. Petit à petit, ses réponses se firent plus courtes, et plus embrouillées. Elle s'adossa contre les coussins du canapé. Quand ses paupières s'alourdirent et qu'elle perdit le fil de ce qu'elle disait, la duchesse soupira.

— Eugenia, ma chérie, tu es épuisée. Va te coucher.

La consigne s'avéra inutile. Sa petite-fille s'était endormie en un éclair.

— Je l'avais prévenue, maugréa Charlotte d'un ton à la fois affectueux et exaspéré. Les premiers mois de grossesse sont épuisants.

— Le Dr Martinson a dit la même chose.

— Nous allons devoir renoncer à notre dîner, Jack. Elle a besoin de repos.

— Bien sûr.

Quand la duchesse saisit sa canne et la pointa sur sa petite-fille endormie, il recula sa chaise.

— Ne la réveillez pas.

Se penchant vers elle, il la porta dans ses bras. Elle marmonna quelque chose d'inintelligible et se blottit contre lui. Son parfum et son corps voluptueux lui enflammèrent ses sens. D'une voix soudain rauque, il demanda :

— Où se trouve sa chambre ?

- 6 -

Gina faisait un rêve magnifique. Elle était blottie entre des bras forts, et maintenue contre un torse chaud et ferme. Elle se sentait en sécurité. Chérie. Comme un objet précieux et fragile, alors que même dans son rêve elle savait qu'elle ne l'était pas. Savourant la sensation, elle ignora la fichue pression au creux de son ventre, et blottit le nez dans quelque chose de doux et de souple.

Ce quelque chose, son esprit embrumé le détermina un instant plus tard, était son oreiller. Et cette pression irritante venait de sa vessie. Elle ouvrit un œil et distingua vaguement les contours de sa chambre. Dans la faible lumière émise par la lampe de chevet, elle constata qu'elle était sous le duvet en satin qu'en temps normal elle laissait plié au bord du lit. Et elle était tout habillée.

Grommelant, elle s'appuya sur un coude et s'assit. Ses vêtements tout froissés la serraient et la grattaient. De longues mèches mauves lui barraient les yeux. Elle les écarta et rejeta le duvet sur le côté. Encore hébétée, elle se dirigea vers la salle de bains. Une fois de retour dans la chambre, elle retira ses vêtements et retourna dans son lit, cette fois entre les draps.

Le sommeil l'envahit. Elle se laissa porter par les réminiscences de son rêve. Ces bras puissants… Ces battements de cœur réguliers sous sa joue.

— Jack ?

Elle se rassit de nouveau, soudain tout à fait éveillée, et se tourna. Les draps de l'autre côté du lit étaient parfaitement lisses et plats. Une déception intense et tout à fait absurde la saisit.

Idiote ! Tu croyais qu'il allait être couché dans ton lit, avec toi ? Avec ta grand-mère qui dort à quelques mètres ?

Elle se rallongea et remonta les draps jusqu'à son menton. Au bout de quelques secondes, sa déception se transforma brusquement en un désir aigu qui alla directement de ses seins à son ventre. Et qui s'étendit à toutes les fibres de son corps, au point que ses ongles la picotèrent.

Elle fixa le plafond, le souffle de plus en plus court. Des images jaillirent dans son esprit. Jack, penché au-dessus d'elle, les muscles lisses et tendus. Jack, qui riait tandis qu'elle l'allongeait sur le dos et le chevauchait. Et qui, la mâchoire serrée, empoignait ses hanches nues et se redressait pour accompagner ses mouvements.

Elle aurait dû s'y attendre. L'un des dépliants que le Dr Martinson lui avait donnés portait précisément sur la question de la libido, exacerbée durant la grossesse. Les hormones déchaînées, les seins sensibles, les afflux sanguins. Tous ces éléments mis ensemble pouvaient former un cyclone de désir insatiable.

Et elle était en plein dedans. Elle avait envie de Jack. Elle le voulait sur elle, en elle et…

— Oh ! pour l'amour du ciel !

Sortant du lit, elle se dirigea droit vers sa coiffeuse en marbre, surmontée d'un miroir en triptyque et dotée de multiples petits tiroirs. Elle avait passé d'innombrables heures devant cette table. D'abord enfant, quand elle jouait à se déguiser avec les perles de grand-mère et le peignoir en dentelle de Sarah. Puis, préadolescente, lorsqu'elle paradait en sous-vêtements devant le miroir, avec ses amies. Et pendant ses années lycée, période des premiers produits de maquillages, des billets doux et des bijoux offerts par les nombreux garçons charmés par ses courbes généreuses.

Les billets doux et les petits bijoux avaient disparu depuis longtemps, mais son fidèle vibromasseur était rangé dans son tiroir habituel. Elle ne s'en servait pas souvent, mais cette… cette faim qui la rongeait constituait une urgence médicale.

Une telle urgence que le soulagement fut presque instantané. Et bien trop court ! Elle tenta de plonger son corps languide et sans force dans le sommeil. Toutefois Jack ne cessait de s'interposer. Avait-il été déçu qu'elle manque le dîner ? Grand-mère et lui étaient-ils allés au restaurant sans elle ? Essaierait-il de la revoir avant son retour à Washington ?

Elle devrait attendre pour avoir les réponses à ses questions. La fête d'anniversaire sur le thème des mangas commençant à 11 heures, elle devait se rendre au travail bien avant que la duchesse ne soit levée. Maria venant plus tard le samedi matin, Gina ne la verrait pas non plus.

Elle envisagea d'appeler Jack pendant le court trajet en métro, mais les souvenirs bien trop vivaces de son désir brûlant de la nuit dernière la contraignirent à renoncer. Les images dans son esprit la faisaient déjà rougir. Entendre sa voix, grave et chaude, produirait sans doute des effets encore plus visibles. Elle n'allait pas arriver au travail avec les tétons qui pointaient à travers son soutien-gorge et son chemisier.

Cela n'empêcha pas lesdits tétons de se dresser quand Jack la contacta juste après 9 h 30.

— Comment vas-tu, ma petite marmotte ?

— Mieux que hier soir.

Coinçant le téléphone entre son menton et son épaule, elle imprima le plan de salle final et le tendit à Kallie pour que celle-ci ajoute les numéros des tables à côté des noms.

— Pardon de t'avoir fait faux bond.

— Pas de problème. La duchesse ne voulait pas te laisser seule, alors nous nous sommes fait livrer à dîner.

— Corned-beef et pain de seigle de chez Osterman's, je parie ?

— Comment le sais-tu ?

— C'est ce que nous commandons en général.

— Nous avons eu une longue et agréable discussion pendant le dîner.

— Ouh là ! J'espère qu'elle ne t'a pas tout raconté de ma folle jeunesse.

— Pas tout, non. Elle a dit que tu devrais dévoiler le reste toi-même. Elle a aussi révélé qu'elle serait à son club d'opéra ce soir. Alors, nous ne serons que tous les deux. Nous pouvons prévoir un autre dîner. A moins que tu ne doives travailler…

Il lui avait laissé une porte de sortie. Le fait qu'elle n'ait même pas envisagé de la prendre en disait long sur son état.

— Je surveille le démarrage de la fête, mais Samuel se charge de la fin. Je devrais être rentrée pour 15 heures.

— Alors, je passe te prendre.

— C'est un peu tôt pour dîner, fit-elle valoir.

— Nous trouverons quelque chose à faire en attendant.

Elle avait perdu sa belle insouciance quand elle s'installa dans le taxi, à côté de lui. Avec un gémissement, elle appuya sa chevelure mauve contre le dossier de la banquette.

— La prochaine fois que je te dis préparer une fête d'anniversaire pour une flopée d'enfants de huit et neuf ans, sois gentil, tire-moi dessus.

— C'était si terrible ?

— Pire encore.

— J'imagine que tu n'as pas la force pour une balade sur la Cinquième Avenue, alors.

— Est-ce que j'ai l'air d'être prête pour une balade ?

— Eh bien…

Elle pencha la tête et l'étudia à travers ses cils bordés de mauve.

— Toi, en revanche, tu sembles si détendu et si frais que c'en est écœurant.

Jack rit et décida de ne pas l'ennuyer avec les détails de sa journée, qui avait commencé à 4 h 32 par un appel du Bureau de surveillance des crises du Département d'Etat. Une foule en colère s'était rassemblée devant l'ambassade américaine d'Islamabad, et un débat faisait rage dans le Département pour savoir s'il fallait ou non envoyer une équipe anti-terroriste. Heureusement, la foule s'était dispersée sans qu'aucun tir ne soit échangé, mais il avait passé le reste de la matinée et le début de l'après-midi à lire les messages et à analyser les événements qui avaient mené à ce rassemblement apparemment spontané.

Même si la crise avait été évitée, il savait qu'il aurait dû sauter dans le premier avion pour Washington. Sa décision de rester à New York un soir de plus l'avait surpris presque autant que Dale Vickers, son directeur de cabinet.

Jack avait rencontré Dale à Harvard, plus précisément à la Kennedy School of Government. Comme Jack, Dale avait travaillé pour le Service extérieur et passé presque dix ans sur le terrain, jusqu'à ce que des crises d'asthme de plus en plus fortes l'enchaînent à un bureau, au siège du Département d'Etat. Employé célibataire et très dévoué, Vickers passait quatorze à seize heures par jour à travailler.

Jack appréciait l'abnégation de son second. Mais il n'avait pas apprécié le dédain dans la voix de Vickers, quand celui-ci avait appris que son patron comptait rester un jour de plus à New York.

— Jusqu'ici, nous avons réussi à cacher à la presse votre relation avec Mlle St. Sebastian. Je ne suis pas sûr que nous puissions continuer très longtemps.

— Cela ne m'inquiète pas et cela ne doit pas vous inquiéter non plus.

— C'est facile à dire pour vous, avait rétorqué Dale, montrant un côté prude dont il n'avait pas conscience. C'est moi qui gère les relations avec les médias.

— Encore une fois, vous n'avez pas à vous inquiéter. Si la

nouvelle se répand, ou quand elle se répandra, Mlle St. Sebastian et moi gérerons la situation.

Un court silence avait accueilli sa réponse. Il avait travaillé suffisamment longtemps avec Vickers pour savoir que celui-ci ne lui avait pas révélé le fond de sa pensée.

— Peut-être voudriez-vous discuter de l'angle sous lequel nous pourrions aborder la grossesse de Mlle St. Sebastian avec votre père, monsieur l'Ambassadeur. Il a exprimé des opinions assez tranchées sur la question quand il a téléphoné et que je lui ai appris que vous vous trouviez à New York.

— D'abord, avait rétorqué Jack froidement, je ne veux parler de mes affaires personnelles avec personne, et encore moins avec mon père. Deuxièmement, il n'y a pas d'angle à trouver. Gina St. Sebastian est enceinte de mon enfant, point. Ce qui arrivera ensuite, ce sont nos affaires. Pas celles des médias. Ni celles du Département d'Etat. Ni celles de mon père. Ni les vôtres. Compris ?

— Oui, monsieur.

— Bien. Je vous informerai quand j'aurai réservé mon avion pour Washington.

Les fragments de la conversation se rejouaient dans son esprit tandis qu'il étudiait les cils mauves de Gina. Quand il posa le regard sur ses cheveux assortis, il se surprit à réprimer une légère angoisse à la perspective de tomber sur un paparazzi. Il imaginait sans mal la réaction de son père si Gina se retrouvait en couverture des journaux à scandales, avec cette allure de personnage de manga.

John Harris Mason II pleurait encore la mort de Catherine, mais ces dernières années, il s'était employé à lui trouver une remplaçante convenable. De préférence, une héritière passionnée par la politique, comme sa défunte belle-fille. Il accepterait une candidate avec des atouts moindres, à la limite. Mais Gina… ?

— A quoi penses-tu ? demanda-t-elle, le ramenant à l'instant présent.

Oubliant ses soucis, il se concentra sur elle et détendit ses jambes.

— Je songeais que j'ai sauté le déjeuner. Et toi ? As-tu picoré dans le menu de cette flopée de bambins ?

— Sûrement pas, répliqua-t-elle en haussant les épaules avec un tremblement exagéré. Mon corps ne peut pas engranger de telles doses de sucre.

Son corps, et son bébé.

Maintenant seulement Gina appréciait le virage à cent quatre-vingts degrés que son hygiène de vie avait pris. Elle avait arrêté l'alcool dès qu'elle avait soupçonné une grossesse. Après son premier rendez-vous avec le Dr Martinson, elle avait aussi arrêté la caféine et commencé à prendre des gélules pleines de vitamines, de fer et d'acide folique. Elle n'avait encore eu aucune envie soudaine au beau milieu de la nuit mais, soudain, elle éprouva le besoin de manger un hot dog recouvert de choucroute.

— Un pique-nique, ça te dit ? demanda-t-elle. L'un de mes vendeurs de snacks préférés se trouve près de Bryant Park. Nous pourrions prendre de gros hot dogs juteux, nous asseoir sur un banc et observer les gens.

— Je suis partant.

Bryant Park rassemblait tout ce que Gina aimait à New York. Situé entre la Cinquième et la Sixième Avenue, et bordé à l'est par la New York Public Library, la deuxième plus grande bibliothèque du pays, il formait un îlot de verdure dans un océan de gratte-ciel. En semaine, les employés de bureau emplissaient les bancs du parc ou s'étendaient sur la pelouse à l'heure du déjeuner. S'ils en avaient le temps et l'énergie, ils pouvaient aussi se lancer dans une partie de ping-pong, de backgammon ou d'échecs. Les touristes étaient attirés par les manèges aux couleurs gaies, les concerts gratuits, les films en plein air… Ils déambulaient dans les kiosques vitrés ou s'installaient aux tables du restaurant de plein air pour faire une pause dans leur visite.

A cette heure avancée de l'après-midi, Gina et Jack auraient pu trouver une table au Bryant Park Grill, ou au café, à l'ambiance plus décontractée. Mais elle avait un projet bien précis. Elle demanda au chauffeur de dépasser un peu le parc et chercha du regard un chariot surmonté d'un parapluie jaune canari.

— C'est là. Arrêtez-vous, s'il vous plaît.

Quelques minutes plus tard, Jack et elle emportaient leurs boissons et leurs trésors dans le parc. Elle avait demandé une double dose de choucroute. Jack avait choisi le hot dog moutarde, plus classique. Les arômes la firent saliver jusqu'à ce qu'ils trouvent un banc libre.

— Oh ! Seigneur ! gémit-elle après la première bouchée. C'est presque meilleur que le sexe.

Il haussa un sourcil et se figea, le hot dog à mi-chemin de sa bouche.

— J'ai dit presque.

Si elle avait eu un grain de jugeote, elle s'en serait tenue là. Mais non. Comme une idiote, elle continua :

— Quoique, je n'ai pas eu matière à comparer ces derniers mois, marmonna-t-elle en prenant une autre bouchée.

— Nous pouvons remédier à cela.

Il avait dit cela d'un ton si désinvolte, si anodin, qu'il lui fallut une seconde pour comprendre le sens de ses paroles. Quand ce fut fait, elle faillit s'étouffer.

— J'ai lu les livres recommandés, dit-il en lui tapotant le dos. Selon mon guide de la paternité, il n'est pas rare que la libido des femmes atteigne un niveau stratosphérique, en particulier pendant le premier trimestre de grossesse. Je sais aussi que je ne dois pas me sentir défaillant si je ne satisfais pas ce qui pourrait devenir un appétit insatiable.

Cette possibilité ne semblait pas du tout l'inquiéter, bien au contraire. La lueur malicieuse dans ses yeux noisette l'enjoignait à lui donner une chance.

Elle aimerait le faire. Elle en brûlait de désir ! Le seul fait de le regarder lui donnait envie de lécher la petite tache de moutarde au coin de sa jolie bouche. Elle dut avaler une grande gorgée de limonade sans sucre pour ne pas céder à son impulsion.

— J'apprécie ton offre, dit-elle avec ce qu'elle espérait être un sourire espiègle. Je la garde en tête, si je n'ai plus de piles.

— Aïe.

Il joua les mâles blessés, ce qui les fit rire tous les deux. Mais il prit alors un air très sérieux.

— Je sais que tu veux une relation qui ne soit pas uniquement fondée sur l'attirance physique, Gina. J'espère que nous pourrons construire cette relation.

— Je sais que tu l'espères.

— Nous n'y sommes pas encore, avoua-t-il avec une honnêteté brutale, mais nous nous en approchons.

En ce qui la concernait, elle était tout près. Et chaque moment passé avec lui aggravait la situation. Il lui suffirait de peu pour tomber amoureuse. Et elle tomberait si vite que Jack ne saurait même pas ce qui lui arrivait.

Malheureusement, tout le reste tomberait avec elle. Sa jeune carrière. Son estime de soi et sa fierté. Elle commençait à peine à être contente d'elle. A croire qu'elle pourrait être la mère responsable qu'elle voulait si désespérément devenir.

Allons ! De qui se moquait-elle ? Elle abandonnerait tout en un battement de cœur, si Jack l'aimait.

Mais il ne l'aimait pas. Pas encore.

Alors, elle ne tomberait pas. Pas encore.

Consolée par les possibilités impliquées dans ces deux petits mots, elle répondit d'un ton léger :

— Dommage que ce ne soit pas le jeu du fer à cheval, nous aurions pu compter les points pour savoir qui était le plus près. Laissons… laissons les choses se faire, et nous verrons si nous atteignons le piquet.

Métaphore stupide, mais c'était la meilleure qu'elle ait trouvée. Jack sembla vouloir répondre, mais se tut. Ils étaient assis au soleil, jambe contre jambe, et mangeaient leurs hot dogs. Ou, plus précisément, elle dévorait son hot dog. Jack avait laissé le sien sur son emballage pour prendre sa boisson. Il but une longue gorgée et posa la cannette sur son genou tandis qu'il regardait deux jeunes gens jouer au ping-pong. Le claquement de la balle sur leurs raquettes formait un contrepoint aigu à la joyeuse musique du carrousel et au bourdonnement des voitures sur la Sixième Avenue.

— C'est agréable, commenta Jack. Je n'ai pas souvent l'occasion de m'asseoir et de me prélasser au soleil.

— Ah.

Il étendit le bras sur le dossier du banc.

— Tu venais souvent ici quand tu étais enfant ?

— Oui.

Sans doute surpris par ses réponses courtes, il leva les yeux vers elle juste à temps pour surprendre les regards de convoitise qu'elle posait sur son sandwich presque intact. Elle ne prit pas la peine de feindre l'innocence.

— Tu vas le terminer ?

— Il est tout à toi. Ou veux-tu que j'aille t'en chercher un autre à la choucroute ?

Elle réfléchit sérieusement à la question, puis secoua la tête.

— Celui-ci m'ira.

Le sandwich disparut en deux bouchées. A demi satisfaite, elle s'appuya contre le banc et étendit ses jambes. Le bras de Jack formait un dossier confortable.

— Je ne compte plus les fois où je suis venue à Bryant Park. Maria nous y emmenait faire des tours de manège ou du patin à glace. Grand-mère venait aussi, après avoir fait les boutiques de la Cinquième Avenue, ou pour nous attendre pendant que Sarah et moi étions à la bibliothèque.

— Ta grand-mère est une femme remarquable.

— Oui, c'est vrai.

— Elle et Sarah sont ta seule famille ?

— Nous avons des cousins éloignés en Slovénie. Ou peut-être en Hongrie. Ou en Autriche. Pour te dire la vérité, je ne sais plus avec certitude sur quels pays s'étendait Karlenburgh quand le duché a été démantelé.

— Charlotte y est-elle retournée ?

— Non, jamais. Elle ne le dit pas, mais je sais que ce serait trop douloureux pour elle.

— Et toi ?

Il joua avec les extrémités de ses cheveux, toujours raides, toujours mauves.

— Tu as déjà visité tes terres ancestrales ?

— Pas encore. Mais j'aimerais bien, un jour…

Elle pourrait rester assise ici pendant des heures, à écouter le claquement des raquettes de ping-pong, à regarder les touristes flâner dans les kiosques, la tête appuyée contre le bras chaud et ferme de Jack. Elle se rendit compte que ses paupières s'étaient fermées lorsque la voix amusée de Jack parvint jusqu'à elle.

Tu vas encore t'endormir et me laisser en plan ?

— Peut-être.

— Avant cela, nous devrions décider d'une date pour ta visite à Washington. Mes parents sont impatients de te connaître.

Cela la réveilla aussitôt. D'après le peu qu'elle savait de la famille de Jack, ils ne l'accueilleraient sans doute pas à bras ouverts. Pas son père, en tout cas. Mais elle avait fait une promesse. Elle sortit son téléphone et consulta son calendrier.

— Je ne peux pas me libérer le week-end prochain. Celui d'après, en juin, cela te convient ?

— Je ferai en sorte que oui. Rendors-toi, maintenant.

- 7 -

Gina ferait le voyage à Washington plus tôt que prévu. Son changement de programme démarra le jeudi suivant par une convocation dans le bureau de Samuel. Son supérieur lui transmit une requête de la direction.

— Nicole vient de téléphoner. Elle a besoin que tu prennes l'avion pour Washington. Tu as une réservation sur le vol de 14 h 10.

— Aujourd'hui ?

— Oui, aujourd'hui. TTG organise une soirée habillée avec projection en avant-première d'un film pour deux cents invités demain soir.

— Elaine a besoin d'aide ?

Elaine Patterson dirigeait l'agence TTG de Washington. Gina avait rencontré l'élégante jeune femme brune lorsque celle-ci était venue à New York pour un rendez-vous avec Samuel.

— Le père d'Elaine a eu une attaque cardiaque. Elle est en Oregon, et son assistant est à l'hôpital à cause d'une méchante pancréatite. Les autres employés n'ont pas assez d'expérience pour gérer une si grande réception. Nicole veut que tu t'en charges.

Il lui tendit un dossier.

— Voici les fax du programme, du menu, des plans de salle, du décor, ainsi que la liste des fournisseurs et les numéros des personnes à contacter. Je te les ai aussi envoyés par e-mail pour que tu puisses les charger sur ton iPad, au cas où tu aurais besoin de faire des modifications dans l'avion.

Tu peux t'installer dans la suite nuptiale de TTG. Elle est tout équipée et approvisionnée.

— Mais…

— Je te remplace pour ton rendez-vous de cet après-midi.

— Et la fête de départ en retraite Hanrahan, samedi ? C'est moi qui la supervise.

— J'ai passé le dossier en revue. D'après ta check-list, tout semble prêt. Je me charge des derniers détails, et Kallie m'assistera.

Gina réfléchit rapidement. Elle devrait téléphoner à Maria pour savoir si elle pouvait passer voir sa grand-mère dimanche. Si oui, Gina pourrait prolonger son séjour à Washington d'une journée, peut-être deux.

La perspective de passer ces deux jours avec Jack fit danser son cœur. Elle pouvait le sentir tressauter quand elle répondit d'un ton détaché :

— Mon emploi du temps est assez léger lundi. Je n'ai rien de prévu qui ne puisse être déplacé. Je vais peut-être prendre une journée de récupération et rester à Washington.

— Ça me va.

Il agita la main.

— Allez, au travail !

Ce qu'elle fit sans attendre.

Pendant que le taxi l'emmenait chez elle, elle téléphona à Maria qui lui confirma qu'elle serait ravie de faire une visite à la *duquesa* le dimanche après-midi. Quand Gina entra en trombe et lui expliqua la situation, sa grand-mère émit une protestation indignée.

— Je ne suis ni infirme ni invalide, Eugenia. Il est inutile que Maria vienne jusqu'ici pour s'assurer que je vais bien.

— Elle ne le fait pas pour vous, mais pour moi.

— Vraiment, insista la duchesse, ce n'est pas nécessaire.

— Je sais. Mais faites-moi plaisir, voulez-vous ? En fait,

il se pourrait que je reste à Washington un jour ou deux. Jack veut me présenter à ses parents. S'ils sont disponibles, j'essaierai de leur rendre visite.

— Vraiment ?

Cette nouvelle étouffa toutes les objections ultérieures de sa grand-mère. Ses yeux bleu pâle s'attardèrent sur son visage pendant un instant, avant qu'elle ne commente sèchement :

— Il est heureux que le mauve de tes cheveux ait disparu.

Fort heureux même. Elle se précipita dans la salle de bains pour en ressortir au pas de course, après avoir fourré dans un sac de voyage des produits de toilette, une veste de smoking à sequins prise dans l'armoire de Sarah, un pantalon palazzo de satin noir et quelques vêtements décontractés.

— Je vous téléphone, promit-elle en déposant un baiser sur la joue de sa grand-mère.

Dans le hall, elle demanda à Jerome de lui trouver un taxi pour la conduire à l'aéroport de LaGuardia. S'affalant sur la banquette, elle sortit son téléphone et appela Jack. Elle tomba sur le répondeur et laissa un bref message. Par mesure de sécurité, elle appela son bureau et fut mise en relation avec son directeur de cabinet. Avec réticence, elle demanda à Vickers d'avertir son patron qu'elle se rendait à Washington.

— Certainement, mademoiselle.

Il semblait un peu plus poli, mais toujours aussi peu aimable. Quand l'afflux d'adrénaline se dissipa et que l'avion décolla, elle appuya la tête contre le dossier et ferma les yeux. Elle les rouvrit au moment où le steward annonçait leur arrivée imminente à l'aéroport Ronald Reagan. Elle cligna les yeux et, par le hublot, admira les monuments de marbre de la capitale.

Sa courte sieste lui avait redonné de l'énergie, et elle était impatiente de se plonger dans le travail. Elle conduisit son chariot à bagages d'un pas léger jusqu'à la sortie du terminal.

Inutile de réfléchir beaucoup pour savoir pourquoi elle était si excitée. Le fait que Nicole lui ait demandé de superviser un événement majeur avait stimulé sa confiance en elle.

Et puis, il y avait la possibilité de passer du temps avec Jack. Ce qui la poussa d'ailleurs à sortir son téléphone portable, qu'elle avait mis en mode avion. En découvrant que Jack lui avait laissé un message, elle sourit.

Viens d'apprendre que tu es en route pour Washington. Appelle-moi à ton arrivée.

Elle traversa la rue pour rejoindre un parking souterrain et se dirigea vers les voitures de location tout en composant le numéro personnel de Jack. Il répondit à la seconde sonnerie.

— Tu es arrivée ?

Elle était heureuse d'entendre sa voix.

— Oui, à l'instant.

— C'est une surprise. Qu'est-ce qui t'amène à Washington ?

Pour une fois, elle parvint à se retenir à temps avant de lui annoncer la vérité. Jack n'avait pas besoin de savoir que la possibilité de passer du temps avec lui était l'une des raisons, et même la raison principale pour laquelle elle avait sauté sur l'occasion.

— Un remplacement de dernière minute pour superviser un événement demain soir.

— Quel événement ?

— Un cocktail habillé et une projection en avant-première du nouveau film de Dirk West

Elle-même n'était pas amatrice des films d'action pleins de coups de feu que West tournait depuis plusieurs décennies, mais elle savait que chaque sortie engrangeait des millions.

— L'événement est organisé par Global Protective Services, expliqua-t-elle. Selon la brochure de la compagnie, c'est…

— L'un des plus grands groupes de sécurité privée du monde, la coupa-t-il. Ils ont plus de soldats au sol en Afghanistan que l'armée américaine. La rumeur veut qu'ils aient financé l'essentiel du film. Sans doute parce que le scénario, de manière très grossière, préconise de réduire nos armées et de faire davantage appel à des mercenaires privés.

Tenant le téléphone contre son oreille, elle consulta le carton de réservation pour trouver l'emplacement de la voiture qui lui était attribuée.

— Tu es pile dans la cible de cette petite fête, on dirait, commenta-t-elle en longeant une file de véhicules, mais je n'ai pas vu ton nom sur la liste des invités.

— Parce que j'ai décliné l'invitation, répliqua-t-il. Ceci dit, je vais peut-être revoir ma décision, puisque tu y seras.

— Oh ! bien sûr ! s'esclaffa-t-elle. Au diable le comptage des invités !

— Je ne mangerai pas beaucoup, promit-il solennellement.

— Eh bien…

Elle trouva sa voiture et jeta sa mallette sur le siège côté passager.

— J'imagine que je peux t'ajouter à la liste.

— Ça règle la question pour demain. Qu'as-tu prévu pour ce soir ?

— L'équipe de TTG m'attend.

Elle s'installa au volant, mais attendit pour démarrer.

— Nous allons passer en revue la liste des dernières tâches et l'organisation de la salle.

— Combien de temps cela prendra-t-il ?

— Aucune idée.

Elle hésita à lui dire que son séjour pourrait se prolonger. Serait-elle vraiment prête à rencontrer ses parents, après avoir travaillé sur cette soirée ? *Oui*, décida-t-elle.

— J'ai dit à Samuel que je pourrais rester un jour ou deux de plus. Si tes parents et toi êtes disponibles, nous pourrions leur rendre visite.

— Je m'arrangerai pour que nous le soyons. Je vais leur passer un coup de fil. Où dors-tu ?

— A l'hôtel L'Enfant Plaza. TTG a une suite nuptiale au dernier étage.

— Une suite nuptiale, tu dis ?

Sa voix se fit chaude et traînante, comme une caresse.

— Tu veux un peu de compagnie ?

Oh ! oui ! Elle agrippa le téléphone, gémissant presque à l'idée de se glisser entre les draps avec Jack. Des images érotiques de leurs corps nus et couverts de sueur défilèrent dans son esprit.

— Merci pour cette offre, murmura-t-elle, faisant de son mieux pour rester concentrée, mais ce serait plus prudent de décliner.

Jack n'insista pas, et elle fut déçue.

— Tu es sûre que tu ne peux pas trouver une heure ou deux pour dîner avec moi, au moins ? demanda-t-il tout de même.

Le désir le disputa à la raison. L'ancienne Gina aurait accepté sans hésiter. La nouvelle Gina, toujours adepte de la fête mais plus responsable, soupira.

— Désolée, Jack. Je dois vraiment préparer cet événement.

Il céda avec son charme habituel.

— Je comprends. Je te verrai demain.

Jack raccrocha, fit pivoter son fauteuil et observa la partie de Washington visible depuis sa fenêtre au troisième étage. En tant qu'ambassadeur, il disposait d'une suite de bureaux au siège principal du Département d'Etat, sur C Street.

Le bâtiment des années 1930 avait à l'origine été conçu pour abriter le ministère de la Guerre, mais il s'était vite avéré trop petit. Quand le service avait été transféré au Pentagone en 1941, le Département d'Etat avait hérité de la structure en grès jaune. Le bâtiment et ses annexes plus modernes étaient situés dans le quartier de Foggy Bottom.

Les fenêtres de son bureau offraient une vue sur le National Mall d'un côté, et le Lincoln Memorial de l'autre. Par temps dégagé, il pouvait presque distinguer le scintillement du soleil sur le miroir d'eau. Mais la vue n'avait pas d'intérêt particulier à cet instant.

Car Gina occupait toutes ses pensées. La nouvelle de sa venue à Washington était la seule étincelle de gaieté dans sa matinée sinistre, passée à étudier les dossiers de vingt ans d'attaques contre les avant-postes diplomatiques américains. Le seul son de sa voix et de son rire joyeux avait suffi à améliorer son humeur.

Il recula son fauteuil. Songer qu'elle était ici, sur son terrain, suffit à éveiller un désir qui l'enserra entre ses griffes aiguisées et féroces. L'image de Gina était gravée dans son esprit. Ses yeux bleu vif. Sa bouche sensuelle. Sa cascade de cheveux blond pâle.

L'image changea, et il visualisa sa crinière de style manga. Bon sang, et si elle arborait encore ce look ? Son père en ferait une attaque. Avec un sourire placide, il pivota sur son fauteuil et composa le numéro de ses parents.

Le lendemain, Jack apporta son smoking au bureau, et se changea à la fin de sa journée. Impatient de voir Gina, il arriva en avance à L'Enfant Plaza.

L'hôtel portait le nom de Pierre Charles L'Enfant, l'architecte français recruté par le général Lafayette pour servir dans l'armée de George Washington. De structure rectangulaire, le Plaza était bordé sur trois côtés par des bureaux, des agences gouvernementales, des magasins et des hôtels. L'une des célèbres pyramides de verre d'I.M. Pei se trouvait au centre de son esplanade. Petite sœur de la pyramide du Louvre, elle s'élevait depuis un niveau souterrain, majestueuse et étincelante.

C'était un cadre idéal pour cette soirée. Les invités pourraient se garer au sous-sol, ou emprunter le métro et laisser les escalators les conduire directement jusqu'à l'hôtel. Jack avait opté pour la seconde solution. Il quitta le métro et plongea dans l'air doux de cette agréable soirée de juin. De minuscules lumières blanches scintillaient sur les rangées d'arbres qui longeaient l'esplanade. Au centre, la pyramide illuminée formait un arrière-plan splendide pour les buffets très garnis et les stands de découpe placés aux endroits stratégiques.

Deux douzaines d'invités en avance étaient déjà attablés ou massés en petits groupes, un verre à la main. Il profita du fait que la foule soit clairsemée pour se diriger vers l'un des bars en forme de S. Il chercha Gina du regard mais n'aperçut ni ses boucles blondes ni sa cascade de cheveux mauves. Et il ne vit pas non plus de barman derrière le comptoir d'ébène et de verre. Il y avait trois autres bars, mais un seul barman, qui préparait les cocktails à la chaîne et les passait aux serveurs en costume qui attendaient en file indienne.

Enfin, il remarqua Gina, ainsi qu'un jeune homme portant une chemise blanche et un gilet noir, et une jeune femme potelée avec une radio attachée à la taille. Tous avançaient au pas de course. Les deux jeunes gens allèrent se poster derrière deux des bars vides, et Gina rejoignit celui devant lequel Jack se trouvait.

— Tu es à court de personnel ? s'enquit-il quand elle sortit les bouteilles de champagne du réfrigérateur et les aligna sur le bar.

Elle roula des yeux.

— A peine.

Après quoi elle s'attaqua aux emballages en aluminium, et il lui vint en aide. Elle lui offrit un regard reconnaissant avant de lui assigner la tâche de déboucher les bouteilles pendant qu'elle sortait des flûtes d'un casier derrière le comptoir.

— Je devrais être dans le centre multimédia pour vérifier une dernière fois l'attribution des places, maugréa-t-elle, mais j'ai perdu vingt bonnes minutes au téléphone avec le sous-traitant qui gère les bars. Il est censé envoyer des gens pour remplacer les absents. Tu peux être sûr que c'est la dernière fois que cet abruti travaille avec TTG.

A en juger pour son regard furieux, elle ne plaisantait pas.

— Croisons les doigts pour que les remplaçants soient là avant que le gros des invités n'arrive, marmonna-t-elle tandis qu'elle versait du champagne dans les flûtes de cristal.

Il désigna d'un signe de tête la foule qui sortait des ascenseurs.

— Je crois que c'est râpé, dit-il.

— Mince.

Elle posa les flûtes sur un plateau et appela l'un des serveurs.

— Vous avez plus de vingt et un ans, dites-moi ?

— Oui.

— Prenez ça et commencez à circuler.

— Je ne suis pas serveur de boissons, protesta-t-il.

— Pour la prochaine demi-heure, si. Prenez ce plateau ! J'ai vu cela avec votre patron.

Elle lui tendit le chargement et sortit d'autres flûtes.

Jack observa la rangée de verres, les bouteilles et les becs doseurs derrière le comptoir. Tout semblait clairement étiqueté.

— J'ai déjà préparé quelques cocktails dans ma jeunesse. Je ferai le barman jusqu'à ce que les barmans arrivent. Va t'occuper du centre multimédia.

— Hors de question ! Je ne te laisserai pas servir de l'alcool. Tu es un invité.

— Je ne dirai rien si tu restes muette de ton côté. J'ai la situation bien en main.

Il n'eut pas de mal à interpréter les émotions qui passèrent sur son visage expressif. Il sut exactement à quel moment l'idée que John Harris Mason III serve des verres à la grande soirée de Global Protective Services lui parut trop irrésistible pour qu'elle refuse.

— D'accord, concéda-t-elle, l'air amusé. Mais espérons que ça n'arrive pas aux oreilles de Nicole. Sinon, je ne donne pas cher de ma peau.

— Et pourtant tu as une peau si douce.

Ne pouvant résister, il caressa son postérieur.

— Crois-moi, trésor, je ne laisserai personne toucher à ton si joli corps.

Elle recula et tenta de prendre un air sévère, mais en vain.

— Je n'arrive pas à croire à ce que tu viens de faire.

Lui non plus. Pourtant, il recommencerait sans hésiter. Ou, mieux, il l'emmènerait à l'étage, dans cette suite nuptiale dont elle avait parlé, et il caresserait bien plus que son postérieur. La raison se rappela à lui sous la forme d'un sénateur de Virginie aux cheveux gris.

Thomas Dillon s'écarta du groupe et se dirigea vers le bar.

— Jack ?

Le sénateur le regarda, puis dévisagea Gina. A l'évidence, il ne comprenait pas ce qu'un ambassadeur itinérant faisait derrière un bar, mais il masqua sa surprise derrière un large sourire.

— J'ai bien cru te reconnaître, mon garçon. Comment va ton père ?

— Toujours vaillant, sénateur. Que puis-je vous servir ?

— Je te demande pardon ?

— Je suis en service spécial ce soir. Qu'aimeriez-vous boire ?

Malgré un début presque désastreux, le reste de la soirée se déroula sans accroc. La plupart des invités étaient des Washingtoniens désabusés qui avaient assisté à trop de réceptions pour faire davantage qu'engloutir les petits-fours et les boissons, mais Jack entendit plusieurs d'entre eux faire des commentaires positifs sur la qualité du buffet et des alcools.

Son remplaçant arriva avant qu'il ait eu à préparer plus d'une douzaine de verres. Il céda son poste avec une certaine réticence et se mêla aux autres invités. Aussi désabusés soient-ils, ils furent tout de même impressionnés par l'arrivée de la star de cinéma. Gina avait rejoint Jack, et tous deux regardaient Dirk West saluer les gens de bonne grâce.

— Eh bien, murmura-t-elle, remarquant sa tête rasée et sa silhouette carrée sous son smoking. Il semble plus musclé en vrai qu'à l'écran.

Musclé, et très futé. West charmait la foule comme un professionnel et semblait reconnaître d'instinct les vrais hommes de pouvoir et les soutiens potentiels. Il avait peut-être été aidé en cela par le P-DG de Global Protective Services, qui restait collé à l'acteur comme une moule à son rocher et le dirigeait vers Jack.

— Voici l'ambassadeur John Harris Mason, déclara-t-il en guise de présentations. C'est l'homme qui a affronté un groupe d'insurgés armés au Mali, il y a quelques années.

— J'en ai entendu parler, en effet.

West le gratifia d'une poignée de main vigoureuse.

— Il semble que la situation ait été assez périlleuse. Je devrais peut-être envoyer un scénariste pour débusquer les détails qui n'ont pas figuré dans la presse.

Jack aurait pu lui répondre de ne pas prendre cette peine, puisque la plupart des détails étaient encore classés secret défense, mais West avait déjà reporté son attention sur Gina.

— Et qui est cette demoiselle ?

Le badge de bronze épinglé à sa veste aurait dû lui fournir cette information. Mais West avait le regard rivé à son visage.

— Gina St. Sebastian, répondit-elle, lui serrant la main. Je travaille pour le groupe Tremayne, organisateur de cet événement.

D'un regard appréciateur, West la toisa de pied en cap.

— Avez-vous déjà songé à être actrice, mademoiselle ?

— J'y ai vaguement pensé, une fois ou deux.

— Si vous décidez de vous lancer, appelez-moi.

Le P-DG de Global était plus intéressé par les liens de Jack avec le Département d'Etat que par les aspirations de comédienne des employées.

— J'ai entendu dire que vous aviez un rendez-vous au

Sénat, la semaine prochaine, pour discuter de la sécurité des ambassades. J'ai quelques idées à ce propos.

— Je n'en doute pas, répondit Jack.

— J'aimerais que nous en discutions. Ma secrétaire vous contactera pour un rendez-vous.

Sa mission accomplie, il entraîna West vers un autre groupe. Jack attendit qu'ils soient hors de portée de voix pour rapporter à Gina sa conversation avec ses parents.

— Mes parents sont impatients de faire ta connaissance, mais maman préside une vente de charité demain soir, alors, je leur ai dit que nous irions les voir dimanche pour un brunch.

— Ça me va.

— Bien. Cela nous laissera la journée de demain rien que pour nous deux.

Elle voulut faire un commentaire, mais s'aperçut que la jeune femme avec la radio accrochée à la taille lui faisait signe de l'autre côté de la salle.

— Je dois y aller. La projection va débuter.

Elle fit quelques pas, puis se retourna et lui offrit l'un de ses sourires éblouissants.

— Merci de nous avoir aidés tout à l'heure. Rappelle-moi de te récompenser.

— Compte sur moi, murmura-t-il tandis qu'elle s'éloignait.

Jack emporta les fantasmes des différentes formes que pourrait prendre sa récompense dans le luxueux centre multimédia. Ils taquinèrent ses pensées pendant que sur l'écran, Dirk West s'efforçait de sauver le monde à lui tout seul. Mais même ses plus folles pensées ne purent rivaliser avec la réalité quand une Gina triomphante, mais fatiguée, l'invita à la suivre dans la suite nuptiale, quelques heures plus tard.

- 8 -

Gina avait essayé de convaincre Jack qu'il n'avait pas besoin de rester pendant qu'elle signait les dernières feuilles de comptage. Vraiment essayé. Ce qui ne l'avait pas empêchée d'éprouver un petit frisson de plaisir quand il avait insisté pour l'attendre.

Alors elle l'avait invité à la rejoindre dans sa suite, à l'étage.

Quand ils entrèrent dans la chambre luxueusement décorée, elle n'avait qu'une envie, se laisser tomber sur le canapé, retirer ses chaussures et poser les pieds sur la table basse. Et elle le fit.

Jack s'installa à côté d'elle.

— Joli panorama, commenta-t-il nonchalamment, les yeux rivés à la vue splendide sur le dôme du Capitole.

— Oui, oui, fit-elle distraitement, car son esprit était encore en train de décompresser.

Jack dénoua son nœud papillon et ouvrit le premier bouton de sa chemise, puis tapota son giron.

— Là.

Elle cligna les yeux, soudain dans le présent. Son corps avait réagi instantanément, et c'était mauvais signe.

Il lut la soudaine méfiance sur son visage, et tapota de nouveau ses cuisses.

— Il paraît que je suis assez doué pour les massages plantaires. Pose tes jambes sur moi, et voyons si tu es d'accord.

Deux secondes après qu'il eut commencé à masser ses orteils et sa voûte plantaire, elle sut qu'elle était d'accord.

Gémissant de plaisir, elle s'enfonça plus profondément sur le canapé.

— Si jamais tu décides d'abandonner ta carrière d'ambassadeur, tu pourrais gagner une fortune comme masseur.

— C'est noté.

Soudain curieuse, elle l'observa à travers ses cils baissés.

— Qu'est-ce que tu vas faire quand tu abandonneras la carrière d'ambassadeur ?

— Bonne question.

Ses doigts agiles, très agiles, opérèrent leur magie sur la plante de son pied droit avant de passer au pied gauche.

— Et ces comités d'action politique ? demanda-t-elle. Ceux qui pensent que tu as l'étoffe d'un futur président ?

— Futur, c'est bel et bien le mot. Il y a quelques étapes à franchir avant d'en arriver là.

— Comme ?

— Etre candidat à une élection locale, pour commencer. Jusqu'ici, je n'ai été qu'un bureaucrate.

— Ben voyons ! Je me demande combien de bureaucrates affrontent des terroristes armés.

— Trop, malheureusement. Cependant, devenir élu local est presque une étape obligée pour prétendre à la présidence. Excepté les héros de guerre comme Washington et Eisenhower, presque tous nos présidents ont d'abord été gouverneurs ou membres du Congrès.

— Alors, sois candidat au poste de gouverneur. Ou au Congrès. Le pays a besoin de quelqu'un comme toi.

— Ai-je bien entendu ?

En souriant, il tira sur ses orteils.

— Ce soutien enthousiaste ne peut pas venir de la femme qui me trouvait détestable, guindé, plus quelques autres adjectifs que je ne répéterai pas.

— Tu es détestable et guindé parfois. A d'autres moments...

Elle agita la main, cherchant un ou deux de ses traits de caractère les moins irritants.

— A d'autres moments, tu es surprenant. Comme ce soir, par exemple, quand tu es passé derrière ce bar. Tu as fait bien plus que ton devoir ne l'exigeait.

— Je suis un homme aux multiples talents, répliqua-t-il d'un air faussement suffisant. Cela me fait penser que tu m'as promis une récompense.

— C'est vrai. As-tu réfléchi à la forme que cette récompense devait prendre ?

— Chérie, je n'ai pensé à rien d'autre de toute la soirée.

Une alerte rouge se déclencha aussitôt dans son cerveau. Elle savait qu'elle jouait avec le feu.

Mais cet homme était trop tentant. Elle l'observa sans retenue. Sa peau hâlée, les petits plis au coin de ses yeux, son menton carré, son cou puissant. Comme un vampire tenaillé par une faim dévorante, sa fatigue disparut en un éclair. Il fallait qu'elle le goûte. Qu'elle pose les lèvres sur la peau chaude dévoilée par le col en V de sa chemise. Qu'elle mordille les tendons de son cou, le dessous piquant de son menton, la commissure de sa bouche.

Comme il fallait s'y attendre, Jack tourna la tête et captura ses lèvres. Il n'y avait rien de doux dans ce baiser. Rien d'hésitant. Il devint torride en une fraction de seconde. Leurs lèvres et leurs langues se mêlèrent dans une danse enfiévrée. Leurs hanches ondulèrent. Leurs mains tâtonnèrent. Leurs muscles se durcirent.

Jack l'étendit sur le canapé et s'allongea avec elle. Calant une jambe entre les siennes et écartant les cheveux de son visage, il prit soin de ne pas appuyer tout son poids sur elle.

Elle le sentit se raidir contre sa hanche. La sensation provoqua un afflux chaud et violent au creux de son ventre. Elle sortit sa chemise de la ceinture de satin et la déboutonna. Elle passa la paume sur les muscles de son épaule, les sentant saillir quand la main de Jack se porta sur sa taille. Les deux boutons de sa veste à sequins s'avérèrent une piètre barrière.

Jack écarta les pans et s'immobilisa. Chaque muscle, chaque tendon de son corps sembla se figer.

— Seigneur.

C'était à la fois un gémissement et une prière. Les yeux brûlant de désir, il passa un doigt sur la dentelle de son soutien-gorge demi-sein.

— Heureusement que j'ignorais ce que tu portais sous ta veste. Sinon, jamais je n'aurais pu aller jusqu'au bout du film.

Elle observa sa poitrine d'un air peu enthousiaste. Les demi-bonnets de soie et dentelle noire moulaient ses seins de manière presque obscène.

— J'ai pris une taille de plus, marmonna-t-elle. J'ai dû acheter tout un stock de nouveaux soutiens-gorge.

Jack eut la sagesse de ne pas faire de commentaire. C'était une bonne chose, car elle ne l'aurait sans doute pas entendu. Il ne fallut qu'une caresse de son pouce sur son téton sensible pour qu'elle cambre le dos. Et quand il aspira son mamelon entre ses dents, un plaisir instantané lui traversa le corps.

Elle se cambra de nouveau, s'offrant à lui. Ses mains, sa bouche et sa langue lui affolèrent les sens. Le genou qu'il glissa appuya contre ses replis intimes et faillit la faire basculer.

— Attends !

Haletante, elle recula un peu.

— Attends, Jack !

Il leva la tête, frissonna de surprise. Puis, une immense déception se peignit sur son visage.

— Je suis désolé. C'était sans doute un peu plus que la récompense que tu comptais m'offrir.

Quand il voulut se redresser, elle agrippa les pans de sa veste et le maintint en place.

— Attendez, monsieur l'Ambassadeur. Ce petit jeu n'était que le début. J'ai juste… j'ai juste pensé que nous devrions retirer quelques vêtements.

Jack la regarda, les yeux plissés. Il savait aussi bien qu'elle qu'ils ne s'arrêteraient pas à quelques vêtements. Mais il ne lui laisserait pas l'occasion de changer d'avis. Convaincre cette demoiselle têtue de coucher avec lui était presque aussi difficile que de la convaincre de l'épouser.

— C'est une très bonne idée, approuva-t-il avec un sourire malicieux. Je commence.

Sa veste de smoking tomba au sol. Sa ceinture et sa chemise la rejoignirent un instant plus tard. Il tendit la main à Gina pour l'aider à se lever, éprouvant une intense satisfaction quand elle en profita pour explorer avidement son torse nu.

Une fois qu'il lui eut retiré sa veste à sequins, il l'aida à ôter son pantalon de satin. Il eut bien du mal à se contrôler quand il découvrit son slip assorti à son soutien-gorge de dentelle noire. Le sous-vêtement formait un V plongeant sur son ventre encore plat, et couvrait à peine ses fesses.

Il prit en coupe son postérieur si tentant et la plaqua contre lui. Il vit ses yeux s'embraser quand elle sentit son érection contre sa hanche.

— Je l'avoue, dit-elle d'une voix basse et étouffée, j'ai vraiment besoin d'aller au bout de cette récompense. Mais le fait que nous couchions ensemble ne change rien entre nous.

Il n'était pas de son avis.

Mais il garda cette pensée pour lui quand il la prit dans ses bras et se dirigea vers la chambre.

Le groupe Tremayne avait décoré la suite avec goût. Un grand lit trônait sur une estrade, et la couette couleur chocolat touchait presque le sol. Des oreillers bruns et turquoise aux liserés argentés s'amoncelaient contre la tête de lit. Les lampes de sol offraient une lumière douce et tamisée, et une coupelle de cristal emplie de galets de cire crémeuse diffusait un subtil parfum de vanille.

Jack absorba les détails avec un esprit aiguisé par ses

années d'expérience. Sa vigilance lui avait permis de rester en vie au Mali et l'avait aidé dans bien d'autres situations. Mais elle s'éteignit totalement quand il étendit Gina sur la couette douce et moelleuse. Ses cheveux s'étalaient sur la couette dans une rivière d'or pâle. Ses yeux étaient d'un bleu intense et brûlant… Son long corps voluptueux lui fit tout oublier.

En proie à un désir presque douloureux, il descendit la fermeture Eclair de son pantalon qu'il retira en même temps que son caleçon, et sans attendre, il la rejoignit sur le lit, caressant son ventre.

— Tu es magnifique.

Il sentit son abdomen se creuser sous sa paume quand elle eut un rire joyeux.

— La flatterie vous mènera où vous voudrez, monsieur l'Ambassadeur.

Enhardi par son commentaire, il glissa la main sous son slip de dentelle et titilla son clitoris déjà moite. Elle rejeta la tête en arrière, entrouvrit les lèvres. Quand il se pencha pour poser sa bouche sur la sienne, il se rendit compte qu'il ne voulait être nulle part ailleurs qu'ici, avec elle. Il voulait la savourer, la caresser, l'aimer.

Il retira ses sous-vêtements avec plus de rudesse qu'il ne l'avait voulu. Puis, plus empressé que jamais, il se positionna entre ses cuisses. Quand elle noua les jambes autour de sa taille, il perdit pied.

Mû par un désir impérieux, il plongea en elle d'un coup de rein brusque. C'était un besoin primaire. Un instinct de possession animal. Il voulait la faire sienne. Laisser son parfum sur elle. Planter sa semence dans son ventre.

Même s'il l'avait déjà fait.

La pensée se fraya un chemin à travers le brouillard de son esprit. Il se raidit, enfoui entre ses replis satinés. Quel genre d'animal était-il ? Il se hissa sur ses coudes, clignant des yeux pour chasser les images érotiques qui embrumaient sa vision. Puis il vit Gina, qui le fixait d'un air furieux.

— Quoi ? tonna-t-elle.
— Je ne voulais pas être si brusque. Le bébé…
— Va bien ! Moi, en revanche, non.
Elle resserra les jambes autour de lui et contracta ses muscles intimes. Jack saisit le message. Difficile de faire autrement quand les sensations le portaient au bord de l'explosion. Alors il se mit à onduler en elle. Encore. Et encore. Et encore.

Ils ne pouvaient pas rester éternellement au lit. Jack aurait bien voulu prolonger leur interlude charnel, mais lui aussi devait reprendre des forces. Puisqu'ils ne se rendraient pas chez ses parents avant demain, il lui proposa de lui montrer ses endroits préférés à Washington. Elle approuva son projet, mais suggéra deux amendements.
— J'aimerais voir où tu vis. Et où tu travailles.
Cela ne lui posait pas de problème. Gina avait pris des vêtements pour le week-end, mais lui devait se débarrasser de son smoking avant de pouvoir réapparaître en public. Alors, ils commencèrent par faire une halte chez lui.
La maison de briques à deux étages affichait un style classique, avec ses volets noirs et son heurtoir en cuivre en forme de tête de cheval. Gina fit la grimace quand il mentionna que le garage à l'arrière avait autrefois été réservé aux esclaves, mais elle reconnut qu'il avait occupé les lieux bien après cette période tragique.
La photo encadrée de Catherine, qui occupait encore une place d'honneur sur la console de l'entrée, la troubla. Et il fut perturbé lui aussi. Il se tint à côté de Gina tandis qu'elle regardait le cliché en noir et blanc.
C'était l'une de ses photos préférées. Il l'avait prise après avoir perdu un match de tennis contre sa compétitrice de femme. Elle souriait, raquette appuyée contre l'épaule. Ses cheveux noirs étaient noués en queue-de-cheval, et un

bandeau encerclait son front. Son énergie et sa force de vie brillaient dans ses yeux.

— J'imagine qu'elle te stimulait beaucoup.

— En effet.

Presque trop.

La pensée jaillit dans son esprit avant qu'il puisse la retenir. Son énergie, son esprit formidablement alerte, sa passion dévorante pour la politique. Il avait dû marcher à pas redoublés pour la suivre. Plus d'une fois, il avait souhaité qu'elle se détende et profite de l'instant, tout simplement.

Une bouffée de culpabilité l'envahit. Il dut faire un effort pour la surmonter quand il alla se changer à l'étage, pendant que Gina explorait le rez-de-chaussée. Il revint une demi-heure plus tard, douché, rasé, et plus à l'aise dans son jean et son pull préféré de l'université de Virginie.

— Tu es sûre que tu veux passer à mon bureau ? Il n'y a pas grand-chose à voir, mais nous pouvons y faire une brève halte si tu veux.

Gina se força à sourire. Les photographies de la femme de Jack, éparpillées dans la maison l'avaient ébranlée, plus qu'elle ne voulait l'admettre. Elle avait remarqué plusieurs clichés de Catherine seule. D'autres d'elle et de Jack. Ils formaient un couple brillant, ambitieux, parfaitement assorti.

Pour sa part, elle essayait désespérément de se poser, après des années à passer d'un emploi à l'autre, d'un homme à l'autre. Sa vie à cet instant lui sembla frivole, égocentrique ! Comment Jack pourrait-il avoir le moindre respect pour elle ?

Elle enfouit ses doutes derrière un sourire radieux.

— Je ne suis jamais allé au Département d'Etat. J'aimerais beaucoup le voir.

— D'accord, mais je t'aurai prévenue.

Gina n'avait pas pris l'avertissement de Jack pour argent comptant. Et elle avait eu raison de ne pas l'écouter, décida-t-elle quand il la conduisit jusqu'à son impressionnante suite de bureaux.

La première chose qu'elle remarqua fut la vue sur la Vingt-et-unième Rue, qui courait jusqu'au miroir d'eau du Lincoln Memorial.

Ce qui attira aussi son attention, ce fut le jeune homme en jean et T-shirt assis devant un ordinateur. Elle n'aurait pas dû être surprise pourtant que les employés de Jack soient assez dévoués pour venir travailler le week-end. Et quand il la présenta à son directeur de cabinet, elle fit beaucoup d'efforts pour cacher son antipathie derrière un sourire amical.

— Je suis heureuse de faire enfin votre connaissance, Dale.

C'était vrai, elle avait été curieuse de voir à quoi il ressemblait. Elle n'était pas portée sur les stéréotypes en général, mais au premier coup d'œil, Dale Vickers, très petit, lui apparut comme un mâle peu sûr de lui, souffrant d'un terrible complexe de Napoléon. Il resta derrière son bureau, et elle dut se pencher pour lui serrer la main. Il accueillit son salut avec un hochement de tête condescendant, puis se tourna vers son supérieur.

— J'ignorais que vous passeriez ce matin.

Quel crétin ! Pourquoi Jack supportait-il cet homme ? Mais elle remarqua bientôt une photo sur le bureau. Une photo de Catherine, Jack et Dale, qui se tenaient par le bras et souriaient. Ils portaient tous les trois des sweat-shirts aux couleurs de Harvard.

Les images de Catherine Mason hantèrent l'esprit de Gina pendant le reste de la journée. Elle parvint à les oublier pendant que Jack lui faisait visiter le vénérable Département d'Etat. Et aussi quand ils profitèrent du splendide après-midi de juin pour flâner le long des berges du Potomac et encourager les rameurs qui luttaient contre les courants traîtres.

Après l'avoir emmenée dans les boutiques de luxe du centre commercial Georgetown Park, Jack la conduisit dans son restaurant thaï favori, dont le propriétaire le salua par une poignée de main enthousiaste.

— Monsieur l'Ambassadeur ! Cela fait longtemps qu'on ne vous avait pas vu.

— Trop longtemps, monsieur Preecha.

L'Asiatique vérifia ses tables et afficha un grand sourire.

— Vous voulez être près de la fenêtre, n'est-ce pas ? Vous et… ?

Le restaurateur contint sa curiosité quand Jack lui présenta Gina. Elle la sentit, cependant, et dès qu'ils furent installés et eurent commandé leurs boissons, elle posa la question qui la taraudait.

— Catherine et toi veniez souvent ici ?

— Non. Nous n'avons vécu à Washington que quatre ou cinq mois avant sa mort. Tu aimes les *Siu Mai* ? Ici, ils les servent avec du riz à la vapeur et une sauce aux cacahuètes et au gingembre qui donne vraiment l'impression d'être à Bangkok.

Le changement de sujet était trop délibéré pour qu'elle ne le remarque pas. Mais elle ne fit aucune objection.

— Puisque je n'ai pas la moindre idée de ce que sont des *Siu Mai* et que je ne suis jamais allée à Bangkok, je vais te croire sur parole.

Les SIU MAI étaient une sorte de raviolis à la vapeur fourrés au porc, au poulet ou aux crevettes. Elle imita Jack, et plongea chaque morceau dans les sauces au gingembre ou au soja. Entre les raviolis, le riz, les triangles de tofu frits, un légume tuberculeux dont elle n'arrivait pas à prononcer le nom, et toutes les tasses de thé qu'elle avait avalées, elle sortit du restaurant en ayant l'impression d'être un python qui venait de manger son repas mensuel. Elle se sentait trop lourde pour faire quoi que ce soit d'autre que de flâner dans le centre commercial. Presque trop lourde pour le sexe. Quand elle informa Jack de cette triste situation, il se contenta de rire et promit de faire tout le travail.

Il tint sa promesse. Les draps chocolat étaient froissés et Gina languide de plaisir quand il s'étendit à côté d'elle.

Pour la seconde nuit de suite, elle s'endormit entre ses bras. Et pour le second matin d'affilée, elle accueillit le jour, blottie dans le cocon chaud de son corps.

Elle se réveilla lentement, et respira le parfum de Jack, sa toison qui lui chatouillait le nez. Dans ses bras, elle se sentait en sécurité, et à sa place.

Lentement, et malgré elle, les photos de la femme de Jack envahirent son esprit. Pendant un instant perturbant, elle sentit presque la présence de Catherine. La disparue ne semblait pas hostile ou triste de voir une autre femme dans le lit de son mari, mais elle ne semblait pas non plus très accueillante.

— Nous ferions mieux de nous lever et de nous préparer.

La voix de Jack gronda sous son oreille.

— Le brunch du dimanche est une vieille tradition familiale, prévint-il en caressant doucement ses cheveux. J'espère qu'il n'y aura que mes parents et nous aujourd'hui, mais prépare-toi au pire.

— Et c'est maintenant que tu me le dis !

Elle y arriverait, se persuada-t-elle pendant qu'elle se douchait, séchait ses cheveux et se maquillait. Elle pourrait affronter la famille de Jack, qui avait connu et sans nul doute adoré Catherine. Ceci dit, elle n'était pas impatiente de les rencontrer.

Et elle crut presque entendre Catherine ricaner dans l'air humide de la salle de bains.

- 9 -

C'était un plaisir de conduire dans Washington le dimanche matin. La Range Rover de Jack fila dans les rues presque désertes, et traversa le pont de la Quatorzième Rue. Le Jefferson Memorial s'élevait du côté washingtonien, tandis que le Pentagone dominait le côté virginien. Après le pont, ils prirent l'autoroute.

Mais une fois au sud de la Beltway, Jack emprunta la célèbre Route numéro 1. Gina comprit pourquoi quand il se gara devant le Gas Pump Café, juste après Woodbridge.

— Nous ne déjeunerons pas avant une heure ou deux. Et cet endroit, dit-il en désignant le café au toit de tôle, sert les meilleurs petits déjeuners de la région.

Elle observa la structure délabrée, sceptique. Une pompe à essence rouillée, datant des années 1930, trônait devant la bâtisse. Des panneaux publicitaires tout aussi rouillés recouvraient chaque centimètre carré de la façade avant du bâtiment. Les odeurs de bacon et de saucisses grillés, cependant, lui firent penser que Jack disait peut-être vrai.

Elle ne comprit qu'il avait effectué cette halte pour elle que lorsqu'ils furent installés à l'une des tables de pique-nique de bois. Apparemment, il ne considérait pas que le toast grillé et le demi-verre de jus d'orange qu'elle avait rapidement avalé ce matin soient un repas convenable pour la future mère et son bébé. Elle en convenait, toutefois elle limita son repas à un biscuit, deux œufs, une tranche de jambon caramélisé et un autre verre de jus de fruits. Puisqu'il était à peine plus de 9 heures quand ils quittèrent le café, elle se dit qu'elle pourrait faire honneur au brunch à 13 ou 14 heures.

Elle se sentait beaucoup plus confiante à l'idée de rencontrer les parents de Jack. Bien calée sur le siège de la Range Rover, elle tapota son ventre.

— J'espère que tu as apprécié, bébé. Moi oui, en tout cas.

Jack sourit.

— Tu as commencé à réfléchir à des prénoms ?

— Charlotte, si c'est une fille.

— Et si c'est un garçon ?

Elle lui lança un regard en biais. Par la vitre ouverte, la douce brise de printemps soulevait les extrémités de ses cheveux d'or, et faisait ondoyer le col de sa chemise en oxford bleu pastel dont il avait retroussé les manches.

Elle devina ce qui se cachait derrière sa question trop anodine. Si Jack réussissait à la convaincre de l'épouser, il placerait sans doute un chiffre après le prénom de son fils. John Harris Mason IV. Une fois de plus, elle se demanda si elle était égoïste, en faisant passer ses besoins avant ceux de Jack. Au fond, pourquoi tenait-elle tant à prouver qu'elle pouvait se débrouiller seule ? Cet homme beau, sophistiqué et fortuné voulait prendre soin d'elle et de leur bébé. Pourquoi ne pas le laisser faire ?

La réponse n'était pas difficile à trouver. Elle se détesterait si elle cédait maintenant. C'était ainsi qu'elle avait procédé pendant toute sa vie d'adulte. Elle avait suivi ses caprices, abandonnant tout sur un coup de tête quand elle commençait à s'ennuyer.

Mais elle ne pourrait pas abandonner la maternité. Et elle ne voulait pas abandonner un emploi pour lequel elle était douée. Vraiment douée. Toutefois, qui avait dit qu'elle devrait démissionner si elle épousait Jack ? Le groupe Tremayne avait des agences un peu partout.

Le vrai problème n'était pas là. Le vrai problème était que Jack ne l'aimait pas. Il avait été totalement honnête sur ce point. Quoique… après ces deux dernières nuits, elle commençait à se demander si ce qu'ils ressentaient l'un pour l'autre ne pourrait pas suffire. Cette pensée la mettant mal à l'aise, elle esquiva la question sur les prénoms de garçon.

— Je n'y ai pas encore pensé, répondit-elle d'un ton léger. Parle-moi de tes parents. Raconte-moi leur rencontre, ce qu'ils aiment faire, ce genre de choses.

Jack passa le reste du voyage à lui dépeindre une famille ancrée dans la tradition, qui avait à cœur de servir les autres. Sa mère avait été très active dans le bénévolat, et son père avait fait une brillante carrière de conseiller présidentiel.

Elle aurait pu être intimidée, si sa grand-mère ne lui avait pas parlé de tous les gens puissants et célèbres qu'elle avait fréquentés autrefois. Et, bien sûr, il y avait son titre. Lady Eugenia Amalia Thérèse St. Sebastian, petite-fille de la dernière duchesse de Karlenburgh. Un titre qui ne valait pas grand-chose, mais qui produisait toujours son petit effet. Elle espérait juste ne pas avoir besoin d'y recourir pour impressionner les parents de Jack.

Elle n'y eut pas recours. Quinze minutes après avoir rencontré John II, Gina sut qu'aucun titre n'amadouerait cet homme rigide. Il désapprouvait le fait qu'elle refuse d'épouser son fils unique et de donner à leur enfant le nom des Mason.

— Voyons, John, le réprimanda sa femme avec douceur.

Gina devina que cette femme de la haute société à la voix douce avait un caractère bien trempé.

— C'est à Gina et Jack de décider, dit-elle.

— Je ne suis pas de cet avis, protesta son mari.

— Je l'ai remarqué, répliqua Ellen Mason sèchement. Voulez-vous encore un peu de thé glacé, Gina ?

Il n'y avait qu'eux quatre, Dieu merci. Ils étaient installés dans un solarium. Derrière les baies vitrées, une belle pelouse ombragée par de grands chênes s'étendait à perte de vue. La maison de trois étages, aux piliers blancs, avait autrefois été le cœur d'une plantation de tabac prospère. Les hectares qui y étaient rattachés avaient été vendus au fil du temps, mais l'actuel propriétaire des Cinq Chênes se comportait comme un vrai maître de plantation.

— Il ne vaut mieux pas, répondit Gina. J'essaie de supprimer les excitants. Une eau citronnée, ce serait parfait.

La mère de Jack lui servit un verre d'eau fraîche et prit des pinces en argent pour y ajouter un quartier de citron.

— Nous ne nous inquiétions pas pour la caféine autrefois, observa Ellen. Ça pourrait expliquer une partie de l'énergie inextinguible de mon fils.

Gina s'efforça tant bien que mal de garder un air neutre. Le fils d'Ellen était inépuisable, en effet. Les marques que sa barbe naissante avait laissées sur ses cuisses en attestaient.

— J'imagine que vous avez des questions sur ce côté de l'arbre généalogique de votre bébé, continua Ellen avec un sourire qui réchauffa son regard noisette. Nous avons une galerie de portraits dans l'escalier. Si je vous la montrais pendant que Jack et son père échangent les derniers potins politiques ?

— Volontiers.

La duchesse avait emmené Gina et Sarah dans tous les grands musées, aux Etats-Unis et à l'étranger. Le Louvre. La Galerie des Offices. L'Ermitage. La National Gallery of Art de Washington. Résultat, Sarah avait développé un intérêt pour toutes les formes d'art. Les connaissances de Gina étaient loin d'être aussi étendues, mais elle savait reconnaître la patte d'un grand maître. Aucun des portraits accrochés dans l'escalier au soubassement de chêne n'était remarquable. Toutefois, la collection offrait un aperçu fascinant des costumes et coiffures du XVIIe siècle jusqu'à aujourd'hui.

Elle s'arrêta devant une peinture à l'huile du grand-père de Jack. Il posait avec son uniforme de colonel des armées, arborant des épaulettes d'or et un sabre.

— Ma grand-mère le connaissait, observa-t-elle. Elle m'a dit que votre belle-mère et lui avaient assisté à une réception qu'elle avait donnée un jour pour un sultan dont je ne sais plus le nom.

— J'ai lu des choses sur votre grand-mère, renchérit son hôtesse tandis qu'elles s'arrêtaient devant un autre portrait, qui la représentait avec son mari, en habits de soirée. Elle semble être une femme extraordinaire.

— Elle l'est en effet.

Gina regarda l'espace vide au bout de la rangée.

— Pas de portrait de Jack et de Catherine ?

— Non, malheureusement. Nous n'avons jamais pu les faire asseoir assez longtemps pour un portrait officiel. Et…

Ellen inspira.

— Et bien sûr nous pensions avoir le temps.

Elle se tourna vers Gina et prit ses mains dans les siennes.

— C'est pour cela que je voulais avoir ce moment seule avec vous, ma chère. La vie est si courte, si pleine d'incertitudes. Je vous admire d'avoir le courage de suivre votre cœur. Ne laissez pas Jack, son père, ou quiconque vous dicter votre conduite.

Le bref interlude avec Ellen permit à Gina de trouver son mari un peu plus supportable. John II semblait toujours aussi désapprobateur et rigide avec elle, mais il ne cachait pas sa profonde affection pour son fils. Non seulement il adorait Jack, mais il était aussi excessivement fier de ses réussites.

— Vous a-t-il appris qu'il était le plus jeune diplomate à avoir été nommé ambassadeur itinérant ? demanda-t-il pendant un brunch décontracté qui incluait du gruau de maïs, des haricots verts aux amandes et les gâteaux de crabe les plus délicieux qu'elle ait jamais goûtés.

— Non, répondit-elle.

— Alors, il ne vous a sans doute pas dit que des comités

d'action politiques très influents le voyaient candidat au Sénat, ce qui serait une première étape vers la Maison Blanche.

— Papa…

— En fait, le coupa Gina, j'ai lu un article sur cette question. Je sais que ces comités adorent Jack. Nous en avons discuté pas plus tard que cette semaine.

John II laissa ses couverts en suspens.

— Vraiment ?

— Oui. Je lui ai dit qu'il devrait se lancer.

— Papa…

Une fois de plus, le père ignora l'avertissement de son fils. Il fit la moue, et répondit d'une voix pleine de sarcasme :

— Je suis sûr que des milliers d'électeurs issus de notre base conservatrice soutiendront un candidat avec un enfant illégitime.

— Ça suffit !

Jack recula sa chaise et jeta sa serviette sur la table. Sa colère était palpable.

— Tu avais promis de ne pas aborder le sujet, papa. Si tu ne peux pas tenir parole, Gina et moi nous en allons.

— Je suis désolé, concéda son père d'une voix tendue. Assieds-toi. Je t'en prie, assieds-toi.

— Jack, intervint Ellen, si tu emmenais notre invitée faire une promenade dans la roseraie, pendant que je débarrasse la table et que j'apporte le dessert ?

Gina se leva aussitôt, tenant absolument à s'occuper.

— S'il vous plaît, laissez-moi vous aider.

— Merci, ma chère.

Un succulent cheese-cake à la praline apaisa les esprits. La conversation redevint polie et courtoise, et Ellen choisit adroitement des sujets moins sensibles.

Gina crut qu'ils pourraient aller au bout de cette visite sans autres incidents. Elle nourrit ce futile espoir jusqu'à ce que Jack et elle s'apprêtent à repartir pour Washington. A la demande de sa mère, Jack l'accompagna dans son bureau pour prendre la brochure d'une organisation caritative sur laquelle Ellen voulait se renseigner.

Gina resta seule avec John II pendant quelques instants. Un silence inconfortable s'étira entre eux, qu'il brisa en faisant une annonce abrupte :

— J'ai fait mener une enquête sur vous.

— Quoi ?

— J'ai engagé un détective privé.

Elle fronça les sourcils et leva le menton.

— Vraiment ?

— Je voulais vérifier les rumeurs concernant les autres hommes avec lesquels vous auriez pu être liée.

Elle porta la main sur son ventre, un geste de protection aussi vieux que le monde.

— Les autres hommes avec qui j'aurai pu coucher, vous voulez dire.

Il sembla surpris par sa réponse brutale.

— Oui, concéda-t-il.

A la pensée qu'un détective privé ait parlé à ses amis, posé des questions, fait des insinuations, elle se sentit à la fois furieuse et mortifiée. Elle haussa le menton d'un cran.

— Pourquoi avoir eu recours à un détective privé ? Un simple test ADN aurait été bien plus économique.

— Vous étiez dans cette clinique en Suisse. Jack vous y a rejointe juste après votre coup de fil. Je lui ai conseillé d'exiger un test de paternité, mais…

Il grimaça.

— Eh bien, inutile de revenir là-dessus. Ce que je veux dire, c'est que j'accepte l'idée que vous portiez mon petit-fils.

— Comme c'est généreux de votre part.

La réponse glaciale le prit de court. Il sembla vouloir ajouter quelque chose, mais le bruit de pas qui approchaient l'en dissuada. Jack et sa mère perçurent aussitôt la tension ambiante. Ellen soupira et secoua la tête, pendant que son fils demandait :

— Que se passe-t-il ?

— Rien, répondit Gina sans laisser à son père le temps de répondre. Rien du tout. Merci pour ce merveilleux déjeuner, Ellen.

Elle embrassa son hôtesse sur la joue, puis serra sans enthousiasme la main du père de Jack.

— Peut-être nous reverrons-nous, lui dit-elle, le regard glacial.

Il se raidit, interprétant correctement la menace enfouie dans ce « peut-être » poli.

— Je l'espère.

— Alors, fit Jack quand il engagea la Range Rover dans l'allée bordée de chênes, que s'est-il passé ?

Elle voulut paraître détachée, et oublier cette histoire de détective privé, mais ses émotions chaotiques prirent le dessus. Elle pivota autant que sa ceinture de sécurité le lui permettait. La colère, la souffrance et la suspicion percèrent dans sa voix.

— Tu savais que ton père avait engagé un détective privé pour enquêter sur moi ?

— Oui, je…

— Avec ou sans ton accord ?

— Bon sang, Gina !

Son regard la transperça.

— A ton avis ?

Elle était encore en colère, encore blessée, mais l'indignation de Jack l'apaisa quelque peu. S'adossant à son siège, elle croisa les bras.

— Ton père est une plaie.

C'était vrai, mais ce n'était sans doute pas la meilleure chose à dire. Jack pouvait critiquer son père, mais il n'apprécierait pas qu'un étranger le fasse, pas plus qu'elle ne tolérerait que quelqu'un critique la duchesse. La mâchoire serrée de Jack lui prouva qu'elle avait vu juste.

— Je suis désolée, marmonna-t-elle. Je n'aurais pas dû dire ça.

Il accepta ses excuses avec un bref hochement de tête.

— Moi aussi, je suis désolé. J'aurais dû te parler de l'enquête. A la vérité, je ne l'ai appris qu'à notre retour de Suisse, et à ce moment-là, ça ne comptait plus, voilà tout.

Sa colère retomba, mais elle laissa dans son sillage une question.

— Sois franc, Jack. Tu n'as pas… Tu n'as aucun doute ?

— Non, pas un seul, répondit-il calmement.

Elle sut qu'il disait vrai. La tension dans ses épaules diminua.

— Nous sommes peut-être en désaccord sur nombre de questions importantes, comme le mariage, souligna-t-il, mais nous avons toujours été honnêtes l'un envers l'autre.

Elle senti ses yeux la brûler. Elle refusait de pleurer, mais elle se sentait triste et lasse tout à coup !

— Ecoute, dit-elle, ces derniers jours ont été très chargés. J'ai peut-être trop travaillé. Je crois… je crois que je ferais mieux de rentrer à New York ce soir.

Il lui lança un bref regard.

— C'est le bébé ?

— Non, le bébé va bien.

— Alors, c'est mon père.

Un autre regard aiguisé.

— Ou est-ce nous ?

— Surtout nous.

Elle se força à sourire.

— Tu dois admettre que nous n'avons pas beaucoup dormi, ces deux dernières nuits. Je dois rentrer chez moi et me reposer.

— Est-ce vraiment ce que tu veux ?

— Oui, vraiment.

Le trajet jusqu'à Washington prit beaucoup moins de temps qu'à l'aller. Il n'y eut pas de détours pour admirer le paysage. Pas d'arrêts dans des cafés pittoresques. Jack resta sur l'autoroute, et Gina employa ce temps à consulter les horaires d'avions. Elle confirma une place sur un vol à 19 h 20. C'était un peu juste, mais elle pourrait y arriver si elle jetait ses affaires dans son sac et filait directement à l'aéroport.

— Tu n'es pas obligé de m'attendre, lança-t-elle quand il s'arrêta sur le parking de L'Enfant Plaza. Je peux prendre un taxi.

— Non, je t'emmène.

Elle gagna sa suite et en ressortit moins de vingt minutes plus tard. Un rapide coup de fil lui assura que l'équipe de nettoyage viendrait le lendemain.

Ses émotions étaient de nouveau en plein chaos quand Jack s'arrêta devant le terminal de l'aéroport. Une part d'elle savait qu'elle avait fait le bon choix. Elle devait prendre du recul, et évaluer l'état de son cœur après ces deux nuits passées dans ses bras. Mais une autre part d'elle réclamait une autre nuit avec Jack. Ou deux. Voire trois.

Si Jack connaissait le même dilemme, il ne le montrait pas. Il semblait très calme, au contraire. Il laissa le moteur tourner et descendit pour porter son sac. Plongeant la main dans ses cheveux, il approcha son visage du sien.

— Appelle-moi quand tu seras rentrée.

— Je le ferai.

— Et repose-toi.

— Oui, monsieur.

— Je te retrouverai à notre prochain rendez-vous chez le médecin, sauf si nous nous revoyons avant.

Elle aimerait que ce soit le cas, songea-t-elle tandis qu'elle fermait les yeux pour recevoir son baiser. Vraiment.

Quand le taxi la déposa devant le Dakota, presque sept heures plus tard, elle était exténuée. Son vol avait été retardé pour cause de problèmes techniques, puis tout bonnement annulé, au bout d'une heure d'attente inutile. Elle avait téléphoné à Jack une fois à bord de l'avion de remplacement, afin qu'il ne s'inquiète pas, et une autre fois quand elle avait atterri à LaGuardia, bien après minuit.

Elle salua le portier de nuit d'un signe de tête et fit rouler son sac jusqu'à l'ascenseur. Une fois dans la cabine, elle s'affaissa contre les miroirs.

Le parfum délicat et familier des fleurs d'oranger l'accueillit à son arrivée dans l'appartement. Elle posa son sac à main et sa clé à côté de la coupelle de pot-pourri en cristal de Waterford. Les roues en caoutchouc de son sac grincèrent doucement sur les carreaux de marbre.

Elle était presque parvenue dans le couloir menant aux chambres quand elle entendit un bruit de verre étouffé dans la cuisine. Laissant son sac dans le couloir, elle s'y dirigea à pas feutrés. Derrière la porte battante, elle entendit un autre tintement.

— Grand-mère ?

Elle avança la main, mais la retira vivement quand la porte de chêne s'ouvrit violemment. Une seconde plus tard, elle vit un T-shirt noir, puis elle leva les yeux et distingua, choquée, un menton recouvert d'une barbe, une bouche serrée et une paire d'yeux noirs et menaçants.

- 10 -

Tout ce que Gina avait appris, entendu ou lu sur l'autodéfense se fondit en un acte instinctif. Brandissant son sac à main, elle le balança de toutes ses forces en direction de l'intrus.

— Hé !

Il tendit le bras et bloqua le coup violent.

— *Várj !*

— *Várj* vous-même, espèce de brute !

Elle fit une nouvelle tentative. Cette fois, l'homme attrapa la bandoulière du sac. D'un coup sec, il le lui arracha des mains.

— Si vous avez fait du mal à ma grand-mère…, commença-t-elle.

Elle bondit dans la cuisine, et empoigna un grand couteau sur le comptoir.

— *Jézus, Mária és József !*

L'étranger saisit son poignet et le maintint contre le plan de granite.

— Arrêtez, Eugenia. Arrêtez.

L'ordre laconique s'infiltra dans le brouillard de sa peur.

— Comment connaissez-vous mon nom ? Que faites-vous ici ? Où est ma grand-mère ?

— La duchesse est dans sa chambre. En train de dormir, je suppose. Je suis ici car elle nous a invités, ma sœur et moi à séjourner chez elle. Et je connais votre nom car nous sommes cousin, vous et moi.

— Cousins ?

— En quelque sorte.

Quand elle agita son poignet, il relâcha son étreinte brutale. Un sourire adoucit les angles bruts de son visage.

— Je suis Dominic. Dominic St. Sebastian. Je vis à Budapest, mais mes parents étaient originaires de Prádzec, la ville de votre grand-mère, ajouta-t-il quand elle l'interrogea du regard.

Il lui fallut un instant pour reconnaître le nom de la bourgade située à la frontière austro-hongroise, au cœur de ce qui avait été autrefois le duché de Karlenburgh.

— Je ne comprends pas. Quand êtes-vous arrivé ?

— Cet après-midi.

Il désigna le café qui commençait à couler dans la cafetière.

— Il est minuit à New York, mais en Hongrie, c'est le matin. Mon corps n'est pas encore habitué au décalage horaire et a besoin de sa dose habituelle de caféine. Voulez-vous prendre un café avec moi ? Ainsi je vous expliquerai comment Anastazia et moi sommes venus jusqu'ici.

— Pas de café, murmura-t-elle.

Sa main se porta sur son ventre tandis qu'elle tentait de se faire à la présence de cet homme à l'air dangereux, dans la cuisine de sa grand-mère.

Tout de noir vêtu, il avait une chevelure de jais aussi sombre que sa tenue. Sa barbe était épaisse et désordonnée, comme s'il n'avait pas eu le temps ou l'envie de se raser. Sa chemise moulait une musculature déliée, qui évoquait celle d'un félin.

— Un thé, alors ?

— Une infusion, plutôt.

Reprenant lentement son souffle, elle désigna le placard au-dessus de la tête de Dominic.

— La boîte à thé est là-dedans.

— Je sais, répliqua-t-il en souriant. La duchesse m'a dit de faire comme chez moi. Je l'ai prise au mot et j'ai exploré les placards.

Eh bien ! Cet homme était déjà séduisant quand il était tendu et sombre. Mais quand il affichait un sourire nonchalant, il devenait tout bonnement irrésistible. Elle avait le sentiment que Dominic St. Sebastian pourrait charmer toutes les femmes de Budapest. Ou même, du monde.

Qu'il sache préparer une infusion à la camomille le rendait encore plus mystérieux. Quelques instants plus tard, ils étaient assis l'un en face de l'autre, une tasse fumante entre les mains.

— Alors, commença-t-il en lui lançant un regard curieux, la duchesse ne vous a jamais parlé de moi ou de ma famille ?

Son accent était très léger, mais terriblement sexy. Où avait-il appris à parler un anglais aussi parfait ?

— Grand-mère nous a dit à ma sœur et moi que nous avions des cousins au quatrième ou cinquième degré.

— Au moins. Alors nous pourrions nous marier si nous le voulions, non ?

L'infusion déborda de sa tasse.

— Je vous demande pardon ?

— Nous sommes bien loin du degré de parenté interdit par l'église ou la loi. Alors, nous pourrions nous marier, vous et moi.

Un soupçon naquit soudain dans la conscience de Gina. Même si la duchesse acceptait en apparence son statut de future mère célibataire, se pouvait-il qu'elle ait eu recours à un plan machiavélique ?

— Quand ma grand-mère vous a-t-elle invités votre sœur et vous ?

— Elle ne nous a pas invités. Je suis ici pour affaires, et puisque Anastazia n'était jamais allée aux Etats-Unis, elle a décidé de m'accompagner. Quand nous avons téléphoné à la duchesse pour organiser une rencontre, elle nous a invités à prendre le thé. Elle a été si charmée par ma sœur qu'elle a insisté pour que nous restions.

Charmée par sa sœur ? Gina en doutait.

— Combien de temps restez-vous à New York ?

— Cela dépend de la rapidité avec laquelle je vais conclure mon affaire. Mais j'espère rester assez longtemps pour vous connaître, la duchesse et vous. J'ai entendu beaucoup d'histoires sur sa fuite désespérée, après l'exécution du duc.

— Elle ne parle pas de cette époque. Je pense que les souvenirs la hantent encore.

— Est-ce pour cela qu'elle n'est jamais retournée en Autriche, ou qu'elle n'a jamais voyagé dans ce qui est aujourd'hui la Hongrie ?

— Je le pense.

— C'est compréhensible. Mais peut-être nous rendra-t-elle visite un jour, afin qu'Anastazia et moi puissions la remercier de son hospitalité. Tout a beaucoup changé, à présent.

— Je n'en doute pas.

— Vous devriez venir, vous aussi. J'aimerais vous montrer mon pays, Eugenia.

— Gina, s'il vous plaît. Grand-mère est la seule qui m'appelle Eugenia, et c'est en général quand j'ai fait une bêtise.

— Cela arrive-t-il souvent ?

Elle grimaça.

— Bien plus souvent que nous ne le voudrions toutes les deux.

L'infusion et l'accent européen de Dominic avaient dissipé les derniers effets de sa peur. A présent, c'était la fatigue qui s'abattait sur elle.

Elle bâilla si fort qu'elle eut à peine le temps de mettre la main devant sa bouche. Elle s'excusa en riant.

— Désolée. J'ai eu une longue journée.

— Moi aussi.

Ses yeux d'onyx fascinants soutinrent les siens.

— Si nous allions dormir ?

Elle devait vraiment cesser de voir des sous-entendus érotiques à chaque mot qui sortait de la bouche d'un homme.

Dominic rinça leurs tasses pendant que Gina vidait la cafetière. Il éteignit la lumière de la cuisine en sortant, les plongeant tous deux dans le noir.

Ayant grandi dans cet appartement, elle connaissait parfaitement tous les meubles sous lesquels une enfant espiègle pouvait ramper ou se cacher. Elle savait aussi quels bords contondants éviter. D'instinct, elle prit sur la gauche pour contourner le coin d'une table de marbre.

Le mouvement la mit en contact avec la cuisse de Dominic. Il attrapa son bras, pensant sans doute qu'elle avait failli tomber.

— Attention.

Pour la seconde fois de la soirée, il l'avait touchée. Elle n'était plus aussi pressée de se dégager, cette fois.

— Merci. Je suppose qu'Anastazia dort dans la chambre de ma sœur, et vous dans le bureau ?

— Par bureau, vous voulez dire la grande pièce aux boiseries de chêne et au plafond à moulures ?

— C'est ça.

Ils s'arrêtèrent devant la double porte coulissante.

— Voilà, c'est ici. Je suppose que je vous verrai demain matin. Ou du moins, dans le courant de la matinée.

Les doigts de Dominic glissèrent le long de son coude vers son poignet. Lui prenant la main, il se pencha et y déposa un baiser. Le geste lui évoqua le charme suranné des vieux films.

— *Aludj jól,* Gina.

— Et cela veut dire ?

— Dormez bien.

— *Aludj jól,* Dominic.

Elle le laissa devant le bureau pour aller récupérer son sac de voyage. Il n'y avait pas de lumière sous la porte de la chambre de sa grand-mère, aussi se rendit-elle dans la sienne à pas de loup, où elle s'endormit dès qu'elle eut posé la tête sur l'oreiller.

Elle se réveilla à peine quelques heures plus tard, à cause d'une envie pressante. En grommelant, elle descendit du lit et se dirigea vers la salle de bains.

Quand elle retourna se coucher, le sommeil refusa de

revenir. Et quand il arriva enfin, il la plongea dans des rêves perturbants, habités par une silhouette masculine dont les cheveux passaient du noir au blond dans un cycle sans fin.

Puisque Samuel ne l'attendait pas avant un jour, voire deux, Gina ne se sentit pas obligée d'aller au bureau le lendemain matin. C'était une bonne chose, car elle ne se réveilla pas avant 9 heures.

Elle prit son temps sous la douche, en se demandant si elle avait rêvé cette rencontre dans la cuisine, la veille. C'était si irréel et si inattendu de la part de sa grand-mère d'inviter des étrangers à séjourner chez elle ! Peut-être la duchesse était-elle plus attachée à son pays de naissance qu'elle ne le laissait paraître.

Gina suivit le parfum de café et de cannelle qui émanait de la cuisine. Maria disposait des toasts fraîchement grillés sur un plateau.

— Ah, te voilà. Dominic nous a dit que vous étiez rentrée tard, hier soir.

— J'ai eu la peur de ma vie quand je suis tombée sur lui !

Gina avait une forte envie de café, mais elle se contenta sagement d'un jus de pomme.

— Je suis surprise que grand-mère les ait invités, sa sœur et lui, à rester ici.

— Moi aussi. Mais ils sont très gentils et font sourire ta grand-mère. Tu verras par toi-même, déclara Maria en posant le dernier toast sur le plateau.

— Laissez, je vais le prendre.

La scène dans la salle à manger ensoleillée semblait donner raison à Maria. On aurait dit que la duchesse était entourée de sa cour. Son sourire était loin d'être hautain, cependant. Au contraire, il était franc et chaleureux, et transformait tout son visage. Elle était engagée dans une conversation animée avec ses invités, dans leur langue natale.

Mais c'étaient les invités qui la surprirent le plus. Dans la lumière vive du jour, Dominic semblait tout aussi dangereux que la veille au soir. C'était sans doute cette barbe indisciplinée. Ou son goût pour les chemises noires. Celle du jour était en coton, et le col ouvert laissait entrevoir une chaîne en argent autour de son cou.

La femme assise face à lui était presque aussi fascinante. Ses cheveux, brillants et noirs comme ceux de son frère, lui arrivaient au milieu du dos. Ses pommettes étaient saillantes, sa bouche d'un rouge brillant. Des cils épais ourlaient ses yeux noirs légèrement en amande. Si le reste de sa personne était aussi frappant que son visage sculpté, elle pourrait signer un contrat à six chiffres dans n'importe quelle agence de mannequins.

Tout à coup, elle se sentit quelconque. Et un peu jalouse de la façon dont ces deux étrangers semblaient s'accrocher à sa grand-mère. Mais la duchesse l'aperçut, et son visage plein d'amour la rasséréna.

— Tu es enfin réveillée ! Viens nous rejoindre, ma chérie.

Dominic lui prit le plateau des mains pour qu'elle puisse aller embrasser sa grand-mère. Le regard qu'il lui lança acheva de dissiper ses pensées négatives. Si elle avait été difforme et quelconque, elle n'aurait pas suscité une telle lueur d'admiration dans son regard.

— Bonjour, cousine. Vous avez bien dormi ?

— Très bien.

— Laissez-moi vous présenter ma sœur. Anastazia, voici…

— Eugenia Amalia Thérèse, termina la jeune femme brune avec un accent un peu plus marqué que celui de son frère.

Anastazia se leva et contourna la table pour venir jusqu'à Gina. Lui prenant les mains, elle l'embrassa sur les joues.

— J'étais si impatiente de vous rencontrer, cousine. Moi aussi, je porte le nom de l'archiduchesse Marie-Amélie de Parme.

Elle fronça son nez parfait.

— Je m'appelle Anastazia Amalia Julianna. Nous avons des noms très longs, n'est-ce pas ?

Malgré son physique de top model, elle était ouverte, amicale et charmante. Gina ne put s'empêcher de lui rendre son sourire.

— En effet.

— Vous devez m'appeler Zia. Et je vous appellerai Gina.

Cette question épineuse réglée, elles rejoignirent les autres à table. Gina se servit deux tranches de toasts à la cannelle pendant que sa grand-mère leur donnait un aperçu de l'histoire de leur famille.

— Pauvre archiduchesse Marie-Amélie, dit-elle avec un sourire triste. Mariée contre sa volonté à un simple duc, alors que deux de ses sœurs sont devenues reines. Marie-Antoinette, et Marie-Caroline de Naples et de Sicile.

Charlotte prit une gorgée de thé avant de poursuivre.

— Les trois sœurs étaient très proches. Elles échangeaient souvent des lettres, des portraits et des cadeaux. Une des dernières lettres que Marie-Antoinette a pu envoyer clandestinement de sa prison était destinée à Marie-Amélie.

— On m'a dit qu'il y avait une miniature de leur mère, l'impératrice Marie-Thérèse d'Autriche, au Metropolitan Museum of Art, commenta Zia avec enthousiasme. J'espère pouvoir le visiter pendant mon séjour.

— Vous devez y aller avec Eugenia. Elle a passé beaucoup d'heures au Met lorsqu'elle était enfant.

— Oh ! mais je ne veux pas m'imposer.

La jolie brune reporta son regard brillant sur Gina.

— D'après ce que votre grand-mère nous a dit, vous êtes très prise par votre travail.

— En fait, je suis en congé aujourd'hui. Nous pourrions y aller cet après-midi, si vous voulez.

— J'adorerais ! Toi aussi, Dom, tu dois venir admirer notre ancêtre.

Le regard de Dominic rencontra celui de Gina. Il afficha un lent sourire.

— Si je peux déplacer mon rendez-vous de cet après-midi, volontiers.

Gina n'eut pas l'occasion de parler seule à seule avec sa grand-mère avant le milieu de la matinée. Zia était sortie sur la terrasse pour vérifier ses messages. Dominic s'était retiré dans le bureau pour passer quelques coups de fil. Dès qu'il fut hors de la chambre, elle se lança.

— Bon, grand-mère, racontez-moi tout. Qu'y a-t-il derrière ce soudain élan d'hospitalité envers des parents lointains que vous n'avez jamais rencontrés ?

— Eugenia, je n'allais tout de même pas laisser deux jeunes gens très charmants dormir à l'hôtel, alors que nous avons bien assez de place ici.

— Mais vous ne savez rien sur eux.

— C'est ce que Dominic a prétendu quand j'ai lancé mon invitation. Il l'a d'abord refusée, mais j'ai insisté.

— Vous ont-ils dit ce qu'ils font dans la vie ?

— Dominic travaille dans le domaine de la sécurité. Anastazia vient d'obtenir un diplôme de médecine à l'université de Semmelweis à Budapest.

Splendide, intelligente et médecin. Une autre pointe de jalousie la saisit. Elle aurait pu avoir de nouveau des complexes si Dominic n'était pas revenu dans la pièce.

— Je suis à vous pour l'après-midi, annonça-t-il, si vous êtes sûre de vouloir…

Il s'interrompit soudain et se tourna vers l'entrée. Gina distingua un faible bourdonnement.

— C'est mon téléphone, dit-elle. Je l'ai laissé sur la console de l'entrée, hier soir. Excusez-moi.

Sa boîte vocale s'était déjà déclenchée quand elle sortit le téléphone de son sac. Elle lut le nom de l'appelant sur l'écran et décrocha juste à temps.

— Bonjour, Jack.

— Bonjour, Gina. Je voulais juste savoir comment tu allais, après ta longue odyssée d'hier soir.

Le son de sa voix provoqua l'habituel flot d'émotions. Malgré leur séparation abrupte, elle constata que Jack lui manquait terriblement. Et que son corps le réclamait.

— Je vais bien, assura-t-elle, mais j'ai décidé de ne pas aller travailler, puisque j'avais pris ma journée de toute façon.

— Tu vas te reposer, alors ?

— Oui. Quoique, j'ai accepté d'emmener mes cousins au Met cet après-midi.

— Tes cousins ?

— Dominic et sa sœur, Anastazia. Leurs parents étaient de Prádzec qui faisait autrefois partie du duché de Karlenburgh.

— Et qui se trouve maintenant en Hongrie.

Evidemment, un ambassadeur savait ce genre de choses. Le téléphone collé contre son oreille, elle se dirigea vers le bout du couloir. Dominic s'était assis à côté de la duchesse et lui racontait quelque chose d'amusant, apparemment.

— La duchesse savait qu'ils venaient ? demanda Jack.

— Non. Et moi non plus ! Je pensais que Dominic était un cambrioleur quand je me suis retrouvée nez à nez avec lui, hier soir.

— Ils étaient dans l'appartement quand tu es rentrée ?

— Oui, ils séjournent ici.

Sa réponse fut suivie d'un court silence.

— Quel est leur nom, déjà ?

— Dominic et Anastazia St. Sebastian. Elle vient de terminer la faculté de médecine, et lui travaille dans la sécurité. Grand-mère n'a pas plus de détails pour l'instant.

Elle vit Zia rejoindre le petit groupe.

— Oh ! voilà Anastazia. Je ferais mieux d'y aller, Jack.

— Gina…

— Oui ?

— A propos de ce week-end…

— C'était juste moi, le coupa-t-elle rapidement.

Elle n'avait pas eu le temps de penser à tout ce qui s'était passé durant ces journées avec lui. Et ces nuits. Ces délicieuses nuits.

— Sûrement la faute de mes hormones déchaînées, ajouta-t-elle. Je te rappelle bientôt, entendu ?

— Entendu.

Elle raccrocha en soupirant. Certaines des émotions que Jack avait réveillées en elle devaient encore se lire sur son visage quand elle entra dans le salon. Elle ne pourrait pas les cacher à la duchesse, en tout cas.

— Qui était-ce, ma chère ?

— Jack.

— Hmm.

L'étrange inflexion dans sa voix captiva l'attention des deux invités. Mais ils étaient trop polis pour poser des questions. La duchesse lui laissa le soin de donner des précisions.

— Jack Mason. C'est un ambassadeur itinérant au Département d'Etat, à Washington.

L'expression d'intérêt mesuré de Dominic ne changea pas, mais pendant une fraction de seconde, elle crut voir briller une lueur dans ses yeux sombres. Comme la duchesse, il avait dû deviner que cet appel recelait bien plus qu'elle ne voulait le dire.

Après tout, pourquoi faire des cachotteries ?

— C'est le père de mon bébé, ajouta-t-elle.

Quand Gina eut raccroché, Jack passa de longues secondes à observer le centre commercial, par les fenêtres du bureau. Leur brève conversation se rejouait dans son esprit.

Deux cousins de Hongrie. Une arrivée surprise. Une rencontre en pleine nuit.

Il voulait croire que c'était sa récente confrontation avec des malfrats de la mafia russe qui le poussait à empoigner le téléphone. Mais, à la vérité, c'était surtout l'idée que ce cousin loge sous le même toit que Gina.

Son directeur de cabinet décrocha.

— Quoi de neuf, patron ?

— J'ai besoin d'un rapport sur deux Hongrois. Ils disent être frère et sœur et se font appeler Dominic et Anastazia St. Sebastian.

- 11 -

Les jours suivants passèrent très vite. Gina fut accaparée par son travail. Pendant ses heures de liberté, elle montrait à Zia et à Dominic le meilleur de New York, et se réjouissait d'entendre sa grand-mère raconter peu à peu ses souvenirs de jeunesse. Poussée par la présence de ses invités et par leur douce insistance, la duchesse partageait un peu de son passé.

Elle avait tout gardé si longtemps que chaque anecdote était une révélation. Toutefois, elle ne partageait que les souvenirs heureux, ceux d'une jeune fille née dans une famille d'aristocrates fortunés et qui avait eu toute l'Europe comme terrain de jeu. Fascinée, Gina apprit que sa grand-mère aurait pu concourir aux Jeux olympiques à l'âge de quinze ans en tant que cavalière si sa famille ne s'y était catégoriquement opposée. Charlotte s'était vengée en allant étudier l'histoire grecque et romaine à Prague.

— Prague est une ville si romantique, disait la duchesse à ses trois auditeurs.

Tous s'étaient réunis autour d'un dîner hongrois préparé par Zia et Dominic, pour remercier leur hôtesse de son hospitalité.

Dans les grands chandeliers d'argent, les flammes des bougies vacillaient doucement. Les restes du repas avaient été débarrassés, mais personne n'était pressé de quitter la table. Une carafe de *pálinka* en cristal de Bohême se trouvait à portée de main. Doublement distillé et d'une puissance explosive, le cognac parfumé à l'abricot était un cadeau de Zia et de Dom. La duchesse et ses invités sirotaient le breuvage avec parcimonie, dans leurs verres à pied. Gina se satisfaisait de son jus de canneberges, et appréciait l'air rêveur de sa grand-mère.

— C'est là-bas que j'ai rencontré le duc pour la première fois, relata la duchesse avec un sourire. A Prague. Une possible liaison entre nos familles avait été évoquée, mais rien de plus à l'époque.

— Alors, que faisait-il à Prague ? demanda Gina.

— A l'évidence, il avait décidé qu'il était temps de prendre femme, et il était venu voir si j'étais aussi scandaleusement moderne que la rumeur le prétendait.

Elle prit une gorgée de cognac, l'air pensif.

— Quand il est entré dans le restaurant où mes amis et moi dînions, j'ignorais qui il était. Tout ce que j'ai vu, c'était un homme grand, incroyablement beau, avec des cheveux noir de jais et le teint doré de ses ancêtres magyars. Déjà, à l'époque, il avait une telle présence ! Tous les regards se sont posés sur lui quand il s'est avancé vers ma table. Ensuite, il a fait une révérence, s'est présenté, et j'ai été perdue.

La duchesse s'interrompit, replongée dans ses souvenirs, et le regard de Gina dériva vers Dominic. Son teint olivâtre et ses cheveux noirs indiquaient que lui aussi avait du sang magyar dans les veines.

Tribus d'éleveurs nomades venues des steppes d'Asie centrale, les Magyars étaient souvent dépeints comme l'équivalent européen des cow-boys américains du Far West. Gina imaginait Dominic, au VIIIe ou au IXe siècle, monté sur un cheval, quand l'Interphone interrompit sa rêverie.

Elle retourna au présent dans un sursaut. La duchesse, également arrachée à ses pensées, plissa le front, l'air légèrement contrarié.

— J'y vais, déclara Gina.

Elle se dirigea vers l'appareil.

— Oui ?

— C'est Jerome, lady Eugenia. M. John Mason souhaite vous voir.

Jack ! Une joie pure et intense l'envahit.

— Faites-le monter ! Si vous voulez bien m'excuser, lança-t-elle au petit groupe, je dois aller ouvrir.

Elle se précipita vers l'entrée et sortit dans le couloir, regrettant de ne pas porter une tenue un peu plus élégante. Au moins, elle entrait toujours dans son jean moulant. Et son T-shirt extensible vert pomme mettait en valeur sa poitrine de femme enceinte.

Quand Jack sortit de l'ascenseur, elle oublia sa propre apparence pour se concentrer sur la sienne. Les grands Virginiens blonds et bronzés n'avaient rien à envier aux cow-boys hongrois.

Le simple fait de le revoir lui fit oublier les instants difficiles du week-end dernier. Et, comme la duchesse, il lui suffit d'un seul regard pour savoir qu'elle était perdue.

— Qu'est-ce que tu fais ici ?

— Je suis là pour deux raisons. Premièrement, je n'ai pas aimé la façon dont notre week-end s'est terminé. Je m'en veux encore de t'avoir laissée partir avec un simple baiser sur la joue.

— Oh ! je suppose que nous pouvons remédier à cela.

— Tu supposes bien.

Quand il la saisit par la taille, elle se blottit dans ses bras avec enthousiasme. Il enfouit une main dans ses cheveux et lui donna un baiser qui compensa largement leur dernière séparation.

Elle aurait voulu rester dans ses bras pour toujours. La sensation de son corps, sa saveur, son parfum l'enveloppaient comme de la soie. Elle sentait le cœur de Jack battre sous ses paumes, respirait le mélange enivrant de son après-rasage et de sa virilité.

Quand il releva la tête, elle lui sourit de tout son être.

— Tu as dit qu'il y avait deux raisons. Quelle est la seconde ?

Il ne marqua qu'une très courte pause avant de répondre, mais elle la remarqua tout de même.

— Tu m'as manqué.

— Etait-ce si difficile à avouer ? railla-t-elle.

— Essaie, tu verras.

— Tu m'as manqué.

Les mots lui étaient venus avec une telle facilité qu'elle ajouta :

— Terriblement.

Le murmure des voix à l'intérieur de l'appartement attira l'attention de Jack.

— Est-ce que je tombe à un mauvais moment ?

— Non, nous avons fini de dîner, nous discutions simplement autour de la table. Viens, je vais te présenter mes cousins.

Elle le conduisit dans la salle à manger et observa les réactions très variées avant de procéder aux présentations. Zia leva les coudes de la table. Quand elle détailla Jack de pied en cap, un lent sourire félin se peignit sur son visage.

Gina ne put s'empêcher d'être irritée. Mais elle remarqua alors l'expression de Dominic. Il semblait aussi fermé que sa sœur semblait ouverte. La duchesse, en revanche, était chaleureuse et accueillante.

— Bonsoir, monsieur l'Ambassadeur. Je suis heureuse de vous revoir.

A la mention de son titre, Zia haussa les sourcils. Elle regarda Jack puis Gina d'un air intrigué, tandis que Dominic se levait lentement.

— Je suis heureux de vous revoir aussi, duchesse.

Jack traversa la pièce pour venir lui serrer la main.

— Je suis désolé d'arriver à l'improviste.

— Inutile de vous excuser. Permettez-moi de vous présenter mes invités. Ils viennent de Hongrie.

— C'est ce que Gina m'a dit, en effet.

— Anastazia, je vous présente l'ambassadeur Jack Mason.

Il sourit à la jolie brune sensuelle et lui fit un baisemain.

— Appelez-moi Zia, suggéra-t-elle d'un ton séducteur. Et je vous appellerai Jack, vous êtes d'accord ?

— *Igen.*

— Merveilleux ! Vous parlez notre langue ?

— Juste assez pour commander un verre dans un bar.

— En Hongrie, plaisanta-t-elle, c'est plus que suffisant. Voici mon frère Dominic.

Jack contourna la table et lui tendit la main. C'était une politesse élémentaire, un geste universel reconnu de par le monde. Pourtant, quelque chose dans le regard qui accompagna cet échange intrigua Gina. Le message était subtil. Presque trop subtil. Elle en saisit le sens, ou crut le saisir.

Dominic aussi. Son sourire se fit sardonique. Puis, une lueur soudaine brilla dans son regard tandis qu'il serrait la main de Jack.

— Nous nous sommes déjà rencontrés, monsieur l'Ambassadeur, mais je doute que vous vous en souveniez.

— Je m'en souviens. Je me rappelle aussi que vous utilisiez un autre nom à l'époque.

Les deux hommes ignorèrent la surprise que leur échange produisit parmi leurs spectatrices.

— C'est vrai, admit Dominic d'un ton traînant. Et pour votre part, vous n'aviez pas encore acquis vos références diplomatiques si impressionnantes.

La duchesse ne semblait guère apprécier ce qui ressemblait de plus en plus à un duel entre cow-boys dans sa salle à manger. Avec une pointe d'irritation, elle tapa de la main sur la table pour obtenir l'attention des deux adversaires.

— Asseyez-vous, tous les deux. Jack, puis-je vous proposer un verre de cet excellent cognac ? Ou une tasse de café ?

— Un cognac, s'il vous plaît.

— Gina, si tu vas chercher un autre verre, peut-être Jack ou Dominic condescendront-ils à nous apprendre où et quand ils se sont rencontrés.

Le commentaire caustique fit son effet. Tandis que Gina sortait un verre à pied de l'élégant buffet Louis XV qui occupait un mur entier du salon, la tension entre les deux hommes baissa de quelques imperceptibles crans.

— C'est davantage votre histoire que la mienne, ambassadeur, esquiva Dominic, pour laisser la parole à Jack.

Jack accepta le verre que Gina lui avait servi en murmurant un remerciement, puis il s'adressa à la duchesse.

— Dominic et moi nous sommes rencontrés, il y a quelques années, à Malte. J'étais en mission pour les Nations Unies, j'enquêtais sur le transfert de jeunes femmes kidnappées en Europe de l'Est et vendues à de riches Arabes.

— Seigneur ! s'exclama la duchesse.

Elle lança un regard interrogateur à son invité, mais celui-ci fit signe à Jack de continuer.

— A Malte, nous avons eu connaissance de rumeurs concernant un bateau en provenance d'Albanie. Nous avons collaboré avec Interpol et les autorités maltaises pour intercepter le chalutier. Il y avait six filles à bord, toutes entre quinze et vingt ans, toutes droguées.

Jack fit tournoyer le contenu de son verre. Il détourna son regard de la duchesse pour le reporter sur l'homme face à lui.

— Le capitaine du chalutier a été tué lors d'un échange de tirs croisés. Du moins, selon la version officielle.

— Que veux-tu dire ? s'enquit Gina. Le capitaine a-t-il été tué ou non ?

Elle n'aimait guère la tournure que prenait la conversation. Sa grand-mère et elle avaient-elles été trop crédules ? Avaient-elles accepté trop vite la version de Dominic et Zia sur leur identité ? Avec un sentiment d'angoisse, elle se souvint à quel point son cousin lui avait paru dangereux quand elle l'avait surpris dans la cuisine.

— Le capitaine a été tué, confirma Jack, mais pas dans ces circonstances. A l'évidence, il a repéré les bateaux des forces de l'ordre sur son radar, et il a commencé à entraîner les filles sur le pont. Il voulait les jeter par-dessus bord, pour se débarrasser des preuves compromettantes, avant notre arrivée. C'est à ce moment-là qu'il a reçu une balle en pleine tête.

Dominic haussa une épaule.

— Ce salaud tenait une fille contre le bastingage. Ce n'était plus le moment de négocier.

— Je ne comprends pas, intervint Gina. Dominic, vous étiez sur l'un des bateaux de la police, non ?

— J'étais sur le chalutier.

— Comment ça ?

Il se pencha en avant.

— J'étais un agent sous couverture, Gina. Cela faisait des mois que j'essayais de faire tomber le chef de ce trafic d'êtres humains, mais je ne pouvais pas laisser le capitaine tuer une de ces filles.

— Ni prendre le risque d'être démasqué, murmura Jack dans le silence de stupéfaction qui s'ensuivit.

— En effet, répliqua Dominic, reportant son regard sur Jack.

— Il y a quelque chose de drôle dans cette histoire, reprit ce dernier sans quitter son interlocuteur des yeux. Interpol a dit que le second du capitaine du chalutier s'était échappé après son interpellation. Pourtant, il n'y aucune trace de son arrestation. Et l'officier qui avait soi-disant arrêté cet homme a disparu deux jours plus tard.

— Les Albanais ne sont pas des adversaires commodes, constata Dominic en souriant.

Gina n'arrivait pas à croire qu'ils étaient assis dans cette élégante salle à manger, en train de siroter du cognac et un jus de canneberges dans des verres en cristal de Bohême, tout en discutant calmement de trafic d'êtres humains et de morts en haute mer. Elle jeta un coup d'œil à sa grand-mère et vit la même incrédulité sur son visage. Même Zia semblait stupéfaite. A l'évidence, elle ignorait jusque-là que son frère était un agent secret.

— J'aimerais savoir une chose, reprit Jack. Où êtes-vous allé après Malte, St. Sebastian ?

— Un peu partout. J'ai effectué plusieurs missions. Comme vous, Mason.

— Vous ne travaillez plus pour Interpol.

C'était une affirmation, et non une question, mais Dominic répondit par un bref sourire.

— Plus maintenant. Je suis désormais ce que vous pourriez appeler un indépendant.

Et aussitôt, le Dominic inquiétant disparut. Il redevint le cousin de Gina. Beau, charmant, exotique, et plus intriguant qu'elle ne l'aurait jamais imaginé.

Elle raccompagna Jack à la porte une heure plus tard.

— Je ne savais pas que mon cousin était un agent secret.

— Le but n'est-il pas que personne ne le sache ?

L'acidité de son commentaire ne lui échappa pas.

— Je suppose, répondit-elle. Mais tout de même, tu dois admettre que tout cela fait très James Bond.

— Si tu le dis. Es-tu fatiguée ?

Le brusque changement de sujet la surprit. Et lui fit prendre conscience qu'elle n'était pas fatiguée du tout. Sans doute parce qu'il était encore relativement tôt. Ou alors, c'était la conversation qui l'avait stimulée. Ou bien le fait d'être là, si près de Jack.

— Pas vraiment. Pourquoi ?

— J'ai pris une chambre à l'Excelsior. Ce n'est qu'à quelques rues d'ici. Tu as envie de sortir un peu ? Nous devons reparler du week-end dernier.

La logique lui commandait de refuser. Elle n'avait pas encore fait le tri dans ses sentiments, après ces deux jours passés avec lui. Mais elle n'avait jamais été très portée sur la logique. Tandis qu'elle plongeait son regard dans le sien, la seule pensée qui lui traversait l'esprit était qu'elle rêvait de passer une heure ou deux en sa compagnie. Ou plus.

Elle n'avait jamais été du genre à jouer la comédie, encore

moins à cacher ses sentiments. La coquetterie ne faisait pas partie de son ADN. Alors, elle afficha un sourire enthousiaste.

— Attends-moi ici. Je vais prévenir grand-mère et les autres de ne pas m'attendre.

Ils décidèrent de rejoindre l'Excelsior à pied. La température était trop douce et les lumières de la ville trop belles pour prendre un taxi, d'autant que l'hôtel n'était qu'à quelques rues. Quand ils pénétrèrent dans le hall du Dakota, Jack se dirigea vers l'entrée principale donnant sur la Soixante-douzième Rue Ouest, mais Gina l'entraîna vers la cour intérieure.

— Par ici, c'est plus court.

Ils se retrouvèrent sur la Soixante-treizième Rue et prirent la direction de Central Park Ouest. Gina mit sa main dans la sienne quand ils longèrent le Muséum d'Histoire naturelle. Et quand ils furent dans l'ascenseur de l'hôtel, Jack captura ses lèvres.

Elle ne pouvait pas attribuer l'onde de chaleur qui l'envahit à ses seules hormones. Jack en était l'unique responsable. Il mettait ses sens en alerte, attisait le feu dans son corps. Elle s'obligea à attendre qu'il ait ouvert la porte de sa chambre avant de se jeter dans ses bras. Ensuite, plus rien ne l'arrêta.

— J'espère que c'est ce que tu avais en tête quand tu m'as demandé si je voulais sortir, marmonna-t-elle alors qu'elle ouvrait frénétiquement les boutons de sa chemise.

— Ça y ressemble, oui.

Sa voix était chaude et rugueuse. Comme ses mains. Remontant son T-shirt, il prit ses seins engorgés en coupe. Il ne fallut qu'une caresse de ses pouces sur ses tétons sensibles pour qu'elle gémisse. En proie à un désir ardent, elle plaqua sa bouche et son corps contre les siens. Ils étaient tous deux à moitié nus quand elle jeta un regard sur le luxueux salon.

— Il y a bien un lit quelque part, dis-moi ?

— Bien sûr.

La chambre était aussi magnifique que le reste de la suite, avec ses moulures et son papier peint de soie. Toutefois, aucun d'eux ne s'attarda sur la décoration. Seul le lit à baldaquin de bois sculpté retint leur attention. Le couvre-lit de soie champagne réclamait d'être ouvert. Jack s'en chargea, puis il l'étendit sur les draps de satin froids. S'asseyant à côté d'elle, il acheva de se déshabiller. Elle dévora des yeux son torse lisse et musclé. Ses abdominaux saillants. Son ventre plat. Son sexe dressé.

Il fallait qu'elle le touche. Qu'elle le savoure. S'étant agenouillée, elle se plaça au bord du matelas et enroula la main autour de son sexe dressé. Il était chaud sous sa paume, et déjà débordant de désir. La perle laiteuse au bout de son érection la fit frissonner. L'idée qu'elle puisse l'amener à un tel stade d'excitation à l'aide d'un seul baiser, d'une seule caresse, suffit à embraser son propre désir. Penchant la tête, elle le prit en bouche.

Jack supporta le supplice exquis aussi longtemps qu'il le put. Jusqu'à ce que le besoin d'être en elle soit plus fort. Il semblait vouloir prendre possession d'elle. La faire sienne, et laisser sa marque sur elle.

Mû par un instinct primaire, il l'étendit sur le dos et s'allongea au-dessus. Elle écarta les jambes avec enthousiasme, et il la pénétra sans attendre, tandis qu'elle se cambrait pour plaquer ses hanches contre lui. Encore. Et encore.

Jack s'extirpa d'un profond sommeil et retrouva aussitôt sa vigilance habituelle. La chambre d'hôtel était encore plongée dans l'obscurité et dans un silence profond, même si une faible lumière grisée commençait à filtrer entre les rideaux.

Gina était allongée à côté de lui. Prenant soin de ne pas la réveiller, il s'écarta doucement et sortit du lit.

Son pantalon et son caleçon étaient là où il les avait laissés. Il les enfila puis se posta à la fenêtre. Ecartant les rideaux, il constata que la ville ne s'était pas encore réveillée. Comme Jack, New York savourait les derniers instants de calme avant l'agitation de la journée.

Il observa le Muséum d'Histoire naturelle de l'autre côté de la rue, et tenta de se souvenir de la dernière fois où il s'était senti aussi détendu. Aussi serein. Ça ne lui était pas arrivé depuis la mort de Catherine, en tout cas.

Ni même avant.

La pensée traîtresse lui échappa avant qu'il ne puisse la contenir. Il n'y avait qu'ici, dans cette chambre feutrée, avec Gina à quelques mètres à peine, qu'il pouvait admettre la douloureuse vérité.

Catherine était une femme brillante et pleine d'énergie. Sportive, compétitrice et dévouée aux causes auxquelles elle croyait. Aussi l'aimer et vivre avec elle avait requis des efforts constants.

Se serait-il épuisé à force ? Se seraient-ils épuisés tous les deux ?

Ou auraient-ils découvert ce qu'il avait trouvé de manière si rapide et si inattendue avec Gina ? Il tenta de trouver le mot exact. Ce n'était pas de la paix. Ou de la plénitude. Ou de la certitude. Dieu savait qu'il n'y avait rien de certain ou de prévisible chez Eugenia Amalia Thérèse St. Sebastian !

Et ce qu'il ressentait pour elle n'était pas uniquement lié au bébé. Le fait qu'elle porte son enfant était important, bien sûr. Comment pourrait-il en être autrement ? Mais ce qui lui nouait la gorge d'émotion à cet instant, c'était Gina. Et uniquement Gina.

Bon sang ! Pourquoi ne pouvait-il pas l'admettre, tout simplement ? Il était amoureux d'elle. D'accord, elle l'exaspérait parfois. Et, oui, elle était l'une des femmes les plus têtues qu'il ait jamais rencontrées. Pourtant, tout son corps se réchauffa à la pensée de se réveiller à côté d'elle chaque… chaque…

Faisant volte-face, il se dirigea vers le lit d'un pas déterminé et s'assit au bord.

— Gina, réveille-toi.

Elle grommela une protestation et enfonça la tête dans son oreiller.

— Réveille-toi.

— Quoi…

Elle leva un visage à moitié caché par ses cheveux et cligna des yeux.

— Qu'y a-t-il ?

— Assieds-toi un instant.

En maugréant, elle s'appuya contre la tête de lit, remontant le drap de coton égyptien sur elle.

— Il vaut mieux que ce soit une bonne nouvelle, marmotta-t-elle.

Elle écarta les cheveux de son visage et coinça le drap autour de ses seins.

— Je vais te dire ce qui se passe. Je t'aime. Je veux me réveiller près de toi chaque matin, pour tout le temps que nous avons ensemble. Le problème, c'est qu'aucun de nous ne sait de combien de temps nous disposons.

Il la saisit par les bras, et ses doigts s'enfoncèrent dans sa chair quand il poursuivit :

— J'ai appris à mes dépens qu'il n'y avait pas de garanties. Tu… nous devons saisir la chance de bonheur qui nous est offerte maintenant, aujourd'hui. Je comprends que tu essaies de composer avec tous les changements en cours dans ta vie, mais…

— Attends ! Attends juste une minute.

Elle se dégagea, et il étouffa un juron. Il y était allé trop fort. Il allait opérer une retraite stratégique quand elle se leva, entraînant le drap avec elle, et pointa un index dans sa direction.

— Reste exactement là où tu es. Il faut que j'aille aux toilettes. Et que je me passe de l'eau sur le visage. Et que je me brosse les dents. Ensuite, je reviendrai dans ce lit, et tu me répéteras une partie de ton discours.

— Quelle partie ?

Elle lui lança un regard par-dessus son épaule en se dirigeant vers la salle de bains. Le sourire qu'elle lui offrit illumina toute la pièce.

— La partie où tu disais que tu m'aimes.

Jack resta assis, en souriant béatement.

Il souriait encore quand il entendit un léger bruit provenant du salon. Une seconde plus tard, la porte s'ouvrit à la volée et claqua contre le mur. Trois hommes firent irruption dans la pièce.

Il réagit aussitôt. Sa première et unique pensée fut de les détourner de Gina. Bondissant à l'autre bout du lit, il saisit la seule arme disponible. Il tenait la lampe de chevet derrière son dos quand le mastodonte chauve qui dirigeait le groupe sortit un semi-automatique muni d'un silencieux. Le rayon d'un viseur laser peignit une cible rouge en plein centre de sa poitrine nue.

— Ne soyez pas imprudent, ambassadeur.

Il reconnut aussitôt cette voix. C'était celle de Dominic St. Sebastian qui apparut derrière le géant armé.

- 12 -

— Bien, lança joyeusement Gina lorsqu'elle sortit de la salle de bains, reprenons là où nous en étions…

Elle se figea net. Serrant la serviette qui l'enveloppait, elle regarda, bouche bée, le tableau qui l'accueillait. Jack serrait une lampe de chevet comme si c'était une batte de base-ball. Un monstre au crâne rasé pointait une arme sur son torse. Un autre observait Gina d'un air lubrique. Puis, elle vit Dominic, dont le regard sombre lui envoyait un message qu'elle n'arrivait absolument pas à interpréter.

— Qu'est-ce que… ?

Elle recula malgré elle et heurta le mur.

— Que… ?

— Très joli, ambassadeur.

L'accent de l'étranger au regard lubrique était si prononcé que Gina parvint à peine à le comprendre.

— Votre femme se vendrait un bon prix, non ?

— Jack ! Dominic ! s'écria t elle. Que se passe-t-il ?

Dominic avança vers elle, lui communiquant un signal que son cerveau affolé refusait d'interpréter.

— Ecoutez-moi, Gina. Ces hommes et moi avons une affaire à régler, une affaire qui implique Jack. Quand vous vous réveillerez, vous comprendrez.

— Quand je… quand je me réveillerai ?

Un petit sourire contrit fendit sa mine sombre. Juste le temps de distraire Gina du coup qui visa son menton et la projeta en arrière. Elle sentit Dominic la rattraper quand elle s'effondra, entendit Jack hurler un juron, perçut une agitation de l'autre côté de la pièce, puis un bruit sourd.

Et tout devint noir.

Elle revint lentement à elle, hébétée et désorientée. Quand son esprit embrumé s'éclaircit, elle constata qu'elle était étendue sur le lit défait, son corps nu couvert par sa serviette. Seule.

Elle découvrit aussi que sa mâchoire la faisait horriblement souffrir. La douleur pénétra dans le brouillard qui l'enveloppait. Une série d'images jaillit dans son esprit, précises, froides et terrifiantes. Les deux hommes. Dominic. L'arme et son horrible silencieux.

— Jack !

Saisie de terreur, elle se redressa en sursaut, aussitôt en proie au vertige. Elle dut s'appuyer pour garder l'équilibre, et la serviette tomba à ses pieds.

Dès que son étourdissement fut passé et qu'elle eut noué la serviette autour de son corps, elle se précipita vers le salon.

Rien. Personne. Pas une table retournée. Pas de trace de Jack, ou des deux malabars.

Et aucune trace de Dom.

Elle n'avait pas encore digéré ces instants, avant que son cousin l'ait assommée. Elle n'avait pas vraiment compris les images frappantes qui avaient jailli dans sa tête. A présent, elle les reliait ensemble, et le scénario qui se dessinait lui donnait envie de vomir.

Dominic ! Juste ciel, Dominic ! A quoi était-il mêlé ? Pourquoi avait-il conduit ces hommes jusqu'à Jack ? Que cherchaient-ils ?

Cinq épuisantes heures plus tard, Gina n'avait toujours pas de réponse à ses questions. Pas plus que la petite armée d'agents de la ville, de l'Etat et du pays arrivés à l'Excelsior après son appel au secours.

Deux agents de la police de New York arrivèrent juste après

les vigiles de l'hôtel. Ils furent suivis par une vertigineuse succession d'agents : deux enquêteurs en civil ; une équipe de la police criminelle venue passer la suite au peigne fin en quête d'empreintes et d'autres preuves ; un individu au visage sombre qui se disait membre de l'unité de contre-terrorisme de la ville ; un agent du Bureau du Gouverneur qui assurait la liaison avec l'Albanie ; un représentant du ministère de la Sécurité intérieure ; et une grande femme anguleuse du Bureau des Missions étrangères de New York, envoyée à la demande expresse du Département d'Etat pour découvrir ce qui était arrivé à l'ambassadeur Mason.

L'agent du FBI Pamela Driskell dirigea les diverses forces rassemblées à la hâte. Elle le fit avec un tact et une finesse qui témoignait d'une grande expérience des épineux problèmes de juridiction.

— Selon la section 1114 du titre XVIII du code des Etats-Unis, le FBI est responsable de la protection des agents et employés des Etats-Unis, expliqua-t-elle avec un accent du sud qui contrastait avec ses cheveux courts et sa carrure trapue.

Puis elle s'adressa à Gina.

— Maintenant, dites-moi tout ce que vous savez sur votre cousin.

Gina commença par la visite surprise de Dominic et de sa sœur, et termina par les révélations stupéfiantes d'hier soir.

— Je n'ai pas eu tous les détails. Je sais seulement que Dominic et Jack — l'ambassadeur Mason — se sont croisés, il y a quelques années, pendant une mission d'enquête des Nations Unies sur l'esclavage de jeunes femmes occidentales.

Driskell lança un regard à la représentante du Département d'Etat.

— Vous savez quelque chose là-dessus ?

— Non, mais je vais me renseigner.

Sortant son BlackBerry, elle s'écarta pour passer un appel. Driskell reporta son attention sur Gina.

— Dominic, continua Gina, était à l'époque un agent infiltré. Il travaillait pour Interpol.

— Ah, oui ? Eh bien, nous allons vérifier cela aussi. A présent, je pense qu'il est temps que nous parlions à la sœur de votre cousin.

Elle claqua des mains pour obtenir l'attention de toutes les personnes présentes dans la suite.

— Vous avez d'autres questions pour Mlle St. Sebastian ? Bien, je la reconduis chez elle. Kowalski et moi allons interroger Anastazia St. Sebastian.

Quand Gina et son escorte arrivèrent, Jerome était à son poste. L'inquiétude traçait de profonds sillons sur son visage marqué, et son regard choqué se porta sur l'hématome qui s'était développé sur le menton de Gina.

— Ce n'est pas aussi terrible que ça en a l'air, le rassura-t-elle.

En fait, c'était pire, mais le portier n'avait pas besoin de le savoir.

— Deux policiers sont arrivés tout à l'heure, rapporta-t-il.

Elle hocha la tête, sachant que Driskell avait demandé à la police de la ville d'envoyer deux agents. Juste au cas où Dominic réapparaîtrait.

— L'un d'eux attend dans le hall, expliqua Jerome, l'air préoccupé. L'autre est monté à l'appartement de la duchesse. Pouvez-vous me dire ce qui se passe, lady Eugenia ?

L'agent spécial Driskell voulut intervenir, mais Gina leva la main.

— Tout va bien. Je connais cet homme depuis toujours. Je me sens plus en sécurité avec lui qu'avec cinq agents du FBI.

Driskell haussa un sourcil, mais ne protesta pas.

— Nous enquêtons sur l'enlèvement supposé de l'ambassadeur Jack Mason, répondit-elle. Nous avons des raisons de croire que Dominic St. Sebastian est peut-être impliqué.

— Non ! s'exclama Jerome avec un mouvement de recul. Je ne peux pas le croire.

— Pourquoi pas ?

Il marqua un temps avant de répondre.

— J'ai vu M. St. Sebastian et sa sœur avec la duchesse, répondit-il enfin. Ils sont très gentils avec elle. Très attentionnés, et pleins de sollicitude.

Driskell afficha une moue sceptique.

— A quelle heure avez-vous pris votre service ce matin ?

— A 9 heures.

Les événements à l'Excelsior s'étaient produits plus tôt, mais Driskell tenta tout de même sa chance.

— Avez-vous vu deux hommes rôder dans le voisinage ? Un grand homme chauve ? Et un autre plus petit, à l'accent prononcé ?

Jerome se redressa, tout en dignité blessée sous son uniforme d'été.

— Si j'avais vu qui que ce soit rôder dans les environs du Dakota, vous pouvez être sûrs que j'aurais prévenu les forces de l'ordre.

— Je vais donc prendre cela pour un non, conclut Driskell avec son accent traînant si trompeur.

Le policier en poste dans le hall les informa que personne n'avait vu Dominic St. Sebastian, ses complices supposés, ou l'ambassadeur Mason. Son collègue, assigné à la surveillance de l'appartement de la duchesse, fit le même rapport.

Gina ne l'entendit qu'à moitié. Son attention se reporta sur sa grand-mère. La duchesse était assise très droite sur sa chaise à haut dossier. Maria se tenait à côté d'elle, les épaules affaissées. Les deux femmes, inquiètes et tendues, sursautèrent quand elle apparut.

— Eugenia !

Le soulagement se peignit sur le visage de la duchesse. Puis elle sembla se recroqueviller, comme si son répit avait été de courte durée.

Gina traversa la pièce en toute hâte et tomba à genoux, à côté de la femme qui avait toujours été son ancre. La terreur qu'elle avait tenue à distance monta de nouveau, mais elle la réprima. Elle n'allait pas aggraver les problèmes cardiaques de sa grand-mère en se laissant aller à une crise d'hystérie.

— Je vais bien, grand-mère.

— Qu'est-il arrivé à ton visage ?

Elle réfléchit, mais ne put trouver aucun moyen d'édulcorer la vérité.

— Dominic m'a assommée.

— Non ! s'écria Zia.

L'unique syllabe fendit l'air comme un éclair d'été. Gina vit Zia bondir sur le canapé, le regard sauvage.

— Mon frère ne frapperait jamais une femme !

— Apparemment, si, rétorqua Gina.

— Je ne vous crois pas !

Sa dénégation farouche la fit réfléchir. Jerome et Anastazia. Cela faisait deux personnes en moins de cinq minutes qui refusaient d'accepter le rôle de son cousin dans les événements de ce matin.

Sa grand-mère fut la troisième.

— Je ne peux pas le croire non plus, renchérit la duchesse d'une voix tremblante que Gina ne lui connaissait pas. Je t'en prie, Eugenia, présente-moi à ces personnes. Et ensuite, pour l'amour du ciel, assieds-toi et dis-nous ce qui s'est passé. Zia, Maria et moi avons imaginé toutes sortes de choses terribles.

Les présentations furent rapides. Le récit également. Que pouvait-elle ajouter aux faits bruts ? Elle était sortie de la salle de bains pour trouver Dominic et deux étrangers dans la suite de Jack. Dominic s'était avancé et l'avait assommée. A son réveil, elle avait constaté qu'elle était seule.

— Tout cela n'a aucun sens, affirma farouchement Zia. Mais si c'est bien ce qui s'est passé, Dom avait une raison pour agir ainsi.

L'agent Driskell intervint.

— Nous aimerions vous parler de votre frère, mademoiselle St. Sebastian.

— Dr St. Sebastian, rectifia Zia d'un ton cinglant.

— Soit.

L'agent se tourna vers la duchesse.

— Y a-t-il un endroit où mon partenaire et moi puissions parler en privé avec le Dr St. Sebastian ?

— Bien entendu. Maria, voulez-vous les conduire dans la salle à manger ?

La porte de la cuisine bruissa derrière eux, laissant Gina et sa grand-mère seules pendant quelques précieux instants.

— Eugenia, je t'en prie, sois honnête avec moi.

La duchesse tendit une main tremblante.

— Es-tu tombée ? Le bébé ou toi avez-vous été blessés ?

— Non.

Elle prit la main de sa grand-mère et se laissa choir sur la chaise que Maria avait laissée vacante.

— Dominic m'a rattrapée avant que je ne tombe par terre.

— Il t'a assommée mais t'a rattrapée ? Cela… cela n'a pas de sens.

— Je sais.

Gina n'était pas plus éclairée quand l'agent Driskell et son partenaire prirent congé quelques instants plus tard. Avant de partir, Driskell tendit à Gina une carte de visite avec ses numéros de téléphone.

— Il se peut que votre cousin ou l'un de ses comparses essaient de vous joindre. Si c'est le cas, appelez-moi tout de suite.

— Je le ferai, promit-elle, glissant la carte dans la poche de son jean. Et vous me téléphonerez immédiatement s'ils contactent quelqu'un au bureau de Jack ?

Driskell hocha la tête.

— En attendant, nous allons laisser un agent de police devant votre appartement, juste au cas où.

Après le départ des agents, un silence gêné s'instaura entre les quatre femmes. Maria le brisa en se levant lourdement.

— Vous devez manger, *duquesa.* Nous le devons tous. Je vais préparer une *frittata.*

Elle laissa Gina et la duchesse avec Zia qui semblait à l'évidence inquiète.

— Je savais que mon frère avait travaillé pour Interpol, dit la jeune femme, mais j'ignorais qu'il était… qu'il était…

Elle agita la main, comme si elle essayait de trouver le mot exact.

— Un agent infiltré ? suggéra Gina.

— *Igen !* Un agent infiltré.

Son accent de plus en plus marqué trahissait son agitation.

— Dominic ne parlait jamais de cela avec moi. Ou avec nos parents.

Gina voulait la croire. Mais son menton douloureux lui dictait le contraire.

— Il a dit hier soir qu'il ne travaillait plus pour Interpol, rappela-t-elle froidement. Si je me souviens bien, il a déclaré qu'il travaillait maintenant en indépendant. Qu'est-ce que cela veut dire, au juste ?

— Je l'ignore. Ça a quelque chose à voir avec la sécurité. Il travaille un peu partout dans le monde. Mais… je n'en sais pas plus.

Elle passa la main dans ses cheveux noirs et soyeux. Elle portait une tenue décontractée aujourd'hui, un caleçon bleu marine et une tunique couleur crème ceinturée, dont le large col dévoilait une épaule. Grande, mince et incroyablement élégante, elle lui donna des complexes, une fois de plus.

Elle-même ne s'était ni coiffée, ni maquillée. En dehors du moment où elle avait appliqué sur sa mâchoire la poche de glace que le partenaire de l'agent Driskell avait constituée avec une serviette et les glaçons du minibar, elle n'avait pas pensé une seconde à son apparence.

A présent, elle voulait prendre une douche, changer de

vêtements et de sac de glace. Mais elle hésitait à passer du temps dans la salle de bains, même pour une rapide toilette. Et si l'agent Driskell téléphonait ? Ou Dominic ? Ou Jack ?

Elle hésitait encore quand Zia s'adressa à la duchesse.

— C'est très gênant pour vous, lança-t-elle avec raideur. Et pour moi. Je devrais peut-être faire mes bagages et… ceux de Dom… et aller à l'hôtel.

La duchesse s'apprêtait à répondre quand le téléphone se mit à sonner. Gina se jeta dessus, avec une prière fervente. *Jack ! Seigneur, faites que ce soit Jack !*

Elle décrocha d'un geste brusque, et colla l'écouteur contre son oreille.

— Allô ?

— Gina ! Dieu merci !

Elle dut tendre l'oreille pour distinguer la voix de sa sœur que couvrait le rugissement d'une sorte de moteur.

— Grand-mère nous a téléphoné, cria Sarah. Elle a dit que tu avais été impliquée dans une sorte d'incident. Tu vas bien ?

— Je vais bien.

— Le bébé ?

Gina posa la main sur son ventre. Dominic l'avait rattrapée juste avant que ses genoux ne cèdent. Elle n'avait pas heurté le sol, n'avait été frappée qu'au menton. Il avait dû le faire exprès, songea-t-elle.

— Il va bien aussi, assura-t-elle. Quel est ce bruit ? Où es-tu ?

— Sur le point d'atterrir à l'héliport de la Trente-quatrième Rue.

— Tu es ici ? A New York ?

— Dev a fait affréter son jet privé deux minutes après l'appel de grand-mère. Nous serons au Dakota dans très peu de temps. Gina, tu n'es pas blessée ? Jure-moi que tu n'es pas blessée !

— Je te le jure.

— Bien, à tout à l'heure, alors.

Gina raccrocha, luttant contre le besoin presque écrasant d'éclater en sanglots. Bon sang ! Ces hormones kamikazes la tuaient ! Mais elles n'étaient pas seules en cause. Savoir que sa sœur, qui avait toujours été et serait toujours sa plus proche amie, s'était précipitée à New York après un seul coup de fil la touchait au plus haut point.

Elle ravala ses larmes et offrit un sourire tremblant à la duchesse.

— C'était Sarah.

— C'est ce que j'ai cru comprendre. Sont-ils à New York ?

— Ils sont sur le point d'atterrir à l'héliport de la Trente-quatrième Rue.

Les paupières fines de sa grand-mère battirent, comme si elle faisait une prière.

— Dieu merci.

Quand elle rouvrit les yeux, le soulagement se peignait sur son visage.

— Si quelqu'un peut résoudre cette affaire, c'est bien Dev.

Gina ne voyait guère ce que son beau-frère pourrait faire de plus que deux douzaines d'agents de la ville, de l'Etat et les fédéraux réunis. Elle miserait sur Dev, cependant. Il n'était pas tenu de suivre les mêmes règles que les enquêteurs officiels.

— Je dois partir, déclara Zia, revenant au sujet qu'elle avait abordé avant le coup de téléphone. Votre autre petite-fille va venir, c'est ça ? Vous aurez besoin de sa chambre.

— Pourquoi ne pas attendre que Sarah et Dev arrivent avant de décider ? suggéra la duchesse.

Zia n'était pas dupe. Pas plus que Gina, d'ailleurs. Elles savaient toutes deux que la duchesse comptait garder leur seul lien avec Dominic à proximité, jusqu'à ce que Dev ait l'occasion de lui parler.

— Très bien, acquiesça Zia avec un signe de tête.

Soudain, elle s'effondra sur le canapé et se prit la tête à deux mains.

— Dom est le meilleur des frères, gémit-elle. Je ne comprends pas. Je ne comprends rien de ce qui se passe.

Sa détresse semblait sincère. Si Zia portait à son frère ne serait-ce que la moitié de l'amour que Gina portait à Sarah, cette situation folle devait la déchirer.

Cette prise de conscience renforça son sentiment de parenté avec sa cousine. Elle se leva et s'avança vers elle quand l'Interphone sonna. Elle courut répondre.

— C'est Gina, Jerome.

— Un monsieur désire vous voir, lady Eugenia. M. John Mason dit…

— Faites-le monter !

Dieu soit loué ! Jack était de retour.

Elle courut vers la porte et l'ouvrit à la volée. Elle dansait d'un pied sur l'autre quand l'ascenseur s'ouvrit. Et elle se figea, un pied en suspens.

Le père de Jack sortit de l'ascenseur, le visage rouge.

— Dans quel guêpier avez-vous entraîné mon fils, bon sang ?

- 13 -

Elle recula d'un pas, sonnée par sa violente accusation. Avant qu'elle puisse répondre, avant même qu'elle puisse penser à réagir, Zia surgit dans le couloir.

— Venez vite ! L'agent spécial Driskell est au téléphone. Elle pense avoir une piste.

Gina courut dans le salon. Des pas résonnèrent derrière elle, mais elle n'avait aucune pensée à accorder au père de Jack pour l'instant. Le cœur battant, elle saisit le combiné que la duchesse lui tendait.

— Gina St. Sebastian à l'appareil. Que se passe-t-il ?

— Nous venons de recevoir une information d'Interpol, expliqua Pamela Driskell avec une excitation à peine réprimée. Antonio Cordi a disparu de leur radar, il y a trois jours. Il se peut qu'il soit entré aux Etats-Unis avec un faux passeport.

Comme si cela éclairait Gina !

— Qui est Antonio Cordi ?

— Il est le chef supposé d'une mafia qui opère dans le sud de l'Italie. Malheureusement, personne n'a pu infiltrer l'organisation ou s'approcher suffisamment pour réunir la moindre preuve contre lui.

— Vous plaisantez !

Elle serra le téléphone si fort que ses phalanges blanchirent.

— Quel lien Jack, je veux dire l'ambassadeur Mason, a-t-il avec un parrain de la mafia ?

John Harris Mason II, la mine sinistre et pâle, apparut dans son champ de vision.

— Je peux répondre à cette question.

Gina avait le téléphone collé à son oreille, et tentait de digérer l'annonce étonnante de John II quand elle entendit de l'agitation dans l'entrée. Son cœur fit un bond.

Jack ! Dominic ! Seigneur, faites que ce soit l'un d'eux !

Quand Sarah et Dev apparurent, elle fut submergée par des vagues successives de déception écrasante et de joie sincère. Tout en leur adressant un signe de la main frénétique, elle relata les propos de M. Mason à l'agent du FBI.

— Le père de l'ambassadeur est chez nous. Il dit détenir des informations sur cet Antonio Cordi.

— Qu'il reste où il est ! Mon partenaire et moi ne sommes qu'à quelques rues. Nous arrivons.

Les pensées en ébullition, elle reposa le téléphone sur sa base.

— L'agent Driskell veut vous interroger. Elle est en chemin.

Sa grand-mère donna un coup de canne contre le parquet.

— Il me semble que les présentations sont requises, Eugenia.

— Oh ! c'est vrai. Grand-mère, Sarah, Dev, Zia… je vous présente John Mason, le père de Jack. John, voici ma grand-mère, ma sœur, mon beau-frère et… et ma cousine.

Elle n'avait pas eu l'intention d'hésiter sur la dernière partie. Au fond d'elle-même, elle refusait de croire à la culpabilité de Dominic. Toutefois, elle n'avait toujours pas trouvé d'explication à son rôle dans les événements de la journée. Pas plus que sa sœur. Ces questions sans réponse planaient sur la pièce comme un nuage noir.

Zia adressa un bref signe de tête aux nouveaux arrivants. Gina pria pour que la duchesse n'ait pas entendu l'accusation proférée par le père de Jack dans le couloir, quelques instants plus tôt. Sinon, ça risquait de chauffer !

Ce n'était pas le cas, heureusement. La duchesse se leva en s'appuyant sur sa canne d'ébène, et tendit une main aux veines bleutées au père de Jack.

— Je suis désolée que nous devions nous rencontrer en

des circonstances si malheureuses, John. Je peux vous appeler John, n'est-ce pas ?

Il hocha brièvement la tête, de toute évidence plus concerné par son fils que par les civilités d'usage.

— Bien, et vous pouvez m'appeler Charlotte. Maintenant, je vous en prie, asseyez-vous, et dites-nous quel lien entretient votre fils avec un parrain de la mafia.

Mason balaya sa demande d'un revers de la main.

— J'attendrai le FBI.

Gina mit sa rudesse sur le compte de l'inquiétude qui devait le ronger, mais elle grimaça en voyant l'expression que sa rebuffade avait dessinée sur le visage de sa grand-mère.

— Gina dit qu'un agent du FBI va venir prendre ma déposition. J'attendrai et…

— Non, monsieur, vous n'attendrez pas.

La canne de la duchesse fendit l'air et se pointa vers le torse de John Mason.

— Regardez l'hématome sur le menton de ma petite-fille, poursuivit-elle d'un ton glacial et hautain. Si vous savez comment expliquer pourquoi son cousin se sentait obligé de la frapper et de disparaître avec votre fils, je veux l'entendre. Sur-le-champ.

Gina supposait que John II avait rarement, voire jamais, battu en retraite. Il ne s'y plia pas exactement à cet instant, mais il consentit néanmoins à répondre.

— Je ne peux pas expliquer pourquoi le… le cousin de Gina l'a frappée, ou son implication dans cette situation. J'ai ma petite idée, mais rien de solide. Tout ce que je peux vous dire, c'est que j'ai dirigé autrefois une délégation qui avait pour but d'examiner les pratiques bancaires internationales liées au blanchiment d'argent, aux Etats-Unis et à l'étranger. Nous avons passé des mois en Amérique du Sud et en Europe à fouiller des comptes détenus par une organisation criminelle italienne, la 'Ndrangheta.

— Poursuivez, ordonna la duchesse en se rasseyant. Et, pour l'amour du ciel, asseyez-vous.

L'exigence d'un semblant de normalité eut raison de l'hostilité de John II. Il s'enfonça sur une chaise, l'air soudain défait et bien plus vieux que son âge.

Gina, Sarah et Zia s'installèrent sur le canapé. Dev occupa la chaise à haut dossier placée devant le bonheur-du-jour à bords dorés de la duchesse. Tous les regards étaient braqués sur le père de Jack quand il reprit son terrible récit.

— Nous étions à Rome. Avec l'aide des autorités italiennes, nous avons commencé à déchiffrer un dédale de transactions au troisième ou quatrième rang. L'un de ces rangs nous a menés à un membre de la 'Ndrangheta appelé Francesco Cordi.

— Je croyais qu'il s'appelait Antonio, fit remarquer Gina.

— Francesco est, ou plutôt était, le frère d'Antonio.

— Etait ?

— Francesco est mort.

John se passa une main sur le visage. Il était évident que le souvenir de son séjour à Rome était encore vivace.

— Il n'a pas apprécié pas que nous fourrions le nez dans ses affaires, et il a décidé de nous le faire savoir. Deux de mes collègues ont péri dans l'explosion de leur voiture. Nous avons découvert plus tard que j'étais le prochain sur leur liste. Par chance, ou par malheur, comme je le pense maintenant, Jack est venu à Rome dès les premiers signes inquiétant. Il était avec moi quand Francesco a tenté de m'éliminer.

Un sourire fugace passa sur le visage du diplomate.

— Il ne restait plus grand-chose de lui, quand son corps a été renvoyé à son frère Antonio.

— Frère qui est maintenant ici, aux Etats-Unis, expliqua Gina à Sarah et à Dev. Le FBI dit qu'ils ont un tuyau qui…

La sonnerie de l'Interphone la fit sursauter.

— Ce doit être l'agent Driskell et son partenaire, supposa-t-elle.

Mais elle se trompait. Elle sentit son ventre se serrer quand Jerome annonça un autre visiteur.

Le détestable directeur de cabinet de Jack. Exactement ce dont elle avait besoin. Fermant les yeux, elle appuya le front contre le mur.

— Il souhaite vous parler. Dois-je l'autoriser à monter ?

Diable, non ! Elle savait très bien que le petit crapaud zélé ne détenait aucune information vitale liée à l'enlèvement de son patron. Si tel était le cas, il se serait directement adressé au FBI. Elle était également prête à parier qu'il avait déjà usé du poids de son employeur pour leur soutirer tous les détails possibles. A présent, il voulait les entendre de la bouche des principaux intéressés.

Mais pouvait-elle lui en vouloir ? Vickers et Jack se connaissaient depuis longtemps. Il était sans doute aussi secoué que toutes les personnes présentes. Avec un soupir, elle releva la tête.

— Faites-le monter.

Une fois que Vickers eut salué le père de Jack et eut été présenté aux autres, Gina eut rapidement la confirmation de ses suppositions. Il avait parlé à tous les agents impliqués dans le dossier, sans exception.

— Ils ne peuvent rien me dire en dehors des informations de base. La seule chose qu'ils ont pu me confirmer, c'était que l'ambassadeur et vous batifoliez quand il a été enlevé et…

— Je vous arrête tout de suite, jeune homme ! coupa la duchesse, furieuse.

Elle leva le menton, l'air menaçant.

— Soit vous vous adressez à lady Eugenia avec courtoisie et respect, soit vous quittez cet appartement sur-le-champ.

— Je…

— Est-ce bien clair ?

— J'ai juste…

— Un simple « oui, madame » suffira.

— Oui, madame.

Malgré la tension qui avait envahi la pièce, Gina échangea un petit sourire avec Sarah. Leur grand-mère avait transformé des hommes bien plus grands et plus forts que Dale Vickers en petites choses penaudes et tremblantes.

La duchesse invita Vickers à s'asseoir d'un ton poli et néanmoins glacial. Mais celui-ci, sans doute trop tendu, se mit à arpenter le salon.

— Je sais que c'est un peu tiré par les cheveux, marmonna-t-il, mais j'ai même pensé que cela avait quelque chose à voir avec la rencontre entre l'ambassadeur et le P-DG de Global Protective Services, lors de la petite soirée TTG du week-end dernier.

Petite soirée ? Gina ravala un soupir d'indignation. Elle dut se contrôler pour ne pas suggérer à Vickers de sauter du sommet d'un gratte-ciel.

N'ayant pas conscience d'avoir réveillé sa colère, l'homme continua.

— Si les dirigeants de Global pensaient que l'ambassadeur allait les empêcher de décrocher le gros contrat qu'ils convoitaient concernant la sécurité des ambassades, ils auraient pu vouloir l'éliminer. Toutefois, quand j'ai téléphoné à Nikki, elle m'a assuré que…

— Attendez une minute. Vous avez téléphoné à Nikki ? demanda Gina d'un ton incrédule. Nicole Tremayne ? Ma patronne ?

— Bien sûr. Elle apprécie que nous lui envoyions des clients depuis que l'ambassadeur et vous… euh…

Il remarqua le regard menaçant de la duchesse.

— Depuis que l'ambassadeur et vous avez commencé à vous fréquenter. Mais je savais qu'elle ne comprenait pas la position inconfortable dans laquelle vous avez placé l'ambassadeur, en l'incitant à assister à un événement sponsorisé par Global.

Gina entendit à peine la dernière et insultante remarque. L'idée que Jack et son équipe aient envoyé des contrats à TTG était la seule chose qui occupait son esprit à cet instant.

Comme une vieille barque rouillée, sa fierté tomba en morceaux sous ses yeux. Quelle idiote elle faisait ! Toutes ces semaines durant, elle avait sincèrement cru qu'elle était en train d'imprimer sa marque chez TTG.

Elle s'efforça de se lever, refusant de fondre en larmes devant Vickers, mais sa gorge était nouée quand elle rappela à tout le monde que l'agent spécial Driskell et son collègue devaient arriver d'un instant à l'autre.

— Sarah, veux-tu bien les accueillir ? Je dois... je dois...

Elle ne se sentit pas capable de terminer sa phrase. Avec un geste vague vers le couloir, elle tourna les talons. Ses yeux la brûlaient quand elle arriva dans la salle de bains attenante à sa chambre et à celle de Sarah. Elle rabattit le couvercle du coffre à linge et s'y assit, en appuyant les bras sur le plan de toilette.

Etrangement, les larmes ne coulèrent pas à flots. Elle fixa le plafond, sa fierté en lambeaux, et attendit que l'habituel torrent de larmes se déverse. Il lui fallut un instant pour comprendre pourquoi le tsunami n'arrivait pas.

Rien de tout cela n'importait. Ni son emploi, ni TTG, ni les commentaires méprisants de Vickers. La seule chose qui comptait à cet instant, c'était que Jack revienne sain et sauf. Elle était prête à reconnaître toutes ses erreurs si cela pouvait le ramener.

Elle regardait encore le plafond quand Sarah frappa à la porte.

— Gina ? Ça va ?

— A peu près.

— Je peux entrer ?

Elle marmonna un oui et faillit fondre en larmes quand sa sœur s'agenouilla à côté d'elle. Gina avait compté sur Sarah pour la sortir de milliers de petites catastrophes de la vie.

— Tout ira bien, murmura sa sœur en lui caressant les cheveux. Tout ira bien. Apparemment, Jack a déjà connu des situations dangereuses. Il trouvera un moyen de se sortir de celle-ci.

De l'autre côté de la ville, Jack était tenaillé par la faim, la douleur physique et la colère.

Cela faisait des heures qu'il était assis sur une chaise bancale. Il avait les bras attachés derrière le dos. Les liens de plastique s'enfonçaient dans ses poignets. La blessure causée par la balle qui avait effleuré son bras commençait à se refermer, mais le filet de sang séché qu'avait laissé son passage le grattait horriblement, sous la chemise et la veste qu'on lui avait ordonné d'enfiler avant qu'ils ne quittent l'hôtel.

Il avait obéi. Fichtre, avec Dominic St. Sebastian qui portait Gina, inconsciente, dans ses bras, il aurait sauté par la fenêtre du huitième étage si on le lui avait ordonné, afin d'empêcher cette brute de faire davantage de mal à Gina.

Ces dernières heures, cependant, il avait eu le temps de réfléchir. St. Sebastian s'était interposé très vite entre Gina et ses deux acolytes armés. Après l'avoir frappée, il l'avait rattrapée avant qu'elle ne tombe. Comme s'il avait voulu la neutraliser immédiatement, avant que ses comparses ne pointent leur arme sur elle.

Si tel était le cas, il n'avait pas pris la peine de communiquer sa stratégie à Jack. Ou quoi que ce soit d'autre, d'ailleurs. St. Sebastian et le plus petit de ses deux compères avaient disparu juste après avoir laissé Jack dans ce hangar abandonné.

Le Goliath au crâne rasé était chargé de le surveiller. Il avait soulevé sa masse deux fois en six heures, pour soulager un besoin naturel contre le mur du hangar, ajoutant sa contribution aux odeurs de vomi, d'urine et d'excréments de rats qui jonchaient le sol de ce qui était manifestement un repaire de toxicomanes. Il avait aussi grogné plusieurs fois dans un téléphone portable, utilisant un dialecte que Jack ne comprenait pas, mais il avait refusé de lui dire le moindre mot.

S'agitant sur sa chaise pour détendre ses épaules douloureuses, Jack décida de faire une nouvelle tentative.

— Hé, le bon à rien ! Je sais que tu ne répondras pas en anglais.

Il tenta l'espagnol de nouveau, puis le français, et enfin, le peu de russe qu'il connaissait. Tout ce qu'il récolta fut un sourire méprisant et un signe de tête négatif.

Bon. Jack ne pouvait plus attendre davantage. Si les neuf ou dix équipes d'agents locaux, fédéraux et d'Etat qui le recherchaient sans doute n'avaient pas encore repéré l'entrepôt, il était fort peu probable qu'ils y parviennent. Il devrait se sortir seul de ce guêpier.

Pour la cinquième ou sixième fois, il balaya le lieu du regard. Les excréments de rats n'étaient pas les seuls objets à joncher cet espace sombre et immense. Un matelas taché, quelques sacs de fast-food moisis, et quelques boîtes de conserve rouillées fournissaient la preuve irréfutable que l'endroit avait été occupé par le passé. Tout comme les seringues sur le sol de béton.

Son regard s'attarda sur les seringues. Elles étaient en plastique, et non en verre. Même s'il pouvait en atteindre une avec son pied, la prendre en main et casser le tube avant que le gorille ne s'en rende compte, le fragment de plastique ne couperait pas ses attaches.

Il lui faudrait attraper une boîte de conserve rouillée. La plus proche se trouvait à un mètre. Son couvercle était dentelé et soulevé vers l'arrière, comme si l'on avait utilisé un ouvre-boîtes à l'ancienne.

Il ne pourrait pas déplacer sa chaise sans que Goliath ne réagisse. Il lui faudrait donc tomber. Sans doute plusieurs fois. Il espérait simplement ne pas s'assommer quand il heurterait le sol.

— Hé, toi !

Goliath lui lança un regard indifférent.

— J'ai une envie pressante, moi aussi.

Difficile de mimer ses paroles quand on ne pouvait pas se servir de ses mains. Il désigna sa braguette d'un signe de tête. Peine perdue. Alors, il fit un signe vers le mur contre lequel Goliath s'était soulagé, leva ses bras noués et commença à se lever.

Son garde grommela un avertissement. Jack l'ignora. Il était presque debout quand le géant bondit de sa propre chaise et le frappa avec la main qui tenait son semi-automatique à silencieux.

Jack reçut le coup dans les côtes, et s'écrasa sur le béton. La chaise bancale le suivit. Goliath grommela ce qui était sans doute un avertissement et saisit Jack par le bras. Son bras blessé, bien entendu.

Quand Jack grimaça de douleur, le visage large et plat se fendit d'un sourire. Le mastodonte marmonna quelques mots qui voulaient sans doute dire « bien fait pour toi, crétin », et remit la chaise debout. Il coinça Jack dessus et retourna à sa place.

— J'ai un besoin urgent, répéta Jack.

La mâchoire serrée, il commença à se lever de nouveau. Et, une nouvelle fois, Goliath le frappa dans les côtes. Cette fois, il ne prit pas la peine de remettre la chaise en place ou de faire rasseoir son otage de force.

Jack se fendit d'un grondement féroce, sans quitter le gorille des yeux. Marmonnant des insultes qui ne semblaient qu'accroître l'amusement de son ravisseur, il parvint à attraper la boîte sur laquelle il avait bien failli atterrir. Du bout des doigts, il replia le couvercle dentelé à l'intérieur. Tandis qu'il sciait les entraves de plastique, il se demanda fugacement à quand remontait son dernier rappel de vaccin antitétanique. Peu importait. Le tétanos était le cadet de ses soucis pour l'instant, car son instinct lui soufflait que les comparses de Dominic St. Sebastian n'avaient pas l'intention de l'épargner.

Il en eut la confirmation quelques instants après que le téléphone du géant eut vibré. Goliath prit l'appareil, jeta un coup d'œil au numéro affiché et décrocha. Après deux grondements, il raccrocha. Et, à peine quelques instants plus tard, une porte s'ouvrit à l'autre bout de l'entrepôt.

Toujours allongé sur le côté, Jack se pencha pour que son corps se retrouve face à la porte et que ses poignets soient cachés dans son dos. Le maudit couvercle était couvert de sang, car il s'était enfoncé dans sa chair. Mais, conscient qu'il s'agissait de sa dernière chance, Jack continua de scier les attaches.

Il observa les trois hommes qui passèrent la porte. Il avait vu le premier à l'hôtel. Le deuxième lui était inconnu. Le troisième était Dominic St. Sebastian. Le visage du Hongrois sembla se figer quand il remarqua le corps étendu sur le béton. Puis son regard croisa celui de Jack, et il lui envoya un rapide message silencieux, mais avant que Jack puisse l'interpréter, l'inconnu vint se planter à quelques mètres de lui. Il portait un élégant costume gris et des richelieu blanches. Qui portait encore des chaussures blanches ? songea Jack, l'espace d'un instant.

— J'attends ce moment depuis si longtemps, ambassadeur, ricana l'étranger avec un sourire mauvais.

— Vraiment ?

— Je pensais vous coincer à Washington, mais là-bas, on vous surveille de trop près. C'est bien pratique que vous ayez une petite amie à New York.

Le couvercle entailla le pouce de Jack. Il ne pouvait pas forcer alors que l'étranger l'observait, mais il n'abandonnerait pas.

— Peut-être pratique pour vous, répliqua-t-il d'un ton traînant. Beaucoup moins pour moi. Et qui êtes-vous, d'abord ?

— Antonio Cordi, le frère de Francesco Cordi. Peut-être vous souvenez-vous de lui ?

— Evidemment. Difficile d'oublier l'homme qui a essayé de tuer mon père.

— Et qui a échoué, malheureusement. Nous ne manquons presque jamais nos cibles, pourtant.

— Par nous, vous voulez dire vous et les autres ordures de la 'Ndrangheta.

Jack ne connaissait que trop bien la confédération de familles italiennes qui avait pris le pouvoir après le déclin de Cosa Nostra, dans les années 1990. En formant des alliances avec les cartels d'Amérique centrale et du Sud, la 'Ndrangheta s'était mondialisée. C'était désormais l'une des organisations criminelles les plus puissantes au monde. Ses membres trempaient dans le trafic de drogue, la prostitution, l'extorsion de fonds, le vol d'armes et les enlèvements. Un rapport officiel du Département d'Etat américain estimait que leurs activités illégales se chiffraient à quarante-trois milliards de dollars rien qu'en 2007, soit environ trois pour cent du produit intérieur brut de l'Italie.

Le père de Jack avait été nommé à la tête d'une commission qui devait déterminer dans quelle mesure le blanchiment d'argent de la 'Ndrangheta avait infiltré le système bancaire international. La commission avait suivi une piste menant à Francesco Cordi. Quand ils avaient creusé un peu plus profondément, Cordi avait riposté en s'en prenant à des membres haut placés de la commission. Ils étaient morts dans l'explosion de leur voiture. Jack s'était rendu à Rome dès qu'il avait appris la nouvelle. Il était avec son père au moment où Cordi l'avait retrouvé.

Il ne regrettait absolument pas d'avoir abattu Cordi. Même si plusieurs officiers italiens inquiets lui avaient dit que chaque membre de la 'Ndrangheta faisait le serment de toujours, toujours venger la mort de l'un des leurs.

Voilà pourquoi il ne fut pas surpris de voir le frère de Cordi glisser la main dans la poche intérieure de sa veste gris perle et en ressortir un Beretta bleu acier.

- 14 -

Gina ne s'était jamais retrouvée dans un poste de commandement militaire, mais la tension n'y était sans doute pas plus élevée que celle qui régnait dans l'appartement quand l'agent spécial Driskell et son partenaire frappèrent à la porte.

Avec la permission de la duchesse, les agents du FBI s'installèrent dans le bureau pour interroger le père de Jack en privé. Pendant ce temps, Gina et les autres se servirent au buffet que Maria avait miraculeusement réussi à réapprovisionner à mesure que les nouveaux visiteurs arrivaient.

Gina mourait d'envie de lancer à Vickers de se trouver un autre endroit où camper, mais il semblait si inquiet pour son Jack qu'elle n'eut pas le cœur de le chasser de leur quartier général improvisé. Et Dev et lui semblaient en train de former une équipe improbable.

Elle tenta de faire abstraction de son animosité envers Vickers et d'étudier les deux hommes de manière objective. Ils étaient assis en face d'elle, et les restes de leur déjeuner occupaient encore la table. Vickers portait un costume onéreux, une chemise dont il avait ouvert le premier bouton et une cravate desserrée. Dev, en jean, avait retroussé les manches de sa chemise bleue. Avec ses larges épaules, ses cheveux noirs coupés court et sa peau dorée par le soleil, il avait l'air de passer plus de temps dans le ranch de ses parents au Nouveau-Mexique que dans des conseils d'administration tout autour de la planète. Et pourtant, en les observant, il était facile de savoir lequel des deux était le véritable homme de pouvoir. Il émanait de Dev Hunter une confiance absolue, acquise en réussissant à bâtir une compagnie aérospatiale multinationale à partir de zéro.

— Etes-vous sûr que Jack avait son téléphone portable sur lui quand il a quitté Washington ? demanda-t-il à Vickers.

— Certain.

L'air soucieux, Dev tapa sur les touches de l'appareil qu'il tenait en main.

— Son téléphone n'émet pas de signal.

— J'aurais pu te le dire, intervint Gina. A l'hôtel, un agent a tenté de localiser le téléphone de Jack. Plusieurs agents, même. Ils ont dit que tous les téléphones récents ont un dispositif de traçage intégré qui permet aux indiscrets de les repérer avec une précision de moins d'un mètre.

— A moins que la batterie n'ait été retirée, marmonna Dev. Ce qui doit être le cas, sinon le récepteur de signaux ultra haute fréquence que nous développons pour MilsatCom le verrait.

— Le quoi, pour qui ?

— Je ne peux pas parler pour le « quoi », dit Sarah tandis que Dev continuait de tapoter sur son appareil, mais le « qui » est le système de communications militaires par satellite.

Voyant le regard étonné que la duchesse et Gina posaient sur elle, Sarah sourit.

— Ne soyez pas si étonnées. Je suis un cours accéléré sur les questions militaires depuis mon retour de lune de miel.

— Tu es sérieuse ?

— Tout à fait.

— Et votre frère, demanda Dev à Zia. Connaissez-vous son numéro de portable ?

— Bien sûr, répondit-elle d'un air las. La police a essayé de le localiser aussi, mais sans résultat.

— Avec tout le respect que je dois à nos différentes polices et agences, elles n'ont pas encore accès au genre de technologies dont je parle. Celles-ci en sont encore au stade expérimental et… Bon sang, mais bien sûr !

La tension monta d'un cran dans la pièce. Les femmes se dressèrent toutes sur leur siège. Vickers s'approcha de Dev tandis que celui-ci sortait son téléphone portable.

— Que voulez-vous dire ? demanda Vickers.

Secouant la tête, Dev composa un numéro en mémoire.

— Pourquoi n'y ai-je pas pensé plus tôt ?

— A quoi ?

— Attendez.

Il colla le téléphone contre son oreille.

— Pat, j'ai besoin du code d'accès de MilsatCom pour la version gamma du CSR6II. J'essaie de me connecter avec la version bêta mais… Oui, je sais, je sais. Contente-toi de me donner le code.

— Eh bien, ça va lui coûter cher, murmura Sarah, une lueur dans le regard.

— Pat Donovan est le bras droit de Dev, expliqua Gina à sa cousine. C'est un vrai génie. Il peut déplacer des montagnes avec un simple coup de fil.

— A défaut de montagnes, au moins les occupants de tout un hôtel parisien, se souvint Sarah. Je ne sais pas quel genre de bonus Dev l'a payé pour cette prouesse, mais c'était sans doute une fortune.

— Répète, tonna Dev dans le téléphone, les sourcils froncés. Oui, oui, j'ai compris. Quoi ? Oui, on se reparle plus tard.

Il raccrocha et reprit son appareil de poche. L'objet semblait si anodin. Ce n'était qu'une petite boîte de l'épaisseur d'une gaufre, avec un écran tactile aux tons verts, sur lequel s'affichait une série d'icones. L'appareil tenait dans la paume de Dev et aurait pu passer pour un smartphone, sauf que ce petit gadget pouvait envoyer des signaux sur la lune.

Dev tapa un long code quand les portes coulissantes du bureau s'ouvrirent brusquement. Le collègue de Driskell fila vers l'entrée, Driskell sur ses talons. Le père de Jack, livide, les suivit d'un pas incertain.

L'agent du FBI ne s'arrêta que le temps de leur fournir une courte explication.

— On nous a rapporté que des coups de feu ont été tirés. Il semblerait que l'ambassadeur soit impliqué dans la situation.

— De quelle façon ? s'enquit Gina, se levant si vite que sa chaise tomba avec fracas. Jack est-il blessé ?

— Ou mon frère ? demanda Zia, bondissant à son tour.

— Je l'ignore, répondit l'agent du FBI tout en se dirigeant vers la sortie. Je vous contacterai tous dès que j'en saurai davantage.

— Je viens avec vous ! cria Gina.

Mais Driskell était déjà sortie, laissant un tableau figé de tension et de peur dans son sillage. Dev brisa le silence.

— Gina, tu as le numéro de portable de Driskell ?

Elle arrivait à peine à parler tant la terreur lui nouait la gorge.

— Oui.

Elle sortit de la poche de son jean la carte de visite que Driskell lui avait donnée. Dev la lui prit des mains et entra le numéro dans son appareil. A peine quelques secondes plus tard, ses yeux bleus s'illuminèrent.

— Je l'ai ! s'exclama-t-il. Allons-y.

Gina, Zia, le père de Jack et Dale Vickers lui emboîtèrent aussitôt le pas.

— Ouh là, pas si vite ! objecta-t-il. Nous ne pouvons pas tous…

— Stop ! le coupa Zia.

Ses yeux noirs lançaient des éclairs, et son accent s'était renforcé sous le coup de l'émotion.

— Je suis médecin. Si Dom… Si quelqu'un est blessé, je peux être utile.

— Je viens aussi, gronda le père de Jack.

Dale Vickers resta muet, mais son air déterminé mettait au défi quiconque, y compris Dev, de l'empêcher de venir.

Sarah fut la seule à montrer un peu de retenue.

— Je reste ici avec grand-mère.

Elle fixa son mari avec intensité.

— Mais, je t'en prie, sois prudent.

— Promis, répondit-il avant de se diriger vers la porte. Nous prendrons deux taxis.

— Sarah ! cria Gina par-dessus son épaule. Appelle Jerome et dis-lui de prendre son sifflet. Il nous faut deux taxis, et vite !

Le portier avait déjà intercepté des voitures quand ils sortirent de l'ascenseur. Dev se dirigea vers le premier véhicule et donna des ordres d'une voix qui ne souffrait pas d'objections.

— Gina et Zia, avec moi. Vickers, vous me suivez avec M. Mason.

Ils se précipitèrent vers les taxis. Gina et Zia s'installèrent sur la banquette arrière du premier, et Dev à l'avant.

— Hé, mon gars, fit le chauffeur avec un accent chantant des Caraïbes, assorti à ses dreadlocks et à sa casquette multicolore, où est-ce que vous allez ?

— Prenez Central Park Ouest jusqu'à ce que je vous dise où tourner.

Avec un haussement d'épaules, le chauffeur activa son compteur. Tandis que les arbres du parc défilaient par la vitre, Dev garda les yeux sur le réseau de rues qui emplissait son écran.

Gina s'avança sur son siège et regarda par-dessus son épaule. Tout ce qu'elle voyait, c'était un minuscule point rouge qui courait le long du réseau.

— Est-ce Driskell ?

— Oui.

— Que se passera-t-il si elle reçoit ou passe un appel ? Tu ne perdras pas sa trace ?

— Les ingénieurs de mon service Recherche et Développement auront du souci à se faire.

Peu rassurée par sa prédiction, Gina prit la main de sa cousine. Zia lui lança un regard empli d'espoir et de détermination.

— Jack et mon frère vont bien. Mais pour en être sûre…

Elle serra la main de Gina.

— Je vais prier saint Etienne. C'est le saint patron du pays de votre grand-mère, vous savez.

Non, elle ne le savait pas. A ce stade, cependant, elle aurait prié n'importe quel être céleste qui puisse intercéder en faveur de Jack ou de Dominic.

Comme si elle sentait que sa cousine était sur le point de s'effondrer, Zia tenta de lui changer les idées en lui racontant des détails sur le saint.

— Dans notre langue, il s'appelle Istvan. Il est né en 965, 67 ou 75. Personne ne le sait avec certitude. Son père était le grand-prince Géza de Hongrie, sa mère, la fille de Gyula de Transylvanie.

A la mention de la Transylvanie, Gina fut distraite assez longtemps pour que des images frappantes de loups-garous sortant de leurs cercueils jaillissent dans son esprit. Ou étaient-ce des vampires ? Quelle importance, d'ailleurs ?

Zia refusait de laisser les pensées et les émotions chaotiques de sa cousine la submerger. D'une voix calme et apaisante, elle raconta comment celui qui devint saint Etienne épousa Gisèle de Bavière et accéda au trône des Magyars à la mort de son père. Après quoi il découragea les coutumes païennes et renforça la chrétienté par une série de lois strictes, mais il fut dévasté par la mort de son fils aîné, Emeric, dans un accident de chasse, et son cousin, le duc Vazul, prit part à une conspiration pour l'assassiner.

— La tentative a échoué, raconta Zia tandis que Dev ordonnait au chauffeur de traverser la ville. Se retrouvant sans héritier, le roi saint Etienne a demandé à la Sainte Vierge de faire des Hongrois ses sujets et de devenir leur reine. Il est mort le jour de l'Assomption, vous savez ?

— Quoi ? Ah, oui, bien sûr…

Gina ignorait de quoi sa cousine avait parlé. Son esprit était concentré sur le pont devant eux. Etant native de New York, elle comprenait pourquoi le chauffeur de taxi était réticent.

— Je ne fais pas de courses dans cette partie de Brooklyn, protesta-t-il en secouant la tête, ce qui fit danser ses dreadlocks.

— Je vous offre cinq cents billets en prime si vous acceptez, rétorqua Dev.

— Pas la peine d'en dire plus, mon gars.

Tandis qu'ils traversaient le pont, Gina se retourna. Le second taxi les suivait. Elle s'adossa à son siège, se demandant combien le père de Jack avait offert au chauffeur.

De l'autre côté du pont, ils s'engagèrent dans une sinistre zone d'entrepôts abandonnés et de complexes industriels en ruines. L'endroit avait autrefois accueilli le Brooklyn Navy Yard, le chantier naval de la ville, fermé dans d'atroces souffrances au cours des années 1960. Gina savait qu'une réouverture était prévue, mais ce n'était pas pour demain.

Les artistes et les commerçants louaient des espaces dans le bâtiment, qui ne s'était pas effondré sous le poids du temps et de l'abandon. Elle vit une enseigne lumineuse rose vif indiquant un studio de cinéma. Un autre panneau, un peu moins voyant, faisait la promotion de la ferme urbaine Brooklyn Grange. Apparemment, la ferme occupait quatre mille mètres carrés sur le toit du bâtiment 3. Mais bien trop de structures offraient la vue triste et infinie de murs couverts de tags, de cours jonchées de détritus et entourées de barbelées, de fenêtres brisées.

A chaque rue déserte que le taxi traversait, l'espoir de Gina s'amenuisait. Il était au plus bas quand le taxi tourna à un angle et qu'elle aperçut une vingtaine de véhicules de police et de secours devant eux.

Le chauffeur s'arrêta à plusieurs mètres.

— Hé, je ne peux pas rouler trop près des voitures de flics. Ils ont peut-être des chiens avec eux.

— Bon sang, marmonna Dev, qu'est-ce que vous transportez dans… Oh ! et puis, qu'importe !

Il lança une liasse de billets au chauffeur et ouvrit la portière d'un coup d'épaule. Gina et Zia l'imitèrent en même temps.

— Restez ici jusqu'à ce que j'aie évalué la situation, ordonna Dev.

— Hors de question, protesta Gina, le regard rivé aux deux ambulances garées côte à côte.

Elle emboîta le pas à Zia, qui s'était déjà mise à courir. Dev ne put que pester et les suivre. Si des coups étaient tirés depuis une fenêtre brisée, il vaudrait mieux pour lui qu'il soit devant Gina et fasse office de bouclier. Sarah ne le lui pardonnerait jamais, si sa sœur était blessée. Zia, quant à elle, devrait s'en remettre à la chance.

Pendant ce temps, le chauffeur de taxi faisait demi-tour dans un crissement de pneus. Il faillit emporter le pare-chocs du second taxi au passage. Dev entendit le grincement des freins, le claquement des portières, et les pas de Vickers et du père de Jack qui se mirent à courir derrière lui.

Par chance, ils arrivèrent tous jusqu'à l'écran protecteur des véhicules d'urgence sans que des coups soient tirés depuis l'entrepôt. L'agent en uniforme qui surveillait le périmètre sembla cependant sur le point de sortir son arme quand Zia et Gina continuèrent de courir malgré les injonctions. S'écartant comme la mer Rouge, elles le contournèrent.

— Hé ! Restez là !

L'agent attrapa la plus proche, qui se trouvait être Zia.

— *Vagyok orvos !* Je suis médecin ! Médecin !

Ses émotions déchaînées rendaient son accent si prononcé

que l'anglais était presque indiscernable du hongrois. Aucune des deux langues n'impressionna le policier.

— Ecoutez, madame, vous… vous tous feriez mieux de ne plus avancer d'un pas tant que je n'aurai pas vu vos papiers d'identité. Une fois que j'aurai vérifié…

— *Ide,* Anastazia !

Le cri provenait d'un véhicule banalisé, garé à l'intérieur du périmètre. Zia fit volte-face et poussa un cri de joie. Le reste du groupe se retourna aussi. Gina enregistra une demi-douzaine de pensées confuses tandis que Dominic avançait vers eux.

Le sang coulait d'une entaille sur sa pommette, et l'un de ses yeux était poché, mais il n'était pas menotté. Et il était seul.

Seigneur ! Il était seul.

Avec un sanglot de terreur, elle contourna l'agent en uniforme et courut de nouveau. Il lui cria de s'arrêter, mais un geste de la main de Dominic lui rappela qu'il devait surveiller les autres.

Quelques mètres plus tard, elle se jetait sur Dominic, et lui martelait le torse avec frénésie.

— Où est Jack ? Que lui as-tu fait ? Si toi ou tes acolytes vous lui avez fait du mal, je t'arracherai le cœur et je le fourrerai dans ta gorge.

Dominic écarquilla les yeux, et elle-même fut choquée par la virulence de sa menace. Vaguement, elle songea qu'elle n'avait pas éclaté en sanglots, comme elle le faisait si souvent ces derniers temps.

— Parle-moi, bon sang ! Où est Jack ?

Dominic attrapa ses poings avant qu'ils ne causent de sérieux dégâts à son torse.

— Il est ici, Gina.

Sans lâcher ses poignets, il la fit pivoter.

— Il est avec le FBI.

Elle aperçut Jack au moment où il se tournait vers elle. Durant les dix secondes qu'il lui fallut pour se dégager de l'emprise de Dominic, et dont Jack eut besoin pour parcourir les cinquante mètres qui les séparaient, elle vit qu'il arborait autant d'hématomes que son cousin.

Mais ce furent ses yeux qui illuminèrent son cœur. Son expression ardente et sans retenue. Ses phéromones mâles qui jaillissaient comme des étincelles quand il la prit dans ses bras. Le cœur débordant de joie, elle lui rendit son baiser et y mit tout le soulagement, le désir et l'amour qu'elle recelait.

La réalité, rapide et effrayante, se rappela à elle sous la forme d'un résidu collant sur la manche du costume anthracite de Jack. Dans son élan, elle n'avait pas remarqué la blessure.

Impossible de l'ignorer à présent. Elle avait laissé une tache rouge sur sa paume, et une immense boule d'angoisse dans son ventre. Avec précaution, elle lâcha son bras ensanglanté.

— Tu es blessé.

— Toi aussi.

Il lui releva le menton pour observer son vilain bleu.

— Je croyais que mettre mon poing dans l'œil de ton cousin aurait compensé, constata-t-il sombrement. Il devra s'attendre à une autre vengeance de ma part.

— C'est toi qui as fait cet œil au beurre noir à Dominic ? Je ne comprends plus rien. S'il était l'un de tes kidnappeurs, pourquoi n'est-il pas en état d'arrestation ?

— C'est une longue histoire. Pourquoi ne... ?

Il s'interrompit et reporta son regard sur les hommes qui approchaient.

— Bonjour, papa. Dale.

Jack ne semblait pas le moins du monde surpris de voir son père ou son directeur de cabinet. Gina recula pour leur laisser l'accès à l'homme qu'ils adoraient tous. Baignée dans un amour non altéré par le passé ni entravé par le présent, elle songea qu'elle pouvait partager Jack avec sa famille. Avec son détestable directeur. Avec le fantôme de Catherine.

Et avec l'enfant qu'ils accueilleraient dans quelques mois à peine.

- 15 -

Une fois de plus, le vaste appartement de la duchesse fit office de quartier général. La plupart des acteurs principaux du drame du jour étaient assis à la table de la salle à manger, et soulageaient la tension avec du café, du thé glacé, du jus de fruits, de la *žuta osa* ou ce qui restait du *pálinka* doublement distillé.

La duchesse et le père de Jack avaient choisi le cognac. Jack, Dev, Zia et Dom optèrent pour de la liqueur forte. Dale Vickers prit du café, tandis que Gina et Sarah choisirent un jus de fruits. La duchesse insista pour que Maria remplisse son propre verre plutôt que de servir et resservir tout ce petit monde.

Pamela Driskell fit une brève apparition, accompagnée de Jerome. Le portier avait délégué son poste à un subordonné pour suivre l'agent du FBI jusqu'à l'appartement. Il abandonna sa pudeur assez longtemps pour étreindre Gina. Puis il serra la main de Jack, lui confia à quel point il était heureux de le voir sain et sauf et alla reprendre son poste.

Les seuls acteurs absents étaient Antonio Cordi et ses deux sbires. Cordi était mort, tué d'une balle en plein cœur pendant la lutte qui avait éclaté dans l'entrepôt, quelques instants avant l'arrivée de la police. L'un de ses hommes de main était également décédé, celui que Jack avait surnommé Goliath. Il avait eu la jugulaire tranchée par le couvercle d'une boîte de conserve rouillée et était décédé avant l'arrivée des secours. Le second malfrat était maintenant invité du gouvernement américain, et allait sans doute le rester pendant très longtemps.

A l'idée que Jack et Dom avaient failli recevoir une balle fatale, Gina se sentait encore mal.

— Cordi a dû se demander si mon départ médiatisé d'Interpol était un subterfuge, relata Dom après avoir avalé une autre gorgée revigorante de cognac hongrois. Il m'a laissé approcher de la 'Ndrangheta, mais pas suffisamment pour rassembler les preuves dont nous avions besoin pour le coincer.

— Alors, pour arriver jusqu'au chef, devina Jack, vous avez prétendu que vous alliez vous servir de votre lien de parenté avec Gina comme moyen pour m'atteindre.

— Cordi avait juré de venger son frère, répondit Dom en haussant les épaules. Il serait arrivé jusqu'à vous de toute façon. J'ai simplement prouvé ma loyauté en lui offrant de piéger sa cible.

Gina n'arrivait toujours pas à croire à la toile de mensonges et de tromperies dans laquelle Dom avait vécu pendant presque une année. Le danger l'avait traqué à chaque pas, à chaque souffle.

Zia était encore plus horrifiée. Elle ignorait totalement que son frère avait infiltré l'une des organisations criminelles les plus violentes d'Europe. Ou qu'il avait organisé ce voyage à New York dans un but précis, et très dangereux.

— Pas étonnant que tu aies rechigné quand j'ai décidé de t'accompagner, observa-t-elle sur un ton de reproche.

— Je ne t'aurais pas laissé faire si je n'avais pas été certain de pouvoir te garder à distance du danger.

— Sans parler du fait qu'elle renforçait votre crédibilité auprès de la duchesse, devina Dev avec perspicacité.

— Oui, j'ai pris cet élément en considération.

Dominic se fendit d'un sourire ironique.

— Cela étant, vous ne connaissez pas très bien ma sœur, si vous pensez que mes objections auraient pu avoir le moindre effet sur elle. Si je n'avais pas été certain d'assurer sa sécurité, j'aurais été forcé de l'enchaîner dans un cachot du château en ruines que la duchesse appelait autrefois sa maison.

— Dommage que vous n'ayez pas pu offrir les mêmes garanties pour Gina, fit valoir Jack d'un ton cinglant.

— C'est vrai.

Dom observa l'hématome de Gina. Il semblait tout à fait navré.

— Je regrette vraiment d'avoir dû vous frapper, cousine. Mes comparses s'impatientaient, et je devais agir pour ne pas être démasqué.

Il regarda Jack, puis Gina. Une lueur canaille remplaça le regret dans son œil valide.

— Si vous me laissiez faire, murmura-t-il, je pourrais apaiser votre douleur par un baiser.

Jack ne laissa pas à Gina le temps de répondre.

— Vous aimez vraiment vivre dangereusement, n'est-ce pas, St. Sebastian ? intervint-il d'un ton calme mais terriblement menaçant.

— Ça suffit ! s'insurgea la duchesse.

Tous les regards se portèrent sur l'aïeule. Elle avait haussé le menton, et ses yeux bleus envoyaient des éclairs.

— Puis-je vous rappeler que vous êtes des invités dans mon foyer ? Dominic, cessez de faire des commentaires délibérément provocateurs. Quant à vous, Jack, arrêtez de réagir comme un homme de Neandertal prêt à rouer de coups tous vos rivaux. Gina…

Quand son regard perçant tomba sur elle, Gina bondit sur sa chaise. Elle avait reçu trop souvent ce genre d'œillade pour le prendre à la légère.

— Qu'ai-je fait ?

— Il s'agit de ce que tu n'as pas fait, l'informa la duchesse. Pour l'amour du ciel, dis à Jack que tu l'aimes autant qu'il t'aime, et commence à préparer votre mariage.

Un silence tendu suivit la déclaration acerbe de la duchesse. Ce fut Jack qui le brisa.

— Avec tout le respect que je vous dois, duchesse, c'est un sujet dont Gina et moi devrions discuter en privé.

Son père entra dans la mêlée par une exclamation soudaine et explosive.

— Sottises !

— Papa…

John II ignora le regard noir de son fils. Il observa Gina avec un mélange de regret et de résolution.

— Je sais que j'ai agi comme un mufle quand vous nous avez rendu visite aux Cinq Chênes.

— Plutôt, oui, confirma-t-elle poliment.

— Je vous présente mes excuses pour mon comportement. Et pour la façon dont je vous ai parlé ce matin, avoua-t-il en grimaçant.

— Papa, que diable as-tu… ?

— Du calme, Jack. Ceci est entre Gina et moi.

John Harris Mason II n'avait rien perdu de son mordant. Jack soutint son regard, mais finit par céder.

— Je m'en veux, reprit M. Mason en s'adressant à Gina. J'espère que vous excuserez un père mort d'inquiétude pour son fils

— C'est déjà oublié, répondit-elle avec un sourire tremblant.

Mince ! Ses émotions recommençaient leurs loopings sauvages. A présent que le danger planant sur Jack était écarté et qu'elle était entourée des êtres qu'elle aimait le plus au monde, elle n'était pas sûre de pouvoir tenir longtemps avant de se noyer dans un torrent de larmes.

Le père de Jack ne l'aida pas. Il se pencha et soutint son regard.

— Je n'ai jamais vu personne changer Jack comme vous l'avez fait, Gina.

— Est-ce… ? Est-ce une bonne chose ?

— Oui, plus que les mots ne peuvent le dire. Vous l'avez

fait sortir du moule dans lequel j'ai essayé… dans lequel nous avons tous essayé, ajouta-t-il en jetant un bref regard à Dale Vickers, de le forcer à entrer.

Il marqua un temps. Elle vit sa pomme d'Adam monter et descendre à plusieurs reprises. Quand il put parler de nouveau, sa voix était rauque d'émotion.

— Sa mère serait fière de vous appeler sa fille. Et moi aussi.

C'était plus qu'elle n'en pouvait supporter. Elle sentit son visage devenir tout rouge, tant étaient grands ses efforts pour ne pas pleurer.

— Je… je…

Elle recula sa chaise et eut recours à l'excuse la plus fiable pour opérer une retraite immédiate.

— Je dois aller aux toilettes.

Sarah l'avait suivie dans la salle de bains plus tôt dans la journée. Cette fois, ce fut Jack. Sauf qu'il ne frappa pas à la porte comme sa sœur l'avait fait. Pas plus qu'il ne lui demanda la permission d'entrer. Non, il fit irruption dans la pièce et referma la porte derrière lui.

Par chance, elle n'avait pas réellement d'envie pressante. Elle était juste assise sur le coffre à linge, pendant que les larmes qu'elle avait essayé de retenir coulaient le long de ses joues. Comme Sarah, Jack s'agenouilla à côté d'elle. Mais, contrairement à sa sœur, il n'hésita pas à la prendre dans ses bras.

— Ne pleure pas, chérie. Je t'en prie, ne pleure pas.

Il la tint contre lui, en se balançant d'avant en arrière, tandis que la pression, la tension et l'angoisse résiduelles s'évacuaient par ses conduits lacrymaux.

— Ce sont… les hormones, expliqua-t-elle entre deux sanglots. Je ne pleure jamais. Jamais ! Demande à Sarah. Demande… à grand-mère. Elles te le diront.

— Tout va bien.

— Nooon, s'exclama-t-elle. Ça ne va pas.

Elle agrippa sa chemise. Sa chemise tachée de sang. Il n'avait pas eu le temps de se changer.

— Je n'ai pas eu l'occasion de te le dire ce matin, Jack. Je… je croyais que je n'aurais jamais l'occasion de te le dire. Je t'aime.

— Je sais, chérie.

— Non, tu ne sais pas !

Les larmes s'évaporèrent, remplacées par un besoin impérieux de tout lui dire.

— Je crois… Non, je sais que j'étais déjà un peu amoureuse lors de notre premier week-end ensemble. Je ne sais pas le moment exact où je suis tombée totalement amoureuse, mais je le suis maintenant.

— Moi aussi, chérie.

Son sourire était tout à son image. Charmant, espiègle et si fichtrement sexy qu'elle pouvait sentir ses larmes sécher, tandis qu'une autre partie de son corps devenait moite.

— Alors, qu'en penses-tu ? demanda-t-il, déposant un baiser sur son nez. Veux-tu te lever, retourner là-bas et demander à ta grand-mère de commencer à préparer un mariage ?

— Non.

De toute évidence, sa confiance en prit un coup, mais il se remit vite. Secouant la tête, il admit sa bévue.

— Quel abruti je fais ! Comment ai-je pu oublier que tu étais l'organisatrice d'événements la plus géniale du monde ?

— Oui, c'est ça.

Maudites hormones ! Gina ne put s'empêcher de bouder et de lancer :

— Je ne dois pas être si géniale que ça, puisque tu t'es cru obligé d'envoyer des clients à l'agence TTG de Washington.

— De quoi parles-tu ?

— Dale m'a dit que tu avais envoyé des clients à TTG.

Elle fit un effort héroïque pour masquer la douleur dans sa voix.

— J'apprécie, Jack, vraiment. C'est juste que je voulais… J'essayais de… Oh ! et puis zut !

La main qui lui releva le menton était tout sauf douce.

— Ecoute-moi bien, Eugenia Amalia Thérèse St. Sebastian. Je vais le dire une fois, et une seule. Si Dale Vickers ou quiconque a envoyé des clients à TTG, ils l'ont fait sans m'en aviser et sans mon consentement. Suis-je bien clair ?

Le feu dans ses yeux noisette la convainquit autant que son emprise sur son menton encore enflé.

— J'ai compris.

— J'aime mieux ça, répliqua-t-il, sa colère encore palpable. Alors, veux-tu organiser le mariage toi-même ou non ?

— Non.

— Nom d'un chien ! Je ne peux plus me montrer civilisé, moderne et raisonnable sur cette question. Si je dois t'attacher avec les chaînes dont ton cousin a parlé et te traîner jusqu'à l'autel, je le ferai. D'une manière ou d'une autre, tu m'épouseras.

— Oh…

Elle battit des cils et songea à le mener encore un peu en bateau. Mais elle se ravisa, entre autres parce qu'elle craignait de le voir mettre sa menace à exécution.

— Je pourrais bien apprécier les aspects coquins d'une telle demande en mariage, minauda-t-elle. Toutefois je pense que nous devrions choisir une cérémonie un peu plus traditionnelle.

— Alors, pour l'amour du ciel, gronda-t-il, dis-moi ce que tu veux.

Mais où était passé le diplomate posé et élégant qui l'avait séduite par son charme, son esprit et sa sophistication ? Cet aperçu du mâle en colère sous la coquille civilisée l'excitait et la rendait nerveuse en même temps. Cédant à un instinct féminin vieux comme le monde, elle tenta d'apaiser son partenaire en lui caressant la joue.

— Ce que je veux, répondit-elle, c'est que nous sortions

de cette salle de bains. Nous allons téléphoner à ta mère et la faire venir ici par le prochain vol. Ensuite, nous irons faire une prise de sang dans un laboratoire, afin de pouvoir nous marier devant le juge de paix le plus proche.

Jack était d'accord avec la dernière partie de son programme, mais pas avec la première. Sa colère retombée, il demanda d'une voix douce :

— Es-tu sûre que c'est ce que tu veux ?

— Oui.

— Pas de grand mariage chic ? Pas de thème exotique ?

— Pas de grand mariage chic.

Tout en faisant des excuses silencieuses à Nikki, Samuel et Kallie, elle répondit :

— Pas de thème exotique. Juste toi et moi, et nos familles respectives devant un juge de paix.

Gina aurait dû savoir que ce plan ne tiendrait pas face à aux assauts combinés de sa sœur, de sa grand-mère et de la mère de Jack. Soit, peut-être ne tenait-elle pas vraiment à son plan initial. Elle avait consacré trop de temps et d'énergie à son nouveau métier pour ne pas rêver secrètement d'une petite fête, au moins.

Malgré tout, elle dut surmonter son irritation quand sa patronne lui téléphona moins d'une heure après qu'ils eurent annoncé leurs intentions à leur entourage. *Vickers !*, songea-t-elle aussitôt. Le petit crapaud avait sans doute le numéro de TTG dans la mémoire dans son téléphone.

— Gina, je viens d'apprendre la nouvelle ! s'exclama Nikki avec son débit toujours aussi rapide. Vous avez enfin recouvré la raison.

— Je…

— Je suis si heureuse que vous ayez accepté d'épouser votre bel ambassadeur !

— Oui, mais…

— Ecoutez, ma petite, je sais que Jack est impatient de vous passer la corde au cou de peur que vous ne changiez d'avis. Je sais aussi que vous voulez un petit mariage intime, mais la salle du centre-ville est libre, jeudi soir.

— Nikki…

— Rendez-vous dans mon bureau, demain à 10 heures. Nous réglerons les détails. Oh ! et venez avec votre grand-mère. Je rêve de la rencontrer depuis le jour où mon père a annoncé qu'il quittait ma mère pour elle. J'aurais tant aimé qu'il le fasse ! Cela m'aurait peut-être évité de dépenser des milliers de dollars en psychothérapie. *Ciao*, ma belle. Et rassurez-vous, TTG organisera une fête somptueuse pour votre mariage.

« Une fête somptueuse pour votre mariage. »

La promesse insouciante était destinée à rassurer Gina. Mais elle lui fit l'effet d'un seau d'eau glacée qui éteignait toute étincelle de sa joie.

Que deviendrait sa grand-mère ? Comment pourrait-elle aller vivre à Washington avec Jack ? En fait, il ne resterait pas à Washington très longtemps. Vickers avait sous-entendu qu'il était pressenti pour un poste de diplomate, à Londres ou à Athènes.

Le cœur serré, elle croisa le regard de Sarah et lui envoya un signal silencieux. Celle-ci hocha la tête et, peu après, elles se retrouvèrent dans la cuisine.

— Qu'y a-t-il ? s'enquit sa sœur avec inquiétude.

— Rien qui sorte de l'ordinaire, répondit-elle avec amertume. Je suis juste aussi égoïste que je l'ai toujours été.

— Comment ça ?

— Je n'ai même pas pensé à grand-mère quand j'ai accepté d'épouser Jack. Elle est impatiente que le bébé naisse, et parle déjà de transformer le bureau en chambre d'enfant. Comment puis-je partir du jour au lendemain en la laissant seule ?

— Elle veut ton bonheur. Tout comme elle veut le mien. Tu le sais.

Elle aurait pu la croire, si ce n'était la culpabilité qui assombrissait le regard émeraude de sa sœur. Sarah avait connu les mêmes tourments déchirants avant son mariage avec Dev. Ils n'avaient disparu que lorsque Gina avait envisagé de revenir vivre au Dakota.

— Dev m'a dit qu'il pourrait temporairement transférer son siège à New York, lui rappela Sarah. Ce serait une solution. Ou…

Le bruissement de la porte battante l'interrompit. Zia venait d'entrer dans la cuisine.

— Désolée de vous déranger, dit-elle. Mais je souhaitais vous parler à toutes les deux, et c'est peut-être ma seule occasion, avant que Dom et moi quittions cet appartement.

L'accent prononcé provoqué par l'angoisse avait disparu. Zia était de nouveau leur cousine, splendide et sûre d'elle.

Ou leur troisième sœur. Une sœur qui exigeait d'être incluse dans cette enclave réservée aux filles. La pensée traversa l'esprit de Gina juste avant que Zia ne la confirme.

— Comme Gina le sait, commença celle-ci en s'adressant à Sarah, je viens de finir ma dernière année à l'université Semmelweis de Budapest. C'est une institution très prestigieuse et… eh bien…

Elle haussa les épaules, comme pour minimiser ce que les deux sœurs savaient être une réussite majeure.

— J'ai le choix entre plusieurs internats en pédiatrie, dit-elle après un moment. L'un d'eux se situe à New York, à l'hôpital Kravis. C'est pourquoi j'ai insisté pour accompagner Dom aux Etats-Unis. J'ai… j'ai un entretien avec le chef du programme des internes, demain, ajouta-t-elle avec une hésitation inhabituelle.

— C'est merveilleux, la félicita Sarah. Grand-mère et vous pourrez vous voir et apprendre à mieux vous connaître.

— A ce propos…

Zia les regarda tour à tour.

— La duchesse m'a invitée à vivre avec elle, si je décidais de faire mes trois ans d'internat à New York. Je suis très touchée par sa générosité, mais je ne veux pas m'imposer. Si l'idée vous inquiète… l'une ou l'autre… ou vous fait penser d'une quelconque façon que je profite d'elle, je vous en prie, dites-le-moi.

Gina aurait aimé être une meilleure personne. Vraiment ! Tout à l'heure, elle se sentait coupable à la perspective de laisser sa grand-mère seule. Et maintenant, elle éprouvait une jalousie toxique à l'idée que cette jeune femme, aussi brillante qu'intelligente prenne sa place dans le cœur de la duchesse.

Et bien sûr, Zia, futée comme elle l'était, lut toutes les émotions qui passèrent sur le visage de Gina.

— Je ne vivrai pas ici si vous n'y tenez pas, Gina, déclara-t-elle calmement. Ou vous, Sarah. Je sais à quel point vous aimez la duchesse. A quel point elle vous aime. Si cela vous cause le moindre problème, je refuserai l'offre de Kravis. Aucune de vous n'entendra plus jamais parler de moi.

Gina savait que son discours venait du fond du cœur. Mais ce fut le regard embué de sa cousine qui annihila tous ses doutes, jusqu'au dernier.

La jalousie disparut, laissant place à une profonde gratitude. En souriant, elle serra la main de Zia.

— Ce sera merveilleux pour grand-mère de vous avoir avec elle.

- 16 -

Nicole Tremayne tint parole. TTG organisa une fête majestueuse pour le mariage de Gina et Jack.

La douce soirée de juin était parfaite pour une cérémonie de plein air. Des myriades de petites lumières habillaient les arbustes taillés qui bordeaient la terrasse. D'autres minuscules lampes enveloppées de tulle d'un blanc vaporeux étaient assemblées en boucles élégantes, pour former une arche depuis la salle de réception jusqu'à l'estrade encadrée de fer forgé ancien. Le motif complexe, blanc perle, était entremêlé de tulle, de lumières, de lierre et de chèvrefeuille odorant.

Ils avaient dressé une liste d'invités réduite. Du moins, en comparaison avec les centaines de personnes qui assistaient en général aux fêtes de TTG. Toutefois, l'assemblée occupait huit rangées de chaises blanches disposées en demi-cercle sur la terrasse qui surplombait l'East River.

Pour une fois, les collègues de Gina étaient des invités, et non des employés. Jerome et son épouse avaient été conviés, bien sûr, et Maria rayonnait sur sa chaise au premier rang. Dom était assis à côté d'elle. Son œil poché se remarquait encore, mais bien moins qu'au départ.

Les invités de Jack occupaient les sièges de l'autre côté de l'allée. Selon les souhaits de son fils, Ellen avait été impitoyable. Elle avait rayé toutes les relations politiques que son mari avait tenté d'ajouter à la liste. Seule la famille de Jack, les amis très proches et les associés avaient échappé à ses coups de stylo. Cela dit, les amis proches incluaient tout de même le secrétaire d'Etat des Etats-Unis, l'actuel ambassadeur américain aux Nations Unies et le gouverneur adjoint de la Virginie.

— Prête, Gina ?

Kallie était la seule de ses collègues à ne pas être assise au premier rang. Elle s'était portée volontaire pour s'assurer que tout le monde serait en place et donner le signal à l'orchestre. Les barrettes en forme d'ailes bleues de ses cheveux rouges étaient jaunes ce soir, et assorties aux roses jaunes qui parsemaient la coiffure de la mariée et de ses demoiselles d'honneur.

Organisatrice dans l'âme, Gina n'avait pu s'empêcher de jeter un coup d'œil par les rideaux de gaze, afin de s'assurer que tout le monde était là où il le fallait. Bien entendu, Jack l'attendait sous l'arche en fer forgé, avec ses garçons d'honneur. Dev était magnifique dans son smoking. A côté de lui se tenait Dale Vickers. Elle ne put retenir une grimace, mais se souvint de sa résolution d'essayer de bâtir une meilleure relation avec le petit crapaud.

Elle laissa retomber le rideau, et adressa un sourire aux trois femmes rassemblées dans l'antichambre. Sa grand-mère, splendide dans sa tenue de soie bleu roi et dentelle, ressemblait à la grande-duchesse qu'elle était. Gina avait demandé à Zia d'être l'une de ses demoiselles d'honneur, tout comme à Sarah, bien sûr. Chacune portait la tenue de son choix. Zia avait fait les boutiques de la Cinquième Avenue et trouvé une robe fourreau dorée avec un dos plongeant. Avec ses cheveux noirs relevés sur le sommet de sa tête, elle allait sûrement faire saliver la plupart des mâles de l'assistance quand elle marcherait dans l'allée.

La robe de Sarah était une pièce ancienne, dans le style rétro qu'elle préférait toujours, malgré les tentatives répétées de Dev pour lui faire dévaliser les boutiques de Rodeo Drive. Elle avait sélectionné une robe Balenciaga, longue et fluide, de la teinte de l'émeraude russe que Dev avait glissée à son doigt lorsqu'ils s'étaient fiancés.

En matière de bague de fiançailles, le choix de Gina était plus traditionnel. Du moins, si un diamant marquise de trois carats pouvait être considéré comme traditionnel. D'autant que Jack avait fait ajouter sur l'anneau trois autres carats de diamants baguette.

Le scintillement des pierres précieuses était pâle à côté du sourire de Gina quand elle annonça à Kallie :

— Je suis plus que prête.

Elle crut entendre Sarah et la duchesse pousser un soupir de soulagement. Même Zia eut un regain d'entrain quand la musique commença et qu'elle ouvrit la voie dans l'allée. Sarah donna un rapide baiser à Gina, avant de s'avancer à son tour. Enfin Gina glissa son bras autour de celui de sa grand-mère.

Tandis qu'elles avançaient lentement sous l'arche de tulle illuminée, elle songea que sa vie avait radicalement changé en très peu de temps. Cela faisait-il vraiment deux mois que grand-mère avait suivi ce même chemin avec Sarah ? Deux mois et demi que Gina avait effectué ce test de grossesse et senti son monde s'écrouler ? A présent, tout dans ce monde lui semblait parfait.

Apparemment, la duchesse était de son avis. Quand elles atteignirent l'estrade, ses yeux bleu clair s'emplirent d'amour.

— Ma très chère Eugenia, je suis si fière de toi.

Elle ne pleurerait pas, non ! Mais de grosses larmes se pressaient derrière ses yeux, menaçant de faire couler son mascara.

Jack dut sentir à quel point elle était près de s'effondrer. Il s'avança rapidement et sourit à la duchesse.

— Je m'occupe d'elle, murmura-t-il.

Il déposa un baiser sur la joue de sa future grand-mère par alliance. Elle lui glissa quelques mots à l'oreille. Sans doute la même menace mortelle qu'elle avait faite à Dev, pour le prévenir qu'il connaîtrait d'atroces souffrances s'il ne faisait que toucher à un seul des cheveux de sa petite-fille.

Jack accepta la mise en garde avec un hochement de tête

solennel. Puis, il posa le regard sur elle, sur son sourire, ses cheveux blonds, ses yeux bleus. Il glissa un bras sous le sien, de toute évidence stupéfait et ravi d'avoir reçu l'inestimable cadeau de l'amour par deux fois dans sa vie.

Avec toute l'excitation de la semaine passée, ils avaient failli manquer leur second rendez-vous chez l'obstétricien. Ils s'y étaient rendus hier, pour la première échographie. Jack avait glissé une copie de la radio dans la poche de son smoking, juste à côté de son cœur. Ils allaient donner à la famille Mason ses premiers jumeaux…

Mais il fallait procéder dans l'ordre ! Pour l'heure, Jack allait lui passer la bague au doigt. Il la traîna presque jusqu'à sa place et donna de brèves instructions au juge de la cour d'appel, qui se trouvait aussi être son ancien camarade de chambre à l'université.

— Commençons !

Épilogue

Quelle semaine à la fois excitante, effrayante et fabuleuse nous venons de vivre ! Eugenia, ma chère Eugenia, a enfin admis ce que je savais depuis son retour de Suisse. Elle est amoureuse, et même très amoureuse, du père de ses bébés. Oui, deux bébés ! Il me tarde de les tenir dans mes bras, comme j'ai tenu Gina autrefois.

Et puis, il y a Sarah, mon adorable Sarah. Mon cœur se réjouit de la voir si heureuse. Je crois que Dev et elle vont bientôt fonder une famille, eux aussi.

Je croyais que l'œuvre de mon existence serait achevée lorsque j'aurais accompagné mes deux précieuses petites-filles jusqu'au mariage. Comme c'est étrange, et merveilleux, que deux autres jeunes gens pleins de vie m'aident à remplir le vide qu'elles ont laissé. Dominic retourne en Hongrie dans quelques jours et me presse de revenir dans ma patrie, le temps d'une visite. Je vais y réfléchir. En attendant, je partagerai les épreuves et les tribulations d'Anastazia, qui commence ce qui sera, je le sais, un internat exténuant. Qui eût cru que j'aurais tant à faire, à un âge si avancé ?

Extrait du journal de Charlotte,
GRANDE-DUCHESSE DE KARLENBURGH

Retrouvez prochainement,
dans votre collection

PASSIONS

Mariage de façade, de Barbara Dunlop - N°1019

La dernière chose dont Adeline ait envie, c'est bien de se marier! Or, après une merveilleuse nuit avec le politicien Joe Breckenbridge, elle se découvre enceinte. Afin d'éviter un scandale qui pourrait entacher la réputation de Joe et la sienne, Adeline se résout à contracter avec lui une union de façade. Une mascarade qu'elle sait éphémère – à moins que son cœur en décide autrement…

Une idylle inattendue, de Rachael Johns

Chelsea a un métier hors du commun : elle est experte en rupture. Lorsqu'elle vient annoncer à Callum McKinnel que sa fiancée le quitte, elle ne s'attend pas à tomber sous son charme. Mais la situation empire encore quand il lui demande de jouer quelque temps le rôle de sa petite amie. Loin d'être innocente, cette comédie bouleverse Chelsea au point qu'elle se prend à rêver d'un avenir avec Callum…

Miracle à Noël, de Carrie Nichols - N°1020

Après une douloureuse rupture, Desmond vit en ermite dans une ferme du Vermont, où il réalise des vitraux. Quand l'exubérante Natalie lui demande de fabriquer des décorations de Noël destinées à une vente en enchères, il refuse d'abord catégoriquement : Desmond *déteste* les fêtes de fin d'année! Puis il finit par céder… Depuis que Natalie et son fils ont fait irruption dans sa vie, en effet, son monde est comme illuminé. Serait-il prêt à lui ouvrir son cœur?

Une famille pour le play-boy, de Nadine Gonzalez

Si Eve se trouve aujourd'hui à Royal, c'est pour retrouver le père de son neveu dont elle a la garde. Et certainement pas pour tomber amoureuse! Pourtant, lorsqu'elle rencontre l'irrésistible Rafael Wentworth, elle perd la raison et s'abandonne dans ses bras, le temps d'une nuit. Dès le lendemain, pourtant, Eve sait qu'elle doit renouer avec ses responsabilités – et refuser la proposition de Rafael de poursuivre leur liaison… En effet, quel avenir pourrait-elle bien avoir auprès de cet éternel play-boy?

Arrogant et viril, de Joss Wood - N°1021

SÉRIE : SCANDALES À PORTLAND 3/4

Trop viril, trop arrogant. Garrett est l'incarnation même du genre d'hommes que Julia cherche à éviter. Mais parce qu'elle a besoin de lui pour sauver l'entreprise d'une amie, elle est aujourd'hui obligée de le supporter ! En dépit de tout ce qui les sépare, Garrett se révèle très attirant, et bientôt, Julia succombe à la tentation entre ses bras…

Cette incontrôlable attirance, de Joss Wood

SÉRIE : SCANDALES À PORTLAND 4/4

Depuis que Lowrie a été trahie par le père de son enfant, elle s'est promis de fuir l'espèce masculine et mène une vie paisible dans l'auberge où elle travaille, avec son fils d'un an. Jusqu'à ce que Sutton Marchant, un célèbre écrivain, s'y installe pour deux mois. Dès son arrivée, sa présence la trouble bien plus que de raison, remettant en cause tous ses principes sur l'amour…

Troublée par son ennemi, de Joanne Rock - N°1022

SÉRIE : DE RETOUR À CATAMOUNT 1/3

Fleur est de retour à Catamount : ses sœurs et elle ont hérité du ranch de leur grand-mère. Mais à peine arrivée en ville, elle tombe nez à nez avec Drake Alexander, son ennemi de toujours, qui a l'audace de vouloir acheter leur domaine ! Bien qu'elle ait besoin de cet argent, Fleur se jure de n'accepter aucune offre de sa part. C'est compter sans le pouvoir de persuasion de Drake et le désir qu'il fait bientôt monter en elle…

Une leçon de séduction, de Sophia Singh Sasson

Caitlyn en a plus qu'assez de son image de fille sage et introvertie ! Pressée de s'en débarrasser, elle est résolue à apprendre l'art de la séduction. Or, quel meilleur professeur pourrait-elle trouver que le charmant Dev Mallik, qu'elle vient de rencontrer ? Si celui-ci accepte de l'aider, Caitlyn comprend vite que son plan a une faille : le trouble qu'elle ressent pour Dev…

Un brûlant face-à-face, de Maureen Child - N°1023

Lorsqu'elle pense à Sean Ryan, Kate est submergée par des sentiments contradictoires. Certes, son patron est l'homme le plus charismatique et séduisant qu'elle ait jamais rencontré. Mais c'est aussi l'homme le plus désagréable et agaçant qu'elle connaisse ! Quand une tempête de neige la contraint à trouver refuge dans un chalet isolé, avec Ryan pour seule compagnie, elle est prise de doute : parviendra-t-elle à dissimuler son trouble face à lui ?

Précieux héritage, de Jules Bennett

Pour sauver l'agence d'assistantes maternelles fondée par sa grand-mère, Darcy est prête à tout. Alors, quand un contrat intéressant s'offre à elle, hors de question de le refuser. Tant pis si le père de la petite Iris est d'une beauté à lui faire oublier tout professionnalisme. Elle sera la parfaite nounou ! Sauf que chaque jour passé auprès de Colin rend leur torride huis clos plus oppressant. Et Darcy s'aperçoit bientôt que Colin lui cache aussi sa véritable identité...

L'amoureuse sans passé, de Merline Lovelace - N°1024

Série : Le journal intime d'une héritière 3/4

Quand Natalie se réveille dans un appartement avec vue sur le Danube, son cœur cesse un instant de battre : elle ne se souvient plus de rien, pas même de son propre nom ! Plus étrange encore, l'homme qui se tient à côté d'elle, et dit s'appeler Dominic St. Sebastian, affirme la connaître et pouvoir l'aider. Plongée malgré elle dans le regard profond de ce bel étranger, Natalie sent un trouble puissant s'emparer d'elle. Peut-elle vraiment faire confiance à Dominic ?

La saveur d'un baiser, de Merline Lovelace

Série : Le journal intime d'une héritière 4/4

Le parfum des vacances, les vagues du golfe du Mexique, un dîner romantique... Il n'a pas fallu longtemps à Zia St. Sebastian pour tomber dans les bras de Mike Brennan, le beau Texan aux yeux verts qui a le pouvoir de lui faire perdre la tête. Hélas, si Mike semble éprouver les mêmes émotions, Zia sait qu'un avenir ensemble leur est interdit. Car il a envie de fonder une famille : tout ce qu'elle ne peut lui donner...